古典文獻研究輯刊

二 編
曾 永 義 主編

第 11 冊
宋元海洋文學研究（上）

陳 清 茂 著

國家圖書館出版品預行編目資料

宋元海洋文學研究（上）／陳清茂 著 — 初版 — 新北市：花
木蘭文化出版社，2011〔民100〕
序 2+ 目 4+264 面；19×26 公分
（古典文學研究輯刊 二編：第 11 冊）
ISBN：978-986-254-498-3（精裝）
1. 中國古典文學 2. 文學評論
820.8　　　　　　　　　　　　　　　　　　100001052

ISBN-978-986-254-498-3

9 789862 544983

古典文學研究輯刊
二 編 第十一冊　　　　　　　ISBN：978-986-254-498-3

宋元海洋文學研究（上）

作　　者　陳清茂
主　　編　曾永義
總 編 輯　杜潔祥
出　　版　花木蘭文化出版社
發 行 所　花木蘭文化出版社
發 行 人　高小娟
聯絡地址　新北市永和區中正路五九五號七樓之三
　　　　　電話：02-2923-1455 ／傳眞：02-2923-1452
網　　址　http://www.huamulan.tw 信箱 sut81518@ms59.hinet.net
印　　刷　普羅文化出版廣告事業
初　　版　2011 年 3 月
定　　價　二編 30 冊（精裝）新台幣 48,000 元　　　　版權所有・請勿翻印

宋元海洋文學研究（上）

陳清茂　著

作者簡介

陳清茂，東吳大學中文系文學士，國立臺灣師範大學國文研究所文學碩士，國立中山大學中文系文學博士。海軍軍官學校通識教育中心專任副教授。主要研究方向：古典海洋文學、詞學、詩學、馬王堆帛書。發表學術論文：軍事類論文六篇，文哲類論文十九篇。出版專書：《簡明應用文》、《古文精選詳釋》。

提　要

　　海峽兩岸擁有無際的海岸線及豐富的海洋資源。然而歷代的執政者，缺乏海洋意識，治國思維無法跨越海岸線，影響海洋活動發展契機。歷代海洋活動的發展，歷經海洋觀念的萌發（春秋、戰國）、海洋活動的興起（秦漢、三國、六朝）、海洋活動的高峰（隋唐、宋、元）、海洋活動的盛極而衰（明、清）等四期。各期海洋活動的發展規模，影響到海洋文化、海洋文學的發展趨向。宋、元時期，官、民憑恃著昂揚的海洋意識，利用成熟的航海科技，開發龐大的海洋資源，使本期的海洋活動興盛，並發展出豐富的海洋文化，也帶動海洋文學的茁壯。本期的海洋文學作家，大多設籍或長期僑居於濱海地區，擁有豐富的海洋經驗，運用多樣的文學體製，以深刻的文字表現，書寫奇麗海洋，描摹海國風情，記錄海洋生活，歌詠海中生物，並形成濃厚的海洋意象。本期的海洋文學，無論是質與量，均頗有可觀。

　　本論文討論宋、元海洋文學時，遵循以下的架構及次第：中國海洋文化→海洋文學→宋元海洋文學。本論文先析論海洋文化的內涵、發展條件，並論及歷代海洋活動的發展歷程，為海洋文學的論述奠定基礎。由海洋文化聚焦於海洋文學時，探討海洋文學的定義、作品取捨標準、藝術特色、海洋文學的發展分期。建構海洋文化、海洋文學的整體概念後，進一步聚焦於宋、元海洋文學。筆者先就宋、元海洋文學的基礎資料作精密分析，並與各家作品的內容析評相連結。論文主體先分論宋、元兩代的重要作家作品，著重在呈現各家作品的表現特色，再將兩代的作品融合為一體，以宏觀的視野，析論本期海洋文學所呈現的自然海洋、人文海洋的整體風情，最後再就形式、內容兩方面，分析整體藝術特色及其侷限處。本論文提供以下的研究成果，供諸先進參酌：對中國海洋文化作較完整的論述、填補古代航海科技的發展內涵、建立古典海洋文學的發展全貌、提出海洋文學的鑑別取捨標準、闡明宋元海洋文學重要作品的旨意、彰明自然海洋及人文海洋的內涵。

目次

自　序

　　深藍色的海洋，彷彿有著人們看不透的心思，摸不著的脾氣！海洋時而展現無涯偉觀，令人讚嘆；時而展現雍容大度，親近人類；時而展現萬端凶險，毀舟壞岸。多變的海洋，吸引古人的目光，也引發我的研究興致。民國八十三年碩士班畢業，因緣際會，任教於左營海軍軍官學校，與藍色的海洋結緣。服務於海軍軍官學校，使得我有許多認識海洋的機會。因此在得到　龔教授的首肯下，決定以海洋文學為研究主題，並將博士論文的題目訂為《宋元海洋文學研究》。本論文共分十章，深入析論宋元海洋文學相關問題。本論文開展出的研究視野，將為日後的研究奠基。

　　論文寫作期間，雖遭逢右眼視網膜剝離的困阨，但在醫師及諸師友的翼助下，終能平順地完成博士論文。首先感謝恩師　龔教授，給我寬廣的思考空間，讓我能盡情地馳騁於文字海洋。蒙　龔教授的溫婉提攜及細心斧正，使本論文的寫作，能按時完成。再者，本論文有部分內容及觀念，涉及海洋學、古代船舶科技、航海知識，為求論述允當，特就教於海軍軍官學校海洋科學系羅建育博士（海洋生物、海洋氣象、海洋地質、潮汐）、船舶機械系李濟國博士（古代造船科技、航海知識）、軍事學科部航海教官任懷魯中校（航海技術），並蒙惠借貝類標本、古船資料，使本論文的海洋、船舶、航海、海洋生物論述，合於現代學理。本論文的英文摘要，則幸蒙陸軍軍官學校外文系朱文章博士惠正，得以確保翻譯之語義精確。此外也感謝海軍軍官學校圖書館陳欣宜小姐，全力襄助，使得我能快速取得大量館際合作圖書。這些溫馨而專業的助力，使得本論文能解決一個又一個專業問題。

　　最後我要把本論文獻給父母、內人、小兒。有了他們的全力支持，論文

的寫作才有了意義。特別是內人淑吟將小兒翊安教養得當,讓我在教學之餘,得以專力寫作論文。滿懷感恩的我,終於能在鍵盤上,為本論文打下最後一個句點。

中華民國九十八年十二月十日

陳清茂 謹識

第一章　緒　論

第一節　研究緣起

　　海峽兩岸擁有綿長的海岸線及豐富的海洋資源。然而歷代的主政者，對海洋的認知不足，進而影響到海洋活動的開展。徒有綿長的海岸線，卻缺乏積極的海洋意識，海岸線不但不是迎向藍海的起點，反而成為帝王統治天下的負擔。以陸地思維為主的帝王，看到的是黃色文明、黃色經濟，至於海洋帶來的藍色文明、藍色經濟，不但視而不見，反而將海洋視為國家威脅的來源，防堵海洋遠勝於利用海洋，因此中國海洋文化的發展節奏遠較西方遲緩。

　　中國海洋活動的發展，歷經「海洋觀念的萌發」（春秋、戰國）、「海洋活動的興起」（秦漢、三國、六朝）、「海洋活動的高峰」（隋唐、宋、元）、「海洋活動的盛極而衰」（明、清）等四期〔註1〕。海洋活動能在宋、元時期逐漸登上高峰，除了累積前代的海洋成果外，還有個重要因素，那就是政府的積極參與。政府積極投入海洋活動，對於民間的海洋活動產生鼓舞的作用。宋、元時期繁盛的海洋活動，也帶動海洋文化的蓬勃發展。海洋文學為海洋文化內涵的映現。因此宋、元時期蓬勃發展的海洋文化，也帶動海洋文學的成長。本期的海洋文學運用多樣的文學體製，深刻的文字意象，廣泛地描寫各類海洋主題，作品的質與量，均頗有可觀，並為明、清的海洋文學發展，奠定堅實基礎。

〔註1〕各分期發展的詳細論述，請參閱本書第二章的析論。

　　近年來國際海洋意識抬頭，海峽兩岸也開始關注海洋事務，從海權、海洋經濟、海洋生物、生態保護、海洋文化等角度研究海洋。筆者服務於海軍軍官學校，與海洋結緣，特別將研究的大方向設定爲古典海洋文學，希望能充實海洋文化的內涵。本研究所觸及的海洋文化、海洋文學、古代航海科技、海軍發展史等議題，也是筆者未來的研究領域。

第二節　兩岸海洋文學研究的文獻探討

　　海峽兩岸因應國際海洋意識的抬頭，開始研究海洋文化相關議題，也成立海洋文化研究所〔註 2〕。就目前的研究成果而言，海洋文化的研究論文、專著、期刊指不勝數，而海洋文學的研究則相對寡少。1975 年，朱學恕倡言開拓「海洋文學」的新境界〔註 3〕，乃海峽兩岸首先提出「海洋文學」概念者，並開創「海洋文學」創作、論述、提倡之風。爲分析兩岸海洋文學的研究成果，筆者蒐集兩岸海洋文學的研究論文（單篇論文、學位論文），分類列表如下：

海洋文學總論	顏一平：〈海洋精神與海洋文學〉《大海洋詩雜誌》）*
	朱學恕：〈論海洋文學〉《大海洋詩刊》）*
	朱學恕：〈論海洋文學與海洋人生觀（上）〉《大海洋詩雜誌》）*
	朱學恕：〈論海洋文學與海洋人生觀（下）〉《大海洋詩雜誌》）*
	劉茂華：〈民族性情與海洋文學〉《大海洋詩雜誌》）*
	劉　菲：〈發揚海洋文學，立海洋領土觀念〉《大海洋詩雜誌》）*
	泉　泉：〈略談海洋文學未來去向及其策略〉《大海洋詩雜誌》）*
	東　年：〈海洋台灣與海洋文學〉《聯合文學》）*
	楊政源：〈尋找「海洋文學」——試析「海洋文學」的內涵〉《臺灣文學評論》）*
	朱學恕：〈海洋詩（文）教對中國未來興衰之影響〉《大海洋詩雜誌》）*
	朱學恕：〈論海洋詩（文）教對中國未來興衰之影響〉《大海洋詩雜誌》）*
	楊鴻烈：《海洋文學》（香港新世紀出版社）

〔註 2〕位於基隆的台灣海洋大學於 2007 年，成立全國第一所海洋文化研究所，深耕海洋文化研究，培育理論與實務兼具的海洋文化人才，並發行《海洋文化學刊》。大陸的中國海洋大學、青島海洋大學、廣東海洋大學、浙江海洋學院、湛江海洋大學、上海海事大學等，也相繼成立海洋文化研究所，投入大量的人力研究海洋文化相關議題，並獲得豐碩的研究成果。

〔註 3〕朱學恕於《大海洋詩刊》創刊號，發表〈開拓海洋文學的新境界〉創刊辭，提出「海洋文學」的概念，並由朱學恕及諸學者、詩人從不同角度，探索「海洋文學」的內涵，並創作大量的海洋詩，爲台灣海洋文學的奠基者。

古代海洋文學綜論	王慶雲：〈中國古代海洋文學歷史發展的軌跡〉（《中國海洋大學學報》）
	張如安、錢張帆：〈中國古代海洋文學導論〉（《寧波服裝職業技術學院學報》）
	王賽時：〈中國海洋文學的歷史成就〉（《中國海洋文化研究》）
	趙君堯：〈海洋文學研究綜述〉（《職大學報》）
	趙君堯：〈先秦海洋文學時代特徵探微〉（《職大學報》）
	趙君堯：〈漢魏六朝海洋文學趨議〉（《職大學報》）
	趙君堯：〈論宋元海洋文學〉（《職大學報》）
	趙君堯：〈宋元海洋文學的時代特徵〉（《福建師範大學學報》）
	張如安：〈元代浙東海洋文學初窺——以寧波、舟山地區爲中心〉（《浙江海洋學院學報》）
	張祝平：〈鄭和下西洋與明代海洋文學〉（《南通大學學報》）
	來　其：〈舟山海洋文學：歷史與現實的考察〉（《浙江海洋學院學報》）
	柳和勇：〈論舟山海洋文學特色及其在我國海洋文學中的地位〉（《浙江海洋學院學報》）
古典海洋詩歌	藍海萍：〈論古典海洋詩的力與美〉（《大海洋詩雜誌》）*
	徐　敏：〈遭遇大海——中國古典海洋詩的審美情趣〉（《大海洋詩雜誌》）*
	張高評：〈海洋詩賦與海洋性格——明末清初之臺灣文學〉（《臺灣學研究》）*
	張高評：〈詩情畫意與清初台灣之海洋詩賦——兼論海洋詩之宋調特色〉（2009 年閩南文化國際學術研討會）*
	施懿琳：〈我家居金門，當門抱滇渤——林樹梅《歠雲山人詩文鈔》的海洋書寫與歷史追述〉（2009 年閩南文化國際學術研討會）*
	龔顯宗：〈鄭經與台灣海洋文學〉（中山大學清代學術研討會）*
	龔顯宗：〈感性與知性兼具的《裨海紀遊》〉（《台灣文學論集》）*
	龔顯宗：〈鹿耳門詩選〉*
	陳家煌：〈康熙時期台灣詩中的海洋感受——以《赤嵌集》爲討論中心〉（多重視野的人文海洋——海洋文化學術研討會）*
	吳毓琪：〈康熙時期台灣宦遊詩人對海洋的審美感知與空間體驗〉（多重視野的人文海洋——海洋文化學術研討會）*
	吳毓琪：〈論孫元衡《赤嵌集》之海洋意象〉（《文學台灣》）*
	李知灝：〈蛟鯨宮闕龍伯國——清代宦遊詩人渡臺書寫中的海洋想像〉（多重視野的人文海洋——海洋文化學術研討會）*
	廖肇亨：〈長島怪沫、忠義淵藪、碧水長流——明清海洋詩學中的世界秩序〉（《中國文哲研究集刊》）*
	廖振富：〈清代台灣古典詩中的渡海經驗〉（第二屆台北學國際學術研討會）*
	管　華：〈清勁浩瀚　激情深蘊——淺析丘逢甲的海洋詩〉（《嶺南文史》）
	張松才：〈廣東近代詩歌海洋意識與海上絲路〉（《湛江海洋大學學報》）
	喬國恒：《兩宋錢塘潮詩詞研究》（南京師範大學碩士論文）
台灣海洋	林政華：〈"臺灣海洋文學"的成立及其作家作品〉（〈明道通識論叢〉）*
	黃騰德：〈從廖鴻基《鯨生鯨世》看臺灣的海洋文學〉（《台灣人文》）*
	朱雙一：〈中國海洋文化視野中的台灣海洋文學〉（《台灣研究集刊》）
	王靖豐：《海洋文學作家廖鴻基作品之研究》（南華大學碩士論文）*
	葉連鵬：《台灣當代海洋文學之研究》（中央大學博士論文）*

文學綜論	吳韶純：《臺灣現代海洋文學研究》（高雄師範大學碩士論文）＊ 林怡君：《戰後台灣海洋文學研究》（國立成功大學碩士論文）＊ 王韶君：《台灣海洋文學的發展與文化建構（1975～2004）》（臺北教育大學碩士論文）＊ 陳胤維：《臺灣當代漁民文學研究》（彰化師範大學碩士論文）＊ 簡曉惠：《夏曼‧藍波安海洋文學研究》（屏東教育大學碩士論文）＊
現代海洋詩歌	朱學恕：〈論海洋文學與現代詩〉（《大海洋詩刊》）＊ 朱學恕：〈論海洋文學與海洋詩〉（《大海洋詩刊》）＊ 朱學恕：〈論開拓海洋詩的新境界（上）〉（《大海洋詩雜誌》）＊ 朱學恕：〈論開拓海洋詩的新境界（中）〉（《大海洋詩雜誌》）＊ 朱學恕：〈論開拓海洋詩的新境界（下）〉（《大海洋詩雜誌》）＊ 蔡富澧：〈試論海洋詩創作的更多可能〉（《大海洋詩雜誌》）＊ 廖祥荏：〈船長的獨步——鄭愁予海洋詩評析〉（《中國語文》）＊ 王　泉：〈一源多元化文化語境中的台灣當代海洋詩〉（《浙江海洋學院學報》）

※ 為避免蕪雜，論文的出版資料，只錄期刊名及學位論文名。詳細的資料，請參閱本書的參考書目。
※ 論文後標示「＊」者，表示台灣的研究成果。

筆者從以上兩岸海洋文學研究論文資料中，發現兩岸學者的研究方向，大異其趣，各有特色：

1. 對於「海洋文學」的本質，作深入探討的論文，除了一篇是來自大陸，其餘全屬於台灣的論文。探索「海洋文學」本質的台灣論文，又全部集中於《大海洋詩刊》（後改為《大海洋詩雜誌》）。此種現象與《大海洋詩刊》發起人朱學恕的理念有密切的關係。朱學恕以探討「海洋文學」的本質為起點，以開拓海洋文學新境界為使命，塑造海洋人生觀為主旨。《大海洋詩刊》成為早期發表「海洋文學」研究的主要刊物，也開啟兩岸研究海洋文學的風氣。

2. 台灣的海洋文學研究成果，集中在海洋文學總論、古典海洋詩歌、台灣海洋文學綜論、現代海洋詩歌等範疇。其中值得關注的現象有三：(1)台灣主體意識與現代海洋文學結合，成為台灣目前研究海洋文學的主流。台灣學界已有五篇學位論文及三篇單篇論文，從各角度深入探討台灣現代海洋文學的整體發展面向。(2)台灣對古典海洋詩歌的探討，明顯地集中於清代台灣古典海洋詩的範疇，尤其是具有渡海經驗的遊宦詩人，詩作所呈現的海洋感受、空間氛圍，均為研究焦點。(3)自朱學恕及《大海洋詩刊》引領現代海洋詩歌的創作風潮後，在海洋意識的推波助瀾下，投入海洋詩歌創作的詩人日益繁多，也形成不同

的風格。日益蓬勃的現代海洋詩歌創作，也吸引學者探討重要的海洋詩及詩人。

3. 大陸學界的研究方向，集中於古典海洋文學的範疇，尤其是古代海洋文學的發展綜論。大陸學者除了綜論古代海洋文學的整體發展軌跡外，還論述先秦、漢魏、宋、元、明各代的海洋文學發展概況。雖然大陸學者對古典海洋文學作較完整的研究，但限於論文的篇幅，僅能淺嚐即止，未能以專書的形式，對作家、作品深入析論。

綜上所述，大陸的研究方向偏於古典海洋文學，既觀照古代海洋文學的發展軌跡，也聚焦於各代海洋文學的發展特色。台灣的研究方向較偏向現代海洋文學，彰明「海洋文學」的內涵，關照現代海洋詩歌的發展，並嘗試呈現台灣海洋文學發展的整體面貌。兩岸的海洋文學研究，互有所長。

海峽兩岸的海洋文學研究，除了以論文形式探討各議題外，也展現在海洋文學的輯釋。目前筆者蒐集到的古典海洋文學作品輯釋，皆為大陸所出版。以下為各書之輯釋特色：

◎ 舟欲行、曲實強編著：《濤聲神曲──海洋神話與海洋傳說》〔註4〕

　　評：本書介紹傳述海洋神話、傳說的文學作品，四分之三屬中國古典海洋文學的範疇。本書以各個神話、傳說為介紹主題，雜引各作家的作品為證。本書在敘述海洋神話、傳說時，常將原典改寫為白話文。讀者無法得睹作品原貌。

◎ 金毅、李新安編著：《桅影風騷──海洋文學與海洋藝術》

　　評：本書輯錄的古典海洋文學約佔全書的三分之一。本書以主題的形式，援引作品為證。因以摘錄方式援引作品，無法一睹作品全貌。

◎ 李越選注：《中國古代海洋詩歌選》

　　評：本書編選先秦至民初的重要海洋詩歌，數量眾多，並於各詩之下，繫以簡要的作者資料及文本註解，為目前較重要的古典海洋詩歌選本。海洋詩歌的文字意涵較為艱深，而編者只簡要地註解若干語辭，對於讀者了解作品的文意，助益有限。

◎ 徐波選注：《中國古代海洋散文選》

〔註4〕以下各書之出版資料，請參閱本論文之參考書目。

　　評：本書的選錄特色在於宋代以前以賦體爲主，宋代以後則以賦、散
　　　　文、遊記、碑文、筆記、書序、奏疏等形式的作品爲主。本書文
　　　　本的註解詳細，對於理解海洋散文，頗有幫助。
◎ 倪濃水選編：《中國古代海洋小說選》
　　評：本書自先秦典籍、志怪小說、長篇章回小說、短篇小說中，摘錄
　　　　有關海洋的篇章，對於若干長篇章回小說，則節錄代表性的回目。
　　　　本書在各篇（本）海洋小說前，附有提要，有助於理解作品的創
　　　　作背景。

　　以上這些關於海洋詩歌、小說、散文、神話、傳說的選本，透過輯錄各
代重要作品的方式，可讓讀者對各體海洋文學的面貌，有概略性的了解。但
歷代海洋文學數量繁多，而選本只能選取各朝代的少量作品，無法深入而完
整地了解當代海洋文學的全貌，更難進一步作整體研究。因此上述諸類選
本，可當成分期分體研究的入門基礎，再由此開展出探索當期海洋文學的康
衢大道。

第三節　研究範疇

　　上一節論述大陸的研究方向，集中於古典海洋文學的範疇。大陸學者由
此範疇開展出三條研究支線：一、綜論古代海洋文學的整體發展軌跡。二、
各代海洋文學的發展概況。三、海洋文學作品的具體析論。除第三條支線外，
其餘的研究涉及豐富的海洋文學資料，但受限於單篇論文的論述規模，僅略
論若干作家作品爲證，無法對相關主題作深入的探討。

　　在古典海洋文學的領域中，筆者選擇宋、元時期的海洋文學，作爲本論
文的研究主題，主要原因如下：

1. 古典海洋文學研究領域中，海峽兩岸目前尚未出現以專書形式深入論
　 述的學術專著，以致於本領域的相關研究，深度不足。
2. 在中國古典海洋文學發展史（先秦、漢魏六朝、唐代、宋元、明代、
　 清代）中，宋、元時期的作家，運用多樣的文學體裁，描寫豐富的海
　 洋題材，蔚爲風潮。本期的海洋文學呈現一片繁榮景況，目前卻只有
　 三篇論文作初步的探討，無法完整而深入地呈現本期海洋文學的全
　 貌。

3. 就古典海洋文學的發展歷程而言，宋、元時期爲海洋文學的成熟期，作家親近海洋，發爲翰墨，佳作隨處可見，下啓明、清兩代的海洋文學活動。本研究由宋、元時期入手，先對海洋文學的若干基礎問題，及宋、元兩代的海洋作品作深入研究，可爲明、清時期的海洋文學研究奠基。

因此本論文以宋、元時期的海洋文學爲研究主題，並將論文題目訂爲《宋元海洋文學研究》。希望透過本論文的研究成果，有助於古典海洋文學的後續研究。

第四節　研究方法與架構

本論文所涉及的海洋文化資料、海洋文學作品，及與海洋相關典故資料，數量極爲龐大。筆者蒐集、整理海洋文學素材的原則如下：

1. 筆者花費數年的時間，自沿海方志、專集、總集之中，地毯式地蒐羅歷朝的各體海洋文學作品，而非引用自今人編纂的「海洋文學選本」。
2. 筆者蒐集到的海洋文學作品，先用其他版本校勘，以求文本字義的妥當。因本論文所徵引的作品極多，爲避免行文蕪雜，文中凡徵引諸家作品時，統一於篇題之後標示集名及卷次。
3. 少數作品，因各版本間的文本差異過大，或缺漏過多，爲避免造成詮釋的誤差，於此則略而不論。

以上述的海洋文學素材爲運用基礎，依各章論述屬性的差異，運用不同的研究方法，對材料進行運用。第二章探討中國海洋文化的發展，第三章總論古典海洋文學。針對這兩章的龐大論述，筆者以「史」的觀點，宏觀的角度，援引各朝資料爲證，探討海洋文化、海洋文學的發展進程，著重在呈現兩者的發展軌跡，及其在各分期所呈現的特色。對於文中出現的古代航海科技、海洋生物或海洋觀念，爲求意象明晰，筆者將若干文字資料以繪圖方式呈現，或援引相關圖片輔證，使論文的指涉意義更易理解。第四章探討宋、元海洋文學的基礎資料時，爲使立論有力，首先將蒐集到的各類資料，作深入的分析，以表格方式呈現，再將表格的數據，運用統計法予以量化，並轉化爲統計圖表。透過統計圖表的詮釋，彰顯作家籍貫、活動地域、運用文體，對作品所產生的影響。第五章及第六章論述宋、元時期具有代表性的作家，

以作家的海洋生活經驗為核心，深入地論述各家的海洋文學。第七章及第八章則以宏觀的角度，將宋、元兩代所有的作品合併論述，理出自然海洋、人文海洋等兩大主線，並細部分析兩者的具體內涵。

　　人類與藍色海洋密切互動後，產生有形、無形的結果，具體展現在精神認知、語言行為、社會組織、物質經濟等四層面〔註5〕。各層面所輻射出與海洋相關的具體內容，綜合起來就是海洋文化。其中海洋文學屬於語言行為層面所衍生的結果之一，包含在海洋文化的範疇之中。海洋文學以海洋及其相關事物為寫作主題，透過作者的主觀構思，藝術處理，並能呈現出時代或個人的鮮明海洋意識。海洋文學的豐富內涵，可表現海洋文化的種種現象、思維、情感，能反映海洋文化內涵的多樣性。海洋文化與海洋文學存在著密不可分的依存關係。因此研究宋、元海洋文學時，要先處理海洋文學的定義、內涵、藝術特色等基礎問題，並能掌握歷代海洋文學的發展歷程。要處理海洋文學的相關問題，則要先從源頭析論海洋文化的相關問題。先釐清海洋文化、海洋文學的內涵後，才能對宋、元海洋文學，作深入析論。因此本論文的論述架構、次第：中國海洋文化→海洋文學總論→宋元海洋文學。

〔註 5〕請參本論文第二章第二節的論述。

　　宋、元時期的海洋活動雖然登上頂峰，但無論是官方或民間，卻尚未累積成鮮明的海洋意識，反映在本期的海洋文學，則以海洋活動的相關人、事、物爲記述重心，作品大都呈現各類奇特的海洋經驗，至於海洋意識則隱微難見。明、清時期的海洋文學，不但記詠繁盛的海洋活動，也開始以務實的態度面對藍色的海洋，思考國家的發展契機，若干作品也透顯出鮮明的海洋意識（觀念）。故筆者處理「宋元海洋文學研究」的題目思維：「海洋文化→海洋文學」，而非「海洋文化→海洋文學→海洋意識（觀念）」。

　　確立此一研究架構後，便可進一步設計全本論文的具體研究次第：(1)以海洋文化的內涵及其發展歷程爲基礎：(2)將論述聚焦於海洋文學總論，釐清海洋文學的內涵及作品的取捨標準後，以開展出宋、元海洋文學的研究主軸：(3)對宋、元海洋文學的基礎資料（文體運用、作家活動地域）作析論，以彰明創作背景對作品的影響。(4)分論宋、元兩代海洋文學的代表作家及其作品，以爲後續討論的基礎。(5)以宏觀的視野處理宋、元海洋文學展現出的自然海洋、人文海洋風情。(6)就文本綜論宋、元海洋文學的藝術特色。以下爲相對應的論文章節設計：

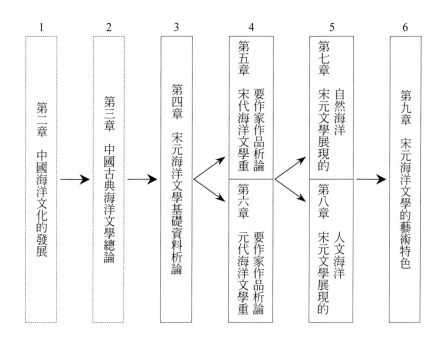

本論文以上述八章爲論述主體，加上緒論及結論，總共十章。透過這十章的論述，對於宋、元海洋文學的基本問題、重要作品析論、展現的海洋風情、

整體成就等，進行深入研究後，可補單篇研究論文之不足，並為日後的研究建立規模。

第五節　本研究的困境

海洋文學與他類文學相較，雖然別具丰采，但卻存在著若干問題，造成解讀、研究上的困難：

一、難字僻辭形成紆曲的文字風格

為凸顯海洋景觀的壯闊、海洋經驗的奇特、海洋生活的面貌，作家常不自覺地順著主題的特色，運用難字僻辭，形成詭奇紆曲的文字風格。紆曲的文字風格，使讀者解讀作品時，文意常斷斷續續，不易連貫。以下略舉數端為例：

◎ 釋文珦〈觀海〉（「粵自兩儀分」）之「沆瀁無涯涘」、「一目但沖瀜」句，「沆瀁」指水面廣大無邊的樣子，「沖瀜」則形容水面平遠的樣子。

◎ 蘇軾〈八月十五看潮五絕〉（「江神河伯兩醯雞」）之「醯雞」，指可使酒發霉發酵的酒蟲。

◎ 陸游〈大風〉（「初聞潰洞怒濤翻」）之「潰洞」，形容水勢洶涌。「潰洞」一辭屢屢出現在陸游的海洋作品。

◎ 王安石〈題回峰寺〉（「山勢欲壓海」）之「禪扃向此開」句，「禪扃」指佛寺之門。

◎ 張耒〈登山望海〉（「西望揚州何處」）之「雲中雙塔巑岏」句，「巑岏」指簪立貌。

◎ 蘇頌〈觀潮〉（「嘗觀七發論濤篇」）之「終歸漩澓作澄淵」句，「漩澓」指水旋轉回流。

◎ 劉攽〈一舸〉（「一舸泛溁沄」）之「溁沄」，形容水廣大的樣子。

◎ 程鉅夫〈湖口阻風登江磯山觀濤〉（〈狂風吹人渾欲倒〉）之「溁蕩澄虛納蒼昊」句，「溁蕩」指海廣大無際貌。

◎ 陳樵〈海人謠〉（「海南蠻奴髮垂耳」）之「柏葉收珠寒蒬蒬」句，「蒬蒬」乃「蕤蕤」。「蒬」為「蕤」之俗寫字。

◎ 李綱〈次東坡韻〉（「地角潮來未五更」）之「陰雲解駁作霜晴」句，

「解駁」形容離散間雜。韓愈〈南海神廟碑〉云：「雲陰解駁，日光穿漏。」

◎李綱〈次東坡韻〉（「地角潮來未五更」）之「風浪喧豗海氣清」句，「喧豗」形容轟然聲響。

◎李綱〈檳榔〉（「疏林蒼海上」）之「掩映篲龍兒」句，「篲龍」為竹筍異名。

◎歐陽修〈送朱職方提舉運鹽〉（「齊人謹鹽筴」）之「齊人謹鹽筴」句，「鹽筴」指徵收鹽稅的政策法令。「隋堤樹毿毿」句，「毿毿」指垂拂紛披貌。「無異鈦厥趾」句，「鈦厥趾」指以腳鐐類刑具鉗制足趾。

◎歐陽修〈初食車螯〉（「纍纍盤中蛤」）之「得火遽已呀」句，「已呀」指車螯殼已張開。

◎韋驤〈八月十八日觀潮〉之「浙湍浩溔連溟渤」句，「浩溔」指水無際貌。

◎張侃〈觀海〉（「孔聖道不行」）之「滿天雲去靉」句，「靉」指雲氣濃盛貌。

◎皇甫明子〈海口〉（「窮島迷孤青」）之「熒惑表南紀」句，「熒惑」指火星。

◎柳永〈煮海歌〉（「煮海之民何所營」）之「自從潴鹵至飛霜」句，「潴鹵」指積聚鹵水。

◎鄭清之〈食蛤戲成〉（「滿殼濡潮汐」）之「蛙烹肯擬倫」句，「蛙」鄭清之自注：「蛙大者名風蛤」。

◎鄭清之〈適得滷蛤頗佳遣餉菊坡因記曾作蛤子詩有文身吳太伯緘口魯銅人之句戲綴前語代簡〉（「文身太伯甘斥鹵」）之「努力去為酒中虎」句，「酒中虎」鄭清之自注：「諺稱海錯鹹者為捉酒虎」。

◎謝景初〈觀餘姚海氛〉（「海上風與雨」）之「未朕先氣升」句，「朕」指徵兆、跡象。

◎楊時〈過錢塘江迎潮〉（「銀潢翻空天際白」）之「低昂上下如桔槔」句，「桔槔」指汲水的工具。

◎釋寶曇〈觀潮行〉（「八月十八錢塘時」）之「想見水府驚顛隮」句，「顛隮」指衰敗覆滅。

◎虞儔〈和萬舍人分惠鱟魚〉（「昌黎集裏知名久」）之「柱後惠文渠勿恃」

句,「柱後惠文」指惠文冠,傳為趙惠文王創制。

◎ 楊維楨〈海鄉竹枝詞〉(「門前海坍到竹籬」)之「豻豻三歲未識父」
句,「豻豻」乃吳人稱其赤子。

◎ 薩都剌〈過嘉興〉(「三山雲海幾千里」)之「花落鷺嗁滿城綠」句,
「鷺」即「鶯」字。

以上所列舉的例證,只是海洋文學中的極小部份。這些難字僻辭,可分
成幾類:(1)地域性用語(如豻豻);(2)罕用的別稱(如捉酒虎、撐龍);(3)
罕見的名物(如蛙、醢雞、柱後惠文);(4)俗寫字體(如鷺、蕯);(5)冷僻
字義(如已呀、霙、解駁)等。海洋文學大量運用難字僻辭,形成詭奇紆曲
的文字風格。這類文字風格,減緩讀者的閱讀速度,妨礙讀者了解作品的字
意。特別是特定地區的習慣用語,非生於此地者不易理解。如「酒中虎」指
鹹的海錯,若無鄭清之自注,讀者根本無法理解辭義。

二、生僻典故及背景資料易成為閱讀作品的障礙

文學作品運用典故可以深化作品的內涵,使單薄的文字,蘊含豐富而深
刻的意象。海洋文學所描寫的是瑰麗、雄偉、變動、奇幻的海洋,為使有限
文字能表達豐富的人文意象,常廣用典故。除了運用常見的神話典故外,也
引用不少生僻的典故,使讀者不易掌握典故的要旨。此外有些海洋文學有其
特殊的創作背景,作者將之轉化為詩句。對於作者的生平事蹟不熟者,往往
難以理解句意。生僻典故及作者的背景資料,易形成閱讀作品的障礙。以下
試舉數例說明:

◎ 陸游〈海山〉云:「補落迦山訪舊遊,菴摩勒果臨中州。秋濤無際明人
眼,更作津亭半日留。」

解析:菴摩勒果(梵文 amala)又作阿末羅、阿摩羅、菴摩羅、菴摩洛
迦,漢譯為餘甘子,類似胡桃,味酸甜,可食用,亦可為藥用。
阿育王晚景潦倒,臨終前僅餘半只菴摩勒果。阿育王以此半只
菴摩勒果供養雞頭摩寺(Kurkuta)眾僧,因而得自在,後以菴
摩勒果借指清淨之地。

◎ 蘇軾〈八月十五看潮五絕〉(第二首)云:「萬人鼓譟懾吳儂,猶是浮
江老阿童。欲識潮頭高幾許,越山渾在浪花中。」

解析:《晉書》卷三十四云:「時吳有童謠曰:『阿童復阿童,銜刀浮

渡江。不畏岸上獸，但畏水中龍。』祐（羊祜）聞之，曰：『此
必水軍有功，但當思應其名者耳！』會益州刺史王濬（浚）徵
爲大司農，祐知其可任。濬又小字阿童，因表（劉表）留濬監
益州諸軍事，加龍驤將軍，密令修舟檝爲順流之計。……」小
名阿童的王浚，率領水軍銜刀渡江，肅殺氣勢，令吳人驚懼。
錢塘江上的潮水氣勢，宛若萬人喧囂鼓譟。蘇軾援用老阿童的
典故，將錢塘潮的氣勢，與王浚率領攻擊東吳的龐大水軍氣勢
相類比。

◎蘇軾〈鰻魚行〉云：「……食每對之先太息，不因噎嘔緣瘡痂。……」

解析：《宋書》卷四十二云：「邕（劉邕）所至嗜食瘡痂，以爲味似鰻
魚。嘗詣孟靈休。靈休先患灸瘡，瘡痂落牀上，因取食之。靈
休大驚。答曰：『性之所嗜。』靈休瘡痂未落者，悉褫取以飴
邕。」劉邕因瘡痂的特殊氣味近似鰻魚，而嗜食瘡痂。蘇軾引
此典故，指出王莽與曹操，皆嗜鰻魚，即使鰻魚味似瘡痂，也
不會因此而噎嘔。

◎沈邁〈錢塘賦水母〉云：「……定矜故態招三彭，且摩枵腹甘藜羹。
……」

解析：道家稱人體內的三種害蟲爲三彭。上尸稱爲彭倨，居於腦；中
尸稱爲彭質，居於明堂；下尸稱爲彭矯，居於腹胃。三彭於人
類熟眠時上天向司命道人報告人類之罪過，其罪重者，減壽三
百日，罪輕者，減壽三日。沈邁引此典故，諷刺水母矜持故態
（特殊的生活方式），招致三彭之害，而淪爲枵腹之水母線。

◎李綱〈聞官軍破黎賊兩絕句〉（第一首）云：「海上群黎亦弄兵，征車
數月旅山城。稽留謫命兢惶甚，正坐緋巾慂沸羹。」

解析：被貶瓊州的李綱，因海南群黎作亂，暫時稽留於海康。「正坐
緋巾慂沸羹」句，描述的正是李綱坐緋巾資賊事，因而被遠謫
瓊州。宋代李心傳《建炎以來繫年要錄目錄》卷十云：「綱（李
綱）傾其家貲數千緡，并製造緋巾數千，遣其弟迎賊，不知其
意安在？……綱既素有狂愎無上之心，復懷怏怏不平之
氣。……以爲李綱者，陛下縱未加鈇鉞之誅，猶當置之嶺海遐
遠無盜賊之處，庶幾國家可以少安。」針對姦人以緋巾資賊事

構陷，李綱曾上奏爲己辯駁云：「李綸在無錫縣與知縣郜漸商議
說諭，叛兵不曾焚毀邑屋。臣是時方到鎮江府，初不與知。言
者乃謂臣遣弟迎賊，傾家貲犒，設製緋巾數千頂以與之，實爲
不根，坐此落職。」（《李綱全集》）李綸（李綱之弟）在無錫縣
與知縣郜漸商議，以爲叛兵不曾焚毀邑屋。後來李綱至鎮江
府，在不知情的情形下，爲奸人以傾盡家貲製作緋巾數千頂，
遣李綸迎賊之事構陷。然而朝廷並未明查此事，立即將李綱遠
貶至瓊州。故李綱聽聞海南黎民作亂，特別驚悸。李綱就是因
緋巾資賊之事，被貶瓊州，如今竟巧遇黎人作亂，故懼怕再被
牽累其中。

◎蘇軾〈食檳榔〉云：「……牛舌不餉人，一斛肯多與。……」

解析：「牛舌不餉人」典故，引自劉孝綽之詩。劉孝綽〈詠有人乞牛
舌乳不付因餉檳榔〉詩云：「陳乳何能貴，爛舌不成珍。……」
牛舌遠不及檳榔的特殊滋味，故不以牛舌餉人，而改餉以檳
榔。「一斛肯多與」引用劉穆之乞食檳榔的典故。《南史》卷十
五云：「穆之少時家貧，誕節，嗜酒食，不修拘檢，好往妻兄家
乞食，多見辱，不以爲恥。其妻江嗣女甚明識，每禁不令往。
江氏後有慶會，屬令勿來，穆之猶往，食畢，求檳榔，江氏兄
弟戲之曰：『檳榔消食，君乃常飢，何忽須此？』……及穆之爲
丹陽尹，將召妻兄弟。……及至，醉，穆之乃令廚人，以金柈
貯檳榔一斛以進之。」曾因乞食檳榔受辱的劉穆之，貴爲丹陽
尹後，特別命廚人用金盤盛一斛檳榔，向妻兄誇耀。蘇軾用這
兩個典故形容檳榔的珍貴。

◎劉克莊〈次林卿檳榔韻〉云：「……海賈垂涎規互市，夷人嚼血賽媒
神。……」

解析：檳榔爲嶺南濱海一帶，廣爲各階層人們歡迎的食品，也是海賈
互市的商品。嗜食檳榔之風，也衍生出不少食檳榔的風俗，如
「夷人嚼血賽媒神」。劉克莊自注：「南中有媒人廟，淫奔者以
檳榔血塗神口。」不但人們喜食檳榔，連媒神也愛食檳榔，故
淫奔者爲求如願，常口嚼出紅色的檳榔汁，再將之塗於媒神之
口。此種地域典故，非作者自注，難以理解。

◎柳永〈煮海歌〉云：「煮海之民何所營，婦無蠶織夫無耕。……太平相
業爾惟鹽，化作夏商周時節。」

　　解析：《尚書‧說命》云：「若作和羹，爾惟鹽梅。」這兩句話乃殷高
宗命傅說為相時所言。調羹者，鹽過則太鹹，梅過則太酸，必
求和適為難。良相治國，懲勸寬猛，亦若調羹，要曲盡其宜。
柳永化用此意，希望宰相在鹽政方面能求調和，減少鹽民的負
擔。

　　以上略舉之典故，或來自經、史，或來自方俗，或來自佛、道，均非詩
文常援引的熟典。這類生僻典故，非博覽群書，熟諳事類者，難以理解，更
遑論與詩文意旨相連結。此外作家將創作背景資料轉化為作品內容，除非能
熟悉其事蹟，否則亦難以解讀詩句原意。部分作家創作海洋文學，援用生僻
典故或融入其背景資料，雖達到深化內容的目的，卻也使文意紆曲不暢。

三、眾多地理名詞不易確認

　　海洋文學之所以具有海洋特色，乃因作品緣附於海洋、海島、海岸等地
理位置及其附屬的各式建築物。宋、元海洋文學中，出現大量的地理名詞（自
然地理與人為建築）。海洋文學既然有濃厚的海洋地域性，讀者解析作品時，
了解創作的地理空間，有助於理解作品。筆者將出現在宋、元海文學中的地
理名詞臚列如下：

◎沿海地名：甬東（浙江）、寧海（浙江）、泉州、直沽（天津）、鄞縣（浙
江寧波）、遼陽（遼東半島）、萊州（山東）、登州（山東）、儋耳（海
南島南部）、海州（江蘇連雲港）、海康（廣東）、叭馭驛（潮州）、青
龍（上海青浦）、地角場（廣東海康西南）、鹽城（江蘇鹽城）、良坑（浙
江寧海）

◎沿海山名：候濤山（浙江定海）、盤陀石（浙江定海海東洲）、招寶山
（定海）、明山（海州）、石湫（鄞縣）、望海嶺（廣東饒平）、望海尖
（浙江寧海）、黃岡（饒平縣東）、大鞋嶺（廣東海濱）、越天門山（浙
江象山）、鶯遊山（江蘇連雲港市東西連島）、虎蹲山（浙江定海）、五
虎門（福州閩縣）、南臺山（福州大廟山）、金山、鼉山、隻嶼山

◎港灣名：福山港（江蘇常熟福山鎮）、包港（似在浙江）、石港（江蘇通
州）、賣魚灣（石港以東）、洋山港（舟山群島）、黃田港（江陰北方）

◎ 水名：吳松江、揚子江

◎ 洋名：大茅洋（舟山群島近處）、萊州洋（萊州灣）、零丁洋（廣東中山縣南零丁山下）、亂礁洋（象山港外）、蘇州洋（浙江定海東北）、金沙洋（今之牛田洋）、三合溜（徐聞地角場與瓊州間的海域）、靈星小海〔註6〕、流潢驛、黑水洋（北緯 32°～36°、東經 123° 以東的海域）、黃水洋、青水洋（指黃海中部一帶海域）

◎ 灘名：惶恐灘（江西萬安）

◎ 沙洲名：白鷺洲

◎ 島名：湄洲嶼（興化）、沙門島（山東）、乳島（山東）、沙門島（山東長山列島）、玉環島（浙江樂清灣和漩門灣間）

◎ 鹽場名：下砂鹽場（華亭）

◎ 寺名：大瀛海道院（象山）、靈山寺（廣東潮陽）、狼山寺（江蘇南通狼山）、普陀寺（浙江定海）、回峰寺（舟山群島普陀山）、延福寺（泉州九日山）、囊山寺海月堂（福建莆田）、海邊寺

◎ 廟名：子胥廟（杭州吳山）、南海東廟（廣州）、南海祠

◎ 亭名：鎮海亭（定海）、樟亭（杭州，後改爲浙江亭）、育王望海亭（浙江寧波）、浴日亭（廣州）、乘槎亭（江蘇連雲港孔望山）、安濟亭（浙江錢塘）、平仙亭（廣東海康）、海邊亭、垂虹亭（江蘇吳江縣）、望越亭（浙江）、天風海濤亭（鼓山靈源洞）、望瀛亭、雲海亭

◎ 樓名：望海樓（杭州鳳凰山）

◎ 橋名：垂虹橋（江蘇吳江）、洛陽橋（泉州）、夢筆橋（浙江山陰縣）

◎ 閣名：蓬萊閣（山東丹崖山）、觀潮閣（瑞安縣峴山）

　　詩題或內容出現的地理名詞，點出作品的空間特質，與內容趨向有密切關係。以上出現在海洋文學的地理名詞，可以歸納爲三大類：(1)濱海地區的地名、山名、水名、港灣名、鹽場名。(2)海洋中的洋名、島名、灘名、沙洲名。(3)人文建築之亭名、樓名、閣名、寺名、廟名、橋名。這三類地理名詞中，有些是眾人周知的景點，重複出現於各家作品（如定海候濤山、定海招寶山、湄洲嶼、普陀寺、浙江亭、垂虹亭等）。然而還有部分地域性極高的地

〔註6〕楊萬里〈清明日欲宿石門，未到而風雨大作，泊靈星小海〉云：「……石門未到未爲遲，小泊靈星也自奇。此去五羊三十里，明朝還有到城時。」據此詩，靈星小海距廣州五羊城約三十里，則靈星小海可能位於廣東一帶海域。

名、洋名、亭名、山名，只有當地人才熟悉，即使筆者查閱大量工具書、原
典，亦難以確認其實際的地理位置。加上古今地理疆域的改變，地名的興革，
沿海地貌的變遷，建築物的傾頹，都加深考辨地理名詞的難度。無法確定作
品的地理條件，往往無法深入理解作品的地域特殊性。

第二章　中國海洋文化的發展

第一節　「海」與「洋」的概念

「海」與「洋」二字，在近代常連用為「海洋」一辭，用以泛指大海。若依現代海洋學的定義，「海洋」是指地球陸地以外，廣大而連續的鹹水水體的總稱。「海洋」又可明確地區分為「海」與「洋」兩部份：

「海」：聯繫大洋與陸地間之水域，相較於「洋」而言，面積較窄，深度較淺，潮汐作用明顯，受陸地特性的影響大，水溫和鹽度的季節性變化大。

「洋」：世界級之水域，面積廣大，佔海洋總面積的 89%，深度大，整體水溫和鹽度之季節性變化不大，潮差小於 0.5m，有獨特的洋流系統。

近代及現代使用「海洋」一辭於普通語言的描述，或科學研究的指涉時，「海」、「洋」二字均為同類的概念，指陸地以外的鹹水水域。然而「海洋」在唐代以前，兩字常是分開使用，用以分指不同的意義。

「海」字用以指稱大海的使用時間最早。三代時期的文獻，已常使用「海」字。以下所舉之例，為其要者：

《史記‧夏本紀》：「禹行自冀州始。……夾右碣石，入於海。」

《尚書‧禹貢》：「江漢朝宗於海。」

《史記‧夏本紀》：「東漸於海，西被於流沙，朔南暨，聲教，訖于四海。」

《尚書・大禹謨》:「曰若稽古大禹,曰文命敷於四海,祗承於帝。」

《尚書・大禹謨》:「皇天眷命,奄有四海,爲天下君。」

《毛詩・商頌・玄鳥》:「維民所止,肇域彼四海。四海來假,來假祁祁。」

《尚書・泰誓》:「爾尚弼予一人,永清四海,時哉弗可失。」

《尚書・益稷謨》:「禹曰:俞哉!帝光天之下,至於海隅蒼生。」

《尚書・周書・立政》:「方行天下,至於海表。」

上引與「海」字有關諸例,所蘊含的意義,可歸納爲以下兩大類:

1. **指海洋(海、海隅、海表、海濱、海物)**:這些資料雖實指「海」的本質,然而只能算是泛稱,並非透過對海的眞實認知而得的精確指涉。

2. **泛指天下(四海)**:「四海」一辭,在三代時期,若非實指海洋,則既可泛指全天下,有時也專指夷狄而言。〔註1〕

從這兩類的用法可以推論:三代時期,主要活動區域處於內陸的政治統治中心,及以農耕爲主的經濟活動,由於缺乏海洋經濟利益的強力誘因,導致普遍性海洋生活經驗的匱乏,對「海」的本質及其外延概念的認知,尚屬模糊觀念。故文獻中提及的「海」、「海表」、「四海」等辭語,常是敘事時附帶提及的統稱。

三代之後,對於「海」的認知,愈來愈具體。《說文解字》云:「海,天池也,以納百川者。」〔註2〕《說文解字》對「海」的解說,指出海的廣大特點,能容納百川灌注。《莊子・秋水》對於「海」的本體的廣大特質,有更具體地描述:

順流而東行,至於北海,東面而視,不見水端,於是焉河伯始旋其面目,望洋向若而歎,……天下之水,莫大於海,萬川歸之,不知何時止而不盈;尾閭泄之,不知何時已而不虛;春秋不變,水旱不知。此其過江河之流,不可爲量數。〔註3〕

《莊子・秋水》所描述的「海」,具有不隨季節變化、川流灌注、水旱增減等自然因素而變動水量的巨大本體。將「海」與有窮盡的江河相較,其本體大

〔註1〕《爾雅・釋地》:「九夷、八狄、七戎、六蠻,謂之四海。」(臺北:新興書局,1980年,頁57)。

〔註2〕清・段玉裁:《說文解字注》(臺北:黎明文化出版公司,1992年),頁543。

〔註3〕清・郭慶藩:《莊子集釋》(臺北:華正書局,1985年),頁561、563。

到無法以量計數。《莊子》描述「海」的狀態，與現代對「海洋」的描述極為相近。「海」字在三代之後，唐以前的用例，若實指海洋而言，其意義等同於現代的「海洋」一辭。

「洋」字的意義與海洋產生關聯，遠比「海」字晚。《說文解字》云：「洋，洋水出齊臨朐高山，東北入鉅定。」〔註4〕《說文解字》對「洋」字的解說，則為洋水之名，與海洋無關。唐代以前的文獻，「洋」字大多指水名或地名，與海洋的意義幾乎無關。兩宋時，大量出現「洋」名。「洋」字開始與海洋或相關概念產生關聯，甚至逐漸取代「海」字。宋趙令時《侯鯖錄》卷三云：「今謂海之中心為洋，亦水之眾多處。」趙令時對「洋」字的解釋，與現代對「洋」的定義相近。「洋」字又衍生出「東洋」、「西洋」、「南洋」、「北洋」四辭語：

1.「東洋」

在宋、元方志中，有指地名者，有泛指東方大海者，有形容海外蕃國者（特指日本國）。「東洋」一辭，在明代被普遍地運用，如《西遊記》中出現二十五次，且大多與「大海」、「海」連用；《二刻拍案驚奇》出現四次，全與「大海」連用；《初刻拍案驚奇》出現一次，與「大海」連用；《繡像金瓶梅詞話》出現二次，全與「大海」連用；《三寶太監西洋記通俗演義》出現二次，全與「大海」連用。由文獻的用例分析，「東洋」一辭在明代常指東方的大海洋而言。清代又將日本及其附近的海域統稱為「東洋」。〔註5〕

2.「西洋」

「西洋」一詞首見於元初劉敏中〈敕賜資德大夫中書右丞商議福建等處行中書省事贈榮祿大夫司空景義公佈哈爾神道碑銘〉。大德八年（西元 1304 年），陳大震等纂輯《大德南海志》，對「西洋」記載頗為詳盡。元代出現的「西洋」，約指今日南海以西之海洋及沿海各地。自鄭和下西洋後〔註6〕，「西洋」一辭大量出現在明、清各類文獻，大部分均指中國西南方的南洋群島一帶，也有泛指遠在海端的歐美各國。

〔註4〕清·段玉裁：《說文解字注》，頁 550。

〔註5〕清·陳倫炯《海國聞見錄》（南投：臺灣省文獻會，1996 年）一書，將朝鮮、日本、琉球一帶的海域稱為「東洋」。

〔註6〕據鄭和航行實錄及航海圖的資料，鄭和所下之西洋，乃指從占城（越南中南部）、爪哇、舊港（位於蘇門答臘東岸）、暹羅、滿剌加等處向西，經印度洋，至東非沿岸。

3.「南洋」

宋代真德秀雖於奏摺中已使用，但指泉州以南的海洋。明代鄭若曾《鄭開陽雜著》云：「然聞南洋通商海舶，專在琉球、大食諸國往來，……況東洋有山可依，有港可泊，非若南洋、西洋一望無際，舟行遇風不可止也。」〔註7〕鄭若曾以「南洋」一辭，指東南亞一帶的海域。明代中期以後，「南洋」專指中國正南方以外的地域及水域。

4.「北洋」

真德秀於奏摺中所指的「北洋」，乃以泉州為基準，指湄洲灣〔註8〕以北的海域，如東海、黃海、渤海等。清代後期的「北洋」，則指山東、河北、遼寧三省的沿海海域，並設有北洋通商大臣管理沿海通商事務。「北洋」一辭，在近代史中，乃影響深遠的名詞。隨著清朝覆亡，指北方沿海海域的「北洋」亦隨之罕用。

「海」字，遠自三代時期，已用來稱指海洋，隨著時代推衍，「海」字所蘊含的海洋概念，也愈來愈清晰而具體。「洋」字，則自兩宋以後，開始與海洋產生字義的聯繫。雖然「東洋」、「西洋」、「南洋」、「北洋」在各朝代所指涉的水域，有部份重疊之處，或界限、定義不明確，然而「洋」字的義涵，卻比宋代以前，更加貼合海洋及其相關事物。宋代雖然開始出現「海」與「洋」並用之例，然而合成的辭義，並不等同於現代的海洋。隨著明、清時期官民海洋活動的繁盛，「海」與「洋」二字逐漸合一，用「海洋」一辭，來體現人們對陸地以外的廣大海域的認知。

第二節　海洋文化的內涵

海洋文化具有涉海性、地域性、開放性、交流性、變異性、融合性、多元性、崇商性、競爭性、冒險性、開拓性、神秘性等特性。〔註9〕海洋文化因其海洋交流特性，使其變動性高於大陸文化。海洋文化只要緣海的自然條件

〔註7〕明・鄭若曾：《鄭開陽雜著》（臺北：成文出版社，1971年），頁606。
〔註8〕湄洲灣位於福建東部海岸中部，莆田市仙遊縣和泉州市泉港區兩地交界處。
〔註9〕各學者從不同的角度分析海洋文化特性，互有差異。涉海性、地域性、開放性、交流性、變異性、融合性、多元性、崇商性、競爭性、冒險性、開拓性、神秘性等十二項特性，乃鳩集諸家之說而成。其中「涉海性」乃海洋文化的首要基礎，包含海洋的自然屬性及人文屬性，其餘十一項特性，則緣「涉海性」而開展，故「涉海性」列於首位。

變遷、外來的人爲刺激改變，則會隨時靈活地調整內涵，以因應外在變化。

　　隨著海洋意識的抬頭，海洋文化相關議題的探討，近年來逐漸形成一門新興學問。學界開始全面性探討海洋文化的基礎問題，其中一項就是關於海洋文化定義的探討。大多數研究海洋文化領域的論文、專著，都會先討論海洋文化的定義。學者從不同角度切入，各有見地，也有不夠周延之處。曲金良以爲：「對於海洋文化，目前還沒有一個公認的定義，要想在短時期內改變這一狀況是不可能的，即使想在較長的時期內達成共識，也只能是理想主義。」〔註 10〕短期內既然無法形成公認的海洋文化定義，我們藉由對各家定義的分析，或許可以建構出海洋文化的大致輪廓。以下所舉的定義，爲筆者自各論文、專著中錄出，以爲後續討論之資：

1. 曲金良

> 海洋文化，就是有關於海洋的文化，就是人類緣於海洋而生成的精神的、行爲的、社會的和物質的文明化生活內涵。海洋文化的本質，就是人類與海洋的互動關係及其產物。〔註11〕

曲金良解釋海洋文化，先敘明核心主幹（人與海洋互動的關係），並從主幹滋衍出精神（心理意識形態）、行爲（言語行爲樣式）、社會（社群結構制度）和物質（物質經濟生活）等四個層面的文化內涵。這四個層面的文化內涵融合爲海洋文化。曲金良對海洋文化的定義簡潔明晰，掌握海洋文化的骨幹特徵，具有概括性，對於其他次要的補充描述，則略而不論。

2. 鄧紅風

> 人們從遠古時代起，就開始與海洋打交道，創造了與海洋有關的物質文化和精神文化，這就是海洋文化，它是人類與海洋有關的創造，包括器物制度和精神創造。具體說來，海船、航海，有關海洋的神話、風俗和海洋科學等都是海洋文化。〔註12〕

鄧紅風對海洋文化定義的敘述脈絡，在於人與海洋打交道後，創造物質文化（器物文化）與精神文化，合起來就是海洋文化。鄧紅風並列舉海船、航海、

〔註 10〕曲金良主編：《海洋文化概論》（青島：青島海洋大學出版社，2005 年），頁 6。

〔註 11〕曲金良：〈關於海洋文化學基本理論的幾個問題〉，《中國海洋文化研究》，第一卷，1999 年，頁 7。本定義，亦見曲金良：《海洋文化與社會》（青島：中國海洋大學出版社，2003 年），頁 26。

〔註 12〕鄧紅風：〈海洋文化與海洋文明〉，《中國海洋文化研究》，第一卷，1999 年，頁 22。

海洋神話、海洋風俗、海洋科學,爲海洋文化的具體內容。然而爲海洋文化
下定義時,如果列舉細目,會有遺漏之失,如海洋文學、海商貿易、海洋漁
俗、海洋經濟、海洋遊憩、海神信仰等,亦屬海洋文化的範疇。此外鄧紅風
將海洋文化析爲物質文化與精神文化兩大項,不若曲金良將海洋文化分爲精
神、行爲、社會、物質四個層面,來得周延而明晰。

3.陳智勇

> 海洋文化是與內陸文化相對而言的。凡是人們緣於海洋而生成的認
> 識、思想、觀念、心態,以及在開發利用海洋的社會實踐中形成的
> 精神成果和物質成果的總和,均可視爲海洋文化。〔註13〕

陳智勇的定義,首先指明海洋文化的區域特性(與內陸文化相對),再敘明海
洋文化乃「緣於海洋而生成的認識、思想、觀念、心態」,「以及在開發利用
海洋的社會實踐中形成的精神成果和物質成果的總和」。陳智勇的這段定義,
可分爲兩個層次討論:(1)「認識、思想、觀念、心態」這四項中的「思想」
與「觀念」,意涵極爲近似,可合而爲一。(2)「開發利用海洋的社會實踐中
形成的精神成果和物質成果的總和」的敘述中,「精神成果」一辭,意義範疇
廣大,已可涵蓋「認識、思想、觀念、心態」這四項精神特質。換言之,陳
智勇的這段定義,刪略重疊之處後,只言及海洋文化爲海洋的社會實踐中形
成的精神成果和物質成果的總和。此定義又過於簡略,無法呈現海洋文化的
全貌。

4.劉紹衛

> 海洋文化不是泛指的海洋性的文化概念,而是指和海洋有關的文
> 化,就是人類緣于海洋而生成的精神的、行爲的、社會的和物質的
> 文化生活內涵,其本質是人類與海洋的互動關係及其產物。〔註14〕

劉紹衛的定義可分成兩部分討論:(1)劉紹衛以爲「泛指的海洋性的文化概
念」與「和海洋有關的文化」兩者不同。劉紹衛的說法有待斟酌。劉紹衛認
爲「泛指的海洋性的文化概念」,只是海洋現象的客觀存在,具有普遍性
(「泛指」),不能當成是具有特定性的海洋文化。然而既稱「海洋性的文化概

〔註13〕 陳智勇:〈試論夏商時期的海洋文化〉,《殷都學刊》,第四期,2002 年,頁
    20。
〔註14〕 劉紹衛觀點引自 2007 年 12 月 18 日《廣西日報》刊登之〈文化建設十人談:
    從山到海──廣西文化戰略轉移〉座談會內容。

念」,「文化概念」一辭,即代表已將「人」置入客觀海洋環境互動中,近似「(人)和海洋有關的文化」的語意。若將「人」的各種活動抽離海洋後,就不得稱爲「海洋性的文化概念」,只能說是「海洋性的自然現象」。(2)人類緣于海洋而生成的「精神的、行爲的、社會的、物質的」這四項海洋文化生活內涵,與曲金良的說法相同。

5.吳建華

> 海洋文化,特指緣於海洋而生成的文化,它包括了人類對海洋的認識、利用和因有海洋而創造出的精神的、行爲的、社會的和物質的文明生活內涵。〔註15〕

吳建華的定義,與曲金良的定義大體相同。吳建華的定義可以分成兩個層次:「海洋文化,特指緣於海洋而生成的文化」,構成海洋文化的頂層核心結構。「人類對海洋的認識、利用和因有海洋而創造出的精神的、行爲的、社會的和物質的文明生活內涵」,乃自頂層往下開展的次層結構,用以指陳人類緣海洋而創造的海洋文化內涵(精神的、行爲的、社會的、物質的),使海洋文化可以被具體地認知。

6.徐曉望

> 海洋文化是人類涉及海洋的活動,或者是與海洋有關的活動,它以自然的活動爲基礎,並以精神活動爲其最高形式。〔註16〕

徐曉望的定義,首先點出「海洋文化是人類涉及海洋的活動,或者是與海洋有關的活動」的共同核心概念,其次言及「它(海洋文化)以自然的活動爲基礎,並以精神活動爲其最高形式」。「自然的活動」,指的是物質層面;「精神活動」,指的是精神層面。徐曉望以物質層面、精神層面兩者爲海洋文化的組成主體的說法,與許維安、陳智勇的說法相同,再進一步地分出兩者的層次高下(自然活動爲「基礎」——精神活動爲「最高形式」)。

7.林彥擧

> 凡是濱海的地域,海陸相交。長期生活在這裏的勞動人民、知識分子,一代又一代通過生產實踐、科學試驗和內外往來,利用海洋創

〔註15〕吳建華:〈談中外海洋文化的共性、個性與侷限性〉,《湛江海洋學院學報》(人文科學版),第二十卷第一期,2003年,頁14。

〔註16〕徐曉望:〈關於人類海洋文化理論的重構〉,《福建論壇》(人文社會科學版),第四期,1999年,頁48～49。

造了社會物質財富，同時也創造了與海洋密切相關的精神文明、文

化藝術、科學技術，並逐步綜合形成了獨特的海洋文化。〔註17〕

本段文字較長，略去次要的說明文字，主旨為：濱海的人民通過生產、試驗
和內外往來，利用海洋創造了社會物質財富、精神文明、文化藝術、科學技
術，形成獨特的海洋文化。社會物質財富、精神文明、文化藝術、科學技術
這四項，所屬的意義層次不同，如文化藝術、科學技術可歸入較高層的精神
文明中。

8. 馬志榮、薛三讓

海洋文化是指一個國家、地區或民族在開發、利用和管理海洋過程

中所體現的精神、價值、理念的總和。具體表現為人類對海洋的認

識、觀念、思想、意識、心態，以及由此而產生的生活方式。〔註18〕

馬志榮、薛三讓的定義較偏向精神層面（「精神、價值、理念」、「認識、觀念、
思想、意識、心態」），至於物質層面的現象，則以「由此而產生的生活方式」
一語帶過，定義的涵蓋面不夠周延，未能彰明海洋文化的整體。

對人文現象下妥當的定義，非常不容易。定義太疏略，無法精準地表達
被定義者的整體概念。定義太窄，則有見樹不見林之憾，無法觀照被定義者
的整體面貌。定義太雜，被定義者的意涵無法聚焦，並會產生遺漏。對海洋
文化下定義，要能兼顧深度及廣度，才能從定義的文字表述，精準地掌握海
洋文化的整體。嘗試為海洋文化下定義前，要先分析海洋文化的外顯現象、
內隱特質，及其指涉意義的層次。

海洋文化基礎－涉海性	第一層	人 類 ⟷ 海 洋			
四大層面交互融合為海洋文化	第二層	精神認知	語言行為	社會組織	物質經濟
海洋文化各層面的具體內容	第三層	海權思想、海洋觀……	海神信仰、海洋文學、海洋遊憩、海洋漁俗……	海洋社會結構、海商組織、漁業組織……	航海科技、海洋漁業撈捕、海洋經濟活動……

（作者製表）

〔註17〕 林彥舉：〈開拓海洋文化研究的思考〉，《嶺嶠春秋——海洋文化論集》上、下
輯，1995 年，頁 45。

〔註18〕 馬志榮、薛三讓：〈後鄭和時代：中國海洋文化由開放走向內斂的現代思考〉，
《西北師大學報》，第四十四卷第五期，2007 年，頁 121。

人類利用緣海的客觀條件，發揮智慧，將活動範圍透過航海載具，推向無垠的大海，由此展開各項海洋活動，並從中取得極大利益，從而改變思維及生活方式，最後逐漸匯整成異於大陸文化思維、運作方式的海洋文化。將人的參與抽離海洋後，海洋則只是客觀存有（自然屬性），不具有文化的意義（文化屬性）。換言之，海洋本身的自然性（海洋及其依屬陸地的氣候、水文、海洋化學、海洋地理、海洋生物、自然災害、海洋資源），因人類直接涉海參與，而具有文化性。故人類與海洋之間，因直接互動而產生的有形結果（外顯現象）、無形結果（內隱特質），具體展現在精神認知、語言行為、社會組織、物質經濟等四個層面，各層面再輻射出與海洋相關的具體內容，就是海洋文化。這段論述，對照上表，自第一層（生成基礎）→第二層（自基礎而生的四大層面）→第三層（各層面涵蓋的具體內容），而第三層的論述則簡略帶過，以免流於蕪雜。如此則精簡而不瑣碎，易於掌握海洋文化的整體內涵。這樣的分析結果，再比對前面所舉之八條海洋文化定義，只有曲金良、吳建華的定義最符合。故不妨暫時採用曲金良、吳建華的定義，作為建構海洋文化的思想基礎。

第三節　海洋文化與大陸文化的關係

研究海洋文化的學者，常會提高觀察的層次，將海洋文化與大陸文化並列討論。歸納諸學者的意見，海洋文化與大陸文化之間，存在以下三種關係：

一、依存關係

楊國楨以為：

> 海洋文化是人類從陸地走向海洋時，對海洋環境的文化適應，和陸域文化並非截然對立，但也不是陸域文化向海洋的自然延伸，而是相容、互動的。〔註19〕

> 把海洋作為陸地的附庸，放在陸地社會分工的格局和學科架構去審視、歸納海洋發展的歷史文化現象，不可避免地與海洋發展的實際

〔註19〕楊國楨：〈論海洋人文社會的概念磨合〉，《廈門大學學報》（哲學社會科學版），第一期，2000年，頁100。

　　產生偏差，海洋經濟、海洋社會、海洋區域的特殊性被忽略不計。

〔註20〕

楊國楨以爲就文化的發展事實而言，海洋文化自有其區域發展的特殊條件，不可視爲陸地文化的自然延伸。如果海洋文化是陸地文化的自然延伸，海洋文化就變成陸地文化的附庸。具有特殊發展條件的海洋文化，與陸地文化之間，不是截然兩分的對立關係，而是相容、互動的關係。海洋文化、陸地文化，互相包容彼此間的文化差異，從而產生文化內質的良性互動。

　　周乃復則從「中華文化」的層次，分析海洋文化、陸地文化的關係：

　　　　中國海洋文化是中華文化的重要組成部分，大陸文化的創造性成果是海洋文化發展的基礎，大陸文化與海洋文化之間的關係不是對立的而是互動的。中國海洋文化的主要特點是強大的開拓創新能力、對異質文化的親和力、開放性及由這兩者造成的文化多元性。

〔註21〕

周乃復將「中華文化」置於第一層，而海洋文化與大陸文化則爲組成第一層文化的第二層次文化。周乃復以爲人乃陸地生物，自發明船舶以後，各大陸文明才能依恃著航海工具，快速地傳播交流，而大陸文明透過海洋文化、思維，也使大陸文明得到其他文明回饋而產生新的發展。故大陸文化以創造性的成果（以陶瓷生產輸出爲例證），爲海洋文化提供全新的開拓創新力及異質文化的親和力，兩者沒有高下之分，而是互相依存的互動關係。海洋文化與大陸文化，共同融合爲中華文化。綜合楊國楨及周乃復的意見，海洋文化與大陸文化，兩者沒有優劣之分，以相容的態度，不斷地與對方互動，爲彼此的發展注入活水。

二、對比（立）關係

　　巫志南從文化特質的差異性，將海洋文化與大陸文化對立比較：

　　　　海洋文化注重開放性、交流性、商業性、融合性、競爭性。內陸文化相對來說體現更多的封閉性、穩定性、凝聚性。〔註22〕

〔註20〕楊國楨：〈中國海洋史與海洋文化研究〉，《中國海洋文化研究》，第四～五合卷，2005 年，頁 7。

〔註21〕周乃復：〈從陶瓷文化看中國海洋文化的若干特徵〉，《浙江海洋學院學報》（人文科學版），第二十三卷第四期，2006 年，頁 63。

〔註22〕巫志南：〈海洋文化與海港城市文化──以上海海港新城文化發展爲例〉，《中國海洋文化研究》，第四～五合卷，2005 年，頁 256。

巫志南以為海洋文化的五項特質與大陸文化的三項特質，具有鮮明的對比性，如〔開放性〕－〔封閉性〕、〔交流性〕－〔穩定性〕等。曲金良也具體列舉海洋文化與大陸文化明顯的對比特質：

> 我們若把海洋文化與大陸文化相比較可知，海洋文化無疑更具有人類生命的本然性和壯美性：其硬漢子強人精神，其崇尚力量的品格，其崇尚自由的天性，其強烈的個體自覺意識，其強烈的競爭冒險意識和開創意識，其悲劇意識，其激情與浪漫，其壯美心態等，都與大陸文化的講求以柔克剛，講求中庸之道，講求溫、良、恭、儉、讓，講求好漢不吃眼前虧，講求三思而後行，講求靠天吃飯，講求守成，講求本分，講求禁欲，講求節度，講求安逸，講求知足常樂，講求柔美心態，講求大團圓結局，講求老人經驗。……迥然有別。〔註23〕

曲金良從更廣泛的比較點，指出海洋文化與大陸文化的對比（立）性，即歧異性，並從中得出「海洋文化無疑更具有人類生命的本然性和壯美性」的觀點。曲金良在海洋文化與大陸文化的比較中，已浮現若干的價值判斷。隗芾更進一步認為大陸文化與海洋文化根本不同：

> 大陸文化穩重，海洋文化冒險；大陸文化保守，海洋文化開放；大陸文化重守成，海洋文化重開拓；大陸文化堅守固土難離，海洋文化崇尚流動創新；大陸文化像不苟言笑的先生，海洋文化像淘氣的孩子。……〔註24〕

隗芾從各項文化特質的強烈對比中，將海洋文化與大陸文化截然兩分，視為涇渭分明的文化個體，兩者完全不同。

三、主從關係

宋正海、張九辰等學者，提出以海為田、有機論自然觀、地平大地觀、小範圍大比例尺地圖系統、地文導航體系、海洋主要產業官營、海洋懷柔政策等七點，指出大陸文化對海洋文化的深遠影響〔註25〕。從陸地思維看待海

〔註23〕曲金良主編：《海洋文化概論》（青島：青島海洋大學出版社，2005年），頁14。

〔註24〕隗芾：〈不能用大陸文化的方式管理海洋文化〉，《嶺嶠春秋——海洋文化論集》（四），2003年，頁154～155。

〔註25〕宋正海、張九辰：〈中國傳統海洋文化中的大陸文化影響〉，《中國海洋文化研究》，第四～五合卷，2005年，頁11～16。

洋文化的各種涉海活動，如將海洋漁業稱爲藍色農業，將海水養殖稱爲海上
種殖、海洋放牧等，則海洋文化被有意無意地視爲大陸文化的附從、延伸。
海洋文化被主流的大陸文化邊緣化後，自然屈居於民間的層次。

　　大陸文化與海洋文化之間，出現依存、對立、主從關係等三種論述，代
表三種不同的分析角度。從歷史發展的角度而言，代表大陸文化的統治王權，
以「主」的角色，輻射統治作爲（典章制度的設計、海陸疆界的認知、軍事
防禦作爲、經濟發展的策略、文化思維的主導），遠及海疆，海岸線成爲陸地
國土的天然疆界，而非開拓藍色國土的起點。強勢的大陸文化，制約海洋文
化的發展方向、規模，導致海洋文化的地位遠不如大陸文化。位處邊陲的海
洋文化，變成大陸文化的附從角色。從文化表層現象的角度而言，比較大陸
文化與海洋文化所外顯的生活風情、文化面貌，則呈現出多面向的明顯對比
關係。從文化內涵的角度而言，大陸文化與海洋文化在各自的垂直發展脈絡
中，也有著橫向的影響，兩者以依存的關係，相容彼此的文化差異性，互相
汲取養分，進而對文化本體產生若干的新發展。

　　討論海洋文化與大陸文化之間的關係時，要考慮到最基本的自然條件
——地域性。海洋文化與大陸文化的形成，皆與陸地有關，然而陸地對兩者
而言，具有不同的空間意義。海洋文化的本質，在於人以濱海陸地爲活動核
心，以冒險犯難的精神，利用合宜的航海科技，將交通、經濟、軍事、貿易
等活動，外推到沿岸、海島、近海、遠洋，甚至是渺遠海涯外的另一片陸
地。從陸地外推的各種海洋活動，逐漸形成海洋文化。就人類活動所依憑的
空間而論，陸地離海岸的距離，要具備「空間距離的合理性」，即具有涉海的
便利性，才會產生蓬勃的海洋活動。如果陸地距離海岸，超過活動的合理距
離，不具備經濟效益，即失去涉海活動的客觀條件。距離海岸的合理活動距
離，隨著航海交通科技的進步，也會隨之加大。透過合宜的航海、交通科
技，居處較內陸的居民，也可善用內河連結海洋，達到運用海洋的目的。一
個地域的住民，如果所處的空間條件，以當時的交通科技而言，無法輕易利
用海洋，得到穩定經濟利益，且所處的土地已可輕易營生，則自然而然會變
成黃色的農業文化。換言之，一地的整體文化，會趨向海洋性或大陸性，取
決於該地域與海洋的合理距離。

　　距海渺遠的廣大陸地，發展農業經濟，形成黃色的大陸文化，緣於政權
運作區域的事實，長期構成中華文化的主體。發展於狹長濱海區的海洋文

化，以海爲田，就中原統治者的角度而言，居於附從的角色。在大陸文化與海洋文化接鄰區域，也因兩種文化的激盪、融合，而產生若干的新改變。對這兩種文化的存在現象，應該要拋棄價值優劣的成見，讓兩種文化成爲對方滋長的養分。

第四節　中國海洋文化發展的條件

一、海洋觀念的成熟

所謂的海洋觀念，乃人類透過對海洋本質的認識，開始利用海洋資源，並進而建立如何利用海洋的思維模式。海洋觀念愈成熟，對海洋各種資源的開發就愈積極，並從中創造出巨大的利益。海洋文化的發展與海洋觀念的成熟，有極爲密切的依存關係。海洋觀念是人對海洋的思維模式。由於人類以不同的態度參與，使海洋不再是客觀的物，反而與海洋利用者結合爲一，形成多層思維的海洋文化。故海洋觀念實爲海洋文化的建構基礎。當海洋觀念由萌發而成熟，海洋活動也日趨興盛，豐富多采的海洋文化一一成形。

二、航海技術的發展

（一）船舶的設計

古代船舶設計精良，技術領先當時各國。唐代已出現載重萬斛的船，宋代已能用木材建造三十餘丈的大船，海船可載 500～1,000 人，載重 5,000 料〔註26〕以上。由於宋、元時期的海船具有載重量大，穩定性佳，安全性優，航行快速的特點，爲當時中、外商貿往來所重用。明朝的船舶設計達到頂峰，成爲鄭和大規模遠航的航海載具。以下爲古代船舶設計的創新技術：

1. 船舶結構

古代船舶型式眾多，根據學者調查，約有 1,000 種左右，但仍可從船艏、船底的形狀，各歸納爲二大類。以船艏形狀而言，可以分爲尖艏、方艏二大類；以船底形狀而言，則可以分爲尖底、平底二大類。船舶構型不同，航行特性不同，適航的水域也有所不同。下表（作者製表）爲船舶基本構型的比較：

〔註26〕「料」字的意義，學者說法不一，或以爲指體積而言，或以爲指重量而言。本文暫取體積之說。

船艙構型		船 底 構 型		適航水域	代表船型
尖艙	易於破大海長浪	尖底	船底尖圓，吃水深，內安龍骨，船身堅固，行於南洋山礁多的海域，轉彎趨避較靈活，惟遇淺沙，龍骨易陷沙中。	南海以南的遠航路線（南洋水深）	福船廣船
方艙		平底	船底平闊，吃水淺，船體阻力較小，沙面可行可泊，稍擱淺無礙，然不能破深水大浪。	長江以北的航線（北洋水淺）	沙船

船底構型，對於船舶的航行特性具有決定性的影響。福建所建造的尖底海船，即「福船」，以其穩定而合宜的結構設計，成為航行於東南亞的最普遍船型。船底平闊的沙船，則適合航行於沙底、較淺的北洋航線。

唐代發展的水密隔艙結構技術，使船舶更堅固耐用。當少數水密隔艙破損進水時，其餘完整的隔艙尚能提供浮力，只要進水、船體、貨物的重量總和，不要大於浮力，船舶仍可航行。此外船舶製造加入水密隔艙設計後，不但可有效地保存受損船隻的浮力，由於隔艙板是由整片的厚木製作，與船殼緊密結合，提高鉛垂方向的結構強度，使迎浪而行的船舶，能承受各方位風浪的拍擊。

船舶因水密隔艙設計，提高結構強度，意味著船舶的體積可以加大，且水密隔艙可以變成貨物分類儲放的空間，加速貨物裝卸。宋、元以來，無論是福船或沙船，皆運用唐代的水密隔艙結構技術，提高航行的安全性及運貨的功能性。1974 年，於泉州後渚港出土的南宋尖底海船，就分為十三艙。（參下圖）

泉州後渚港出土南宋尖底海船

（本圖引自泉州灣古船陳列館）

漏水是船舶的大敵，除了利用水密隔艙技術，確保船舶局部進水後保有一定浮力，又發展出二重、三重船殼，以防海水因船殼破裂而滲入。泉州後渚港出土的宋代海船，船底為二重殼，船舷則為三重殼。船殼板邊接縫處，則採用企口板，以利於運用撚縫技術，提高船身的水密性。船舶結構設計不斷精進，反映出遠航活動的興盛，使得船舶建造因需求而不斷演進。

2. 船舶的推進動力

（1）槳與櫓

為各式船隻提供動力的方式，有靠人力的槳或櫓，及靠風力的帆。春秋、戰國時期常用槳來驅動船隻。槳依船型有大、小之分，大槳一部分隱於船艙，一部分則沒入水中。櫓乃是自槳發展而來的推動工具。東漢以來，櫓已普遍地用在舟船。小型櫓一人操作，大型海船的櫓往往要數人，甚至是數十人操作。櫓自櫓把到櫓板，具有一定的弧度，在櫓把與櫓板間的部位，以支軸與船身連結，形成槓桿結構，只要持續左右搖動櫓把，船便可前進。

櫓

（本圖引自《古今圖書集成》）

由於槳是以一次入水、一次出水的模式交替運作，只有槳入水時具有推力，而槳出水後，便不具有推力，故船得到的是斷續性推力。櫓用手搖動時，入水的櫓板會如魚尾般，以一定的弧度在水中左右往復運動，形成連續性推力。櫓的推進效能高於槳，故船工有所謂「一櫓三槳」之說。從斷續性推力的划槳，發展到連續性推力的搖櫓，是船舶推動技術的一大進步。

槳與櫓的運作原理，及所能提供的推動力，適合內河、進出港及無風時。巨大海舶於汪洋長途航行時，非人力可驅，加上受到風、浪、水流的影

響非常大，絕大多數的時間，要依賴帆的受風而前進。

（2）帆

漢、魏六朝時期，風帆技術已用於海洋航行。並且由「一帆風順」發展爲「船行斜風」。三國吳國萬震於《南州異物志》曾詳述當時的風帆技術：

> 外徼人隨舟大小或作四帆，前後逐載之。有盧頭木葉如牖形，長丈餘，織以爲帆。其四帆不正前向，皆使邪（斜）移相聚以取風，吹風後者激而相射，亦倂得風力。若急，則隨宜增減之。邪張相取風氣，而無高危之慮，故行不避訊風激波，所以能疾也。〔註27〕

這段記錄風帆技術的資料，可以再分幾個重點析論：

① 船掛多帆，提供充足動力

船舶隨用途不同，大小有別，推動船身的帆數，亦隨之增減。所有的帆，以桅固定在船上，以不同角度取風。由於船置多桅，掛多帆，爲提高取風效能，各桅的位置會適度錯開，調整前後掛帆的角度，以免主帆擋住頭帆受風（「吹風後者激而相射，亦倂得風力」）。此外頭帆具有導流的作用，使主帆與頭帆間的渦流消失，提升帆的推進效能。

② 帆面可轉，以應八方之風

船循航線前進，然而風不可能全爲理想的正順風〔註28〕，可能隨時改變風向，若帆面不能靈活轉動，則無法有效取風，爲船舶提供持續動力。行船時，船工依風向，隨時調整帆面，使風向與帆面，盡量保持在90°，爲船隻取得後方各角度的較大來風。若遇逆風，雖無法頂風直線航行，仍可採「之」字形分段曲折航線，以取斜逆風而前進。行八面風技術，巧取各方向的風以張帆，提供船舶不間斷的動力。

③ 帆可升降，調整受風面積

船舶受風有一定的限度，過急過大的風，會造成船舶翻覆，因此桅上的帆要能靈活升降，調整受風面積（「隨宜增減」）。後世掛帆的船舶幾乎全部採用可升降的帆。

〔註27〕《太平御覽》（《文淵閣四庫全書電子版》），卷七七一，「舟部四」引萬震《南州異物志》。

〔註28〕「正順風」指風向與帆面成90°，風作用於帆的升力，可全部用於船舶推進力。

④ 以木葉織帆

船帆的材質不同，有布帆、以木葉或竹葉編織的「篷」。布帆利於取正順風，然而船行難得正順風，篷則便於取偏風。唐、宋以後，船隻已普遍使用篷帆。

三國時期的風帆技術已趨周備，後代的風帆技術以此爲改良基礎。帆爲大船、海舶的主要推進力，自三國以後，帆的設計持續精進，取風效能不斷提升。唐、宋以後的大型帆船，都採用多桅多帆、帆面寬闊的設計。然而船舶的桅數、帆數、帆面形狀、帆面大小，皆隨船的大小、寬窄而有一定的限制。宋應星《天工開物》云：「凡風篷尺寸，其則一視全舟橫長，過則有患，不及則力軟。」〔註29〕不當的風帆設計，不是造成船舶翻覆，就是推動力不足。

以帆的形狀而言，可分爲長方形、梯形兩大類。帆本身具有一定的重量，方形帆取風面積雖然較大，但也會使重心提高，適合風波較爲平靜的河船。海上風濤變化無常，海船爲降低風壓，減少升力，以免風大而翻船，多採用上窄下寬的似梯形帆，使帆面重心偏下，提高航行的穩定度。

以帆的結構、材質而言，唐、宋以下，普遍採用平衡折疊竹篾帆。《天工開物》曾詳述平衡折疊竹篾帆的材質、效能：

> 凡船篷其質乃析篾成片織就，夾維竹條，逐塊折疊，以俟懸掛。糧船中桅篷，合併十人力方克湊頂，頭篷則兩人帶之有餘。……凡風篷之力，其末一葉，敵其本三葉。調勻和暢，順風則絕頂張篷，行疾奔馬。若風力湧至，則以次減下，狂甚則只帶一兩葉而已。〔註30〕

竹篾帆是由竹篾片編織成蓆狀，有些帆會在竹篾片間鋪竹葉，爲增加帆面強度，橫向夾縛竹條（「夾維竹條」），形成一塊塊可由上而下堆疊的長形帆面（「逐塊折疊」）。折疊帆的帆面平整，具有彈性，較不易如布帆般被風撕裂，可隨風力大小調整帆葉數量，以控制航速。完全收帆時，只要放掉控制帆面的繩索，帆面便可利用自身的重力下降折疊如摺扇般。（參下圖）

〔註29〕明・宋應星：《天工開物》（臺北：臺灣古籍出版公司，2004 年），卷下，頁315。

〔註30〕明・宋應星：《天工開物》（臺北：臺灣古籍出版公司，2004 年），卷下，頁316。

帆面張開　　　　　　　　　　帆面收疊

（本圖引自《古今圖書集成》）　　　（本圖引自清代江萱《潞河督運圖》）

帆的設計精良，代表馭風能力的提升，使各種用途的船隻，皆能隨時驅八方之風持續航行。馭八方之風的技術，領先東南亞各國，也正是唐、宋、元、明以來，興盛海洋活動的航海技術條件之一。

3.船舶的操控

（1）舵

航行中的船舶，要靠舵調整航向，是船舶的重要組件之一。舵的效能，影響到船舶的操控靈活度。最早期的舵，整根舵柱斜穿過船尾入水，舵的轉向效能較差。隨著造船科技的精進，舵的設計也日趨完善。遠航的海船，幾乎都採用垂直舵。船尾外的舵面垂直向下，伸入海面，舵面的內端，與舵柱結合，並以舵柱為轉軸，向上連接到舵把，利用槓桿原理，舵工可以輕易的操控船隻轉向。（參下圖）

垂直舵

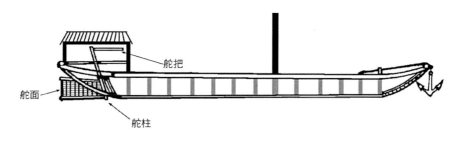

（本圖為作者自繪）

舵只有在水面下的部分，才能發揮轉向效應。水線下的舵面愈大，轉向效應就愈明顯。因此大型海船的舵，為求操控靈活，舵的面積都非常大。舵面深

入水下，儘管有極佳的轉向效應，卻也產生新的問題。由於航線的深淺不同，行到水淺處，舵可能卡住或損壞，使船舶無法操控而發生危險。因此舵又演進爲升降舵，可以隨水之深淺不同而升降。此外舵面增大，轉向效應雖然增加，卻也加重操舵的力道，因而又發展出多孔舵的設計。在舵面加入適當的孔洞，可以減少海水的阻力，減輕操舵的力道。

升降舵

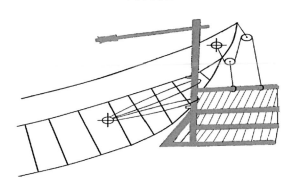

（本圖根據古船譜重繪）

由於大型舵極重，升降舵時要靠滑輪及絞車之助。水淺或入港時，將舵提高，大海航行時，則將舵完全放下。大洋航行時，將舵放入水線以下的深處，可以避開船尾的渦流，提高轉向效能，遇到大風浪時，也可減少橫向漂移，增加船舶的穩定度。

（2）碇、錨

船舶海上停泊，要下碇或錨繫固，否則會漂流移動，是船舶的重要配備。明代宋應星《天工開物》云：「凡舟行遇風難泊，則全身繫命於錨。」〔註31〕「錨」字在航海文獻中常作「貓」字。船舶繫泊工具的發展：碇→木石碇錨→鐵錨。碇石可抛上岸邊或沉入水底，以碇石的重量，產生摩擦力，達到繫泊的目的。隨造船技術的進步，出現碇石與木材結合的木石碇錨。徐兢《宣和奉使高麗圖經》云：

> 船首兩頰柱，中有車輪，上縮藤索，其大如椽，長五百尺，下垂矴石，石兩旁夾以二木鉤。船未入洋，近山拋泊，則放矴著水底，如

〔註31〕明・宋應星：《天工開物》（臺北：臺灣古籍出版公司，2004年），卷中，頁227。

維纜之屬，舟乃不行。若風濤緊急，則加遊矴，其用如大矴，而在

其兩旁，遇行，則卷其輪而收之。〔註32〕

徐兢所記的宋代矴是矴石兩旁附上木鈎的木石矴錨，結合矴石的重量及木鈎的抓泥力，讓船如繫纜般固定於海上。由於木石矴錨極重，要用絞輪絞動粗索，才能將矴錨收回船首。宋、元之際，海船開始使用四爪鐵錨。周密《癸辛雜識》云：

其鐵錨，大者重數百斤，嘗有舟遇風下釘，而風甚怒，鐵錨四爪皆

折，船亦隨敗。〔註33〕

四爪鐵錨，重量極重，具有矴石的重量及木鈎的抓泥力，並改良鈎齒的設計，以提升錨泊效能。四爪鐵錨的四爪鍛造後，以錨柱爲中心接合，下錨時必有兩爪同時抓泥，比四爪朝同一方向的齒耙式鐵錨，有著更好的抓泥力。

元代宋無〈拋矴〉云：「千斤鐵矴繫船頭，萬丈波中得挽留。想見夜深拋擲處，驚魚錯認月沈鈎。」（《鯨背吟》）本詩描述船隻繫泊於萬丈海波中的鐵矴，乃重量極重的四爪鐵錨，形狀爲抓泥力較佳的彎鈎形，以致「驚魚錯認月沈鈎」。有些海船的鐵錨既大且重，如《古今圖書集成・考工典》曾記有重達 6,350 餘斤的鐵錨。明代以後，四爪鐵錨成爲海船的主要錨泊工具。矴錨設計的成熟，使航海安全性大增。

四爪鐵錨

（本圖引自《天工開物》）

〔註32〕 宋・徐兢：《宣和奉使高麗圖經》（北京：中華書局，1985 年），卷三十四，頁
117，「客舟」。

〔註33〕 宋・周密：《癸辛雜識》（北京：中華書局，1988 年），卷七十八，「海蛆」。

（二）潮汐的計算

　　潮汐乃海水在天體引潮力的作用下，產生海岸區海水週期性的漲、落現象。徐兢《宣和奉使高麗圖經》云：「若潮汐往來，應期不爽，爲天地之至信。」〔註34〕航海、漁業、製鹽、海岸工程（如海塘）、海戰等海洋活動，均與潮汐的變化規律有密切的關係。故沿海方志，如《浙江通志》、《福建通志》等，均載有潮汐表，甚至在港口立潮信碑，如錢塘江畔的四時潮候圖、海安天后廟潮信碑、瓊州海峽兩岸的伏波將軍馬援潮信碑等。

　　船舶進出港（漲潮易入港，退潮易入海），或近岸航行時，尤其要特別注意退潮時的水深，以免擱淺或觸礁。徐兢《宣和奉使高麗圖經》云：「海行不畏深，惟懼淺閣（擱），以舟底不平，若潮落則傾覆不可救，故常以繩垂鈆硾以試之。」〔註35〕由於航海普遍運用潮汐規律，故古代的海道針經也會記載相關潮汐資料，以便航行。如《順風相送》所記之潮汐消長資料：

> 初一、初二、十六、十七日，子午時長（漲）。初三、初四、十八、十九日，丑未時長。初五、初六、二十、二十一日，寅申時長。初七、初八、二十二、二十三日，卯酉時長。初九、初十、二十四、二十五日，辰戌時長。十一、十二、二十六、二十七，巳亥時長。十三、十四、二十八、二十九日，巳亥時長。十五、十六、三十日，子午時長。〔註36〕

有些針經還會進一步地記錄諸航路目的港的潮候，以便海舶選擇安全進港時機。例如《指南正法》之「長崎水漲時候」，詳細記錄長崎港的潮漲、潮消時間。

（三）季風的運用

　　古代的船舶設計，無論是江船或海船，均以風力爲主要航行動力。風的順、逆、大、小，對於船舶的航行速度及安全，影響至大。故海洋季風觀測周密與否，攸關遠洋航行的成敗。漢代就已有季風的概念，如《史記·律書》已記有「八風」：

〔註34〕宋·徐兢：《宣和奉使高麗圖經》（北京：中華書局，1985年），卷三十四，頁115，「海道」。

〔註35〕宋·徐兢：《宣和奉使高麗圖經》（北京：中華書局，1985年），卷三十四，頁117，「客舟」。

〔註36〕《順風相送》（北京：中華書局，2000年），頁27，「定潮水消長時候」。

不周風	廣莫風	條　風	明庶風	清明風	景　風	涼　風	閶闔風
十月	十一月	一月	二月	四月	五月	六月	九月
西北風	北風	東北風	東風	東南風	南風	西南風	西風

這八種不同方位吹來的風，與所盛行的月份結合，乃後代季風的概念。東漢已開始利用海洋季風航行，當時稱梅雨以後讓海外船舶順風而來的東南季風爲「舶趠風」〔註37〕。由於舶趠風對於中外商旅貿易至爲重要，唐以後，有不少詩文詠頌舶趠風，如蘇軾〈舶趠風〉詩云：「三旬已過黃梅雨，萬里初來舶趠風。幾處縈回度山曲，一時清駛滿江東。……」蘇軾此詩指出梅雨之後〔註38〕，開始揚起「舶趠風」，即海外船舶順風而來的東南季風。因舶趠風是否應時節而起，關乎海外商旅是否可以順利成行，故唐代廣州廣聖寺已開始祈風儀式。宋代的祈風儀式更爲盛行，主要集中於泉州港。宋代市舶司爲外國商船舉行祈風儀式已逐漸形成慣例。王十朋〈提舉延福祈風道中有作次韻〉詩、林之奇〈祈風文〉（共三篇）、眞德秀〈祈風文〉等祝風詩文，均爲蕃舶祈風，盼蕃舶能乘季風按時泛海而來。

「北風航海南風回」（王十朋〈提舶生日〉），海洋航行需要等候季風，海船等候季風往往需要半年左右。不只海外商船來中國要靠季風，連鄭和七下西洋，也要仰賴季風的知識。自明永樂三年（西元 1405 年），鄭和初下西洋起，出使及回國的時間，均有規律地配合季風的變化。鄭和的船隊，自江蘇太倉劉家港啓航後，至福建長樂太平港駐泊，等候冬季的東北季風，方啓錨開洋。船隊返航時，先到滿剌加等候夏季的西南季風，再鼓帆歸航。成熟的季風知識，對於航海活動，尤其是遠洋航行，具有重要的影響力。

（四）氣象的觀測

海上航行，若無法預測氣象變化（颱風、龍捲風、暴雨、烏雲、迷霧、雷電等），船將陷入險境，甚至產生嚴重的海難。海上氣象的預測是安全航行的重要條件，故古代船工皆能憑長期觀測的氣象變化規律，預測海上的氣象

〔註37〕「舶趠風」一辭最早出現於東漢崔寔《農家諺》：「舶趠風雲起」。（清‧顧祿《清嘉錄》卷五引）東漢以後或以「信風」稱季風，而少用「舶趠風」一辭，至宋代則又大量使用「舶趠風」。「趠」有遠走、騰越之意，用以形容海舶在季風的吹拂下，順風遠渡重洋。

〔註38〕梅雨期（約三旬，即三十日）終止，約爲舶趠風的起始。舶趠風有利於海船遠來江浙一帶。

變化，並調整航行計劃。吳自牧云：

> 又論舟師觀海洋中日出日入，則知陰陽；驗雲氣，則知風色順逆，
> 毫髮無差；遠見浪花，則知風自彼來；見巨濤拍岸，則知次日當起
> 南風；見電光，則雲夏風對閃。如此之類，略無少差。……每月十
> 四、二十八日，謂之大等，日分此兩日，若風雨不當，則知一旬之
> 內，多有風雨。〔註39〕

從海上日升日落、雲氣顏色形狀、雷電、浪花等特徵，可據以推測氣象的可
能變化，此乃古代的海洋占候。

　　古代航海人長期觀測海上天氣變化規律，《漢書・藝文志》已著錄有《海
中日月彗虹雜占》十八卷。唐、宋的一些著作，如唐代劉恂《嶺表錄異》、宋
代沈括《夢溪筆談》、吳自牧《夢梁錄》等筆記，都有若干條海上天氣預測的
資料。明、清代的海上氣象預測資料，緣於海上航行的殷切需求，被匯聚在
一處，如《海道經》、《風角書》、《東西洋考》、《順風相送》、《指南正法》、《舟
師繩墨》等書，均有專記海上氣象的謠諺資料。以下茲舉《海道經》的氣象
預報資料為例：

◎ 雲勢若魚鱗，來朝風不輕。

　　解：「魚鱗」是指卷積雲或高積雲的形狀。這兩種雲是弱氣旋的
　　　　前部，或是在高壓後部邊緣上層不穩定而生成的雲。這種雲
　　　　一出現，有時風雨俱來，一般是有風無雨。〔註40〕

◎ 惡雲半開閉，大颶隨風至。

　　解：「惡雲」是指積雨雲，它是由冷鋒、熱雷雨或颱風所形成。
　　　　這些天氣系統中心部位未到達當地之前，地平線上空先見積
　　　　雨雲聳立，如半閉之巨門，是大風雨將臨之兆。〔註41〕

◎ 曉霧即收，晴天可求。

　　解：我國沿海陸地，每當氣團內部大氣層序穩定，夜間散熱，水
　　　　氣豐沛，極易產生輻射霧。這種霧，可隨早晨之陸風，飄往

〔註39〕宋・吳自牧：《夢梁錄》（揚州：廣陵書社，2003年），卷十二，頁305，「江
　　　　海船艦」。
〔註40〕解說引自楊熺：〈《海道經》天氣歌謠校注釋理〉，《海交史研究》，第二期，
　　　　1999年，頁38。
〔註41〕解說引自楊熺：〈《海道經》天氣歌謠校注釋理〉，《海交史研究》，第二期，
　　　　1999年，頁39。

　　附近海面。迨日出以後，低層空氣溫度上升，霧即消失，日

　　出天晴。〔註42〕

這些以方便記憶的謠諺形式，預測海上天氣變化的資料，來自船工長期觀測的結果。以今日的氣象學知識徵驗，大多符合氣象學的原理。這些天氣預測資料，對於航海活動非常重要，尤其是耗費時日的遠洋航行，故現在仍有船工使用。

（五）羅經的運用

　　將磁石的指極特性，製成最早的指向工具，名為司南。王充《論衡・是應》云：「司南之杓，投之於地，其柢指南。」司南的設計簡單，但誤差也大。因應民間航海事業日益發展，指南針的設計也隨之精進，實用性大增。

　　磁針指南的方式有二：一為水針，一為旱針。旱針是以細絲懸磁針。水針乃以針穿過燈草，浮於水上，靈敏度較高。由於水針乃針浮於水，船體在海上不斷地晃動，容器的水，易維持水準，水針的指向效果較穩定。自宋代起，用於航海的都是水針。南宋朱繼芳〈航海〉云：「地角與天倪，茫茫何處期。星回析木次，日掛扶桑枝。沈石尋孤嶼，浮針辨四維。飄然一桴意，持此欲安之。」（《全宋詩》冊六十二，頁39075）詩中「浮針辨四維」指的就是水針。明代鞏珍《西洋番國志・序》云：「皆斷木為盤，書刻干支之字，浮針於水，指向行舟。」〔註43〕「浮針於水」也是指水針。《順風相送・地羅經下針神文》召請水盞神者、換水神君等神，可證明航海多用水針。

　　以指南針指引正確方位，是航海安全的憑恃。宋趙汝适《諸蕃志》云：

　　　東則千里長沙，萬里石床（即石塘），渺茫無際，天水一色。舟舶來

　　　往，惟以指南針為則，晝夜守視惟謹，毫釐之差，生死繫焉。〔註44〕

趙汝适記海南島周遭海域，海面天水一色，渺茫無際，水底則是「千里長沙，萬里石床」，指出南海諸島海域有很多的暗礁、險灘。航行在如此複雜的水域，航線若有些微偏差，一入險境則生死難卜。明代王起宗、張燮合著之《東西洋考》，更明指羅盤對於航海的重要性：

〔註42〕解說引自楊熺：〈《海道經》天氣歌謠校注釋理〉，《海交史研究》，第二期，1999年，頁44。

〔註43〕明・鞏珍：《西洋番國志・序》（北京：中華書局，2000年）。

〔註44〕宋・趙汝适：《諸蕃志》（南投：臺灣省文獻會，1996年），卷下，頁57，「海南島」。

海門以出，洄沫粘天，奔天接濤，無復崖涘可尋，村落可誌，驛程
可計也。長年三老，鼓柁揚帆，截流橫波，獨恃指南針爲導引，或
單用（正針），或指兩間（縫針），憑其所嚮，蕩舟以行。〔註45〕

這段關於指南針的資料，有兩個重點：(1)截流橫波，揚帆於無垠大洋，缺少
地形地物可供參考，要依靠指南針的指引，才可以安全航行。(2)指南針的方
位數，單針、縫針合用，共四十八個方位，提供較精確的指向。

　　近代羅盤分成 360°，而傳統羅盤則以天干、地支、《易》卦名，合爲二十
四方位名。傳統羅盤二十四方位的每一方位，稱「正針」或「單針」，相當於
近代羅盤的 15°。

傳統航海羅經

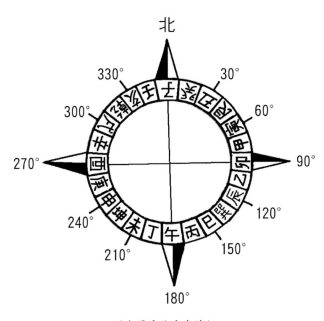

（本圖爲作者自繪）

爲了更精確地指引方位，又將兩個單針的夾縫，另作一方位，稱爲「縫針」，
共二十四個方位。二十四個正針方位，加上二十四個縫針方位，總共四十八
個方位，每方位合羅盤 7.5°。下表爲「傳統羅經四十八方位與現代羅盤角度對
照表」（作者製表）：

〔註45〕明・王起宗、張燮：《東西洋考》（臺北：西南書局，1973 年），卷九，頁 117，
　　　　「舟師考」。

傳統羅經四十八方位與現代羅盤角度對照表

角度	正針	縫針	角度	正針	縫針	角度	正針	縫針
0°	子		120°	辰		240°	申	
7.5°		子癸	127.5°		辰巽	247.5°		庚申
15°	癸		135°	巽		255°	庚	
22.5°		丑癸	142.5°		巽巳	262.5°		庚酉
30°	丑		150°	巳		270°	酉	
37.5°		艮丑	157.5°		丙巳	277.5°		辛酉
45°	艮		165°	丙		285°	辛	
52.5°		艮寅	172.5°		丙午	292.5°		辛戌
60°	寅		180°	午		300°	戌	
67.5°		甲寅	187.5°		丁午	307.5°		乾戌
75°	甲		195°	丁		315°	乾	
82.5°		甲卯	202.5°		丁未	322.5°		乾亥
90°	卯		210°	未		330°	亥	
97.5°		乙卯	217.5°		坤未	337.5°		壬亥
105°	乙		225°	坤		345°	壬	
112.5°		乙辰	232.5°		坤申	352.5°		壬子

※ 縫針之名，乃取二單針名，至於何者在前，何者在後？筆者以出現在各針經的縫針名，爲本表之縫針名。

　　單針、縫針合用的四十八方位，爲海船航行提供較精確的指向。指南針指的方位愈精密，航線的誤差就愈小，航行在危險海域時也就更安全。故古代各種針路、針經記錄航線時，均採單針、縫針合用的四十八方位。如《順風相送・往柬埔寨針路》云：

> 浯嶼（介於金門與廈門之間）開船，用丁未（202.5°）及單未（210°）七更（指船行七更的航程）船平南澳彭山（今廣東南彭列島）。用坤申（232.5°）十更，船用單坤（225°）五十更，船用單未（210°）七更，船取外羅山（海南島之南，今之 Kulao Rays）外過。用丙午針（172.5°）十更，船取羊嶼（越南新州港外）。用丁未（202.5°）及

單丁針（195°）十更，船見伽南貌（位於占城及柬埔寨途中）。用坤

未針（217.5°）五更，船取羅灣頭（越南歸仁港）。……〔註46〕

上引自浯嶼開船往柬埔寨的針路，以針路的描述，應是近岸航行。船長依針位及航程的記載，觀測船位所在的相關地形，即可到達目的地。

（六）航海圖的繪製

唐、宋、元以來，民間累積豐富的航海經驗，在明初開始出現航海圖，如記錄從南京走海道運糧至天津的《海道經》，中有〈海道指南圖〉，其他散見各家稱引者，如《渡海方程》、《四海指南》、《海航秘訣》、《航海全書》、《鍼譜》、《航海針經》、《鍼位篇》、《羅經針簿》等。航海圖載有航海的重要資訊，如各地山形、水勢、島嶼、港口、礁石顯隱、針位（羅經方位）、「更」數〔註47〕（路程遠近）、「托」數（打水深淺）、能否拋矴（錨泊）等。由於航路一般稱爲「針路」，故海道圖亦稱「針經」、「針簿」、「針路簿」、「水路簿」等。鄭和下西洋，更是倚重航海圖，才不至於迷航於瀰茫大海，甚至觸礁、擱淺。明代茅元儀《武備志》卷二四〇，收有《鄭和航海圖》（原名《自寶船廠開船從龍江關出水直抵外國諸番圖》，參下頁圖）。

航海圖登載的航海資訊，有兩大類：

1. 針路資料，就是船舶航行的路線，以針位、更數（航程）爲主，有時還會標記托數（深淺）及航行注意事項。上引《鄭和航海圖》之針路局部放大圖，記有航行用針、更數資料：「船取甘杯港，用辰巽針（127.5°）十五更，船平亞路用乙辰（112.5°）針……。」

2. 針路所經之山形、島嶼、港灣、河口、淺灘、居民點、地物（如官署、寶塔、橋樑、旗杆等）、礁石顯隱、沙洲。這些地形地貌資料是重要的導航資訊。比對航海圖的標示及即時觀測的結果，便可確認船位。

〔註46〕《順風相送》（北京：中華書局，2000年），頁50，「往柬埔寨針路」。

〔註47〕「更」爲古代航海計程單位。《東西洋考·舟師考》云：「如欲度道里遠近多少，準一晝夜風利所至爲十更，約行幾更，可到某處。」（臺北：西南書局，1973年，頁117）將一晝夜所行里程分爲十更，海圖上標誌著某島若干更，即爲某島的里程。一更約合六十里，一說爲四十里。然而海上的風向、風速、水流都會影響到「一更」的實際航程，就得進一步「較更」。《順風相送·行船更數法》云：「凡行船先看風汛急慢，流水順逆。可明其法，則將片柴從船頭丟下，與人齊到船尾，可準更數。」（北京：中華書局，2000年，頁25）要片柴與人齊到船尾，水流速度才可以爲「更」的標準。

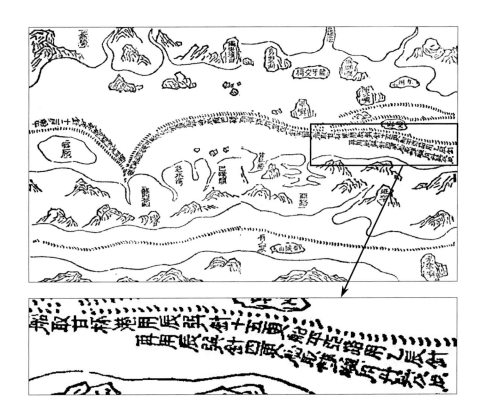

　　傳統航海圖既是前人航海經驗的結晶，也是後人航行的根據。《順風相送》云：「行路難者，有徑可尋，有人可問。若行船難者，則海水連接於天，雖有山嶼，莫能識認。其正路全憑周公之法、羅經針簿為準。」〔註48〕不過航海圖也有明顯的缺點。受限於傳統繪畫的空間描繪模式，不少航海圖是以畫圖畫的方式繪製，里程數、方位、大小、形狀的記載不甚準確。凡知悉之處，畫得很大又詳細，地理陌生之處，則小又簡略，同一幅航海圖的各地貌之間，不成比例。如果是生手按圖航行，可能會因航海圖的或大或小誤差，辨識錯誤，而產生危險。雖然傳統航海圖有上述的缺點，但瑕不掩瑜，只要有經驗的船工輔助，航海圖總能讓船舶平安來往各目的地。

（七）天文導航

　　船舶保持目視陸地的距離，循海圖登載之航路，沿近岸航行，透過地文導航，可到達目的地。若長時間航行於廣漠的大洋，四周完全無海岸參考目標可供定位，就得藉由觀察各類星體的位置，為海舶定位導航，才能橫越大

────────────

〔註48〕《順風相送‧序》（北京：中華書局，2000 年）。

洋。《漢書・藝文志》曾著錄《海中星占驗》、《海中五星經雜事》、《海中五星順逆》、《海中二十八宿國分》、《海中二十八宿臣分》、《海中日月慧虹雜占》等典籍，表示漢代承前人的觀星經驗，已出現海上牽星導航技術。宋徽宗宣和年間，朱彧《萍洲可談》卷二曾云：「舟師識地理，夜則觀星，晝則觀日，陰晦觀指南針。」〔註49〕宋代徐兢《宣和奉使高麗圖經》亦云：「是夜，洋中不可住維，視星斗前邊，若晦冥，則用指南浮針，以揆南北。」〔註50〕宋代已普遍運用天文導航技術，搭配羅盤針路，使海上航行更安全。西元 1974年，在泉州出土的宋代海船第十三艙，發現一支竹尺（復原後為二十七釐米），一半刻有五個間隔一寸的小格子，另一半則沒有任何記號，據專家研究，極有可能是航海用的「量天尺」。沒有任何記號的一半，可能是手握處，另一半有刻度者，用以量天體高度。明代的天文導航技術更為精密，最具代表性的技術就屬「過洋牽星術」。鄭和能順利七下西洋，與此技術有密不可分的關係。明代馬歡〈紀行詩〉云：「……欲投西域遙凝目，但見波光接天綠。舟人矯首混東西，惟指星辰定南北。……」〔註51〕「惟指星辰定南北」，就是觀察天體的位置，為船舶定位導航。隨鄭和下西洋的鞏珍，於《西洋番國志・序》亦云：

> 往還三年，經濟大海，綿邈瀰茫，水天連接。四望迴然，絕無纖翳
>
> 之隱蔽。惟觀日月升墜，以辨西東，星斗高低，度量遠近。〔註52〕

鄭和的船隊，能於渺茫無邊的大洋中，循既定航向前進，依靠的是觀測「日月升墜，以辨西東，星斗高低，度量遠近」〔註53〕，此即過洋牽星術。茅元儀《武備志》卷二四○，收有四幅鄭和「過洋牽星圖」。下頁圖為四幅「過洋牽星圖」中的兩幅。

鄭和「過洋牽星圖」中央有一艘船，船的上、下、左、右，代表北、南、西、東方，各方位繪有導航的星體名及「指」數。兩圖之帆面方向不同，代表去程、回程。

〔註49〕《筆記小說大觀》（臺北：新興書局，1977 年），十九編，頁 1644。

〔註50〕宋・徐兢：《宣和奉使高麗圖經》（北京：中華書局，1985 年），卷三十四，頁120，「半洋焦」。

〔註51〕明・馬歡：《瀛涯勝覽・紀行詩》（臺北：臺灣商務印書館，2005 年）。

〔註52〕明・鞏珍：《西洋番國志・序》（北京：中華書局，2000 年）。

〔註53〕「星斗高低，度量遠近」，指觀測星辰於水準線上的高度，來推定船舶所在的緯度高低。

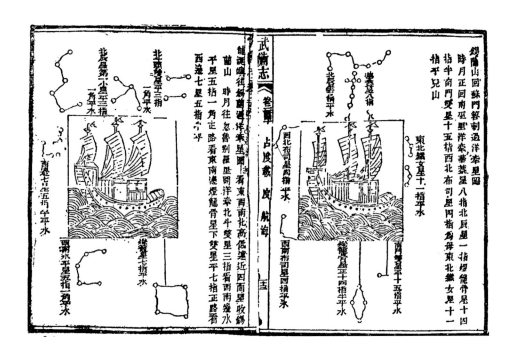

　　過洋牽星術是用牽星板測量船位上空星體距水準線的高度，然後計算出該處的地理緯度，以此測定船隻在海上的位置，以輔羅盤定位之不足，其原理相當於現代的六分儀。關於「過洋牽星術」中最重要的「牽星板」的樣式，明萬曆二十五年（西元 1597 年），李詡於其所著《戒庵老人漫筆》一書中有具體的描述：

> 牽星板一副，十二片，烏木爲之，自小漸大，大者長七寸餘。標爲
> 一指、二指，以至十二指，俱有細刻，若分寸然。又有象牙一塊，
> 長二寸，四角皆缺，上有半指、半形、一角、三角等字，顛倒相向，
> 蓋周髀算尺也。〔註54〕

一副牽星板共有大小十二塊正方形木板，自小至大，以「一指」到「十二指」標示。觀星時，憑經驗先取一片牽星板，以一條繩貫穿在牽星板的中心，觀察者左手持牽星板向前伸直，牽星板與海平面垂直，右手拉繩端置於眼前。此時眼睛看牽星板上下邊緣，將板下邊緣與水準線（「平水」）取平，板上邊緣與被測星體相切，然後根據所用之牽星板屬於幾指，便可得出星體於水準線高度的「指」數。（參下圖）

〔註54〕明・李詡：《戒庵老人漫筆》（《叢書集成》三編，臺北：藝文印書館，1971年），卷一，「周髀算尺」。

過洋牽星板

（作者攝於長榮海事博物館）

過洋牽星術

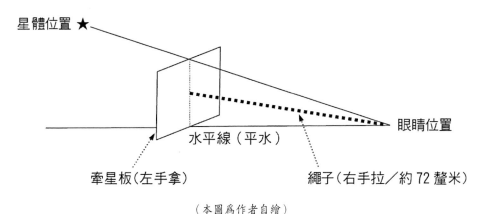

星體位置 ★

水平線（平水）

牽星板（左手拿）

眼睛位置

繩子（右手拉／約 72 釐米）

（本圖爲作者自繪）

由於牽星板距眼睛的長度是固定的（七十二釐米），牽星板大小不同，代表眼睛視線相對水準線的星體角度也不同，只要選擇大小適合的牽星板，並據以切合到星體，即可確定星體高度爲幾指。確定某星爲幾指後，再查閱過洋牽星圖，與圖上注明的該星指數相核對，如果吻合的話，則船位可據圖推知。「指」數就是從水準線上算起的星體高度。「一指」約合今日一度三十六分，各「指」

牽星板所對應的角度，詳下表：

牽星板大小		所指角度	備註
小 ↓ 大	1指	水準線上1度36分	1. 一副牽星板共有十二塊大小不等的正方形木板，自小至大，標以「一指」到「十二指」。
	2指	水準線上3度12分	2. 「指」還可細分爲四「角」。一指合今日1度36分，一角合24分。
	3指	水準線上4度48分	
	4指	水準線上6度24分	
	5指	水準線上8度0分	
	6指	水準線上9度36分	
	7指	水準線上11度12分	
	8指	水準線上12度48分	
	9指	水準線上14度24分	
	10指	水準線上16度0分	
	11指	水準線上17度36分	
	12指	水準線上19度12分	

明代過洋牽星術，常用的導航星座，包括北辰星〔註55〕、織女星（天琴座／東北方）、布司星（獵戶座／西北方、西南方）、水準星（船底星座 α 星／西南方）、北斗星、南門雙星（半人馬座）、華蓋星（小熊座中的七星／北方）、燈籠骨星（南十字座／南方）等。由於牽星術要同時見到海平線及星體，白天及晚上均不可同時看到兩者，故火長（司針者）常在日出前半小時及日落後半小時觀測。

（八）地文導航

近岸航行，要維持航向正確，又要兼顧航行安全，則要綜合考量海上地貌、海岸地貌、海下地貌、水深觀測、海中生物等資訊，並據以做出正確的航行決策。

1. 海上地貌導航

船舶航行於預定的航線，要時時觀測船位四周的島、嶼、礁，除了可以

〔註55〕北辰星即北極星，具有距地平線的高度，隨著海面南北里程的變化而改變高度的規律，爲航海導航的星辰中，牽星最頻繁的星。北極星定位的特點：(1) 它的方向幾乎是恒定的；(2) 出水高度可以如實地反映船位緯度。故北辰星可以爲船舶精確導航。

避免觸礁或擱淺外，更可藉由形狀、方位的辨識，提高針路指引的精確性。
鞏珍於《西洋番國志・序》曾云：

> 海中之山嶼形狀非一，但見於前，或在左右，視爲準則，轉向而往。
>
> 要在更數起止，記算無差，必達其所。〔註56〕

以更路簿記載的針位、更數航行，會因其他主觀（「較更」的誤差）、客觀（海
流、風向、風速）因素的影響，而產生些許的誤差。在針路沿途相對位置，
標示出具有易辨識特徵的島、嶼、沙、礁，船行至此，對照針路的更數，若
完全吻合，則表示航線正確，不會誤入危險海域。故傳統的針經、針路圖、
更路簿，均會在針路上標示明顯的海中地貌，以供船工覆核驗證。以下爲《順
風相送》所記海中地貌的描述：

> 崑宋嶼：西邊坤身（應爲「鯤鱘」）有淺，南邊三四托（指水深），
> 　　　　正路有三四箇小嶼。仔細行船，外有高下泥地。
>
> 牛屎礁：仔細入門見長腰嶼，二十餘托水，防南邊。
>
> 三佛嶼：遠看三個嶼，八九托水，泥地。用壬寅及單寅針，三更（指
> 　　　　航程）船平坤身，打水十四托。〔註57〕

以上略舉之海中地貌的描述，有形狀、水深、針位、水下土性（泥地、沙地
或石地）等資訊。針路圖的記載愈詳細，航行就愈安全。

2.海岸地貌地物導航

航線沿岸，有較多的天然地貌、人爲地物可供觀測，其中特徵明顯而容
易觀測的地貌地物，常被用來導引船舶航行。如《順風相送・各處州府山形
水勢深淺泥沙地礁石之圖》云：

> 外羅山：遠看成三箇門，近看東高西低，北有椰子塘，西有老古
> 　　　　石。行船近西過，四十五托水。往回可近西，東恐犯石
> 　　　　欄。
>
> 馬陵橋：二十五托水，內外俱可過船。南邊有礁石出水。
>
> 靈山大佛：開，打水六十托。山有香爐礁，往重播彩船。山上高有
> 　　　　火石煙洞。大石相連，好取柴火。
>
> 將軍帽：遠看頭盔樣，山邊有小嶼，南有帽帶，是火燒嶼山及海
> 　　　　山。

〔註56〕明・鞏珍：《西洋番國志・序》（北京：中華書局，2000年）。
〔註57〕《順風相送》（北京：中華書局，2000年），頁38、45。

> 彭亨港口：東邊有沙，惟港口淺，過南正路二十半托，東南邊處是
>
> 芀盤山，打水四托，拋船妙。〔註58〕

這些地貌的具體描述，如「外羅山：遠看成三箇門，近看東高西低，北有椰子塘，西有老古石。」、「將軍帽：遠看頭盔樣，山邊有小嶼，南有帽帶，是火燒嶼山及海山。」等，可以導引船隻。船工自船上觀測海岸時，將現地觀測的結果與針路圖記載的地貌特徵相比對，確定船隻的位置後，並瞭解附近相關水文資料（如水深多少？是否有沙或礁？），以利安全航行。

3. 水深觀測導航定位

（1）以重錘或竹竿測深

針經所記的針路，常會標示水深。船按針路航行，行經可能是針經標示的地貌時，還要打水測深，確認深度是否符合該地貌註記的水深。如果是的話，便可確認船舶的位置。測量海水深淺的方式，稱爲「打水」，「托」爲深淺單位。《東西洋考‧舟師考》云：「又沈繩水底，打量某處水，深淺幾托。」《方言》云：「長如兩手分開者爲一托。」朱彧《萍洲可談》云：「或以十丈繩鉤取海底泥嗅之，便知所至。」〔註59〕打水的工具，乃將繫長繩的繩駝或鉛錘，底部塗以牛油或蠟油後，沈入水中，計算繩長爲幾托，以測該處水深。吳自牧云：「凡測水之時，必視其底，知是何等沙泥，所以知近山有港。」〔註60〕打水除了測深外，還得從繩駝、鉛錘底部被牛油粘附的沙泥物，判斷爲泥底、沙底或石底，以避開險礁，甚至可據以判定船在何處、能否下錨。水深處用繩錘打水，至於水極淺處，如內河、陸地外緣海面，則可用竹竿插入水中，稱爲「點竿」。〔註61〕

（2）觀水色

海洋的深度、地質、地貌不同，海水的顏色也不同，行船得注意水色的

〔註58〕《順風相送》（北京：中華書局，2000年），頁33、34、36、47。

〔註59〕《筆記小說大觀》（臺北：新興書局，1977年），十九編，頁1644。

〔註60〕宋‧吳自牧：《夢粱錄》（揚州：廣陵書社，2003年），卷十二，頁306，「江海船艦」。

〔註61〕江日昇《臺灣外記》（中央研究院「漢籍電子文獻」之《臺灣文獻叢刊》）卷五云：「……遙見鹿耳門。成功命設香案……祝畢，令人於門頭將篙探水深淺。徐回報曰：『是藩主弘福，水比往日加漲。』成功復問曰：『加漲多少？』曰：『加漲有丈餘。』成功大喜，放炮，擂金鼓，打招旗與後面船隻，好看跟蹤。又密令何斌坐門頭，按圖紆迴，教探水者點篙，徐徐照應。轉舵揚帆，吶喊，從赤崁城而進。」鄭成功進鹿耳門時，就是以竹篙探水深，以防擱淺。

變化。北宋龐元英曾引述鴻臚陳大卿的經歷：

> 鴻臚陳大卿言：「昔使高麗，行大海中，水深碧色，常以鐵碼長繩沉水中為候，深及三十托巴上，舟方可行。既而覺水色黃白，舟人驚號，已泊沙上，水才深入托。凡一晝夜，忽大風，方得出。」〔註62〕

海水呈現深碧色或碧藍色，通常代表深度較深，還要打水探測，再次確認安全深度，才能使船舶安全航行。若水色黃白，則是淺水沙底，船隻可能擱淺坐底。因此船舶航行時，除了要留意針路的指向外，還要觀測沿途水色，以避開危險的淺水域。宋代吳自牧對於海水顏色與地貌的關係，有更進一步的分析：

> 相水之清渾，便知山之近遠。大洋之水，碧黑如澱；有山之水，碧而綠；傍山之水，渾而白矣。〔註63〕

四周無山的大洋極深，水色碧黑。有山或傍山之水，則較無山之大洋淺，水色也較淡。其中傍山之水，又較有山之水淺，水色淡白而渾濁。吳自牧以水色的深淺，推測山的遠近。《重修臺灣縣志》對於橫渡臺灣海峽時，不同水域的不同水色，有非常具體的描寫：

> 鹿耳門外，初出洋時，水色皆白。東顧臺山，煙雲竹樹，綴翠浮藍。自南抵北，羅列一片，絕似屏障畫圖。已而漸遠，水色變為淡藍，臺山猶隱現於海面。旋見水色皆黑，則小洋之黑水溝也。過溝，黑水轉淡，繼而深碧。澎湖諸島，在指顧間矣。自澎湖放洋，近處水皆碧色，漸遠則或蒼或赤。蒼者若靛綠，赤者若臙紅。再過深黑如墨，即大洋之黑水溝。橫流迅駛，乃渡臺最險處。既過，水色依然蒼赤，有純赤處，是名紅水溝，不甚險。比見水皆碧色，則青水洋也。頃刻上白水，而內地兩太武山，屹然挺出於鷁首矣。〔註64〕

自鹿耳門出洋（水色皆白）→漸遠（水色淡藍）→小洋之黑水溝（水色皆黑）→過溝（黑水轉淡，繼而深碧）→澎湖放洋，近處（水皆碧色）→漸遠（或蒼或赤）→大洋之黑水溝（深黑如墨）→紅水溝（水色蒼赤，有純赤處）→青水洋（水皆碧色）。根據以上的航行記錄，橫渡臺灣海峽時，有經驗的船

〔註62〕　宋・龐元英：《文昌雜錄》（北京：中華書局，1985 年），卷三，頁 25。

〔註63〕　宋・吳自牧：《夢粱錄》（揚州：廣陵書社，2003 年），卷十二，頁 305～306，「江海船艦」。

〔註64〕　《重修臺灣縣志・山水志・海道》（中央研究院「漢籍電子文獻」之《臺灣文獻叢刊》）。

師，只要辨別水色，便可判斷船位與航程。換言之，以針經爲主，輔以觀水色，則可確知船隻所在位置及附近的山形、水勢。

4. 海洋生物導航

有些魚類或鳥類常會出現在特定海域，依針路航行時，只要觀測水色及特定水域會出現的生物，便可用以輔助船舶定位。吳自牧曾提到：「有魚所聚，必多礁石，蓋石中多藻苔，則魚所依耳。」〔註65〕有魚群匯聚的水域，通常爲礁石分佈區。礁石區爲魚群提供棲息處。航行時，觀測到魚群密佈，有可能是到礁石區，航行要特別留意。然而吳自牧並沒有再更精準地分析何處水域常出現何種魚群？《順風相送》則記載針路沿途，應可看見的魚類或鳥類，以輔助船舶準確定位：

> 船到七州洋（今海南島之西沙群島）及外羅（海南島之南，今地圖之 Kulao Rays）等處……船身若貪東則海水黑青，並鴨頭鳥多。船身若貪西則海水澄清，有朽木漂流，多見拜風魚（中華白海豚）。船行正路，見鳥尾帶箭（箭鳥）是正路。……船若回唐，貪東，海水白色赤，見百樣禽鳥，乃萬里長沙，可防可防。……船若出唐，到交趾洋（今海南島南方北部灣一帶），貪西，水色清白，拜風魚多，船可行開。〔註66〕

《順風相送》描述船到七州洋及外羅山時，航向不可偏，航向正路，會見到箭鳥，偏東會見到鴨頭鳥，偏西會見到白海豚。回航到交趾洋時，偏西會見到白海豚。在船上看到何種鳥類、魚類，便可大致推知船隻位置是否偏離航路。海上的魚類、鳥類，具有導航的參考價值。

三、海洋資源的龐大利益

（一）交通、運輸

古代的長途陸路運輸，如綿延 7,000 多公里的絲路，運輸的技術門檻較低。以獸力爲主的運輸方式（如車輛、牲畜馱負），要橫亙各種地形，長途運輸貨物，耗時久，風險高，酬載量小，應付小型貿易規模尚可。面對生產力高的朝代，要透過大量而快速的貿易活動，來提高利益，則傳統陸運方式無

〔註65〕 宋‧吳自牧：《夢粱錄》（揚州：廣陵書社，2003 年），卷十二，頁 306，「江海船艦」。

〔註66〕 《順風相送》（北京：中華書局，2000 年），頁 27～28，「定潮水消長時候」。

以竟功。海運的技術門檻極高，投入資金龐大，營運人力密集，但運載量大，酬載成本較陸運成本低。當海洋知識、航海科技、航路開闢，發展到一定的程度後，隨著經濟生產規模擴大，營運資金充裕，則海舶變成主要的長途運輸工具。

1. 沿海運輸

古代沿海運輸，以糧食、人員為主。中國歷代政治中心，以黃河流域為主，然而糧食的供應，要靠南糧北運，才得以滿足。南糧北運，除了河漕運輸外，還有海漕運輸。河漕的運輸效益，常受限於河道寬度、深度、天旱水淺、河道淤積等因素，加上船型較小，運量也較小，無法滿足大規模的運糧行動。海漕運輸的特色就是海船體積大，運量高，只要配合季風的規律，便能以船隊的形式運輸大批糧食。

秦朝時，便已運用海道運輸糧食。唐代廣泛地使用沿海航運，運輸糧、鹽等物資。杜甫〈後出塞〉云：「……漁陽豪俠地，擊鼓吹笙竽。雲帆轉遼海，粳稻來東吳。……」（《全唐詩》〔註67〕卷十八，頁 186）東南方盛產的米糧，透過沿海航運，可以大量運送到北方，以有效地平衡南北糧食需求。海運米糧，具有極大的經濟效益。元代更是大規模地以海道運輸米糧。朱清、張瑄等人監造漕運海船六十艘，開闢由南向北的沿海航道，疏濬港口，設立進港導航標誌。元代海運一歲二運，大船可運八、九千石，較小的船也可運二千餘石。元代海漕的高峰期，年運量高達三百八十萬石，具有極高的經濟效益。

2. 越洋交通

中國的海船常運送絲綢、瓷器、鐵器、茶葉等貨品，到海外諸國進行貿易。這些海舶除了運送貿易貨物外，也載運人員往返中國與海外各國。各朝代逐漸開闢的貿易航線，也兼具海外交通的功能，促進中外各國貿易以外的政治、文化交流。

東晉法顯自印度歸國時，曾循以下的遠洋航線回國：印度東海岸的多摩梨國（加爾各答的德姆盧克）－師子國（斯里蘭卡）－尼科巴群島－經蘇門答臘與爪哇之間－中南半島－南海－臺灣海峽－東海－黃海－青州長廣郡牢山（青島嶗山）。這條遠洋航線，乃商旅、僧人往來中國及海外諸國的主要航

〔註67〕清・彭定求等修纂：《全唐詩》（北京：中華書局，1996 年）。以下各章引自《全唐詩》者，均以此版本為據，並註明卷別、頁碼。

線。隋煬帝則開拓自廣州經越南沿海，直航馬來半島沿岸的遠洋航線，連繫中國與南洋之間的交通，爲唐代的「廣州通海夷道」奠定基礎。唐代因貿易需求，開闢了溝通亞、非洲的遠洋航線，即所謂「廣州通海夷道」，是當時世界上最長的遠洋航線，將東亞、東南亞、南亞、波斯灣、北非聯繫爲一，促進東西方的經濟、文化交流。唐代透過海路，也與日本有極密切的經貿、文化交流。自日本舒明天皇二年（西元 630 年）起，二百餘年間，遣唐使團共計十六次之多。唐代也派遣使者東渡日本。中日官方、民間，透過暢達的海外交通，互有密切的交流活動。

宋代以唐代開闢的海上航線爲基礎，予以延伸、發展。透過這些海上航線的輸運，海外各國的商人、使者、僧侶等，大量前往中國沿海港市，而大批華僑也開始利用此航線，移居馬來半島、爪哇、蘇門答臘、中南半島、東印度群島、阿拉伯等地。元代憑其先進的航海科技、製造完善的大型海船〔註68〕，透過元代以前的舊航路及當代新闢的航路，得以與東亞、東南亞、南亞、西亞、印度洋、地中海沿岸等國家互相往來。如此的中外交通規模，是無法靠陸路達成的。

明代雖以禁海爲基本國策，然而自秦、漢以來的海洋知識、航海科技、造船技術、海上航線、中外交流經驗，到明代已累積爲推展遠大的海洋活動的海上優勢，才有鄭和下西洋壯舉。自明成祖永樂三年（西元 1405 年）起，至宣宗宣德八年（西元 1433 年）止，歷時二十八年，鄭和率領大批船隊、軍隊，以當時世界最強的海上軍力，橫渡印度洋，造訪東南亞、非洲等三十幾個國家與地區，開闢複雜的新航路，促進區域國家的交流，建立海洋新秩序。清代對海外的交通，則因海禁國策的嚴格制約，並無積極的開拓作爲，只能

〔註68〕 《馬可波羅行紀》云：「……各有船房五六十所，商人皆處其中，頗寬適。……每船舶上，至少應有水手二百人，蓋船甚廣大，足載胡椒五六千擔。無風之時，行船用櫓，櫓甚大，每具須用櫓手四人操之。每大舶各曳二小船於後，每小船各有船夫四五十人，操櫂而行，以助大舶。別有小船十數，助理大舶事務，若拋錨、捕魚等事而已。大舶張帆之時，諸小船相連，繫於大舟之後而行。……」（臺北：臺灣商務印書館，2000 年，頁 409）根據馬可波羅的見聞，元代的海船，爲因應長程航海之需，及提高貨物的裝載量（「載胡椒五六千擔」），普遍地建造體型巨大的海船。元代的大型海舶，設計、頓位均超越各國的船舶，包含水手及商人等，可乘坐數百人，而且生活空間舒適，適合長途航行。因大型海舶體積大，吃水深，故尚需其他小船輔助。小船或負責牽引大舶，或協助拋錨、補給，各有職司。因此元代越洋航行各國的海舶，通常會以一艘大舶，搭配若干小船的完整編組方式，橫渡海洋。

守住前代逐漸開闢的航路基礎，從世界海疆的開拓舞臺退下來。

（二）貿　易

商品的價值，來自於交易，而交易的方式不同，也影響到商品價值的高低。在中國被視爲尋常的日用商品，如磁器、絲綢、茶葉，經過海外貿易的交換後，在各國就成爲珍寶；而海外各國的奇珍、異器、香料、藥材，運回中國後，也變成珍貴的寶貨。雙方的尋常商品，一透過海外貿易交換，同時提升商品的價值。海外貿易既蘊含巨利，大洋航海可能產生的危險，也就可以被接受：

> 珠璣大貝產於海外藩夷之國，去中國數萬里，舟行千日而後始至。風
> 濤之與淩，蛟龍之與爭，皆利者必之焉。幸而一遂，可以富矣。……
> 幸而再遂，則大富。又幸而再又遂，則不勝其富矣。〔註69〕

橫絕於中國與海外諸國間的廣漠大洋，充滿無法預測的危機，遠航大洋，身葬怒海的機會極大。但海外諸國所產的珠璣、大貝、香料、藥材等珍罕物資，若能順利運回中國，就可獲致巨利。以富貴險中求的認知，鼓舞著人們迎向凶險的海洋，故沿海地區的農民逐漸轉變傳統的農業活動爲海商活動。海洋貿易活動，對於改善沿海百姓的經濟生活，具有一定程度的貢獻。

海外貿易既含巨利，不但民間樂於入海逐利，政府也積極介入管理。各朝政府透過市舶、海關機制，從交易中徵稅，以挹注國家財政。唐代始立市舶制度，於廣州設市舶使，以朝廷的位階常駐在地方管理舶政，與節度使並稱兩使。唐代徵收的市舶稅，爲政府重要的賦稅來源。宋代更重視海外貿易的經濟效益，在唐代的基礎上，逐漸設計出完備的市舶制度，並於元豐三年（西元 1080 年），頒布〈市舶法〉，以有效管理海外貿易。北宋時，朝廷市舶收入約四、五十萬緡左右。南宋時，市舶收入幾佔國庫收入的 15%。高宗末年，市舶年收就高達二百萬緡。元代依循宋代市舶舊制，並將市舶司的組織制度化，先設泉州、上海、澉浦（浙江）、慶元（浙江）等四市舶司，後又增設溫州、廣東、杭州等三市舶司，有效地管理海船貿易，並從貿易中抽取 6.7%～10% 的賦稅。元代海外貿易達到蓬勃發展的局面。據元代陳大震修撰之《南海記》記載，與元代有貿易關係的國家多達一百四十五個。當時從廣州、泉州出航貿易的海船絡繹不絕，海外進口舶貨的數量、種類，倍於宋代，充分

〔註69〕元・吳海：《聞過齋集》（《文淵閣四庫全書電子版》），卷三十〈知止軒記〉。

供應民生需求，而中國所產的紡織品、陶瓷器、金屬及其製品、農產品、藥物、生活日用小物、文化相關用品，也輸出海外諸國。明代的市舶制度，雖沿用宋、元舊制，又與宋、元舊制不同，是朝貢制度與貿易的結合，輕忽海外貿易的經濟利益。明代的市舶司時置時廢，反應出在海禁基本國策的制約下，政府對海外貿易的態度，基本是不積極的，甚至是嚴禁的。康熙在禁海遷界實施一段時間後，逐漸開放貿易，先後設立閩、粵、江、浙四個海關，總理涉外貿易事務，當日海外貿易一片榮景。然而短暫開海三十餘年後，開放的海洋貿易又開始緊縮。自此之後，清朝基本上就維持閉鎖的消極心態，以應各國日益蒸騰的侵略性的貿易行為。

（三）海洋經濟生產

1. 海物撈捕

海洋是一座無盡的寶庫，具有極高的開發價值。史前貝丘文化遺址，除了有堆積如山的貝類外，也發現多種海魚的魚骨、魚鱗及撈捕工具。商代，東南沿海地區已固定要向中央進貢鮫魚皮、魚皮之鞞、烏鰂之醬、珠璣、瑇瑁等物資。海中魚種繁多，隨著百姓對海洋的瞭解，具有經濟價值的魚產，也愈來愈受到重視，變成沿海與內地貿易的重要商品。戰國時期，海洋捕撈活動興盛，漁民具有純熟的航海經驗及撈捕技術，能深入海洋，甚至過夜捕魚。黃魚、鱘、比目魚等，均為當時的海洋撈捕大宗。

《漢書‧地理志》記上谷至遼東一帶，富有魚鹽之饒。秦、漢時期，隨著對海洋生物習性的深入瞭解，更懂得海洋生物的經濟價值，並積極地開發。漢代不但食用各種海洋經濟魚類，也開始食用珍稀的海中軟體生物，如鰒魚、河豚等，並視為盤中珍饌。王莽曾「憂懣不能食，師古曰：『懣音滿，又音悶。』亶飲酒，啖鰒魚。」〔註70〕鰒魚即為鮑魚，為海中珍品，當時甚至有獻鰒魚之舉。因沿海地區漁撈業漸趨發達，故漢武帝時，開始徵收海租。王莽時，規定有司依捕撈之魚鱉價值，抽取什一之稅。

秦、漢以後，海洋魚產的撈捕活動更為興盛，甚至出現記載海洋經濟魚類的專著。三國沈瑩著《臨海水土異物志》，載有五十餘種魚類，其中有二十餘種為海魚。沈瑩除了記載魚類的特性外，也開始分析各種魚類的食用口感、味道及烹調方法。五代毛勝著《水族加恩簿》，在評介眾多海洋魚產的用途之

〔註70〕《漢書‧王莽傳》（中央研究院「漢籍電子文獻」之《二十五史》）。

餘，對於水族加恩百姓的生活，予以感謝。明朝屠本畯著《閩中海錯疏》，記錄五十餘科，百餘種的魚類及軟體、節肢、環節、爬行、棘皮、腔腸、哺乳生物，其中海魚有數十種。這些海魚的生長習性及其食用價值，均有具體記載、評價。清朝孫之騄著《晴川蟹錄》，分析各種蟹類的生長習性，指導人們適時撈捕，反映出蟹已為當時餐桌上的常見美味。這類關於海洋經濟魚類的分析專著，正是漁民撈捕經濟魚類的真實記錄。隨著海魚經濟價值不斷提升，漁場、漁汛資訊的掌握，撈捕技術的精進，使得海洋漁業的規模愈來愈大，獲利也更加可觀。明朝王士性《廣志繹》曾描述漁民利用石首魚（黃花魚）的魚汛，捕撈大量石首魚的情形：

> 每歲一大魚汛，在五月石首發時，即今之所稱鯗者。寧、台、溫人相率以巨艦捕之，其魚發於蘇州之洋山，以下子故浮水面，每歲三水，每水有期，每期魚如山排列而至，皆有聲。……魚至其地，雖聯舟下網，有得魚多，反懼沒溺而割網以出之者，有空網不得隻鱗者。每期下三日網，有無皆回，舟回則抵明之小浙港以賣。……舟每利者，一水可得二三百金，否則貸子母息以歸。賣畢，仍去下二水網，三水亦然。獲利者，鏦金伐鼓，入關為樂，不獲者，掩面夜歸。然十年不獲，間一年獲，或償十年之費。亦有數十年而不得一償者。故海上人以此致富，亦以此破家。〔註71〕

明代的漁民已可精準地預測石首魚一年三次的魚汛，並能大規模撈捕。石首魚汛期開始，會有似群山排列般的魚群，同時浮現在洄游海域。漁船於洄游海域中，聯船下網，便能大豐收，甚至要割斷魚網，以免漁獲過重，使漁船沈沒。於汛期捕撈石首魚，若能豐收一次，往往便可獲利「二三百金」，否則就得「貸子母息」。雖然撈捕石首魚有空網而歸的風險，然而石首魚的經濟價值極高，即使十年都捕不到魚，只要一年曾豐收，便可償還十年來所貸的款項。因此漁民願意冒著破家風險，借貸子母息，召募漁工，籌組船隊，於每年三次汛期，下海捕撈石首魚。

2. 水產養殖

沿海水產養殖，以高經濟價值的軟體貝類（蠔、蚶、蟶、江珧、蜆類等）、海魚為主。宋代已有漁民在海中以竹子繫附牡蠣苗，進行人工養殖。梅堯臣

〔註71〕明・王士性：《廣志繹》（北京：中華書局，1997年），卷四，頁75～76，「江南諸省」。

〈食蠔〉云:「……亦復有細民,並海施竹牢。採掇種其間,衝激恣波濤。鹹鹵與日滋,蕃息依江皋。……」明代的牡蠣養殖技術精進,能夠養出肥美的牡蠣。江珧生長於淺海的泥沙底,南宋時已被普遍養殖在海邊的沙田裏。周必大〈答周愚卿江珧〉云:「東海沙田種蛤珧,南烹苦酒濯瓊瑤。饌因暫棄常珍羨,指爲將嘗異味搖。……」(《全宋詩》册四十三,頁 26796)江珧的貝肉並無殊味,然而閉殼的柱幹,白如珂雪,甘鮮脆美,即爲江珧柱,可鮮食,或用酒浸漬貯藏,亦可加工製成乾貨,即爲乾貝。至於蚶、蟶、蜆類等,養殖的記載更多。

海魚的養殖,則始於明代。明代的海魚養殖,以鯔魚爲主。鯔魚即烏魚,因色鯔黑故名。鯔魚生活於沿岸河口,也能生存於淡水中,屬廣鹽性魚類,爲經濟魚類。鯔魚及其卵(烏魚子),爲豪富之家的佐酒珍味。明代孫文恪〈鯔魚〉云:「思歸夜夜夢鄉居,何事南宮尚曳裾。家在越州東近海,鯔魚味美勝鱸魚。」鯔魚的美味爲人所珍愛,故沿海區開始人工養殖。明代黃省曾《養魚經》云:「鯔魚,松之人於潮泥地鑿池,仲春潮水中捕盈寸者養之,秋而盈尺,背腹皆腴,爲池魚之最。」〔註 72〕人們在春季潮水中撈捕一寸左右的魚苗,放養於潮泥地的魚塘,秋季便有一尺左右的鯔魚可以捕撈出售。清代除了鯔魚外,已能養殖梭魚、鱸魚、烏頭鱗、對蝦等海產。

以撈捕方式取得的各類魚產,因捕撈技術及海上自然風險等條件限制,數量有限,無法普遍供應民生所需。隨著食用需求日增及對海中生物習性的瞭解,自宋代以來,開始以人工方式養殖具有經濟價值的海洋水產,既開發新的食物來源,也從中獲得可觀的財富。

3. 海中珍寶採集

隨著生活品質的提升,人們對於海洋資源的運用,不只是滿足口腹之欲而已,對於具有觀賞價值的海中珍稀生物,如珠璣、珊瑚、玳瑁、貝殼等,則採集其中的精品,供王室豪家賞玩之用。這些海中珍寶的價值,超越實用層次,成爲上層社會寶愛的藝術、裝飾品。清代屈大均曾具體地描述珊瑚的生長、採集、形狀、價值:

> 珊瑚,水之木也,生海中磐石之上,初白如菌,一歲乃黃。海人以鐵網先沈水底,俟珊瑚貫出其中,絞網得之,或以鐵貓兒墜海中得

〔註72〕 明・黃省曾:《養魚經》(《叢書集成》初編,臺北:藝文印書館,1967 年),頁 1~2。

> 之。在水直而耎，見風則曲而堅，得日光乃作鮮紅、淡紅二色。其
> 五七株合成者，名珊瑚林，夜有光景，常燁燁欲然，南越王以爲烽
> 火樹，是也。狀多如柏，亦曰烽火柏。或謂此物貴賤，並隨眞珠。
> 大抵以樹身高大，枝柯叢多，紋細縱而色殷紅，如銀硃而有光澤者
> 爲貴，色淡有髓眼者次之。〔註73〕

生長在水中的珊瑚，其柏狀的形體，及鮮艷的色澤（鮮紅、淡紅），具有觀賞
價值。然而珊瑚質地易碎，枝柯易折，要從海中完整探集，極爲不易，故
「樹身高大，枝柯叢多，紋細縱而色殷紅，如銀硃而有光澤者」的珊瑚，極
爲稀罕，爲皇家豪門所珍愛。漢代上林苑有一株珊瑚樹，高一丈二尺，一本
三柯，上有四百六十二條，乃南越王趙佗所獻，至夜光明煥然，故又號爲烽
火樹。

珍珠自古以來，即爲王公巨室、名媛佳麗珍愛的名貴裝飾品。珍珠有出
於合浦的南珠，有出於西洋的西珠，有出於東洋的東珠。其中以採自合浦的
南珠，品質最佳，價格最高。珍珠依其形狀、顏色、大小差異，而有不同的
價值：

> 珠身以圓白光瑩，細無絲絡者爲精珠，半明半暗者爲褪光珠，次肉
> 珠，次糙珠、藥珠，大而稍扁者曰璫珠，所謂南海之明璫也。……
> 其重七分者爲珍，八分者爲寶，故曰七珍八寶，其價則莫可定云。
>
> 〔註74〕

珍珠以圓形，色白，有光澤，無絲絡，爲上等精珠。上等精珠中，單顆重量
愈重，價值愈高，重七分者爲「珍」，重八分者爲「寶」。「珍」、「寶」的價
值，已超越尋常珍珠的價格，而「莫可定云」。珍珠之所以珍貴的原因，除
了本身的美麗外形、色澤之外，還因採集的高風險，低產量，使得價格居高
不下：

> 珠蚌生在數十丈水中，取之必以繩引，而縋人而下，氣欲絕，則挈
> 動其繩，身中人疾引而出，稍遲則七竅流血而死，或爲惡魚所噬。
> 蚌逾百十，得珠僅能一二。〔註75〕

〔註73〕清・屈大均：《廣東新語》（北京：中華書局，1997年），卷十五，頁417，
　　　　「珊瑚」。

〔註74〕清・屈大均：《廣東新語》（北京：中華書局，1997年），卷十五，頁412～
　　　　413，「珠」。

〔註75〕清・屈大均：《廣東新語》（北京：中華書局，1997年），卷十五，頁413，

位於數十丈深水中的珠貝，靠採珠人憋氣潛水，費力採集，氣絕之際，要立刻拉出水面，否則將七竅流血而死。採珠人在海中，除了呼吸無以為繼的危險外，還可能被海中的惡魚攻擊身亡。冒著巨大風險採集的珠蚌，卻只有極小的比率含有珍珠，故珍珠之價昂。珍珠以其美麗外形，優雅色澤，珍貴稀有，獲得各階層人們的珍愛，成為身分、財富的表徵：

> 古時合浦人以珠易米，珠多而人不重。今天下人無貴賤皆尚珠。
> ……富者以多珠為榮，貧者以無珠為恥，至有「金子不如珠子」之
> 語。〔註76〕

在珍珠產地合浦，因數量較多，當地人不甚看重，但一運到其他地方，則變成人人喜愛的珍貴飾品，甚至有「金子不如珠子」之說。

珊瑚、珍珠、玳瑁、各類貝殼等物產，具生產區域性、奇麗珍稀性的特點，透過活絡的貿易網絡，一輸運到遠方內地，交易價格常攀升為產地生產價格的若干倍。這類海中珍寶，一經採集、加工後，便具備極高的經濟價值，乃東南沿海產地的重要經濟活動之一，為當地帶來巨大的財富。

4. 製 鹽

歷代雖稱海洋有漁鹽之利，然而各朝政府所重者只在鹽的產銷而已。管仲主持齊政時，善用濱海的地理條件，積極地開發海鹽，並從中獲得巨利。秦、漢時期，也大力發展鹽業，利國裕民。漢初的海鹽生產，本為民間自營，鹽官只責負徵鹽稅，後因權貴豪強壟斷鹽利，漢武帝於元狩四年（西元前119年），實施鹽的專賣制度，官募民製鹽，收鹽、運鹽、銷鹽，則均由官府一手包辦。食鹽官營制度，革除權貴豪強壟斷鹽利之敝，國庫富贍，人民賦稅不增。

唐代更擴大海鹽的生產，主要有四大區：河北產鹽區、青齊產鹽區、東南產鹽區、嶺南產鹽區。沿海鹽區積極生產海鹽，政府可從中抽取巨大鹽稅。劉晏主鹽政時，歲入鹽稅為四十萬緡，至大曆末年時，歲入鹽稅更高達六百萬緡。當時政府抽的鹽稅，居然佔全國賦稅的一半，而鹽稅之中，大部分是來自海鹽的徵稅。宋代繼續擴大海鹽的生產規模，有京東、河北、淮南、兩浙、福建、廣南等六大產區，產量極為可觀。宋代仍實行鹽的專賣

「珠」。

〔註76〕清・屈大均：《廣東新語》（北京：中華書局，1997年），卷十五，頁413，「珠」。

制度，民製官賣，並以「行鹽地界」的方式，調節各地的產銷、鹽稅。元代的海鹽生產區，與宋代大致相同，產量極高，約 205.12 萬引（元明宗天曆年間統計資料）。為掌握龐大的鹽稅，元代沿襲宋代專賣制度。天曆年間，元政府就從海鹽交易中，徵得七百六十六萬餘錠的鹽稅，佔當時政府歲入的大部分。

明代基於巨大鹽利，持續改良海鹽生產技術，提高產量，並由政府專賣。明代設立遼海煎鹽提舉司，於沿海設立各都轉運鹽使司、鹽課提舉司所屬的鹽場鹽課司一百四十二處，以管理海鹽的銷售、徵稅事務。明代的鹽業規模大，鹽業從業人口，至明末時，已高達一百六十萬人，對於國家財政及人民的生活有極大的助益。明代鹽稅佔全國賦稅的一半，僅兩淮的鹽稅，就可「供光祿寺、神宮監、內官監」，並「歲入太倉餘鹽銀六十萬兩。」〔註77〕清代大體沿襲明代鹽政舊制〔註78〕，大力發展沿海區的鹽業，既可利民，又可增加國家稅收。鹽稅收入，與田賦、關稅、釐金三者，構成清代後期財政收入的四大支柱。光緒末年，全國鹽稅收入更高達 2,400 餘萬兩。

海鹽的經濟價值，對民生的必要性，遠高於海洋漁業。鹽的生產活動旺盛，不但可以使從業百姓溫飽，政府更可從鹽的交易中，課得重稅。《明史‧食貨志》云：「煮海之利，歷代皆官領之。」海鹽的利益龐大，歷代莫不由政府官營，並嚴禁販售私鹽，以掌握龐大鹽利，挹注國家財政，甚至充當軍費。故各朝政府，蹈襲前代的鹽政基礎，逐漸建立完備的鹽政。

第五節 歷代海洋活動的發展歷程

海洋活動泛指人類所有涉及海洋的活動，舉凡政治、海上軍事行動、航海科技的發展、海洋資源開發利用、海外交通、海外貿易、中外文化交流等，均屬人類的海洋活動。欲將歷代海洋活動的發展歷程分期，要考慮到以下的因素：對海洋本質的瞭解、海洋利益的認知、造船航海科技的發展、百姓的參與度、政府的基本國策、海外諸國的往來等。綜合這些因素，本文將歷代海洋活動的發展歷程，分為「海洋觀念的萌發」、「海洋活動的興起」、「海洋活動的高峰」、「海洋活動的盛極而衰」四期，每一期又依海洋活動的發展實

〔註77〕《明史‧食貨志‧鹽法》（中央研究院「漢籍電子文獻」之《二十五史》）。
〔註78〕《清史稿‧食貨志》云：「清之鹽法，大率因明制而損益之。」（中央研究院「漢籍電子文獻」之《二十五史》）

況，將各朝代分述或合述，以突顯歷代海洋活動的發展特色。

一、海洋觀念的萌發

（一）春秋以前

上古石器時代，中國沿海地區的先民，已與海洋產生密切的關係。據河姆渡文化〔註 79〕、龍山文化〔註 80〕、大灣文化〔註 81〕、良渚文化〔註 82〕、貝丘文化〔註 83〕等考古遺址的資料，在上述沿海區域，發掘出不少石錛、骨鏃、獨木舟等工具，及堆積大量的貝殼、海魚骨頭及鱗片，可視爲上古時代海洋生活的濫觴。上古時代沿海先民的生活有豐富的海洋活動，然而有豐富的海洋活動，卻不一定會產生相應的海洋文化。海洋文化的內涵涉及精神層次，乃長期的海洋生活經驗，逐漸堆疊而成形。所以遠古時期的先民雖有豐富的海洋活動，仍不能視爲海洋文化的濫觴。

三代時期，除了沿海居民持續的海洋活動外，對於「海」也開始產生初步的認知。「海」字在三代時期已常被運用。「海」既指海洋，也可泛指天下。三代時期，主要活動區域位於內陸的統治中心，加上以農耕爲主的經濟活動，缺乏普遍性的海洋生活經驗，對海洋的本質及其外延概念的認知，屬於模糊

〔註 79〕「河姆渡文化」位於浙江餘姚江畔的河姆渡村。屬於新石器時代的河姆渡文化，發掘出大量的文物，其中以木槳、陶製小舟模型（長 7.7cm，高 3cm，寬 2.8cm），大量淡水、海水魚類（鯨、鯊魚、鯔魚、裸頂鯛）骨頭及蚌殼，最富於海洋文明特色。由魚骨頭的種類可以推論當時本區域的漁撈活動，已由河口延伸至海上。

〔註 80〕「龍山文化」首先發現於山東章丘龍山鎮城子崖，距今約 4,500 年左右，後來更陸續於附近區域發現數個遺址，如大汶口遺址、紫荊山遺址、大黑山島北莊遺址。龍山文化出土不少網墜、骨製魚鉤、骨鏃、蚌刀、蚌鐮等器物，顯示龍山文化先民的生活與海洋有非常密切的依存關係。

〔註 81〕「大灣文化」指分佈於珠江口一帶的二十三個遺址。這二十三個遺址包含島嶼、海岸、河流臺地等不同地形，反映出大灣文化的先民，能充分運用水上交通技術，在這片江海縱橫的區域自由活動。

〔註 82〕「良渚文化」以杭州北郊的良渚遺址群爲主要代表，經過歷次挖掘，得出大批文物，其中有一些寬把杯的杯身，繪有波浪紋及明顯魚齒的魚頭，頗具海洋特色。

〔註 83〕「貝丘」乃上古時期沿海而居者，平日撈捕魚貝類食用後，所堆積而成的貝殼遺跡，有長牡蠣、海螺、海蛤等貝類及各類魚類的鱗片。黃海及渤海沿岸、江蘇、浙江、福建、台灣、百越文化遺址等地，都曾發現貝丘遺址，其中以黃海及渤海沿岸的貝丘遺址最多。由貝丘遺址出土的海洋生物遺骸，反映上古時期沿海而居的先民，與海洋活動（海洋漁獵）有非常密切的關係。

的狀態。故文獻中提及的「海」、「海表」、「四海」等辭語，常是敘事時附帶提及的統稱。

雖然三代對海洋的認識是模糊的，但也開始懂得利用海洋資源。自商代以降，東南沿海地區，固定要向朝廷進貢鮫魚（鯊魚）皮。鮫魚皮可以飾服器，以皮為甲胄，則可捍流矢。伊尹曾受商湯之命，擬具四方獻令，令沿海地區貢物：

> 湯問伊尹曰：「諸侯來獻，或無牛馬之所生，而獻遠方之物，事實相反，不利。今吾欲因其地勢所有而獻之，必易得而不貴。其為四方獻令。」伊尹受命，於是為四方令曰：「臣請正東：符婁、仇州、伊慮、漚深、九夷、十蠻、越漚、鬋髮文身，請令以魚皮之鞞，烏鰂之醬，鮫盾利劍為獻。正南：甌鄧、桂國、損子、產裏、百濮、九菌，請令以珠璣、瑇瑁、象齒、文犀、翠羽、菌鶴、短狗為獻。……。」
> 湯曰：「善！」〔註84〕

伊尹令沿海地區所貢之物，如魚皮之鞞（以魚皮裝飾之刀鞘）、烏鰂（烏賊）之醬、鮫（鯊）盾、珠璣、瑇瑁等，皆為採集自海洋的物資。此外，海鹽也開始成為周代山東諸國朝貢之物，不過數量有限。

三代雖以土地農業為國家文明主體（陸地為主，四海為輔），但也逐漸地將目光投射到浩瀚無垠的海洋，雖然對「海」的概念還是模糊的，取用海洋資源，也是被動接受而非積極開拓，但總是拉近人與海洋的距離。三代萌生的海洋觀念，為春秋戰國的海洋活動奠下良好的礎石。

（二）春秋戰國

春秋戰國時期，沿海的諸侯國，如齊、燕、越、楚等皆為海王之國，其中又以齊國最擅長利用海洋資源。臨海的齊國，雖無豐饒的耕地以發展農業，但所瀕臨的海洋，卻蘊含無盡的資源，如漁產、鹽鹵等。面對國家的天然地理條件，管仲以「官山海」為國策：

> 桓公曰：「然則吾何以為國？」管子對曰：「唯官山海為可耳！」桓公曰：「何謂官山海？」管子對曰：「海王之國，謹正鹽筴。」桓公曰：「何謂正鹽筴？」管子對曰：「十口之家，十人食鹽。百口之家，百人食鹽，……。」〔註85〕

〔註84〕《逸周書・王會》（臺北：臺灣商務印書館，1971年），頁122，「伊尹朝獻」。
〔註85〕李勉：《管子今註今譯・海王》（臺北：臺灣商務印書館，1994年），頁1005。

「官山海」之「官」字,即「管」之假借,就是經濟學所謂管制、獨佔。山產鐵,海產鹽,關乎國計民生,蘊含巨利,故官山海政策,就是將鹽、鐵收為國家專賣。齊國土地狹小,卻有豐富的海洋資源,管仲善通漁鹽之利,國家殷富,常彊於諸侯。

本期對海洋的開發利用,除了海鹽的取用之外,還有熱絡的漁業活動。春秋戰國時期,船舶的數量、使用範圍、製造技術,均超越三代。當時環海的諸侯國,善用鐵製工具(斧、鋸、鑿)、量測工具(懸錘、簡單的水準儀),精進木材加工技術,甚至有政府設置的造船場,如吳國稱「船宮」、越國稱「船室」,能製造各類河船、海船。由於海洋漁船的大量製造,加上捕魚網具及捕撈方法的進步,漁民得以進入較深廣的水域,撈捕體型較大的魚類。《管子·禁藏》云:

> 漁人之入海,海深萬仞,就彼逆流,乘危百里,宿夜不出者,利在水也。故利之所在,雖千仞之山,無所不上;深源之下,無所不入焉。〔註86〕

這段資料指出海洋具有未可知的危險,卻也蘊含巨利,使得漁人甘願冒險航向深海,追逐厚利。向深海遠洋逐利的積極動機,也提高海洋漁船的製造技術。當日海洋漁船在海象變化無常的條件下,借助純熟的航海知識,航程超過百里,甚至可以在海上過夜捕魚。海洋捕撈活動興盛,捕獲的魚種也愈來愈多,如黃魚、鱘、比目魚等,均為當時的撈捕大宗。海魚的經濟價值,愈來愈受到重視,變成沿海與內地貿易的重要商品,結果又回頭刺激海洋漁業的發展。

本期成熟的海船製造技術,既可用於海洋撈捕,更可用於海戰。當時最常發生海戰者,乃集中於南方的吳、越、楚、齊等國之間。這些環海的諸侯國,善用近海的地理特性,及成熟的航海知識〔註87〕、海上作戰兵器,以異於陸戰的用兵形式,對敵國發動作戰。《國語·吳語》云:「於是越王句踐乃命范蠡、舌庸,率師沿海泝淮以絕吳路。」〔註88〕魯哀公十三年(西元前482年),吳王夫差率兵眾於黃池(河南封丘)會盟,勾踐趁機率兵自陸路北攻吳國都城姑蘇,而越國大夫范蠡、舌庸則率海師出杭州灣後,沿近海北上,進

〔註86〕 李勉:《管子今註今譯·禁藏》(臺北:臺灣商務印書館,1994年),頁849。
〔註87〕 春秋戰國時期已知「八風」、「十二風」。
〔註88〕 《國語·吳語》(臺北:里仁書局,1981年),頁604。

入淮水，從北方截斷吳國的退路，使得夫差被迫求和。本戰役中，海師遠行千里的迂迴助攻戰術，乃勾踐的用兵奇策。至於《左傳・哀公十年》所記吳、齊海戰，乃史書記載之第一次海戰：

> 齊人弒悼公，赴於師。吳子三日哭於軍門之外，徐承帥舟師，將自海入齊。齊人敗之，吳師乃還。〔註89〕

《史記・吳太伯世家》也有此次海戰資料：

> 齊鮑氏弒齊悼公。吳王聞之，哭於軍門外三日，乃從海上攻齊。齊人敗吳，吳王乃引兵歸。〔註90〕

魯哀公十年（西元前485年），大夫徐承銜吳王夫差之命，率大規模舟師由海路北上進軍齊國，在黃海與齊軍發生海戰，結果戰敗而返。當時吳、齊兩國已具備海戰的能力。對於經常發生在吳、越、齊等國之間的海戰，清人顧棟高以為：

> 海道出師，已作俑於春秋時，併不自唐起也。《左傳・哀十年》吳之伐齊也，徐承帥船師自海入齊，此即今登、萊之海道也。《國語》哀十三年，越之入吳也，范蠡、舌庸帥師自海泝淮以絕吳路，此即安東雲梯關之海道也。春秋之季，惟三國邊於海，而其用兵相戰伐，率用舟師，蹈不測之險，攻人不備，入人要害，前此三代未嘗有也。〔註91〕

陸戰與海戰是迥異的作戰形式。陸戰以土地為兩軍的戰場，客觀條件（地形）的變動性較低，可預測性較高，雙方的主帥，較易利用各種情報，判斷敵人的可能作為。海戰以廣闊的海洋為戰場，由於海面寬闊，無法如陸地般輕易地偵察戰艦位置及可能的行經路線，加上變化莫測的海象，使海戰成為風險極高的作戰形式。然而海戰雖具極高的風險性，巧用海戰，有時也可達到兵法所謂的「奇」（「攻人不備」）。吳、越、齊等國環海的地理條件，讓它們有陸戰及海戰的選擇，增加用兵的彈性。

　　雖然春秋戰國時期，對於海洋的本質，已有較明晰的概念。然而大部分的人面對遼闊而洶湧的大海，還是覺得險阻難渡。海既是天然的險阻，也是人們概念中的險阻。天然險阻與概念上的險阻結合，使「海」成為避難或逃

〔註89〕《左傳》（臺北：藝文印書館，1989年），頁1015。

〔註90〕瀧川龜太郎：《史記會注考證》（臺北：洪氏出版社，1986年），頁547。

〔註91〕清・顧棟高：《春秋大事表》（北京：中華書局，1993年），卷八〈春秋時海道論〉，頁966。

離塵世的途徑，目的在尋找可以安身立命的島嶼或海的彼岸樂土。《論語‧公冶長》云：「子曰：『道不行，乘桴浮於海，從我者其由與。』」孔子慨嘆聖道不得實行，甚至萌生乘著竹筏泛海，以避開紛亂世局的念頭。幽居海上的賢者，用「海」將自己與塵俗隔絕。「海」在士人的概念中，重波巨浪既是險阻，也是入清淨樂土的重要途徑。

人類面對遼闊洶湧的大海，及各類海洋天災，常存敬畏之心，認為海洋應具有神靈，進而產生海洋崇拜的思想。《禮記‧學記》云：「三王之祭川也，皆先河而後海。」〔註92〕已將海洋納入眾神靈崇拜的範疇。春秋、戰國時期，對於海洋神靈的崇拜，更為具象化，如《莊子‧秋水》及《楚辭‧遠遊》中，已出現具有人的形象的北海之神海若。既然海洋有海神及其他神靈，自然而然會產生海上仙山的傳說。戰國時期的燕國、齊國沿海地區，為蓬萊仙山神話的源頭，影響到秦始皇、漢武帝的海外求仙行徑。

本期臨海諸侯國的海洋自然環境，及豐富的海洋生活體驗，與內陸諸侯國相較，也對文化、思想產生若干的影響。王夫之曾分析：

> 山中自靜，山氣靜也。水濱自動，水氣動也。……水濱以曠而氣舒，
> 魚鳥風雲，清吹遠目，自與知者之氣相應。〔註93〕

海濱的曠遠氣舒，魚鳥風雲的景致，迥異於內陸的山川地景，望之令人胸襟放達，故王夫之以為自然容易與智者的思路相應。齊國臨海的地理條件，造就厚實的國力，全國充滿皇大氣象。海國人民的思想極為活潑，善於接納新事物，包容新思想，此與海洋的開闊奔放特質有密切的關係。當時齊國學風自由，諸子百家之學競鳴。諸學說於此融合激盪，迸發出璀璨輝耀的思想文化。同為濱海的吳、越，亦如齊國般，具有包容、開放的胸襟。整體而言，海國文化具有較強的相容性及變通性。〔註94〕

春秋、戰國時期，沿海地域的海洋活動日益興盛，主要表現在物質、精神兩大方面。就物質層面而言：涉海工具日益進步，具備一定的海洋航行能

〔註92〕清‧孫希旦：《禮記集解》（臺北：文史哲出版社，1984年），頁893。
〔註93〕清‧王夫之：《讀四書大全說‧論語‧雍也篇》（長沙：嶽麓書社，1996年），頁690。
〔註94〕《管子今註今譯‧正世》云：「故其位齊也不慕古，不留今，與時變，與俗化。」（臺北：臺灣商務印書館，1994年，頁760）管子為政，重在隨時代變化而靈活變通，旨在求合於時用。這種為政思想也反映在文化思想上，使文化思想具有變通性。

力〔註 95〕，使遠洋撈捕及海戰成爲可能。對於海洋資源的運用，因爲逐漸認
識海洋的本質而主動開發。就精神層面而言：從海洋浩瀚無垠的特質，體會
海洋的偉大、神秘、包容，開始產生海神崇拜的文化現象。因海洋的自然特
點，使濱海國家的文化思想，具有很強的相容性及變通性。從對海洋險阻難
渡的認知，開始將海島做爲隔絕罪犯、政治避難或逃離塵俗的目的地。三代
時期萌發的海洋觀念，在此時成熟茁壯。濱海諸國的海洋活動展現蓬勃興隆
的氣象，海洋文化也開始略具雛形。

二、海洋活動的興起

（一）秦、漢

秦、漢時期，隨著中央集權制的形成，國力大幅提升，不但朝陸地拓展，
也朝海洋發展。本期對海洋的認識，較前期深入，航海科技在此期也有明顯
的創新，如船舶大型化，運用尾舵定向，可調整的風帆以應八風，利用規律
的季風航海，以北斗星、北極星導航。這些航海科技，爲本期興起的海洋活
動，提供必要條件。

秦始皇統一中國後，曾多次巡遊沿海。秦始皇二十八年（西元前 219
年），沿渤海而上，登之罘（山東煙台芝罘區）。秦始皇三十二年（西元前215
年），遊渤海北岸的碣石港。秦始皇三十七年（西元前 210 年），臨之罘射殺
巨魚（鯨魚）：

> 始皇夢與海神戰，如人狀。問占夢，博士曰：「水神不可見，以大魚
> 蛟龍爲候。今上禱祠備謹，而有此惡神，當除去，而善神可致。」
> 乃令入海者齎捕巨魚具，而自以連弩，候大魚出射之。自琅邪北至
> 榮成山，正義即成山也，在萊州。弗見。至之罘，見巨魚，射殺一
> 魚。遂並海西。〔註96〕

秦始皇在大批人馬的簇擁下，數次巡遊沿海，反映出當日對海洋知識已有一
定的認知，加上造船、航海科技的發達，才促成巡遊沿海之舉。秦始皇爲求
長生，更命齊人徐福率童男女數千，入海求仙：

〔註95〕 春秋戰國時期，海洋航行能力，不但及於近海，甚至已具備遠洋航行能力。
　　　　據學者考證，本時期中國通往日本的航線已有二條：(1)借日本左旋環流的單
　　　　向航線，爲春秋時期所開闢；(2)經由對馬島直駛日本北九洲，爲戰國時期所
　　　　開闢。
〔註96〕 見《史記會注考證・秦始皇本紀》（臺北：洪氏出版社，1986 年），頁 127。

> 齊人徐市等上書，言海中有三神山，名曰蓬萊、方丈、瀛洲，僊人
> 居之。請得齋戒，與童男女求之。於是遣徐市發童男女數千人，入
> 海求僊人。〔註97〕

徐福（徐市）〔註98〕耗費數年的時間及大量經費，仍一無所獲，又不敢回國
覆命，於是自河北的黃驊縣附近出航〔註99〕，東渡海上，途經朝鮮半島，最
後定居日本。這段史料，不論求仙之事，單就航海而論，徐福所帶領的大規
模航海行動，代表秦代的海洋知識、造船技術、航海科技具有一定的水準，
使遠洋航行成爲可能。此外靈渠的開鑿與秦代的海洋開拓，亦有一定的關
係。靈渠強化中原與嶺南地區的交通，對於開發南海，發展遠洋交通、貿
易，具有一定的助益。秦代利用靈渠的輸運功能，統一南方，設置南海、桂
林、象三郡。

　　海洋知識、航海技術、造船技術，到了漢代更加完備，海洋活動也比秦
代更爲興盛。漢代以前，人們已大致瞭解海岸線東面、南面的臨海區，到了
漢代才知國土之外的遙遠北方、西方有海的存在。隨著南向遠洋航海經驗的
累積，漢代對「南海」的地理認知，乃指中國以南的海域，也指東南亞和東
印度洋諸地。這種對「北海」〔註100〕、「西海」〔註101〕、「南海」等海洋地理
的認識，對於中國帆船遠航到西亞海岸，具有一定的歷史意義。東漢對於南
海海域的地理特性，認識更加深入，如楊孚《異物志》曾記載南海的岬角地
形，多爲堅硬的磁鐵礦層所構成，強大的磁場會影響到羅經指向，使船舶無
法正常航行。漢代對於海洋生物也有一定程度的瞭解，如楊孚觀察到海獅、
海狗知潮水漲落的習性，鯨會因擱淺失水而死。海洋潮汐的研究，到東漢也

〔註97〕見《史記會注考證・秦始皇本紀》（臺北：洪氏出版社，1986年），頁121。

〔註98〕明・陳士元《名疑》，卷四云：「秦方士徐市，《漢書》作徐福。按字書「市」
　　　　即古「黻」字。漢時「福」、「黻」字通用。」（《文淵閣四庫全書電子版》）「黻」、
　　　　「市」、「福」三字因音近而通用，典籍多作徐福。

〔註99〕關於徐福船隊的出發地，眾說紛紜，主要有以下這幾種說法：秦皇島、黃縣、
　　　　成山頭、琅琊、琅琊徐山、連雲港、寧波普陀山等。王傑於〈黃驊——徐福
　　　　船隊的出發港〉（《海交史研究》，第一期，1992年）一文，從不同角度深論，
　　　　推定河北黃驊爲徐福船隊出發港。筆者暫從其說。

〔註100〕「北海」並非指蘇武被單于放逐的北海（貝加爾湖），而是指北方的北冰洋水
　　　　域。

〔註101〕「西海」乃指以西亞爲中心所命名的海域，《後漢書・西域傳》記甘英出使大
　　　　秦（羅馬帝國）時，「窮臨西海」（波斯灣與阿拉伯海岸），至此向南乘海，乃
　　　　通大秦。

有重要的進展。中國海區屬半日潮區，月相變化與潮汐漲落的關係較明顯。王充以爲水乃地之血脈，隨氣進退而形成潮汐，即以元氣自然論來解釋潮汐的成因，並明確地提出「濤之起也，隨月盛衰」的觀測結果。王充的潮汐論對後世的潮汐研究及潮候預測，產生重要的影響。船舶設計到了漢代，出現創新的技術，如改善風帆的取風效能，提升尾舵的轉向效率，使用具有連續推進力的櫓，運用木石碇繫泊船隻等，使船舶的越洋能力大增。漢武帝曾因個人海上求仙的動機，七次巡遊海上〔註102〕，探求神山，雖然沒有結果，但卻反映出到漢代所累積的海洋觀念、海洋學知識、造船科技、航海技術，已可爲各類大規模的海上活動，提供必要的航海支援。

　　漢代經略海洋的重大成就，就是開啓中國與海外諸國的交流。自漢武帝開通西域後，基於經貿利益的考量，也同時發展海上交通。《漢書・地理志》所記自交趾、廣州而南的航線，已出麻六甲海峽，連接著印度洋的通路，至波斯灣、阿拉伯半島及非洲東岸，即所謂的海上絲路。中國的黃金、絲繒、茶葉等充裕物資，經海上絲路輸出，再由各國輸入各色奇珍異寶。由於漢代經由海上絲路的貿易大增，爲方便管理，曾於合浦郡徐聞縣（廣東湛江徐聞縣）設立中國最早的海外貿易管理官員——候官，可視爲唐、宋、元、明市舶制度的雛形。

　　海上絲路除了帶來經貿利益外，也使人們走向海洋，與海外異國文化密切交流，提升了國家、人民的視野。漢代除了與東南亞、印度洋沿岸國家往來，也向東與日本交流。西元1998年，在日本長崎縣出土西漢製造的「五銖錢」，及西元1999年於同一遺址發現西漢製造的「三翼鏃」，可以做爲漢代與日本交流的佐證。

長崎出土漢式三翼鏃

〔註102〕漢武帝七次巡遊海上的時間是：元封元年、元封二年、元封五年、元封六年、太初三年、太始三年、征和四年。這七次巡遊海上訪求仙山，皆無結果。至此，漢武帝終於覺悟：「曩時愚惑，爲方士所欺。天下豈有仙人，盡妖妄耳！節食服藥，差可少病而已！」（《資治通鑑》卷二十二）

秦、漢時期，除了利用海洋進行交通、貿易外，也直接取用海洋資源，以利國計民生。漢初的海鹽生產，本為民間自營，鹽官只責負徵鹽稅，後因權貴豪強壟斷鹽利〔註103〕，漢武帝於元狩四年（西元前 119 年），實施鹽的專賣制度。漢武帝任桑弘羊、東郭咸陽、孔僅主其事，沒收私人煮鹽工具，由官府募集人民製鹽，收鹽、運鹽、銷鹽，均由官府一手包辦。食鹽官營，革除權貴豪強壟斷鹽利之敝，國庫因而富贍。漢代的鹽政，除了東漢是食鹽私營時期，大多數的時間，採行的是食鹽官營的專賣制度，關鍵在於龐大的鹽利。

秦、漢時期，對海洋生物習性的瞭解更深入，自然也懂得海洋生物的經濟價值。漢代不但食用各種海洋經濟魚類，也開始食用珍稀的海中軟體生物，例如鰒魚、河魨等。因此沿海地區的水產捕撈、養殖業，極為興盛。《漢書·地理志》曾記上谷至遼東一帶，富有魚鹽之饒。因沿海地區漁撈業漸趨發達，產量增加，故漢武帝時，開始徵收海租。宣帝時曾增加三倍的海租，漁民的負擔極重。王莽時，規定有司依捕撈之魚鱉價值，抽取「什一之稅」。

秦、漢時期，以成熟的海洋知識，合用的航海科技，具備遠航能力的海船，探索廣漠的滄海。本期展現的海洋活動特色：(1)海洋地理、海洋學相關知識，因航海活動的頻繁，而有長足的進步。(2)從新闢的海上航路，獲得海外經貿利益。(3)加強對海外各國的交流。(4)積極開發海洋資源，富裕國計民生。

（二）三國、魏晉南北朝

三國、魏晉南北朝，是開拓海疆、經營海洋的特殊時期。自東漢末年以來，戰亂頻仍，步入長期分裂的政治局面。相對於陸地疆域的政治紛亂，經濟發展遲滯，沿海各州郡，與經貿、軍事相關的海洋活動仍十分活躍，尤其是東南沿海地區。本期的海洋活動，略去經貿因素後，存在著明顯的特點，即帶有濃厚的軍事性質。支持東南沿海地區的活躍海洋活動的必要條件之一，即發達的造船業。三國時萬震《南州異物志》云：「舡，大者長二十餘丈，

〔註103〕如漢武時齊人東郭咸陽，以煮鹽致富，家資累千金。齊人刁閒役使大批奴僮煮鹽，累財數千萬。吳王劉濞更是招致天下亡命之徒煮鹽，獲得巨利，並以之收買吳國人心。劉濞利用國富民親的條件，起兵謀反，而海鹽竟成爲其軍費的重要來源。

高去水三二丈，望之如閣道，載六七百人，物出萬斛。」〔註104〕三國時期製造的大型海船，爲遠洋航行提供基礎條件。西晉滅孫吳時，接收 5,000 餘艘各型戰艦，正反映出本期的造船能量。

曹魏努力發展海上交通，提高自己的軍事實力。景初二年（西元 238年），魏明帝曾出兵遼東殲滅公孫淵，並遣船隊越海登朝鮮半島，收樂浪（平壤附近）、帶方（首爾附近）兩郡。正始元年（西元 240 年）及八年（西元 247年），魏少帝兩度遣使渡海，出使日本。景元五年（西元 264 年），魏元帝派遣海軍南下襲擊吳國的句章（浙江餘姚附近）。緣於大規模的海洋活動，魏國造船產業也快速發展。

孫吳充分運用國土臨海的優勢，積極地開拓、管理東南海疆，累積強大的政治、經濟、運輸實力。孫吳時期的造船業非常發達，國境遍佈造船廠，而沿海地區，更設立專建海船的船廠。以此造船規模爲發展基礎，孫吳建立實力居三國之冠的海軍，具備堅強的海上作戰能量，能以大編制船隊，實行遠航作戰。吳國曾三次派遣大規模的船隊，經東海及黃海，北上遼東半島，與公孫淵聯絡，企圖與魏國相抗衡。孫權派遣海軍北上，所開闢自長江口到遼東半島、朝鮮半島的北方航線，正好與其南方航線連結爲一，對於航海交通的影響，遠大於軍事作戰。孫權又聽聞秦代方士徐福率領數千童男女入海求仙，居留於海外的夷洲（臺灣）、亶洲〔註105〕，故於黃龍二年（西元 230年），派遣將軍衛溫、諸葛直將甲士萬人渡海求夷洲及亶洲：

> 二年春正月……遣將軍衛溫、諸葛直將甲士萬人浮海求夷洲及亶

〔註104〕《太平御覽》（《文淵閣四庫全書電子版》），卷七六九，「舟部二」引萬震《南州異物志》。

〔註105〕亶洲究竟爲現代何地？學者看法不一，有海南島、菲律賓或日本等說。《史記·正義》引《括地志》云：「亶洲在東海中，秦始皇使徐福將童男女入海求仙人，止在此州，共數萬家。」將亶洲視爲日本者，殆依《史記·正義》所引此條資料，張煒、方堃主編的《中國海疆通史》亦持此說。《史記》載徐福求仙之事，只言「蓬萊、方丈、瀛洲」之地，傳至後世，加入徐福留居「亶洲」不還者。「瀛洲」是否等於「亶洲」，尚有討論空間。徐福求仙之三仙山，深匿海中，不知其確切位置，故徐福遍尋不著，無功而返。徐福無法尋著仙山，後人又如何確知仙山即爲某地？三仙山是否爲徐福虛構，以寓寄神仙居處，不必然爲實有之地。《三國志》所記之「亶洲」，「所在絕遠，卒不可得至」，則意在託言仙境無人知曉，亦渺不可至，且《三國志》該段資料，並無其他可供推定方位的線索。故將「亶洲」視爲現代某地，並無法得到證驗。

> 洲。亶洲在海中，長老傳言秦始皇帝遣方士徐福將童男童女數千人
> 入海，求蓬萊神山及仙藥，止此洲不還。世相承有數萬家，其上人
> 民，時有至會稽貨布，會稽東縣人海行，亦有遭風流移至亶洲者。
> 所在絕遠，卒不可得至，但得夷洲數千人還。〔註106〕

衛溫、諸葛直雖然沒有找到亶洲，但卻到了夷洲，並俘數千人而回。就尋訪
仙山而言，目的並未達成。然而就航海活動而言，率領大規模船隊泛海作戰，
背後蘊含的意義：發達的造船工業，提供數量龐大的海舶，善用航海技術，
建立周密的指揮體系及完善的後勤補給系統，才能成就大規模的航海行動。
吳國還與南海諸國有密切的連繫。孫權曾遣中郎康泰、宣化從事朱應，出使
雄踞南海的扶南國，建立友好的外交關係。孫權對南海的經略，為日後南向
的遠航活動打下基礎。

　　魏晉南北朝的海洋活動，具有承先啟後的性質，為唐以後的繁盛海洋活
動，立下良好的根基。兩晉繼承孫吳對東南海疆的開發成果。西晉滅孫吳時，
接收 5,000 餘艘各型戰艦及水軍，擁有強大的海上作戰力量。東晉偏安江南，
孫恩、盧循等人率眾盤踞海島，與東晉政權於黃海、東海、南海，展開長達
十二年的海上軍事爭戰。孫恩、盧循等人最後雖被殲滅，但東晉國力已江河
日下。東晉與孫恩、盧循等人的海上爭戰，從軍事以外的角度而論，造船能
量、航海技術、新航道開闢，因軍事需求而大為發展，也促進海外貿易、交
通的發展。如法顯自印度歸國的遠洋航線：印度東海岸的多摩梨國（加爾各
答的德姆盧克）－師子國（斯里蘭卡）－尼科巴群島－經蘇門答臘與爪哇之
間－中南半島－南海－臺灣海峽－東海－黃海－青州長廣郡牢山（青島嶗
山）。這條航線代表當時的航海條件已發展到一定的程度。

　　南朝宋、齊、梁、陳，其統治範圍皆在長江以南的地區，緣於部分地區
瀕海的特性，相較於北方而言，造船業較發達，尤其是浙江、福建等地，都
有造船基地。此外嶺南沿海地區，乃「寶貨所出，山海珍怪，莫與為比。」
〔註107〕南朝時期，在孫吳以來所建立的海洋活動的基礎上，憑藉著相對穩定
的政治環境，將盛產的山海珍怪寶貨（如犀、象、玳瑁、珠璣等），以瀕海優
勢，透過質量兼具的船舶，初步發展沿海的對外貿易：

> 郡常有高涼生口及海舶，每歲數至。外國賈人以通貨易。舊時州郡

〔註106〕《三國志‧吳書‧吳主傳》（中央研究院「漢籍電子文獻」之《二十五史》）。
〔註107〕《南齊書‧志‧州郡‧交州》（中央研究院「漢籍電子文獻」之《二十五史》）。

　　以半價就市，又買而即賣，其利數倍，歷政以爲常。〔註108〕

嶺南沿海地區，將本地盛產的奇珍寶貨，與海外夷船進行易貨貿易，形成「商舶遠屆，委輸南州」〔註109〕的繁榮貿易景象。貿易繁榮的結果，使嶺南沿海的交、廣等州郡，財貨累積，官民富實。

三、海洋活動的高峰

（一）隋、唐

　　隋代已有沿海航線，常被用於軍事用途。如文帝開皇八～九年（西元588～589年），自山東半島沿海岸南下，直趨蘇州平陳。開皇十年（西元590年），以海軍平定浙江、福建東南沿海。煬帝大業八年（西元612年），海軍自江、淮出發，北上遼東半島南部，再駛向朝鮮半島，攻打高麗。大業三、四年（西元607、608年），煬帝二度遣羽騎尉朱寬慰諭流求，流求〔註110〕不從，拒逆官軍。大業六年（西元610年），煬帝命武賁郎將陳稜、朝請大夫張鎮州攻擊流求，獻俘17,000人。

　　煬帝大業三年（西元607年），爲發展南海交通，募集能通絕域者，屯田主事常駿、虞部主事王君政等請使馬來半島的赤土國。常駿出使赤土國，重新疏通南海航路，貢使商舶又開始揚帆往來。大業四年（西元608年）赤土、迦羅舍國並遣使朝貢方物。這條自廣州經越南沿海，直航馬來半島沿岸的遠洋航線，連繫了中國與南洋之間的交通，爲唐代的廣州通海夷道奠定基礎。

　　漢代對於「北海」、「西海」、「南海」等海洋地理，已有清楚的認識。唐代則從「南海」的海洋地理概念中，再細分出「西南海」的地理概念，用以專指北印度洋。如《新唐書・西域列傳》云：「師子，居西南海中，延袤二千餘里……」〔註111〕師子國即今之斯里蘭卡。又段成式《酉陽雜俎》記有位於「西南海」中的撥拔力國〔註112〕。自唐代以精確的「西南海」概念，專指北

〔註108〕《梁書・王僧孺列傳》（中央研究院「漢籍電子文獻」之《二十五史》）。
〔註109〕《南齊書・列傳三十九》（中央研究院「漢籍電子文獻」之《二十五史》）。
〔註110〕《隋書》所記載「流求」，究竟指何處，學界聚訟紛紜，未有定論。史明歸納眾學者之說，分爲以下三說：(1)指今日台灣；(2)指今日琉球群島；(3)泛指琉球群島、台灣等中國大陸東方海中的一連串島嶼。
〔註111〕引自中央研究院「漢籍電子文獻」之《二十五史》。
〔註112〕撥拔力國，今東北非索馬里之柏培拉（Berbera）。

印度洋諸海，宋、元、明以來，均沿用此名。

　　造船技術在唐代也有具體的發展。唐代的船舶製造者，以前代的技術爲改良基礎，發展出數項先進技術。唐代海船爲加強船體的鉛錘強度，及船身破裂時能保有浮力，發展出水密隔艙設計；爲增加船殼木板間的接合強度，採用搭接的方式接合木板；爲防止船殼木板間滲水，混合桐油、石灰撚縫；爲增加船舶航行的穩定度，在兩舷置有披水板〔註 113〕；在船底塗漆，防止船體浸腐，也可降低航行阻力。緣於先進的船舶設計，唐代的海船體積龐大、載重量高、抗沉性優、穩定性佳，各國使節、貿易者，均樂於乘坐唐代海舶。

　　唐代國力興盛，經濟生產高度發達，對外貿易量遽增，陸路畜力運輸，運能既小，運輸成本又高，無法配合經濟生產的需求，達到運輸效益，只能借助海運。唐代海船具備先進的船舶技術，體積大〔註 114〕，爲最合適的長途海運載具。唐代因貿易需求，開闢了溝通亞、非洲的航線，即所謂廣州通海夷道〔註 115〕：廣州－珠江口萬山群島－海南島東北角－越南東海岸－新加坡海峽－麻六甲海峽－尼科巴群島－斯里蘭卡－印度半島西海岸－卡拉奇－
(1)霍爾木茲海峽－波斯灣－幼發拉底河口的阿巴丹及巴士拉。
(2)波斯灣－霍爾木茲海峽－蘇哈爾－葉門的席赫爾－亞丁－東非海岸。唐代開闢的這條航線，是當時最長的遠洋航線，將東亞、東南亞、南亞、波斯灣、北非聯繫爲一，促進東西方的經濟、文化交流。

　　唐代透過海路，也與日本有極密切的經貿、文化交流。自日本舒明天皇二年（西元 630 年）起，二百餘年間，遣唐使團共計十六次之多〔註 116〕。唐代也派遣使者東渡日本，受到隆重接待。中日民間的經貿、文化交流，更是熱絡。唐代文人不少詩作記載中日交流的情誼，如錢起〈送僧歸日本〉（「上國隨緣住」）、徐凝〈送日本使還〉（「絕國將無外」）、王維〈送祕書晁監還日

〔註113〕披水板，又稱下風板、下水板、腰舵、翼舵，狀如刀，裝在兩舷，插入水中，以減少帆船行駛時受側風所引起的側漂現象，同時也可減少風浪造成的大幅度橫搖，以增加航向穩定性。

〔註114〕《中國印度見聞錄》：「那裏（故臨）有水井，供應淡水，並對中國船隻徵收關稅。每艘中國船交稅一千個迪爾汗（dirhems），其他船隻僅交稅十到二十個迪納爾（dinar）。」（北京：中華書局，2001 年，頁 8）一個迪納爾等於二十個迪爾汗。因中國船體積大，載重量高，故所徵的稅高於他國海舶。

〔註115〕「廣州通海夷道」的詳細航線，記載於《新唐書・地理志・嶺南道》。

〔註116〕奈良時代、平安時代，日本共任十九次遣唐使，其中有三次因故中止，實際成行有十六次。

本國〉(「積水不可極」)。日本長崎博物館也藏有不少唐船圖、唐船入津圖。由此可見中日官方、民間,互有密切的交流活動。

《資治通鑑》卷二五三,胡三省注云:「唐置市舶司於廣州,以招來海中蕃舶。」唐代海運交通發達,中外貿易活動鼎盛,外國海舶輻湊於廣州、交州等港口。為管理中外海商及徵收關稅,始設置市舶司。唐代的市舶稅,約為貨物交易價格的 30%,為政府重要的財政來源。張九齡〈開鑿大庾嶺路序〉云:「海外諸國,日以通商……上足以備府庫之用,下足以贍江淮之求。」〔註117〕市舶管理得當,政府財用富足。唐代創置的市舶制度,為宋、元、明完備的市舶機制奠基。唐代欲透過市舶司課徵可觀的關稅,得先活絡海外貿易。故唐代除了鼓勵百姓出海貿易外,對於各國海商也採取友善的態度,並使其有利可圖。唐文宗太和八年(西元834年),下詔重申:

> 南海蕃舶,本以慕化而來,固在接以恩仁,使其感悦。如聞比年長吏,多務徵求,嗟怨之聲,達於殊俗。況朕方寶勤儉,豈愛遐琛,深慮遠人未安,率稅猶重,思有矜恤,以示綏懷。其嶺南、福建及揚州蕃客,宜委節度觀察使常加存問。除舶腳、收市、進奉外,任其來往通流,自為交易,不得重加率稅。〔註118〕

海外貿易除了實質利益外,也關乎唐王朝的對外形象。故唐代對於「慕化而來」的蕃商,採取保護寬容的態度。唐代的地方官要對蕃商「常加存問」,「任其來往通流,自為交易,不得重加率稅。」蕃商在政府營造的友善環境下,有利可圖,自然願意來中國貿易。阿拉伯商人蘇萊曼曾於《中國印度見聞錄》提及:

> 海員從海上來到他們的國土,中國人便把商品存入貨棧,保管六個月,直到最後一船海商到達時為止。他們提取十分之三的貨物,把其餘的十分之七交還商人。這是政府所需的物品,用最高的價格現錢購買,這一點是沒有差錯的。每一曼那(mana)的樟腦賣五十個法庫(fakkouj),一法庫合一千個銅錢。這種樟腦,如果不是政府去購買,而是自由買賣,便只有這個價格的一半。〔註119〕

〔註117〕《張九齡詩文選》(廣州:廣東人民出版社,1994年),頁272。
〔註118〕清・董誥奉編:《全唐文》(臺北:大通書局,1979年),〈文宗・太和八年疾愈德音〉,頁975。
〔註119〕穆根來、汶江、黃倬漢譯:《中國印度見聞錄》(北京:中華書局,2001年),頁15。

唐朝對於蕃商的貿易活動，建立一套具公信力且有厚利可圖的制度。政府以最高的價格收購蕃商 30% 的貨物以爲國用，若是蕃商自由買賣，只能賣到一半的價格，剩下 70% 的貨物，則聽任蕃商流通。如此的厚利，吸引眾多蕃商前來中國貿易。

唐代海外貿易發達的結果，大批海商留居中國的各通商港口。外國海商群聚處，名曰蕃坊，具有濃厚的異國風情。唐代尊重蕃商的傳統文化，甚至能局部授權給特定人士管理。《中國印度見聞錄》云：

> 商人蘇萊曼（Solaiman）提到：在商人雲集之地廣州，中國官長委任一個穆斯林，授權他解決這個地區各穆斯林之間的糾紛。這是照中國君主的特殊旨意辦的。每逢節日，總是他帶領全體穆斯林作禱告，宣講教義，並爲穆斯林的蘇丹祈禱。此人行使職權，做出的一切判決，並未引起伊拉克商人的任何異議。因爲他的判決是合乎正義的，是合乎尊嚴無上的眞主的經典的，是符合伊斯蘭法度的。〔註120〕

在回教商人雲集之地，唐代政府能包容回教文化，並授權穆斯林，以合乎伊斯蘭教義的方式，管理眾穆斯林，展現唐文化的雍容大度。因此蕃坊所在地，總是呈現出濃濃的異國風情。唐代陳陶〈番禺道中作〉云：「常聞島夷俗，犀象滿城邑。」張籍〈送鄭尙書出鎭南海〉云：「蠻聲喧夜市，海色浸潮臺。」這些詩作所描述的蕃坊文化、語言、風俗、器物，均迥異於唐文化，形成一種特殊的貿易人文景觀。

唐代在繁盛的海貿、交通、運輸之外，也積極開發海洋資源，如海鹽、漁業等，其中海鹽含有巨利，更是開發的重點。唐代海鹽生產主要有四大區：河北產鹽區（渤海濱）、青齊產鹽區（黃海濱）、東南產鹽區（淮南、兩浙、福建沿海）、嶺南產鹽區（兩廣沿海、海南）。沿海鹽區積極生產海鹽，政府可從中抽取巨大鹽稅。唐代爲鼓勵百姓生產海鹽，准許以鹽代租稅，又免去製鹽者的雜役。高適〈漣上題樊氏水亭〉云：「煮鹽蒼海曲，種稻長淮邊。」海曲鹽田，到處充滿煮鹽的特殊風情。百姓投入製鹽工作，自然也造就了富甲一方的鹽商。白居易〈鹽商婦〉〔惡幸人也〕（《全唐詩》卷四二七，頁 4707）：

〔註120〕穆根來、汶江、黃倬漢譯：《中國印度見聞錄》（北京：中華書局，2001 年），頁 7。

> 鹽商婦，多金帛；不事田農與蠶績；南北東西不失家，風水爲鄉船
> 作宅。本是揚州小家女，嫁得西江大商客；綠鬟富去金釵多，皓腕
> 肥來銀釧窄。前呼蒼頭後叱婢，問爾因何得如此；婿作鹽商十五年，
> 不屬州縣屬天子。每年鹽利入官時，少入官家多入私；官家利薄私
> 家厚，鹽鐵尚書遠不知。何況江頭魚米賤，紅膾黃橙香稻飯；飽食
> 濃妝倚柁樓，兩朵紅腮花欲綻。鹽商婦，有幸嫁鹽商；終朝美飯食，
> 終歲好衣裳；好衣美食來何處，亦須慚愧桑弘羊。桑弘羊，死已久，
> 不獨漢時今亦有。

本詩雖然描述的是鹽商婦錦衣玉食的生活，也反映出因鹽而獲得巨利的鹽商，與鹽吏勾結，謀求私利，導致「每年鹽利入官時，少入官家多入私。官家利薄私家厚，鹽鐵尚書遠不知」的弊端。雖然唐代鹽政存在若干弊端，但仍爲挹注政府財政的一大來源。《新唐書・食貨志》云：

> 晏（劉晏）之始至也，鹽利歲纔四十萬緡，至大曆末，六百餘萬
> 緡。天下之賦，鹽利居半，宮闈服禦、軍饟、百官祿俸皆仰給焉。
> 〔註121〕

劉晏主鹽政時，歲入鹽稅爲四十萬緡，至大曆末年時，歲入鹽稅更高達六百萬緡，十餘年間，共增加十五倍。當時政府抽的鹽稅，居然佔全國賦稅的一半，而鹽稅之中，大部分來自海鹽的徵稅。

隋、唐時期，明晰的海洋地理觀念，先進的造船技術及航海科技，新開闢的遠洋航路，合理的市舶交易機制，豐沛的海洋漁鹽之利，中央政府的積極態度，包容異國文化的襟懷，爲本期的海洋活動提供必要的條件。本期的海洋活動，呈現蓬勃發展的氣象。本期的海洋事業，也爲宋、元的海洋活動高峰期，奠下堅實的基礎。

（二）宋　代

宋代結束五代十國的分裂局面，社會漸趨安定，城市繁榮，生產技術進步，爲海洋活動創造有利的社會條件，加上航海技術的精進，及政府的鼓勵等積極條件配合，宋代的航海貿易活動較唐代更爲興盛。

宋代的造船、航海技術達到高峰。宋代的福船或沙船，皆運用唐代的水密隔艙技術，提高航行的安全性及運貨的功能性。遠航的大型帆船，都採用

〔註121〕中央研究院「漢籍電子文獻」之《二十五史》。

多桅多帆、帆面寬闊的設計，八方取風，提高取風效率，並普遍使用木石碇錨或四爪鐵錨以錨泊船隻。宋代已普遍運用天文導航技術，搭配羅盤針路，使海上航行更安全。由於潮汐預測攸關航行安全，宋代潮汐研究也有蓬勃發展，如燕蕭、余靖、邵雍、張載、沈括、徐兢、朱中有等人，對於潮汐理論的建構，均有建樹。造船、航海科技的躍進，爲興盛的海洋事業，提供積極的條件。

宋代海洋貿易活動興盛，與政府政策有密切的關係。宋太祖建立宋朝後，已留意市舶貿易的利益。宋高宗更體悟到海外交通貿易，背後蘊藏巨大的經濟利益：

> 市舶之利最厚，若措置合宜，所得動以百萬計。朕所以留意於此，
> 庶幾可以少寬民力爾。（紹興七年）

> 市舶之利，頗助國用，宜循舊法，以招徠遠人，阜通貨賄。（紹興十
> 六年）〔註122〕

海外交通所帶來的利益極爲豐厚，只要國家能順應人民逐利趨勢，運用合宜的舉措，有效管理，不但可以利益民生，也可濟助國用。故宋代對海外交通貿易，基本上是持正面開放的態度。宋神宗元豐三年（西元 1080 年），爲統一事權，提高效率，頒布〈市舶法〉，建立完善的市舶管理機制〔註123〕，有效管理海外易貿易。宋哲宗元祐二年（西元 1087 年），開始於泉州設置提舉市舶司，管理泉州港對外海商事務，積極獎掖海舶，並從貿易中徵稅，政府、海商各蒙其利。興盛的海外貿易活動，使泉州躋身爲當時世界兩大名港之一。宋代市舶司的設置，反映宋代對於海舶進出、貨物徵稅和在華外商的管理，已形成一套完整的制度。宋代規定海舶進出口貿易，要持有市舶司簽發的「公憑」（官府憑證），並據以徵收市舶稅，違律者船貨會被沒入官府〔註124〕。整體而言，宋代對海商是採取友善的態度。宋代周去非云：

> 沿海州郡，類有市舶。國家綏懷外夷，於泉、廣二州置提舉市舶司，
> 故凡蕃商急難之欲赴愬者，必提舉司也。歲十月，提舉司大設（宴）

〔註122〕《宋會要輯稿・職官》（《文淵閣四庫全書電子版》），卷四十四，「市舶司」。
〔註123〕〈市舶法〉的內容包含抽解（抽稅）規定、海舶出入港管理、禁榷官賣的規定、相關海外貿易禁令、市舶官員的獎懲辦法。
〔註124〕《宋會要輯稿・職官》（出版項同註 122），卷四十四，「市舶司」云：「端拱二年五月，詔：自今商旅出海外蕃國販易者，須於兩浙市舶司陳牒，請官給券以行，違者沒入其寶貨。」

蕃商而遣之。其來也，當夏至之後，提舉司征其商而覆護焉。……
諸蕃國之入中國，一歲可以往返，唯大食必二年而後可。大抵蕃舶
風便而行，一日千里，一遇朔風，爲禍不測。幸泊於吾境，猶有保
甲之法，苟泊各國，則人貨俱沒。〔註125〕

善待海商，不但可以達到綏懷外夷的政治目的，又可爲國家帶來實質的關稅
利益，故宋朝的官方態度是善待遠道而來的海商。十月時不但由提舉司設宴
歡送海商回國，若海商遭遇急難，也會提供必要的協助，保障人貨安全。宋
代爲營造友善的商貿環境，更仿唐代設「蕃坊」（蕃人群聚處）〔註126〕，在各
港口置驛舍（蕃人短期居留處），對於長期居留的蕃商，則設「蕃人巷」，也
允許與華人女子通婚，並爲其子弟之就學而設立「蕃學」〔註127〕。宋代還制
定各種法令，保障外商的合法權益。宋代對外商採取友善的態度，服務多於
管制，以利於海商前來大宋貿易。宋代對外商的友善政策，與明、清官方禁
制的態度剛好形成極爲明顯的對比。

市舶之巨大利益，只要政府措置合宜，可濟助國用，進而減少對百姓的
徵稅。故宋朝積極鼓勵海外貿易活動。由於政府的鼓勵，宋代與海外諸國貿
易往來極爲繁盛，尤其是南宋，保持往來的國家、地區就有五十餘處，結果
爲政府帶來可觀的市舶淨利，成爲宋代國庫的重要來源之一。北宋仁宗皇祐
年間，市舶收入爲五十三萬緡。英宗治平年間，增至六十三萬緡。南宋時，
由於大力開放，市舶收入更多，幾佔國庫收入的 15%。高宗末年，市舶年收
就達二百萬緡。〔註128〕

宋朝對海洋活動的開放支持，成就繁盛的海外貿易活動，除了帶來國
家、人民的巨大經濟利益外，由於人民透過貿易活動，頻繁地越洋往來，累
積豐富的航海經驗，也陶冶了兼容並蓄的襟懷，促進中外文化的交流。當時

〔註125〕宋・周去非：《嶺外代答》（北京：中華書局，1999 年），卷三，頁 126～127，
「航海外夷」。
〔註126〕宋・朱彧《萍州可談》一書，多述其父之見聞，對於廣州蕃坊，言之尤詳。
〔註127〕《宋會要輯稿・崇儒》之「郡縣學」云：「三十日，前攝賀州州學教授曾鼎旦
言：『切見廣州蕃學漸已就緒，欲乞朝廷擇南州之純秀、練習土俗者，付以訓
導之職，磨以歲月之久，將見諸蕃之遣子弟，仰承樂育者，相望于五服之南
矣。……』」廣州爲當日蕃商雲集之處，政府爲蕃商設立子弟就學之蕃學，並
詔曾鼎旦充任廣州蕃學教授。曾鼎旦擇當地合適者，長期磨練後，以爲蕃學
訓導人才。
〔註128〕《宋會要輯稿・職官》，卷四十四之「市舶司」云：「（紹興二十九年）朕嘗問
閩市舶司歲入幾何？閫奏抽解與和買以歲計之，約得二百萬緡萬。」

的沿海通商港市，充滿多元文化並存的和諧現象。如海上絲路的起點——泉州，各國的商人、傳教士（伊斯蘭教、摩尼教、婆羅門教、基督教、天主教、小乘佛教等）、學者雜遝而來，令泉州的建築風格、民俗、宗教活動、藝術等，染有豐富多彩的異國風情。

（三）元　代

元代海洋活動的發展極爲蓬勃。元代開始以大規模的海運取代陸運及運河的漕運。朱清、張瑄等人籌組海漕航線勘察船隊，沿途記錄山形水勢，開闢由南向北的沿海安全航道〔註129〕，並疏濬港口，設立各種進港導航標誌，方便海漕船隊安全進出港。元代海運，配合季風的轉換，一歲二運。元代的海漕運輸規模龐大，船舶數量極多。《大元海運記》云：「浙江平江路劉家港開洋一千六百五十三艘，浙東慶元路烈港開洋一百四十七隻。」元代海漕船舶，不但數量多，噸位也大，大者可載貨約 9,000 石，小者也可載貨 2,000 餘石。海漕運輸的高峰期，年運米糧高達三百八十萬石（至正元年的統計資料），對於調節全國南北糧食的需求，居功厥偉。元代海漕的巨大運輸能量，除了可運輸民生物資外，戰時更可轉換爲後勤補給、人員運輸艦隊，具有重大的軍事意義。

元代憑藉航海實力，曾發動二次對日本的海戰行動。至元十一年（西元1274 年），元世祖動員蒙古軍、高句麗軍 15,000 人及戰船 900 艘，由鳳州經略使忻都統率，渡海征伐日本。第一次遠征日本行動，艦隊遇颶風而覆沒大海。至元十八年（西元 1281 年），元世祖又動員高麗軍 40,000 人、江南軍100,000 人，及戰艦 4,400 艘，命忻都統率，下令征伐日本。第二次遠征日本行動，艦隊仍遇颶風而沒入大海。〔註130〕

〔註129〕元代沿海運輸的主要航道：劉家港入海－崇明島之三沙－向東入黑水大洋－劉家島－沙門島－萊州灣－大沽河口。這條航道的航程短，安全性高（糧損的比例約爲2%），可利用黑潮暖流，是元代最具經濟效益的航道，順風時只需十天的時間便可抵達。明朝崔旦伯《海運編・船舶考》云：「先用十數船，付與駕駛，給與月糧，逐一訪問居民、捕魚漁戶、煎鹽灶丁、行船家長，俾其沿海港澳山島，沙石多寡，洲渚遠近，是何地方，可行則行，可避則避，可止則止，立爲標識，畫圖開款，以立沿海水程。」（《文淵閣四庫全書電子版》）這條航線的開闢，乃朱清、張瑄等人，派一組船隊，沿航道所進行的細部調查的結果。

〔註130〕關於元朝艦征日隊的失敗原因，史家皆歸因於颶風因素。然而根據最新的考古研究，元朝艦隊的覆亡，除了颶風因素外，還有其他原因。日本林田健三

　　元代最具經濟利益的海洋活動，乃繁盛的海外貿易。當時沿海港口一片興盛，與政府的海洋開放政策有密切的關係。元代加強與海外各國的聯繫，主要目的在於從海外貿易得利，故其政府的海洋政策，大致上採取開放態度。元世祖爲使海外貿易能持續不絕，曾招降南宋主管泉州市舶的蒲壽庚。至元十五年（西元 1278 年），元世祖下詔行中書省唆都、蒲壽庚云：

> 諸蕃國列居東南島嶼者，皆有慕義之心，可因蕃舶諸人宣佈朕意。
>
> 誠能來朝，朕將寵禮之。其往來互市，各從所欲。〔註131〕

元帝國以世界中心自居，認爲位處荒遠的海外諸藩國，皆有慕義之心，若能藉貿易之利的誘因，使其來朝入貢，則可達到政治大一統的目的。故元世祖對於海洋政策，採取開放的態度，對於「其（蕃國）往來互市，各從所欲。」開放海洋貿易活動，既可滿足元世祖的政治目的，又可以帶來實質的國家利益，故增設市舶司，維持海洋貿易秩序，並從中抽取賦稅：

> 元自世祖定江南，凡瀕海諸郡與蕃國往還互易舶貨者，其貨以十分取一，粗者十五分取一，以市舶官主之。其發舶迴帆，必著其所至之地，驗其所易之物，給以公文，爲之期日，大抵皆因宋舊制而爲之法焉。於是至元十四年，立市舶司一於泉州……立市舶司三於慶元、上海、澉浦……。〔註132〕

（Kenzo Hayashida）率領的水下考古學家，在日本外海二哩處的伊萬里海峽，發現元朝軍艦的殘骸。從出土的船舶殘骸中，林田健三發現有三點特殊之處：(1)固定風帆的桅座品質極差，只要張帆受風，主桅桿就會扭曲，造成船身不穩。這可能是匆忙趕工的結果。(2)過濾數百件木材殘片後，找不到任何可能是船體的龍骨部份。推斷這些船不是具有一定吃水深度，又有穩定龍骨結構的海船，而是平底的河船。海上的勁風足以讓這些河船搖晃不已，更何況是颱風。(3)所有的錨都面向南方，而且錨索都朝向岸邊，表示有強大的力量把這些船拋向岸邊。這強大的力量只有一種可能，就是颱風。八月到十月，是日本颱風最多的季節，也正好是元朝征日艦隊航行的時間。綜合上述的考古推論，我們幾乎可以拼湊出元朝征日艦隊的失敗原因：元世祖忽必烈急於征日，需要三年到五年的時間才能成軍的艦隊，忽必烈要求在一年內完成，只好邊勉強趕工建造（福建省左丞蒲壽庚曾上詔：「詔造海船二百艘，今成者五十，民實艱苦。」），邊徵收內河沙船。倉促成軍的艦隊，船舶不是品質不良，就是耐波性不佳，加上由不諳海戰的忻都統率，一遇到日本的超級颱風，則全軍覆沒，淪爲波臣。

〔註131〕《元史·世祖本紀》（中央研究院「漢籍電子文獻」之《二十五史》），「至元十五年」。

〔註132〕《元史·食貨志·市舶》（中央研究院「漢籍電子文獻」之《二十五史》）。

元世祖循宋代市舶舊制管理海船貿易，先設泉州、上海、澉浦、慶元等四市舶司，後又增設溫州、廣東、杭州等三市舶司。至元三十年（西元 1293 年），更參照南宋市舶舊制，頒布〈市舶抽分雜禁〉二十二條，延祐元年（西元 1314 年）再次修訂頒行。凡海舶出入，查驗公文所載內容，檢驗欲交易之物，發給「公憑」，並從中抽取十分之一至十五分之一的賦稅。完備的市舶制度，確保中外貿易的秩序。

由於海外貿易助於國用，又可活絡沿海地區的經濟，故元代對於外國海商的官方態度，乃承襲宋代的友善態度。元代訂定的市舶法，就明列保護外商權益的條款，以免外商受到權貴豪強的剝削。外國海舶入港後，各地官方機構要妥善接待，如果遇到意外，官府要予以人道救援。由於元代對外商的友善態度，吸引不少外僑定居沿海港市。元代沿襲宋代的作法，於東南沿海各港市設蕃坊，以安置外僑。如「杭州薦橋側首，有高樓八間，俗謂八間樓，皆富實回回所居。」〔註 133〕杭州薦橋附近，即為當時蕃坊的所在。

由於海洋貿易造船置貨是耗費巨資的商業活動，財力較小的海商，往往透過合股或借貸的方式籌措資金。元代政府為鼓勵海外貿易活動，並從中得利，於是設立低利貸款機制。至元十七年（西元 1280 年），在斡脫總管府〔註 134〕的基礎上成立泉府司，以政府資本貸予海商，並從中收取利息：

> 持為國假貸，權歲出入恒數十萬定（錠），緡月取子八厘，實輕民間
> 緡月取三分者幾四分三，與海舶市諸番者。〔註 135〕

當時元代政府借貸給海商的資金，每緡每月取息八厘，遠低於民間借貸的三分高利。基於低利的誘因，海商借貸意願大增。世祖時，泉府司每年借貸給海商的金額高達數十萬錠。

元代除了透過市舶司的機制管理海外貿易外，為獲得更龐大的利益，至元二十一年（西元 1284 年），開始實行「官本船」制度：

> 二十一年，設市舶都轉運司於杭、泉二州，官自具船、給本，選人

〔註 133〕元·陶宗儀：《南村輟耕錄》（北京：中華書局，1997 年），卷二十八，頁 348，「嘲回回」。

〔註 134〕「斡脫」，乃專指突厥語之「ortaq」，原意為同夥，又轉義為商業團夥。「斡脫經營」，為元代的商業高利貸活動。元代對冶鐵、礦產、鹽、茶等生產，實行商業壟斷。斡脫成為專事這些部門生產經營的官商。元代非常重視這種以官本牟利的斡脫經營模式，為加強管理，於至元四年設立斡脫總管府。

〔註 135〕元·姚燧：《牧庵集》（《四部叢刊本》），卷十三〈皇元高昌忠惠王神道碑銘並頌〉。

入蕃，貿易諸貨。其所獲之息，以十分爲率，官取其七，所易人得其三。〔註136〕

官本船制度是中國海外貿易史上的創舉，由政府「具船」、「給本」，商人負責出海貿易，獲利的 70% 歸政府，30% 歸海商。官本船制度的特色在於官本商販，政府由間接參與，轉變爲直接經營海外貿易，制度本身帶有濃厚的斡脫色彩。官本船仍受到市舶司的管轄，並照章納稅。元代推行官本船制度的目的，就是想進一步壟斷海外貿易。爲推行官本船制度，元代政府願投入鉅資，形成民間無法匹敵的獨佔經濟規模。至元二十二年（西元 1285 年），政府用於海外貿易的單次撥款銀兩就有十萬錠，約佔當時紙幣發行量的 5%～6.7%。元初，泉府司擁有的海舶官船曾高達 15,000 艘之多。官本船制度爲政府取得厚利，卻也培養一批以特權取得官本船經營權而致富的大海商。官本船被擁有特權的少數大海商把持，人數眾多的小海商則無參與管道，反而阻礙民間私人海外貿易的正常發展。英宗至治三年（西元 1323 年），廢行官本船制度，全面開放民間的海外貿易。元代詩人宋本〈舶上謠送伯庸以番貨事奉使閩浙〉〔註137〕（十首之三）云：

> 朱張死去十年過，海寇凋零海賈多。
>
> 南風六月到岸酒，花股篙丁奈樂何。

「朱張死去十年過」之「朱張」，指江蘇的大海商朱清、張瑄。朱清、張瑄二氏，「田園宅館徧天下，庫藏倉庾相望，巨艘大舶帆交番夷中。」〔註138〕朱清、張瑄等大海商壟斷海外貿易，使民間原本從事海洋貿易的海民，因無法合法地從事海洋貿易，轉而淪爲海寇。官本船制度瓦解後，民間可自由參與海外貿易，自然「海寇凋零海賈多」。至此，元代海外貿易才達到蓬勃發展的局面。當時從廣州、泉州出航貿易的海船絡繹不絕。海外進口舶貨的數量、種類，倍於宋代，充分供應民生需求，而中國所產的紡織品、陶瓷器、金屬及其製品、農產品、藥物、生活日用小物、文化相關用品，也輸出海外諸國。對海外諸國輸出大量商品，連帶地提升當時的農業、手工業生產活動。

元代於整體開放海洋貿易的氛圍中，也曾有過四次短暫的海禁：

〔註136〕《元史・食貨志・市舶》（引自中央研究院「漢籍電子文獻」之《二十五史》）。
〔註137〕本詩選自《元詩選（二集）》（北京：中華書局，1987 年），頁 498。
〔註138〕元・陶宗儀：《南村輟耕錄》（北京：中華書局，1997 年），卷五，頁 64，「朱張」。

	起	止
1	世祖至元二十九年（西元 1292 年）	世祖至元三十一年（西元 1294 年）
2	成宗大德七年（西元 1303 年）	武宗至大元年（西元 1308 年）
3	武宗至大四年（西元 1311 年）	仁宗延祐元年（西元 1314 年）
4	仁宗延祐七年（西元 1320 年）	英宗至治二年（西元 1322 年）

這四次的海禁，緣於對權豪經營海外貿易的約束、欲推行官本船制度、對違禁品大量外流的約束〔註139〕，共歷時約十餘年。考諸史料，元代的海禁，雖有海禁之名，實則與明、清海禁的實施規模、時間、內容、性質，並不相同。明、清海禁，具有延續性，影響層面大，海岸線成為政府與海洋間的界線。元代統治者體認到海洋可帶來龐大利益，訂定海洋政策時，以獲得利益為主要考量，若禁海時間太長，會影響到國家利益。故元代的海禁，只是針對海外貿易衍生的個別問題，臨時提出的措施，為時短暫，對整體海洋發展的影響不大。

元代興盛的海洋貿易活動，除了使中國與海外諸國的各類物資得以交流互利外，也開始衝擊若干傳統思想。傳統的農本商末經濟觀念，及男耕女織的生產方式，隨著海洋貿易活動日趨頻繁，受到新思潮的衝擊，尤其是東南沿海的港市。元代熊禾〈上致用院李同知論海舶〉〔註140〕云：

> ……東南藝淮揚，亦自江海沿。夫豈寶遠物，有道歸陶甄。成周制國用，半在周官編。虞衡與商賈，胡不末利捐。艱難開國心，什一猶欲蠲。袞益固有道，公功格皇天。後儒不知學，說理多虛玄。生財昧大道，民命日益朘。……懷清一以築，縈獨堪哀憐。封君擅半賦，公私重熬煎。寒機凍女手，汗粒頳農肩。織衣不上體，舂粟不下嚥。傷哉力田家，欲說涕淚漣。何如棄之去，逐末利百千。矧此賈舶人，入海如登仙。遠窮象齒徼，深入驪珠淵。大貝與南琛，一作金。錯落萬斛船。取之人不傷，用之我何愆。……上資國脈壽，下拯民瘼瘝。……

東南沿海的可耕農地狹小，土地有不少為鹽鹵貧瘠之地。傳統重農抑商的觀

〔註139〕鄭端本：〈試論元代的海禁〉，《海交史研究》，第一期，1990 年，頁 26～30。
〔註140〕熊禾，字位辛，號勿軒，宋度宗咸淳十年（西元 1274 年）登第，授寧武州司戶參軍，入元隱居不仕。本詩選自《元詩選（初集）·勿軒集》（臺北：世界書局，1982 年），頁 1。

念，及耕織的生產模式，使沿海的百姓生活辛苦：「寒機凍女手，汗粒頹農肩。織衣不上體，春粟不下嚥。傷哉力田家，欲說涕淚漣。」東南沿海百姓面對傳統農業經濟的悲苦，與海洋貿易的巨利間的抉擇時，重農抑商的傳統觀念，已逐漸被向海逐利的務實思潮取代。百姓向海逐利的風潮，使得爭利之風凌駕禮讓之風，這也正是傳統儒者所鄙夷者。

　　元代海洋貿易交流的興盛，也促使中外文化交流趨於熱絡。元代以開放政策推動海外貿易，以敞開的心胸接納異國的宗教、文化、知識，尤以沿海通商港市爲甚。如元代潘純〈送杭州經歷李全初代歸〉云：「巷南巷北癡兒女，把臂牽衣學番語。」〔註 141〕杭州爲元代的七個市舶司之一的所在地，聚集眾多外僑，其文化、風俗、語言、生活習慣等，自然而然影響到與外僑雜處的杭州百姓。明代孫蕡〔註 142〕〈廣州歌〉云：「……閩姬越女顏如花，蠻歌野語聲咿啞。軻峨大舶映雲日，貢客千家萬戶室。……」孫蕡歌詠的正是元代充滿異國文化風情的廣州。隨著外僑大量定居，各國的知識、技術，如阿拉伯的天文學、醫學、航海術等，也隨之流傳到中國。本爲廣漠大洋阻隔的異國文化，附從海洋貿易之便，與中國產生多元的文化交流。

四、海洋活動的盛極而衰

（一）明　代

　　傳統的航海技術，經過歷代航海經驗的累積，到了明代已臻頂峰，爲鄭和七下西洋的偉業奠下根基。然而航海技術的精進，並未造成明代官民海洋活動的繁盛，關鍵在於海禁基本國策。鄭和七次航海壯舉，只是官方在特定條件下所從事的短暫海洋活動，並不能代表明代整體的海洋經略政策。明代各時期的海洋經略觀念，受到禁海祖訓或多或少的制約，形成內縮的海洋政策。

　　明太祖即位後，對於海外諸夷的態度，以大陸地王權爲思考模式，認爲「四方諸夷，皆阻山隔海，僻在一隅，得其地不足以供給，得其民不足以使令。」〔註 143〕太祖既然無法從海外諸夷，獲得實質的政治利益，乾脆釋出善意，將朝鮮、日本、大琉球、小琉球、安南、眞臘、暹羅、占城、蘇門答臘、

〔註 141〕《元詩選（三集）》（北京：中華書局，1987 年），頁 482。
〔註 142〕孫蕡，字仲衍，明南海人，洪武三年（西元 1370 年）進士。
〔註 143〕《皇明祖訓》（《文淵閣四庫全書電子版》），卷一七七。

西洋、爪哇、諡誇、百花、三佛齊、勃泥等十五國，列爲不征之國，吸引諸國入貢。太祖表面上對海外諸國釋出政治上的善意，但實際上卻懷有戒心，怕人民與之私通，形成政權的威脅。故明太祖以「海道可通外邦」的緣故，規定百姓「片板不許入海」〔註144〕，訂下「開國禁海」的基本國策。太祖的禁海詔令，代表國家以內縮的海洋政策，因應海外的各種交流關係，並以祖訓的形式，長期制約繼任帝王。以下爲《明實錄》對太祖禁海的記錄：

◎ 禁瀕海民不得私出海。(洪武四年十二月)

◎ 己巳，禁瀕海民私通海外諸國。(洪武十四年十月)

◎ 派信國公湯和巡視浙、閩，禁民入海捕魚。(洪武十七年)

◎ 詔戶部申嚴交通外番之禁。上以中國金銀、銅錢、段疋、兵器等物，自前代以來，不許出番。今兩廣、浙江、福建愚民無知，往往交通外番，私易貨物，故嚴禁之。沿海軍民、官司縱令私相交易者，悉治以罪。(洪武二十三年十月)

◎ 敢有私下諸番互市者，必寘之重法。凡番香、番貨皆不許販鬻，其見有者，限以三月銷盡。(洪武二十七年)

◎ 申禁人民無得擅出海，與外國互市。(洪武三十年四月)

由於缺乏巨大的利益誘因，加上二大海防動機〔註145〕，及經貿動機〔註146〕，故太祖自洪武四年（西元1371年）起，即屢申禁海令，嚴禁百姓擅自出海，與諸番互市謀利，違者處以重罪。由於航海貿易可獲致巨利，不少人甘冒風險以營求富貴，故太祖雖屢頒禁海令，卻未能完全禁止民間的海洋活動。

明成祖即位後，表面上還是謹守禁海祖禁，然而實際上卻採行較爲寬鬆的海禁手段。成祖銳意交通四夷，採取較積極的海洋經略政策。永樂元年（西元1403年），首先恢復浙江、福建、廣東等三市舶司，將貿易納入官方掌控，

〔註144〕《明史‧朱紈傳》云：「初，明祖定制，片板不許入海。」（中央研究院「漢籍電子文獻」之《二十五史》）

〔註145〕明太祖屬行海禁政策，背後主要有二大海防動機：首先是爲了收編、剷除方國珍、張士誠等人的殘餘海上勢力，以穩定帝國政權；其次，防止倭寇與沿海居民及反明勢力相勾結。這兩大海防動機，反映出的現況就是海疆不靖，嚴重威脅到明王朝的政權。

〔註146〕太祖時，官方全面掌控海上貿易，設有市舶司，專管官方朝貢貿易，厚往薄來，示懷柔遠人之意，以建立天朝大國的政治地位。當日向明朝入貢諸番國，雖名爲修貢，實則慕財向利，從事貿易活動。然而海民（尤其是兩廣、浙江、福建等地）在部分官員的放縱下，常私自出海，與諸海外番國互市，謀取暴利，與其基本國策違背。

對於人民私通外境，仍有所防患。永樂三年（西元 1405 年）起，開啓人類航
海發展史上最璀璨的七下西洋壯舉。鄭和於宣德六年（西元 1431 年）第七次
出使西洋前夕，於福建長樂候風開洋時，親臨天妃宮勒刻〈天妃靈應之記〉
碑。鄭和在碑文中自述其下西洋事業的梗概：

> 皇上嘉其忠誠，命和等統率官校旗軍數萬人，乘巨舶百餘艘，賚幣
> 往賚之，所以宣德化而柔遠人也。自永樂三年，奉使西洋，迨今七
> 次，所歷番國，由占城國、爪哇國、三佛齊國、暹羅國，直逾南天
> 竺、錫蘭山國、古里國、柯枝國，抵於西域忽魯謨斯國、阿丹國、
> 木骨都束國，大小凡三十餘國，涉滄溟十萬餘里。〔註 147〕

自永樂三年起，至宣宗宣德八年（西元 1433 年）止，鄭和七下西洋，歷經二
十八年，運用先進的航海科技，如磁羅盤、航海圖、過洋牽星術、季風預測、
海象預測等，成功地進行長期遠洋航行，橫渡印度洋，造訪東南亞、非洲等
三十幾個國家與地區，成就非凡的航海事業。鄭和基於特定動機〔註 148〕，率
領大批船隊〔註 149〕、軍隊〔註 150〕，以當時世界最強的海上軍力出使各國，不

〔註 147〕〈天妃靈應之記〉碑文，共 1,177 字，記述鄭和七次下洋的事蹟，是目前被
　　　　學界普遍認定爲最權威的歷史材料。

〔註 148〕關於鄭和下西洋的動機，據時平於《鄭和時代的中國海權》一書（昆明：晨
　　　　光出版社，2005 年），頁 63 之〈從明初 "大一統" 觀看鄭和下西洋的動機〉
　　　　文章的歸納，計有蹤跡建文、耀兵異域、朝貢貿易、恢復東西方交通、發展
　　　　海外貿易、震懾倭寇、建立回教同盟、政治經濟雙重目的、加強國防安全、
　　　　睦鄰外交、拓展海權等觀點。時平在以上觀點之外，又提出自己的新看法：
　　　　下西洋爲體現明成祖實踐大明盛世大一統的局面。諸學者各以所引資料爲
　　　　本，提出各種不同的觀點。雖然學者觀點互異，各有見地，然而共同的特點
　　　　是鄭和下西洋的壯舉，背後乃寓寄數個動機。這些或強或弱的動機，撐起七
　　　　次規模龐大的下西洋遠航舉動。

〔註 149〕鄭和出航的船隊規模，隨著任務、航線不同，約在 100～200 艘左右（最後一
　　　　次竟達二〇八艘），包含寶船（帥船）、馬船（快速補給船）、戰船（作戰艦）、
　　　　坐船（防海盜及執行兩棲作戰）、水船（運淡水）、糧船等，負責指揮、航行、
　　　　作戰、補給、運輸等任務，以混合艦隊的形式，組成當時世界上具備完整戰
　　　　力的強大海軍。

〔註 150〕鄭和海上軍隊的建制，延用陸上軍隊的編制，共有個五衛（一衛約 5,300～
　　　　5,600 人）的建制。鄭和七次下西洋，其中四次兵力超過 27,000 人（第一次
　　　　約 27,800 餘人、第二次約 27,000 餘人、第四次 27,670 人、第七次約 27,550
　　　　人）。鄭和遠航所率領的各類人力，遠超過當時西方的航海名家如哥倫布、達
　　　　伽馬、麥哲倫等人的船隊。鄭和艦隊的編制，有指揮中樞（正使太監、副使
　　　　監丞、少監、内監等）、航海人力（火長、舵工、碇手、民梢、陰陽官等）、
　　　　外交貿易人力（鴻臚寺序班、買辦、通事等）、後勤支援人力（戶部郎中、舍

單是外交行動，乃屬於政治、外交、文化、經貿、軍事範疇的國家戰略行動，
開闢新航路，促進區域國家交流〔註151〕，建立海洋新秩序。可惜鄭和航海壯
舉，卻在二十八年後，因政治、經濟等因素〔註152〕，完全終止。當仁宗決定
解散寶船隊時，鄭和仍懇切力陳開發海洋的重要：

人、書算手、醫官等）、作戰人力（都指揮、指揮、千戶、百戶、旗校、勇士、
力士、軍士等）。

〔註151〕隨著鄭和下西洋舉動的開展，亞非各國使團接踵而來。《明實錄‧太宗‧永樂
二十一年》：「西洋、古里、忽魯謨斯、錫蘭山、阿丹、祖法兒、剌撒、不剌
哇、木骨都剌、木骨都剌：抱本剌作束，是也。柯枝、加異勒、溜山、喃渤
利、蘇門荅剌、阿魯、滿剌加等十六國，遣使千二百人，貢方物至京。」（《文
淵閣四庫全書電子版》）永樂元年至永樂二十二年間，有些國家使團來華的次
數頻繁，如爪哇十五次、蘇門荅剌十三次、滿剌加十五次、汶萊八次。這些
國家的使團，有很多是乘坐先進的中國海船而來。

〔註152〕關於鄭和七下西洋後，突然中止遠航活動，其背後的原因，學界看法不一。
萬明於〈鄭和下西洋與明初海上絲綢之路——兼論鄭和遠航目的及終止原
因〉一文，提出看法：「鄭和下西洋的終止原因有著明朝國力衰減、開支浩
大、人員傷亡慘重、官手工業危機、倭寇騷擾、重本抑末傳統政策影響等許
多，但究其根本原因，還在於海外貿易的擴大，帶來商品經濟對於中國傳統
社會經濟的強烈衝擊，它觸及到了朝貢貿易的基礎，也就是官方對海外貿易
的全面壟斷和控制。」（《海交史研究》，第二期，1991年，頁15）萬明所提
到的國力衰減、開支浩大、人員傷亡慘重、官手工業危機、倭寇騷擾、重本
抑末傳統政策等原因，大體上就是綜合各學者從不同角度析論的結果。但萬
明以為這些原因，都是表層的原因，民間商品貿易衝擊到遠航的官方朝貢制
度才是深層的核心原因。萬明的主張，仍有可斟酌之處。民間商品貿易的發
達，與遠航官方朝貢制度，基本上是兩條各自發展的線，雖然其間互有若干
的影響。不管官方海禁政策的嚴弛，及是否有鄭和下西洋遠航之舉，民間商
品貿易，承宋、元以來向海慕利的傳統，正或明或暗地發展著。而鄭和下西
洋之舉，並非明代一貫海禁政策下，會自然而然發生的結果，如果沒有明成
祖因特定動機而全力支持，要傾全國人力、物力，才得以成行的七次遠航活
動，在明代對海洋採封閉態度的傳統氛圍中，是不太可能發生。鄭和龐大的
遠航艦隊，耗用國家巨大的經費（成本），而獲得不易具體量化的成果（效
益），如加強外交邦誼（懷柔遠人）、開拓海上航線等。如果這些不易量化的
效益是帝王所期望的，那麼便會不計成本，傾全國之力支援。假使繼任帝王
不認可這些遠航效益，加上其他因素的考量，便會中止國家資源挹注在遠航
活動。明成祖將政治視野外推到海外諸國，願投注巨大的經費，以獲取交
通、外交、軍事利益，而繼任的帝王及大多數的朝野官宦、士人，以傳統「安
陸輕海」的觀念來評估遠航活動，則只看到遠航耗費巨大的成本，卻獲得不
成比例的成果。鄭和七下西洋的遠航活動，出現在以海禁為國家海洋政策的
明代，缺乏持久的普遍性條件，當短暫支撐遠航的條件消失後，遠航被迫中
止，是可以預期的。

> 欲國家富強，不可置海洋於不顧。財富取之於海，危險亦來自於海
> 上。……一旦他國之君奪得南洋，華夏危矣。我國船隊戰無不勝，
> 可用之擴大經商，制服異域，使其不敢覬覦南洋也。〔註153〕

鄭和緣於經略海洋的經驗，疾呼國家開發海洋的重要性，然而在當日君臣漠視海洋事務的氛圍中，實屬孤獨之音，也無法挽回中止遠航活動的結果。鄭和下西洋壯舉，有學者將此視為中國航海活動的高潮時期，然而這並非普遍性官民發展海洋活動自然而然會出現的現象，只能算是明成祖基於特定條件、動機，刻意為之的遠航活動。當初支持鄭和遠航的特定條件消失後，立即中止下西洋活動，是可以預期的結果。宛如曇花一現的鄭和出使西洋活動，反映出明代海禁政策在經歷短暫的弛禁後，自仁宗、宣宗以後，國家海洋政策又轉趨緊縮。

明世宗一朝，造船技術已臻於頂峰，航海技術精良，但卻受到嚴厲的海禁制約，而不能發展成強大的海洋力量。世宗不但厲行禁海祖訓，也是明代執行海禁最嚴厲的時代。嘉靖二年（西元 1523 年），發生爭貢之役。日本貢使宗設、宋素卿，到寧波後，謀入貢射利，因兩者互爭真偽，發生衝突，大掠寧波，造成沿海地區震動。世宗接受兵科給事中夏言之議，罷市舶司，海禁轉嚴。嘉靖四年（西元 1525 年），嚴令「查海船但雙桅者，即捕之。」（《明世宗實錄》卷五十四）嘉靖十二年（西元 1533 年），下令「一切違禁之船，盡數毀之。」（《明世宗實錄》卷八十八）世宗實施嚴厲海禁，不但壓制蓬勃的海上貿易，也影響海民的基本生計，反而造成沿海倭寇橫行，海氛不寧。福建巡撫譚綸於嘉靖四十三年（西元 1564 年）九月上疏，奏陳海禁之弊：

> 一寬海禁：閩人濱海而居，非往來海中，則不得食。自通番禁嚴，
> 而附近海洋魚販一切不通，故民貧而盜愈起，宜稍寬其法。〔註154〕

濱海地區，可耕之地既少，且不少為斥鹵之地，百姓自然以海為田，向海謀生。嚴厲的海禁政策，違背濱海住民的海洋生活習性，扼殺生計，逼民與倭盜匯流。故譚綸奏請世宗稍微放寬海禁，使百姓樂利安堵，則倭盜剽掠之勢自然可消。

隆慶元年（西元 1567 年），穆宗即位後，因福建巡撫都御史涂澤民奏請

〔註153〕法國・費朗索瓦・德勃雷：《海外華人・序》（北京：新華出版社，1982 年）。
〔註154〕《明實錄・世宗》（《文淵閣四庫全書電子版》），卷五三八，「嘉靖四十三年九月」。

開放海禁，令以文萊爲界，准販東、西二洋，以漳州月港爲貿易港，海防館
爲管理機構。雖然當日私人出海，要持有「由引」（許可證），並限制出海
船數、船舶型式、貿易項目、往返時日，也不得往來日本，但畢竟是合法的
貿易行爲。當時的民間海外貿易，呈現一片繁榮氣象。明代周起元曾描述此
盛況：

> 我穆廟（穆宗）時，除販夷之律，於是五方之賈，熙熙水國，刳舻
> 艫，分市東西路（東西洋），其捆載珍奇，故異物不足述，貿而所貿
> 金錢，歲無慮數十萬。公私並賴，其殆天子之南庫也。〔註155〕

隆慶開海，使得中外貿易活動極爲活躍，官民利益均霑。即使當日仍禁止往
來日本，然而實情是日本艨艟巨艦反蔽港而來。隆慶時期的海洋開放政策，
意味著綿亙已久的海禁祖制已形同解除。穆宗以後的帝王，大致上維持著弛
禁（「於通之之中，申禁之之法」）的政策。明代後期弛禁開海的政策，乃因
海禁無法眞正落實而被動調整，並非帝王已體悟到積極開發海洋的重要性。

　　雖然鄭和七下西洋，曾創造出短暫而耀眼的航海事業，但成祖以後的大
部份帝王還是遵守禁海祖制，來面對日益興盛的海外世界。明代屬行的海
禁，嚴格要求人民「片板不許入海」，若有擅造可以遠航的違式大船（雙桅以
上的尖底大船）或前往外國買賣，將被以謀叛罪議處極刑。海禁政策制約著
明代對海外的基本態度，對明代的海洋觀念，甚至是清代，產生深遠的影
響。據黃順力的研究，明朝實施海禁，對於明、清的海洋觀念，有著以下三
點影響：

> 其一，禁海政策使民間海外貿易淪爲非法，扭曲了原來基本正常發
> 展的海洋觀念。……其二，禁海政策逼商爲寇，中國海商的地位更
> 加低下，扼殺了向海洋發展的觀念意識。……其三，禁海政策加劇
> 了海防危機，強化了守土防禦的防海意識。〔註156〕

明朝的海禁政策，使得宋、元以來的繁榮海外貿易，受到極大的打擊，轉變
爲非法的貿易活動，而應延續發展宋、元以來的海洋觀念，也隨著海禁政策
而受到壓抑，從海洋退縮回陸地。本應合法存在的民間海外貿易活動，也因
政府的全力禁制，反而轉「海商」爲「海寇」，形成新的海防危機。唐樞就曾

〔註155〕明・王起宗、張燮：《東西洋考》（臺北：西南書局，1973 年），〈周起元序〉。
〔註156〕黃順力：〈地理大發現與中國海洋觀的演變〉，《廈門大學學報》（哲學社會科
　　　　學版），第一期，2000 年，頁 103～105。

指陳此一問題：

> 寇與商同是人也。市通則寇轉而為商，市禁則商轉而為寇。始之禁，
> 禁商；後之禁，禁寇。〔註157〕

明代強力禁海的結果，國家既無法從海外貿易獲益，人民也無法向海營利，反而產生亦商亦寇的新亂源，朝廷窮於應付紛擾海疆。當西方正處於大航海時代，積極地迎向海洋，從中攫取巨利，而明代統治者卻選擇從海洋逐漸退縮到內陸，綿長的海疆成為統治者觀念的界限，失去與西方競爭的發展優勢。

（二）清　代

明朝傾覆，清朝代興，然而前四十多年的時間，其海洋政策基調，仍延續明朝的海禁政策。順治十三年（西元 1656 年），清世祖下禁海令：

> 海船除給有執照，許令出洋外，若官民人等擅造兩桅以上大船，將
> 違禁貨物出洋販賣番國，或將大船賃與出洋之人，分取番人貨物
> 者，皆交刑部分別治罪。至於單桅小船，准許領給執照，於沿海附
> 近捕魚取薪，管汛官兵，不許撫擾。〔註158〕

順治初期，承續明朝海禁政策，旨在禁止官民以海船運輸貨物，與海外番國、逆賊互通貿易。至於只能近岸捕魚的單桅小船，關係著海民的根本生計，且不會產生私通海外勢力的威脅，故在有效管理的制約下，准予自由捕魚。順治中期，為了有效防制人民私通逆賊，海禁趨嚴，甚至實施遷界令。順治十七年（西元 1660 年），開始遷界規劃。順治十八年（西元 1661 年）正式下詔遷界：

> 諭戶部：前因江南、浙江、福建、廣東瀕海地方，逼近賊巢，海逆
> 不時侵犯，以致生民不獲寧宇。故盡令遷移內地，實為保全民生。
> 今若不速給田地居屋，小民何以資生。著該督撫詳察酌給，務須親
> 身料理，安插得所，使小民盡沾實惠，不得但委屬員，草率了事。
> 爾部即遵諭速行。〔註159〕

〔註157〕《籌海圖編·敘寇原》（《文淵閣四庫全書電子版》）。
〔註158〕《大清會典事例》（《文淵閣四庫全書電子版》），卷六二九，「綠營處分例／海禁」。
〔註159〕《清實錄·聖祖仁皇帝實錄》（《文淵閣四庫全書電子版》），卷四，「順治十八年閏七月至九月」。

沿海大規模遷界的主要原因，乃因瀕海地區不時受到鄭氏海逆侵擾，生民不寧，政權受到威脅。順治為杜絕後患，下令將江南、浙江、福建、廣東等瀕海地方的住民，悉數遷移內地三十里至五十里，設界防守，人民不可越界，片板不許下水，粒貨不得越疆，以防堵沿海地區對鄭氏的交通接濟。遷界令表面上要各級官吏妥當地安頓遷界百姓，然而實際執行時，卻產生極大的落差。官員執行遷界令時，往往不顧百姓的原有生活習性，且不給予充裕的準備時間及充足的補償。當遷界令一下，限百姓三日內完成遷移，房舍悉數燒燬，結果造成百姓只能攜帶隨身之物，倉促遷徙，顛沛流離，沿路號哭，無所棲身，大批老弱不堪遠徙，竟轉填溝壑，宛如人間煉獄。康熙十二年（西元 1673 年），福建總督范承謨上陳〈閩省利害疏〉，深切地指出遷界的實情：

> 閩人活計，非耕則漁。一自遷界以來，民田廢棄二萬餘頃，虧減正供，約計有二十餘萬之多，以致賦稅日缺，國用不足，而沿海之廬舍畎畝化為斥鹵，老弱婦子，輾轉溝壑、逃亡四方者，不計其數，所餘孑遺，無業可安，無生可求，顛沛流離，至此已極。邇來人心皇皇，米價日貴，若不安插，倘饑寒迫而盜心生，有難保其常為良民者矣。〔註160〕

禁海遷界，對於國計、民生產生極為嚴重的影響。自遷界後，僅福建一地田賦歲收就銳減白銀二十餘萬兩，廣東更高達三十餘萬兩，若計入鹽稅、商稅、漁稅及其他各省的稅額，賦稅的短缺更為龐大。此外百姓被迫大規模遷界後，沿海廬舍傾頹，大批廢耕民田化為斥鹵，百姓無業可安，益以海貿斷絕，造成物資短缺，米、鹽騰貴，人心浮動。禁海遷界本欲解除鄭氏海上勢力的威脅，卻造成沿海地區的新民怨。結果本為樂業良民，被迫淪為劫掠盜逆。康熙十七年（西元 1678 年），姚啟聖再次實施禁海遷界令，沿海又再次淪為千里荒地。康熙二十二年（西元 1683 年）平定臺灣，康熙二十三年（西元 1684 年），終於放寬禁令：

> 上曰：「百姓樂於沿海居住，原因海上可以貿易捕魚。爾等明知其故，前此何以不議准行？」席柱奏曰：「海上貿易，自明季以來，原未曾開，故議不准行。」上曰：「先因海寇，故海禁不開為是，今海氛廓

〔註160〕《福建通志‧臺灣府‧海防》（中央研究院「漢籍電子文獻」之《臺灣文獻叢刊》）之〈閩省利害疏〉。

清，更何所待？」〔註161〕

明鄭勢力已如風中殘燭，海寇勦滅，海氛廓清。當禁海的原因消失後，康熙逐漸寬弛海禁，許展界墾田，有限度地開放貿易。康熙指派內閣學士席柱前往福建、廣東展界。席柱復命曰：

> 奏曰：臣奉往海展界。福建、廣東兩省沿海居民，群集跪迎，皆云：
> 我等離舊土二十餘年，已無歸鄉之望。幸皇上盛德、削平寇盜，海
> 不揚波。今眾民得還故土，保有室家，各安生業。仰戴皇仁於世世
> 矣。〔註162〕

被迫遷移故土逾二十餘年的福建、廣東等沿海百姓，原本已無歸鄉之望。當康熙頒下展界令時，百姓歡欣若狂，羣集跪迎，在有生之年，終得以還歸故土，重建家室，勷力本業。康熙除了展界外，在主張禁海的大臣（如李光地、王懿、張鵬翮、張伯行等）異議中，有條件開放貿易〔註163〕，以求官、民皆可得利。康熙先後設立閩、粵、江、浙四個海關，總理涉外貿易事務，當日海外貿易一片榮景。然而短暫開海三十餘年後，開放的海洋政策又開始緊縮。

康熙五十五年（西元 1716 年），以海寇侵逼日益，加上海外勢力的潛在威脅，將海防問題置於貿易利益之上，開始討論重申海禁問題。康熙五十六年（西元 1717 年），正式頒布南洋禁海令，禁人民出航南洋貿易（外舶來華者不受限），至於東洋則不禁止。此時頒布的南洋禁海令，雖非全面性的禁海，卻對沿海地區的社會、經濟，產生極為嚴重的影響。藍鼎元曾比較禁海前後，沿海地區民生的重大轉變：

> 南洋未禁之先，閩、廣家給人足，遊手無賴亦為欲富所驅，盡入番
> 島，鮮有在家，飢寒竊劫，為非之患。〔註164〕

〔註161〕《清實錄・聖祖仁皇帝實錄》，卷一一六，「康熙二十三年七月至九月」。
〔註162〕《清實錄・聖祖仁皇帝實錄》，卷一一六，「康熙二十三年七月至九月」。
〔註163〕康熙二十三年，開海貿易之初，只許運量五百石以下的單桅船下海，如有五百石以上違式雙桅船出海者，無論官、民，俱依律嚴懲。康熙四十二年，重申：「出洋海船，止許用單桅，樑頭不得過一丈，舵水人等不得過二十名。……未造船時，先行具呈州縣。該州縣詢供確實，取具澳甲戶族里長鄰佑當堂畫押保結，方許成造。造完，報縣驗明印烙字號姓名，然後給照。」（《大清會典事例》「康熙四十二年」）此時出海仍只許單桅船，且尺寸、乘員皆有限制。造船前要先獲得官府審核許可，才可建造。後來雖允許雙桅海船出海，但仍嚴格限制建造尺寸、乘員人數。
〔註164〕清・藍鼎元：《鹿洲初集》（臺北：文海出版社，1977 年），卷三〈論南洋事

南洋未禁之時，福建、廣東等沿海地區的百姓，各以專長投入海外貿易相關
事業，人人各安其業，家富人足，社會樂利安康。至於少數的遊手無賴，也
因趨利逐富而盡赴海外諸島，鮮少留在沿海為患。自南洋禁海令頒布後，藍
鼎元目睹沿海地區的富盛景況完全改觀：

> 既禁以後，百貨不通，民生日蹙，居者苦藝能之周用，行者歎至遠
> 之無方。故有以四五千金所造之洋艘，繫維朽蠹於斷港荒岸之間，
> 駕駛則大而無當，求價則沽而莫售，拆造易小，如削棟梁以為杙，
> 裂錦繡以為縷，於心有所不甘，又冀日麗雲開，或有弛禁復通之
> 候。一船之敝，廢中人數百家之產，其慘目傷心，可勝道耶！沿海
> 居民，蕭索岑寂，窮困不聊之狀，皆因洋禁。其深知水性，慣熟船
> 務之舵工、水手，不能肩擔背負，以搏一朝之食。或走險海中為
> 賊，駕船圖目前餬口之計，其遊手無賴更靡所之，羣趨臺灣，或為
> 犯亂。〔註165〕

發展海洋相關事業，須要投入大量資金、技術，建立船隊及相關支援設施，
並雇用大量專業人力。康熙二十三年（西元 1684 年），開放海禁後，民間投
入龐大的人力、物力於海洋事業，相隔三十餘年後，又突然禁海，據藍鼎元
上文的分析，形成以下的嚴重問題：

1. **民生日蹙**：百貨不通，往來不便，百姓日用匱乏。
2. **投資浪費**：船主費數千金所營造之大型海船，既禁航南洋，也不便於
   內河航行，轉售無門，拆造易小，又心有不甘，只能「繫維朽蠹於斷
   港荒岸之間」。結果「一船之敝，廢中人數百家之產」，形成重大的社
   會、經濟問題。
3. **人力閒置**：沿海深知水性，慣熟船務之舵工、水手，在禁海後，「苦藝
   能之周用」，又無其他專長以營生，為求餬口之計，只能駕船入海為
   賊，形成新亂源。

民間百業要能蒸騰發達，除了資金、技術、人力的投入外，更重要的基
礎條件，是政府要建立長期穩定的海洋政策，供百姓依循。可惜清朝不但未
能以積極的海洋政策扶植民間海洋事業，反而因海洋政策的不穩定性，成為
民間發展海洋事業的最大阻礙。以船主為首的海商船隊，背後有一大群從業

宜書〉，頁 117。
〔註165〕清・藍鼎元：《鹿洲初集》，卷三〈論南洋事宜書〉，頁 117～118。

人口，井然有序地運作，自成一個小型的經濟、社會結構體。康熙重申禁海後，使原本運作有序的結構體解構，民生凋敝，海亂日起。

雍正五年（西元 1727 年），福建總督高其倬上疏雍正，考量福建沿海地狹人稠，糧產不敷食用，請開洋禁，以惠民生：

> 閩省福、興、漳、泉、汀五府，地狹人稠。自平定臺灣以來，生齒日增，本地所產，不敷食用。惟開洋一途，藉貿易之贏餘，佐耕耘之不足，貧富均有裨益。從前暫議禁止，或慮盜米出洋，查外國皆產米之地，不藉資於中國。且洋盜多在沿海直洋，而商船皆在橫洋，道路並不相同。又慮有逗漏消息之處，現今外國之船，許至中國，廣東之船，許至外國，彼來此往，歷年守法安靜。又慮有私販船料之事，外國船大，中國船小，所有板片桅柁，不足資彼處之用。應請復開洋禁，以惠商民，並令出洋之船，酌量帶米回閩，實為便益。〔註166〕

高其倬分析昔日禁海的理由，如「盜米出洋」、「逗漏消息」、「私販船料」等，均已消失，開洋不但不會危害國家安全，反而能濟助福建沿海的商民。雍正為消弭閩、粵地區因海禁可能引起的海患，接受高其倬的奏議，廢除南洋禁海令〔註167〕，准許山東、福建、廣東等地的商船，前往南洋貿易。雍正雖開南洋之禁，但仍認定出海之民，多有不安分者，故嚴訂禁約，加強管理。

乾隆年間，洋商為避免閩、廣行商坐收漁利，常委託中國商人逕赴內地採購商品，賺取更大利潤，既破壞清朝對外貿易的管理體制，也嚴重影響粵海關稅收。乾隆二十二年（西元 1757 年）起，將康熙先後設立的閩、粵、江、浙等四海關，緊縮為廣州單口通商：

> 不過以洋船意在圖利，使其無利可圖，則自歸粵省收泊，乃不禁之

〔註166〕《清實錄·世宗憲皇帝實錄》，卷五十四，「雍正五年三月」。

〔註167〕《大清會典事例》云：「五年（雍正五年）覆准。南洋諸國，准令福建商船前往貿易。」「（五年）又覆准。廣東省地狹民稠，照福建例，准往南洋貿易。」「（五年）又議准。山東邊海，除外來商船，各照該省執照查驗外，其登、萊二府民人，前往奉天貿易，及奉天等處民人，有赴山東貿易者，入口出口，該州縣均給執照。將客商船戶姓名、貨物、往販地方，一一填註，守口官弁，掛號驗照放行。若並不稽查，或有勒索擾累者，照例議處。」雍正五年，考量地域因素（如廣東省地狹民稠），准山東、福建、廣東等地的商船，前往南洋貿易。

禁耳。……粵省地窄人稠,沿海居民大半藉洋船謀生,不獨洋行之
二十六家而已。且虎門黃埔,在在設有官兵,較之寧波之可以揚
帆直至者,形勢亦異,自以仍令赴粵貿易爲正。……將來只許在廣
東收泊交易,不得再赴寧波,如或再來,必令原船返棹至廣。……
令行文該國番商、遍諭番商,嗣後口岸定於廣東,不得再赴浙省。
此於粵民生計,並贛韶等關,均有裨益,而浙省海防,亦得肅清。
〔註168〕

乾隆以廣州形勢易於嚴格控管洋商,將四個通商口限縮爲廣州一口,除了便
於管理外,眞正用意在使洋船無利可圖,又可肅清浙省海防,其實就是「不
禁之禁」的海禁政策。乾隆二十四年(西元 1759 年),英商洪任輝要求自
由通商,使清朝對於洋商採用更嚴厲的管制措施,制定〈防範外夷規條〉
五條〔註169〕,由粵海關、行商壟斷對外貿易事務。自此之後又逐漸形成閉關
政策。

　　非以謀求海洋利益爲考量的海洋政策,常會因其他其因素的干擾,而產
生不可預期的變動。清初長達二十餘年的禁海遷界政策,造成地荒人失,航
運交通禁止,濱海數千里,竟渺無人煙。自康熙二十三年(西元 1684 年)後,
至鴉片戰爭前的二百餘年間,禁海令雖較清初放寬,但仍鬆緊不定。政府無
法從藍色大洋獲得國家利益。王日根曾將清朝海洋政策的轉變,分成三期:
(1)海禁時期(順治~康熙二十三年);(2)多口通商時期(康熙二十三年~乾
隆二十四年);(3)廣州貿易時期(乾隆二十五年~道光二十一年)〔註170〕。
清朝帝王漠視海洋的利益,決策官員又不熟悉海洋事務〔註171〕,當無法以有

〔註168〕《清實錄‧高宗純皇帝實錄》,卷五五〇,「乾隆二十二年十一月上」。
〔註169〕乾隆二十四年(西元1685年)頒布〈防範外夷規條〉五條,其大要如下:
(1)禁止夷商藉故在省住冬,令其依期回國。(2)夷人到粵,宜令寓居之行商
管束稽查,毋許出入漢奸,私相交易。(3)內地行戶民人,禁向夷商借本貿販
及雇用漢人役使。(4)嚴禁外夷雇人傳遞信息。(5)夷船錨泊處,守備官兵要
防範稽查。(《清實錄‧高宗純皇帝實錄》,卷六〇二,「乾隆二十四年十二月
上」)
〔註170〕王日根:〈明清海洋管理政策芻論〉,《社會科學戰線》,第四期,2000 年,頁
175。
〔註171〕藍鼎元〈論南洋事宜書〉:「昔閩撫密陳,疑洋商賣船與番,或載米接濟異域,
恐將來爲中國患,又慮洋船盜劫,請禁艘舶出洋,以省盜案。迂謭書生,坐
井觀天之見,自謂經國遠猷,居然入告。……乃當時九卿議者,既未身歷海
疆,無能熟悉,閒散人等,又不能自達至尊。故此事始終莫言,而南洋之禁

效的方法管理綿長的海岸及海洋經濟活動時，於是禁海的基本政策就成爲歷任帝王積極或消極的依循之路。這三期的海洋政策轉變，代表的意義是各帝王面對海洋的挑戰時，只能在禁海的基調上，或寬或緊地擺盪著。從整體來看，清朝只是在禁海的束縛下，作有限度地微調。當西方大舉揚帆於藍海時，清朝卻以海岸爲關隘，將自己閉鎖在海岸線內，以不變應海外世界局勢的驟變。當西方挾其優勢的海洋勢力，強力叩關，即使清朝勉強想藉船堅砲利之技，力抗各國海洋勢力，已難起頹覆之勢。

起焉，非　聖主意也。夫惟知海國情形，乃可言弛張利害。」（《鹿洲初集》，卷三，頁 113～114）藍鼎元眞實地指出，當日決定海洋政策的官員，既未身歷海疆，也不熟悉海洋事務，加上有識之士無法上達天聽，結果所行之禁海政策，不但無法解決海洋的實際問題，反而產生更大的新問題。

第三章　中國古典海洋文學總論

第一節　「海洋文學」的內涵

　　1975 年，臺灣朱學恕〔註 1〕於《大海洋詩刊》創刊號，發表〈開拓海洋文學的新境界〉發刊辭。這是海峽兩岸首先提出「海洋文學」的概念。隨後朱學恕、顏一平、劉菲、泉泉、劉茂華、藍海萍、徐敏、蔡富灃等詩人、學者，於各期《大海洋詩刊》（後改為《大海洋詩雜誌》）中，陸續發表十餘篇「海洋文學」相關專論〔註2〕，開「海洋文學」創作、論述、提倡之風。隨著海洋意識及海權思想逐漸被重視，與藍色海洋關係極為密切的海峽兩岸，近年來逐漸興起海洋文學的研究風氣。針對海洋文學作分項研究之前，有必要先探討「海洋文學」的內涵。以下列舉各期刊論文中，較具代表性的說法，以為討論之資。

1.吳主助

　　吳主助編選《海洋文學名作選讀》時，曾對「海洋文學」的內涵，作出以下的說明：

〔註 1〕朱學恕畢業於左營海軍軍官學校四十五年班，曾任各型艦長、戰隊長，後於高雄市國立海洋科技大學擔任教授兼電訊系主任達十五年。朱學恕創辦《大海洋雜誌》，曾出版《三葉螺線》、《給海》、《海嫁》、《舵手》、《海之組曲》、《南中國海上的戰神》、《飲浪的人》、《江山萬里詩》、《中國海洋詩選》等著作。

〔註 2〕這十餘篇海洋文學專論之篇名、目次，請參閱第一章第一節及本書之參考書目。

> 「海洋文學」顧名思義是寫海洋的文學。具體說,它包括了以海洋
> 爲題材的各類文學作品。就內容而言,或描寫海洋的自然景物,或
> 借大海之景抒發作者情懷,或表現人類海上生活和鬥爭,或反映人
> 類對海洋的幻想、探索和征服等等。就形式而言,它包括了神話、
> 傳說、寓言、詩歌、散文、童話、小說、報告文學等等各種文學體
> 裁。〔註3〕

吳主助以爲「海洋文學」總結來說,就是以海洋爲書寫題材的文學作品,再
從內容(描寫海景、藉海景抒懷、海上生活、海洋幻想、探索征服海洋……)、
形式(神話、傳說、寓言、詩歌、散文、童話、小說、報告文學……)兩方
面析論其具體內涵。吳主助的解說,緊扣住「人類—海洋」(人類的涉海性)
此一關鍵條件。人類與海洋產生各種互動關係後,再以各種文學體裁爲載體,
進行多元的創作。海洋文學不只是單純的寫景文學,蘊含人類參與海洋活動,
所滋生出的文化意義。吳主助的說法,詳細而具體,能扣住海洋文學內涵的
核心。不過仍有一小問題,可以再斟酌討論:「報告文學」與「資料記錄」的
分野爲何?大量的海洋相關資料,記載於筆記、遊記之中。海洋資料經文學
性的創作加工,可以變成海洋文學,但海洋資料卻不能完全等同於海洋文學。
對於筆記、游記中的海洋資料,要衡諸文學創作標準,從中揀擇,不能將海
洋資料全視爲海洋文學。

2. 廖鴻基

臺灣現代海洋書寫名家廖鴻基,對「海洋文學」下定義:

> 海洋文學的定義,廣義來說爲以海洋文化爲創作題材的文學作品。
>
> 〔註4〕

廖鴻基對於海洋文學所下的定義,採用原則性的簡單敘述:「以海洋文化爲創
作題材的文學作品」。「以海洋文化爲創作題材」的敘述,較「以海洋爲題材」
的敘述,涵蓋範圍更廣,能包含海洋的自然屬性與人文屬性,也較能契合海
洋文學的創作現況。廖鴻基的說法,與吳主助的總結說法(以海洋爲題材的
各類文學作品)相似,可是卻沒有如吳主助般,進一步地論述海洋文學的具

〔註3〕 吳主助編:《海洋文學名作選讀》(北京:人民交通出版社,1992年),〈編者
的話〉,頁1。
〔註4〕 廖鴻基:〈海洋文學及藝術的使命〉,《海洋永續經營》,臺北:胡氏出版社,
2003年,頁129。

體內涵。

3. 黃騰德

黃騰德評論廖鴻基《鯨生鯨世》一書時，先對「海洋文學」作以下的定義：

> 所謂海洋文學，就是以海洋爲主題的文學；記述海洋上的活動、生態，以及引發自海洋的悸動的文學。〔註5〕

黃騰德先總論「海洋文學，就是以海洋爲主題的文學」，再進一步地就「海洋」的內涵予以說明。黃騰德對「海洋」主題內涵的認知，包含海洋生態（自然）、海洋活動及對海洋的悸動（人文），其實就是海洋文化。海洋文學的描寫主題，是以自然海洋爲基礎而形成的海洋文化，而非單純書寫客觀海景。黃騰德的定義，與吳主助的說法相近，不過較爲簡略。

4. 柳和勇

柳和勇於《舟山群島海洋文化論》一書，論海洋文學的美學特徵時，先論述「海洋文學」的含義：

> 海洋文學以語言爲藝術媒介，形象展現海洋自然美景及人們涉海生活，傳達一定的涉海性主觀情感思想。……海洋是海洋文學的共同審美反映對象，涉海性成爲海洋文學作品的最鮮明特徵。盡管有些文學作品不直接寫海洋，而是寫與海洋有關的故事、人物及事物等，但由於作品把涉海生活作爲其審美觀照的切入點，因此，這些作品仍可歸屬於海洋文學中。〔註6〕

依柳和勇的論述旨意，可以歸結爲幾個重點：(1)「海洋」是海洋文學的審美對象，並從作品中展現鮮明的涉海性。(2)海洋美景、涉海生活，及與海洋相關的人、事、物，以直接或間接的關係與海洋相關聯。(3)所有與海洋相關的主題，以涉海性爲基礎，經過審美觀照的歷程，蘊含作者的主觀情思，最終以文字形式呈現，就是海洋文學。柳和勇對於海洋文學含義的敘述頗爲詳細，也能概括大要，但文意邏輯較鬆散，缺乏層遞有序的文字理路。

5. 楊政源

楊政源〈尋找「海洋文學」——試析「海洋文學」的內涵〉一文，探析

〔註5〕黃騰德：〈從廖鴻基《鯨生鯨世》看臺灣的海洋文學〉，《臺灣人文》，第四號，1998年，頁47。

〔註6〕柳和勇：《舟山群島海洋文化論》（北京：海洋出版社，2006年），頁150。

「海洋文學」的內涵：

> 所謂海洋文學，是以自然海洋、海岸（濱海陸地）的環境及在其上所
> 生成的人文活動為主題，並有明確的海洋意識的文學作品。〔註7〕

楊政源認定海洋文學的主題，包含自然海洋、海岸（濱海陸地）環境，及緣此而生的人文活動等，其實就是與海洋有直接、間接關係的人、事、物。這些主題，不管是自然的海洋，還是緣海而成的海洋人文活動，要具有明確的海洋意識。換言之，即人類參與海洋相關活動，並產生主觀的認知、感受，化為文字就是海洋文學。

6. 張如安

> 我們今天所說的中國古代海洋文學，無非是後人提煉和概括後的一
> 種題材分類，指的是古代以海洋（包含一切海上活動）為審美本體
> 的文學，或者說是中國古代以海洋為母題的一切文學作品的總和。
>
> 〔註8〕

張如安的論述，可分為兩部分：(1)「中國古代海洋文學」是後人對概括後的題材的分類結果。(2)以海洋相關活動為母題及審美本體的作品，即為海洋文學。張如安論述的第二點，對海洋文學作最簡要的原則性解釋，至於具體的內涵則闕略，無法瞭解海洋文學的內在屬性。

7. 徐 敏

> 江啊！湖啊！河啊！都是尋常可見，時間一長，難免像其他自然物
> 一樣可以隨意入詩，山水在他們筆下，漸漸呈現出自然自在之美，
> 山水詩遂成為絕少知性干擾的「純」山水詩。而海洋，由於其自然
> 形態的磅礴和所遇機緣的難得，往往在遭遇之初就給詩人帶來強烈
> 的震驚，這種震驚使他們始而為大海的神奇雄渾所震撼，既而把美
> 學關注集中在海洋與人的關係上，以主觀的心態和情感來呈現海
> 洋，應物的程式常常是以海洋（或海洋景物）起，以情語結，只有
> 極少數詩能夠超越這一階段，對海洋進行超然直觀。這種應物程式
> 使得海洋詩中的海洋往往伴隨著作者的情感變化呈現出多采的風

〔註7〕 楊政源：〈尋找「海洋文學」——試析「海洋文學」的內涵〉，《臺灣文學評論》，第五卷第二期，2005年，頁157。

〔註8〕 張如安、錢張帆：〈中國古代海洋文學導論〉，《寧波服裝職業技術學院學報》，第二期，2002年，頁47。

貌，詩人的情感與詩中的景物處在或離或合的複雜狀態，從而形成
了海洋詩異於其他山水詩的顯著特色。〔註9〕

徐敏以一大段感性文字闡釋海洋文學的內涵，可歸納為以下的重點：(1)磅礡
而難逢的海洋，往往帶給詩人異於山、水、河、湖的震驚。(2)詩人以主觀的
情感來呈現海洋與人的關係，使海洋染上人文色彩。(3)以海洋（或海洋景物）
起筆，情語收結，作者的情感變化（情感與景物或離或合），使海洋呈現多采
風貌。徐敏對海洋文學內涵的詮釋，特別強調詩人內心主觀情感的複雜運作，
將海洋與人融會為一，使海洋詩（文學）呈現多采的風貌。

　　上述諸學者對「海洋文學」內涵的說法，雖然詳略有別，旨意則無二致。
如果歸納以上諸家說法，可以綜合為以下的重點：

(1) 海洋文學就是以海洋及其相關事物為寫作主題的作品，具有鮮明的濱
　　海地域性格。

(2) 具體地分析，凡是海洋天然景觀（海洋、海岸、海島）、海洋的規律
　　變化（潮汐、季風）、海洋災害（暴漲潮、颶風、龍捲風）、海洋生活
　　（漁撈、製鹽、養殖、海產食用）、海洋活動（貿易、交通、作戰）、
　　海洋神話想像、海神信仰等，皆為海洋文學的寫作主題。簡言之，海
　　洋文學的內涵反映海洋文化內質的多樣性。

(3) 這些與海洋有直接或間接關係的景、人、事、物，具有明顯的涉海性，
　　透過作者的主觀想像構思，文字藝術處理，最終呈現出具有海洋意識
　　（人賦予海洋的各種價值）的文學作品。

(4) 由於作者本身情思的多變性，處理相同的海洋素材，也會產生不同的
　　藝術效果，使海洋文學呈現繽紛多采的風貌。

　　依層次論述的這四點，建構出海洋文學的具體內涵。海洋文學以鮮明的
海洋人文特色，呈現出異於他類作品的風華情致。

　　習於安穩陸居的人類，因各種動機，或深或淺地與海洋相會，並激迸出
絢爛的火花。不期而遇的遭逢，或有意的登臨遠眺，對海的瞭解是粗略、片
面的。初識大海的作者，往往被大海壯觀雄渾的表相震懾，發而為「壯觀應
須好句誇」的文字詠嘆。長期與真實的大海相處後，發現海的複雜多變，超
乎人們的想像，在壯觀雄渾表相背後，更有著無與倫比的凶險及綿長不已的

〔註 9〕　徐敏：〈遭遇大海──中國古典海洋詩的審美情趣〉，《大海洋詩雜誌》，第五
　　　　十五期，1998 年，頁 111。

慨嘆。當詩人的微渺身軀,與大海無窮盡的力量相遇後,心理產生極大的激盪,化爲作品,充滿震撼人心的藝術效果。

第二節 「海洋文學」在文學領域的位置

就中國古典文學整體創作的角度而論,各代的海洋文學數量,在文學作品總量中,僅佔極小的比例。歷代各種詩文選集、文學批評專著,也很少選論海洋文學作品。如果單純從「文學」創作的角度而論,則「海洋文學」可以歸入文學創作題材的類別之一,如山、水(江、河、湖、澤)、田園、戰爭、愛情、社會、海洋等。如果從「文化」的層次而論,將「海洋文學」視爲「海洋文化」的呈現載體,便會將「海洋文學」與「大陸大化」所代表的「大陸文學」(海洋文學以外的作品)並列比較。

大陸官方、學界近年來逐漸重視海洋相關事務,對海洋文化的研究蔚爲風潮,影響所及,部分學者甚至主張將「海洋文學」獨立爲一門學門。來其於〈海洋文學:一個口號的提出〉一文,主張創立「海洋文學」流派:

> 我們對海洋文學的理解,也不應著眼於題材或語言載體上。海洋文
> 學,不等於某種特定行業題材的作品,他們不屬於同一認識層次。
> 海洋文學,首先是一種獨特的文化氛圍,一種由歷史的、政治的、
> 經濟的現象所造就的文化氣質。〔註10〕

來其力倡海洋文學的研究,主張理解海洋文學,「不應著眼於題材或語言載體」。來其認爲海洋文學的層次,應超越寫作題材分類的層次。換言之,「海洋」與山、水、田園、戰爭、愛情、社會等創作題材,分屬不同層次。來其對海洋文學內涵的認知,已非單純的文學創作,而是將海洋文學提高到包含歷史、政治、經濟的文化層次。然而張如安卻有不同的見解:

> 我們今天所說的中國古代海洋文學,無非是後人提煉和概括後的一
> 種題材分類……它應該是與山水文學、戰爭文學等相並行的一類概
> 念,而其內涵則更爲豐富。〔註11〕

張如安從文學創作的角度,認爲海洋文學是以海洋及其相關事物爲題材,經

〔註10〕 來其:〈舟山海洋文學:歷史與現實的考察〉,《浙江海洋學院學報》(人文科學版),第二十一卷第四期,2004 年,頁 26。
〔註11〕 張如安、錢張帆:〈中國古代海洋文學導論〉,《寧波服裝職業技術學院學報》,第二期,2002 年,頁 47。

綜合概括後，所形成的文學分類結果，與山水、戰爭、田園等文學題材，屬於同一層次的分類概念，只是具有較豐富的海洋內涵。海洋文學在文學領域中的位置爲何？我們可以先從海洋文化的層次論述。第二章曾分析：人類與海洋之間，因直接互動而產生的有形、無形結果，具體展現在精神認知、語言行爲、社會組織、物質經濟四層面，各層面再輻射出與海洋相關的具體內容，就是海洋文化。其中海洋文學屬於語言行爲層面所衍生的結果之一。雖然海洋文學可以呈現海洋文化的種種現象、思維、情感，然而海洋文學仍無法與海洋文化劃上等號，只是海洋文化的重要組成元素之一。此外就歷代海洋文學的實際創作質、量而論，無法提高到與大陸文學（所有緣陸地而生的題材總和）相同的高度，應該置於諸文學創作題材的層次，與山、水、田園、戰爭、愛情、社會等題材並列，方符合文學發展實情。

第三節　古典海洋文學作品的認定標準

文學作品要呈現何種樣貌、形式、特質，才可歸入海洋文學？鑑賞、評析作品時，最主要的媒介就是作品的文本。透過對文本本義及其延伸概念的掌握，得以探索作者的創作意念及作品蘊含的主要思想。因此文字的指涉意義，常會決定作品主旨的趨向。然而我們得思考一個問題：作品文字只要出現與「海」字相關的字彙（尤其是篇幅較短的詩、詞、曲），就可算是海洋文學作品嗎？以下引羅宗濤對漢代至隋代詩歌的「海」的辭彙統計資料，爲此議題的討論發端。

70次	四海
29次	江海
24次	滄海
21次	海內
17次	東海、海外
13次	海水
12次	山海、淮海
8次	海隅、北海
7次	瀚海
6次	大海、碧海

5次	海濱、河海、西海、海陸（陸海）、海氣
4次	南海、渤海、橫海、海中、秋海
3次	赴海、海曲、巨海、海湄、海陰、海若、海樹、海沂
2次	海北、到海、海路、海表、海鳥、海鴻、海物、海瀆、瀛海、海浹、海底、海畔、闊海、溟海、海岸、鯷海、慧海、海神、並海、昌海、海闊、填海、觀海、寰海、海島
1次	海裔、海流、憑海、海廣、浮海、海蓄、海畔、海漚、表海、海鏡、海淮、赴海、海嶠、海岱、海風、海嶽、海戾、海鷗、海鶴、瀉海、海淨、託海、海蕩、沙海、愛海、海介、趨海、海沸、靈海、苦海、傍海、架海、宅海、歸海、海漲、海月、海浮、桂海、注海、盪海、海穴、還海、海際、海運、法海、海滴、臨海、學海、海珠、蓋海、願海、海願、夷海、海寧、少海、行海、海童、圓海、海貢、海縣、海飛、窮海、海魚、七海、海不溢、海西頭、扶桑海

羅宗濤將漢至隋間的詩歌，凡出現「海」的辭彙，予以錄出，並統計出現次數〔註12〕。關於上表的辭彙，我們可以分成幾點討論：(1)有不少的辭彙，與實際的海洋完全無關，如「慧海」、「靈海」、「苦海」、「法海」、「學海」等。(2)出現次數較多的辭彙，文字的表層意義雖與海有關，若不是另有所指（如「海內」、「淮海」等），就是普遍性的語意（「四海」、「江海」、「山海」、「河海」等），並非對海洋相關活動的具體表述。(3)具體表述海洋的辭彙，對整體作品意向的作用為何？是否為建構作品主旨的關鍵？這三點討論內容，可用下表分析：

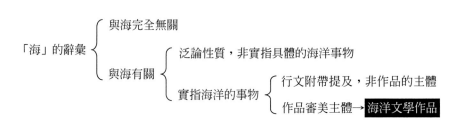

透過上表的分析，可以理解：作品文本出現與「海」字相關字彙，無法據以為認定海洋文學作品的主要標準。要如何判斷作品是否屬於海洋文學呢？張如安以為：

> 判斷一部（一篇）作品是否屬於海洋文學更主要的是看它是否將海洋作為審美主體。最簡單的判斷是看「海洋」在作品中的比重，以

〔註12〕 羅宗濤：〈從漢到唐詩歌中海的詞彙之考察〉，《「海洋與文藝」國際會議論文集》，1999年，頁 10～11。

及對「海洋」的描寫是屬於表現內容還是修辭手法。〔註13〕
張如安提出判別是否爲海洋文學作品的原則，基本上就是回歸作品的內容，考量是否以海洋爲審美主體。張如安只提出判斷的大原則，缺乏具體的取捨標準。筆者進一步嘗試提出具體的取捨標準，供諸先進參酌：

（一）「取」的標準

審視文學作品的整體書寫趨向、歌詠的主體、運用的文字、寓寄的哲思、呈現的風情，凡屬於以下這七項者，可視爲海洋文學。

1. 以海洋自然現象為描寫主體

海洋自然環境迥異於平陸、山陵、荒漠、川澤。海洋外顯的自然現象，如海潮、海嘯、颶風、海市蜃樓等，既令人震懾於其壯偉景觀，又迷惑於海洋奇觀的成因，以文字呈現，便是瑰麗多奇，富於想像的海洋文學。曹操〈觀滄海〉（「東臨碣石」）、南齊謝朓〈望海〉（「滄波不可望」）、晉代孫綽〈望海賦〉（「五湖同浸」）等大量觀海作品，自陸岸遠觀滄海的雄偉奇絕，波濤壯闊，心生無限贊歎，甚至從中領悟若干人生哲理。唐代徐凝〈觀浙江濤〉（「浙江悠悠海西綠」）、唐代姚合〈杭州觀潮〉（「樓有樟亭號」）、唐代盧肇〈海潮賦〉（「開圓靈於混沌」）、唐代邱光庭〈海潮論〉（「夫元功美宰」）等作品，或敘記特殊觀潮經驗，或爲文探討海潮的漲落成因。宋代范成大〈大風〉（「颶母從來海若家」）、蘇過〈颶風賦〉（「仲秋之夕」）等，描述令舟人驚悚不已的海上颶風。蘇軾〈登州海市〉（「東方雲海空復空」）、黃庭堅〈虛飄飄〉（「虛飄飄」）、清代徐績〈嶗山道中觀海市記〉（「自嶗山東北」）等作品，描寫自海邊觀望海市蜃樓的迷幻奇景。這些迥異於陸地景觀的自然現象，爲海洋文學重要的描摩對象。

2. 航海經驗的敘述

人類積極投入航海活動，以意志、膽識、技術，將海洋的險阻，轉化爲向外發展的契機。航行於變化莫測的大海，危險隨時伺機而生，因此獨特的航海經驗，化爲文字，就是深刻動人的海洋文學。唐代戴良〈泛海〉（「仲夏發會稽」）、宋代陸游〈航海〉（「我不如列子」）等，以浪漫的詩句，抒寫艱苦而奇特的航海經驗。明代蕭崇業〈航海賦〉，以理性的文字，鋪陳出使琉球的

〔註13〕張如安、錢張帆：〈中國古代海洋文學導論〉，《寧波服裝職業技術學院學報》，第二期，2002年，頁48。

經過。航海經驗的抒寫，使客觀存在的海洋，與人類的奮進精神結合爲一，具有濃厚的海洋人文特色。

3. 歌詠海中生物

人類不易接觸海洋生物的生存環境，使海洋生物具有神秘性。部分生物極具美味，更被視爲盤中珍饈。隨著海洋知識的提升，撈捕技術的進步，海中生物也成爲文人歌詠的對象。唐代皮日休〈詠蟹〉（「未遊滄海早知名」）所歌詠的海蟹，早就被視爲佐酒鮮味。王安石〈車螯〉（「海於天地間」）所記的車螯，有璀燦如玉的紫色殼，肉質鮮美，爲盤中佳餚。蘇軾〈鰒魚行〉（「漸臺人散長弓射」），表達蘇軾對鮑魚的喜愛和讚美，也描述漁民們採集鮑魚的場面。宋代張舜民〈鯨魚〉（「東海十日風」），則描寫長鯨擱淺於海邊，被漁民肢解的慘狀。這些歌詠海中生物的詩篇，具有鮮明的海洋風情。

4. 緣海而生的幻想、傳說、信仰

在海洋知識不足，航海技術不高的時代，絕大多數的人們，只能登高觀海。海的廣大、多變、流動、神秘、無盡的特性，及特殊的海洋自然景觀，使人們產生許多的幻想、傳說、信仰。如唐代張說〈入海〉（「海上三神山」），訴說著緲遠海中仙山的神秘傳說。蘇軾〈八月十五看潮〉（「江神河伯兩醃雞」），對於河伯漲起的錢塘怒潮，想請吳越王以弓弩射潮頭，平息巨潮。劉克莊〈精衛銜石填海〉（「精衛銜冤切」），則歌詠精衛填海的傳說。以海洋的自然現象爲基礎，通過想像的加工，使海洋變成奇幻浪漫的空間，也豐富了海洋文學的內涵。

5. 以海爲場景映襯情感

海的廣大難渡，加強送別的悲情強度。就文學作品的形式布局而言，送別的悲情，藉由海的凶險、廣大難渡的場景，營造出別後難逢的氛圍，很自然地強化悲傷的情感，提高作品的感染力。如唐代馬戴〈送樸山人歸新羅〉（「浩渺行無極」）、賈島〈送人南遊〉（「此別天涯遠」）、元代貢師泰〈關山月〉〔送殷文學還浙西〕（「白波洶湧風初起」）、至仁禪師〈送謙上人還日本並簡天龍石室和尚〉（「回首扶桑若箇邊」）等，以海景映襯離情。海的場景所營造的情境，具有明顯的催化作用，與離情別思密切交融。

6. 與海洋有關之人事物

海洋文學的描寫對象，是人與海洋互動後，由此開展的人、景、事、物、

理。因此捕魚、漁具、船舶、採珠、製鹽、鹽戶、蜑民等題材，自然也歸入海洋文學的範疇。唐代陸龜蒙有十五首〈漁具詩〉，每首詩描寫一種漁具，具有濃厚的寫實風格。王安石〈收鹽〉（「州家飛符來比櫛」），反映了鹽民煮鹽的辛苦。王沂孫〈天香〉〔龍涎香〕（「孤嶠蟠烟」），描寫的是鯨胃中具有特殊香氣的龍涎香。元代宋無〈拋碇〉（「千斤鐵碇繫船頭」），詳細摩繪泊船鐵碇的重量、形狀、功用。元代楊維楨〈蘇臺竹枝詞〉（「荻芽抽筍楝花開」），寫漁市交易海鮮的熱鬧情景。清代周遹乍〈廣州竹枝詞〉（「五仙門外疊船過」），描寫蜑民的水上生活。與海洋活動相關的文學作品，展現海洋生活豐富多采的風貌。

7. 雖為江題實則言海事

如宋代陳傑〈浙江潮〉云：「只道潮聲落，潮來復有聲。何當機事息，暫遣海門平。」（《自堂存薰》卷四）浙江潮就是錢塘潮。當大量海潮從海上湧入喇叭狀的錢塘江口時，由於江面迅速縮小，潮水急遽上升，形成後浪趕前浪，一浪高一浪的湧潮。詩雖題為「浙江潮」，實則指壯觀的海潮，故仍屬海洋文學的範疇。

（二）「捨」的標準

審視文學作品，若不符合上舉七項標準，而出現下列三項標準者，不宜歸為海洋文學。

1. 「江、湖、河、澤」類

描寫對象為「江、湖、河、澤」，或以此為主要場景以襯情的作品，雖如「海」般，皆屬水域的範疇，然而「江、湖、河、澤」與「海」的自然屬性、文化屬性並不相同。「江、湖、河、澤」的水域規模較小，依附於陸地，所展現的自然特性，受到陸地條件的影響極為明顯，其文化屬性亦為陸地性格。「海」的本體廣大，具有與陸地水域不同的自然特性。由「海」衍生出的各種人文現象，具有非常鮮明的海洋性格，與「江、湖、河、澤」有明顯的區隔。故凡「江、湖、河、澤」類的文學作品，不能混入海洋文學之中。

2. 內容偶用「海」字，非專寫海題

有些作品的文句，雖然出現「海」字，或與海相關的辭彙，然而就全篇文意、情境而論，並非以海為重心，甚至與海無關，則不宜歸入海洋文學。如《詩經‧小雅‧沔水》云：

沔彼流水，朝宗於海。鴥彼飛隼，載飛載止。

嗟我兄弟，邦人諸友。莫肯念亂，誰無父母。

沔彼流水，其流湯湯。鴥彼飛隼，載飛載揚。

念彼不蹟，載起載行。心之憂矣，不可弭忘。

鴥彼飛隼，率彼中陵。民之訛言，寧莫之懲。

我友敬矣，讒言其興。〔註14〕

本詩篇只以「朝宗於海」起興，全首旨在表達憂亂戒友的主題，與海洋的主題無關，不宜列入海洋文學。又如司馬光〈阮郎歸〉〔註15〕云：

漁舟容易入春山。仙家日月閒。綺窗紗幌映朱顏。相逢醉夢間。

松露冷，海霞殷，匆匆整棹還。落花寂寂水潺潺。重尋此路難。

本詞借漁人偶入仙境之事，表達對過往美好事物的眷戀之情。詞中雖用「海霞殷」一辭，乃普通的景語，與海洋的主題並無關涉。又如陸游〈三月十七日夜醉中作〉（《陸放翁全集・劍南詩薹》〔註16〕，頁 55）云：

前年鱠鯨東海上，白浪如山寄豪壯。

去年射虎南山秋，夜歸急雪滿貂裘。

今年摧頹最堪笑，華髮蒼顏羞自照；

誰知得酒尚能狂，脫帽向人時大叫。

逆胡未滅心未平，孤劍床頭鏗有聲；

破驛夢回燈欲死，打窗風雨正三更。

本詩之「前年鱠鯨東海上，白浪如山寄豪壯」句，與「去年射虎南山秋，夜歸急雪滿貂裘」句，形成海景、陸景並舉，以寓寄昔日的壯心豪情。然而本詩的主旨在於作者自嘆蒼顏華髮的衰頹體貌，只能於醉中抒發「逆胡未滅心未平」的憾恨，並非以為海景為描寫、抒發主軸。然而上引這三首作品，卻也被李越收入《中國古代海洋詩歌選》之中。若以較嚴格的標準來衡斷，這類作品，缺乏明顯的海洋主題，或並非以海洋為文意主軸，故不宜視為海洋文學。

3.題目有「海」字，卻非指海事

題目的文意，常會影響對作品主旨的粗步判斷。部分作品的題目雖出現

〔註14〕清・陳奐：《詩毛氏傳疏》（臺北：臺灣學生書局，1986 年），頁 473～474。
〔註15〕唐圭璋編：《全宋詞》（臺北：洪氏出版社，1981 年），冊一，頁 199。
〔註16〕宋・陸游：《陸放翁全集》（臺北：世界書局，1980 年）。

「海」字，卻未必與海洋的描寫有關。如唐代楊憑〈海榴〉云：「海榴殷色透簾櫳，看盛看衰意欲同。若許三英隨五馬，便將濃豔鬥繁紅。」（《全唐詩》卷二八九，頁 3296）詩題「海榴」指的是陸生植物，與海洋無關。唐代汪遵〈北海〉云：「漢臣曾此作縲囚，茹血衣毛十九秋。鶴髮半垂龍節在，不聞青史說封侯。」（《全唐詩》卷六○二，頁 6598）詩題「北海」，是指蘇武被單于放逐的北海（貝加爾湖），而非指北方的北冰洋水域。宋代晁說之〈淮海〉云：「莫問揚州桃葉生，渡江今日得風晴。長沙子弟更相笑，上到隋堤便住營。」（《景迂生集》〔註17〕，頁 481）詩題「淮海」，亦與海洋無關。判斷是否為海洋文學作品，不可單以題目是否有「海」字作為判斷依據，應就全篇文意通盤考量。

　　根據以上所舉列的海洋文學作品取（七點）、捨（三點）標準，對作品作較嚴謹的衡斷，才能揀選出海洋文學作品。

第四節　中國古典海洋文學發展概說

　　在第二章中，筆者曾就海洋活動的發展實情，將歷代海洋活動發展分為四期：「海洋觀念的萌發」（春秋以前／春秋戰國）、「海洋活動的興起」（秦漢／三國魏晉南北朝）、「海洋活動的高峰」（隋唐／宋代／元代）、「海洋活動的盛極而衰」（明代／清代）。海洋文學為乃海洋活動及其所形成的海洋文化的映現。舉凡與海洋活動相關的人、事、物、景、情，皆為海洋文學描寫的主題。中國古典海洋文學的發展，在各分期所展現的面貌，大體上與歷代海洋活動的發展分期，有密切的關係。筆者審視各代海洋文學的整體風貌，製表說明歷代海洋活動分期，與海洋文學發展分期的對應關係：

海　洋　活　動		海洋文學	說　　　　明
海洋觀念的萌發	春秋以前	先秦海洋文學	「春秋以前」、「春秋戰國」兩分期的海洋文學，其創作形式、品質、數量，略具雛形，亦無明顯區隔，故合併為「先秦海洋文學」論述。
	春秋、戰國		
海洋活動的興起	秦、漢	漢魏六朝海洋文學	「秦漢」、「三國魏晉南北朝」的海洋文學創作特色，無明顯區隔，故合併為「漢魏六朝海洋文學」論述。
	三國魏晉南北朝		

〔註17〕宋・晁說之：《景迂生集》（臺北：臺灣學生書局，1975 年）。

海洋活動的高峰	隋、唐	唐代海洋文學	隋代的海洋文學創作，數量極少，故略而不論，只論「唐代海洋文學」。
	宋　代	宋元海洋文學	海洋活動至宋、元時，達到高峰。宋代的整體風貌，與隋、唐的作品差異頗大，而元代的整體創作風貌近似宋代，故宋、元兩代合論，併爲「宋元海洋文學」。
	元　代		
海洋活動的盛極而衰	明　代	明代海洋文學	本期的海洋活動雖盛極而趨於衰緩，但自宋、元以後，明、清代兩代的海洋文學，質、量均具備規模，也各有特色。故析爲「明代海洋文學」、「清代海洋文學」兩期。
	清　代	清代海洋文學	

依上表的說明，筆者將中國古典海洋文學的發展〔註18〕，分成先秦海洋文學、漢魏六朝海洋文學、唐代海洋文學、宋元海洋文學〔註19〕、明代海洋文學、清代海洋文學六期。每期的論述重心，著重於整體發展風貌，及與前、後期海洋文學的傳承關係。

一、先秦海洋文學

　　先秦時期海洋觀念萌生，濱海諸國的海洋活動日益發展，海洋文化略具雛形。先秦時期探索海洋的船舶、航海技術，尚未發展成熟，無法對海洋現象的成因，作出合乎經驗、科學的解釋，因而出現許多附會於海洋奇景的神話、傳說。這些海洋神話、傳說，主要以《山海經》爲主，此外亦散見於《莊子》、《左傳》、《禹貢》、《淮南子》、《列子》等典籍。

　　《山海經》爲古代神話鼻祖，有許多奇幻多彩的海洋神話、傳說，據王慶雲的歸納，有四大類：四海海神的傳說、海的神話及海中奇異之事、海外

〔註18〕筆者花費數年的時間，自方志、專集、總集之中，蒐羅各代的海洋文學作品。評介各代海洋文學發展概況所根據的材料，乃以本人所蒐集的原始資料爲主，並非來自所謂的「海洋文學選本」。現在可見的各代海洋文學選本，寥寥無幾，且所收作品極少，無法據以撰寫成各代海洋文學的發展概說。本節所論述的各代海洋文學發展史略，具有研究的原創性。

〔註19〕關於唐、宋、元的海洋文學分期，學者有不同的看法。王慶雲將「唐宋」合爲一期，「元明清」合爲一期，趙君堯則將「宋元」合爲一期。影響到海洋文學的分期結果，有海洋活動的發展實況及海洋文學的實際創作特色兩項因素。唐、宋、元三代的海洋活動實況及發展基調，以宋、元兩代較爲接近。再論海洋文學的創作成果，唐代正處於海洋文學的發展階段，而宋、元則爲成熟階段，無論體裁的運用，題材的擴大，均與唐代明顯有別。故筆者以爲「唐代」爲一期，「宋元」合爲一期，較爲允當。

遠國異民的傳說、人類與海洋相互作用的傳說〔註20〕。《山海經》中豐富的海洋神話、傳說，爲後世海洋文學提供豐富的創作素材，可視爲海洋文學的神話資料庫。此外《莊子》的〈山木〉、〈逍遙遊〉、〈秋水〉等篇，均爲有關於海洋的神話及寓言。這些寓言、神話、傳說，如〈秋水〉的「尾閭」〔註21〕、「北海若」及〈逍遙遊〉的「鯤化爲鵬」等，已變成海洋文學常引用的典故。《左傳》、《禹貢》、《淮南子》、《列子》等典籍，也有關於海洋神話或史實的零星記載。以《山海經》爲主的典籍，雖載有大量的海洋神話、傳說，該視爲海洋文學作品？或視爲海洋神話傳說的素材來源？關於這個問題，可分成以下兩點討論：

1. 這些海洋神話傳說，絕大部分並非緣於實際海洋知識、航海經驗而成。換言之，以陸地空間、文化、信仰爲構思基礎的神仙世界系統，移置於海洋中，並加入若干海洋元素，如海霧、海島、巨鯨、狂濤等，就變成海上神仙世界。創作這些海洋神話傳說，不必然要有實際的海洋經驗。海上神仙世界的建構，可視爲陸地思維、想像的延伸。僅有少部分的傳說，源於較眞實的海洋體驗。因此這些神話、傳說的海洋眞實性不足。後世文人描寫海洋時，爲了加深作品的豐富意涵，常援引這些海洋神話、傳說，使其海洋文學的意念，橫跨現實海洋與虛擬海洋之間，在眞實的海洋基礎上產生豐富的想像空間。

2. 就文學創作形式而言，出現在典籍的海洋神話、傳說，多呈現片段、資料匯集的形式。如《山海經‧海內北經》之「射姑國在海中，屬列姑射，西南，山環之。」、「大蟹在海中。」、「陵魚人面，手足，魚身，在海中。」、「大鯾居海中。」、「明組邑居海中。」、「蓬萊山在海中。」、「大人之市在海中。」〔註22〕這七條資料，依次連續排列。這些以叢殘小語形式記錄的神話、傳說，缺乏美學構作，有如海洋神話資料匯編，而非海洋文學。《莊子》之〈山木〉、〈逍遙遊〉、〈秋水〉等篇，關

〔註20〕 王慶雲：〈中國古代海洋文學歷史發展的軌跡〉，《中國海洋大學學報》（社會科學版），第四期，1999 年。

〔註21〕 《莊子集釋‧秋水》云：「天下之水，莫大於海，萬川歸之，不知何時止而不盈；尾閭泄之，不知何時已而不虛。」（臺北：華正書局，1985 年，頁 563）明代陳獻章〈南海〉詩：「元氣茫茫混太虛，天吳簸撼蕩坤輿。千年木石勞精衛，百穀波流會尾閭。」本詩即運用《莊子‧秋水》「尾閭」的典故，想像海洋應有淺海水之處。

〔註22〕 袁珂：《山海經校注》（臺北：里仁書局，1982 年），頁 322～325。

於海洋神話及寓言的片段記載，雖已具備文學的美感，但並非全篇文章的主要內容，難以視為完整、專門的海洋文學創作。

總結上面兩項論點，筆者以為出現在《山海經》、《莊子》、《左傳》、《禹貢》、《淮南子》、《列子》等典籍的海洋神話傳說，若以較嚴格的創作標準而論，不宜視為海洋文學，但可視為歷代創作海洋文學時，汲取海洋神話、傳說的寶貴資料庫。

討論先秦海洋文學創作時，除了上述典籍中的海洋神話、傳說資料外，還有《詩經》、《楚辭》等書的部分涉海內容。《詩經》與「海」有關的篇章：(1)〈小雅・沔水〉云：「沔彼流水，朝宗於海。鴥彼飛隼，載飛載止……。」本詩篇只以「朝宗於海」句起興，旨在表達憂亂傷讒的主題，與海洋的主題完全無關。(2)〈大雅・江漢〉云：「……于疆於理，至於南海。……」本詩為讚美召穆公平定淮夷之詩，其中「至於南海」句，乃指疆界至於南海，全詩與海洋主題完全無關。(3)〈魯頌・閟宮〉云：「……遂荒大東，至於海邦。……」本詩頌揚魯僖公修復宗廟，舉行祭祀大典，並誇大其功業，其中「至於海邦」句，乃頌揚僖公將疆域擴大到臨海區，與海洋活動的主題無關。(4)〈商頌・玄鳥〉云：「……維民所止，肇域彼四海，四海來假，來假祁祁。……」本詩之「四海」一辭，非實指海洋，於此泛指全天下，故與海洋無關。(5)〈商頌・長發〉云：「……相土烈烈，海外有截。……」本詩為宋君祭祀成湯之詩，而「海外有截」乃指海外子民皆一致服從，與海洋主題無關。(6)〈小雅・南有嘉魚〉云：「南有嘉魚」，本詩為燕饗之樂，以水中游魚起興，與海洋沒有直接關係。(7)〈小雅・魚麗〉、〈齊風・敝笱〉詩中，記有「鱨」（黃頰魚）、「鯊」（鮀魚，溪中小魚）、「魴」（鯿魚，淡水魚）、「鱧」（鮦魚，淡水魚）、「鰋」（鮎魚，生於河湖池沼）、「鯉」、「鰥」（鰥魚）、「鱮」（鰱魚，生於河湖）等魚類之名，除了「鱨」之外，全為淡水魚類，與海洋關係不大。以上的資料，可歸納為兩點：(1)在這些詩篇中，不是以「海」起興，就是指四方、臨海地，而且只有一、兩句，與全詩之主旨無關。(2)雖出現魚類名，然而在詩篇，並非寫作主旨，且絕大數的魚類為淡水魚，與海洋幾乎無關。依這兩點分析結果，只能說《詩經》以黃河流域為創作客觀環境，僅有若干詩篇的少量文句與海有些許關係，無法將之視為海洋文學。《楚辭》也有少數篇章的若干文句，與海或海洋神話有關，如「……河海應龍？何盡何歷？……東流不溢，孰知其故？……」（〈天問〉）、「……使湘靈鼓瑟

兮，令海若舞馮夷。……」(〈遠遊〉) 等。《楚辭》絕大部分關於海洋的片段
記載與《詩經》相類。每篇之中，僅有寥寥數句與海洋有關，而且與篇旨趨
向無關。

綜上所論，海洋文學在先秦時期，屬於醞釀階段。被若干學者 〔註23〕 認
定為先秦海洋文學的重要作品，甚至是海洋文學史鼻祖的《詩經》、《楚辭》，
檢視作品或全書後，與海相關的文句其實極少，更無法對作品的主旨產生影
響。面對《詩經》、《楚辭》的定位，筆者以為乃初步接觸海洋的結果，即使
詩篇出現一兩句與海有關的句子，其實全詩的屬性，仍屬陸地文學，而非海
洋文學。至於《山海經》、《莊子》、《左傳》、《禹貢》、《淮南子》、《列子》等
典籍，以片段、資料匯集形式記載的海洋神話、傳說，已成為後代海洋神話、
傳說典故的源頭。因此將這些未被美學加工的資料，視為海洋神話、傳說的
寶貴素材庫，會比視為海洋文學，來得允當。

二、漢魏六朝海洋文學

本期的海洋文學創作特色，與前期相較，開始脫離典籍片段記載的資料
形式，以各種文學體裁專門抒寫海洋。本期的作家常以賦、詩的體裁創作海
洋文學。寫作內容，除了延續先秦以來的海洋傳說、神話傳統外，開始有部
分作品，以實際觀海經驗為基礎，抒寫個人觀海感受，雖然仍不免雜有海洋
神仙幻想的成分，但已是海洋文學發展史的一大步。

本期作家以海洋的神秘性為想像基礎，透過賦體形式，舖陳海中仙怪、
海族生物、奇幻事物，與真實海洋保持一定的距離，具有濃濃的神秘想像風
格。如東漢班彪〈覽海賦〉(「余有事於淮浦」) 以方丈、瀛洲、壺梁的仙山傳
說為基礎，構築出一個有華美堂闕、階庭，寶光四耀，神仙居處其間的海中
仙境。本賦也是文學史上第一篇海賦。魏文帝〈滄海賦〉(「美百川之獨宗」)
稱揚滄海的偉壯神威，頌讚海中的大貝、明珠、美玉等珍寶。魏王粲〈遊海
賦〉(「乘菌桂之方舟」) 先贊歎大海的深廣難測，再舖寫海中珍奇靈異的物
產，及海中長洲別島的奇異景物。晉代木華〈海賦〉(「昔在帝嬀」) 描寫大海
浩瀚氣勢，豐饒物產，舖張海中神怪、奇珍異寶，營構出令凡人嚮往的神仙
幻境。辭賦結尾勸勉世人要如大海般寬宏大量，善於接納萬物，謙虛卑下，

〔註23〕 王慶雲、李越、柳和勇等學者，均將《詩經》、《楚辭》的相關作品，視為海
　　　　洋文學作品。

知足常樂。木華〈海賦〉在本期海賦作品中，取得極高的創作成就。晉代潘岳〈滄海賦〉（「徒觀其狀也」）開頭寫出大海的磅礡氣勢，繼而寫海的變化無端，再詳述海中的島、山、魚、蟲、鳥、獸的怪異情狀。晉代庾闡〈海賦〉（「昔禹啓龍門」）著重於描寫海上風濤氣象的變化萬端。晉代孫綽〈望海賦〉（「五湖同浸」）從海納百川起筆，描寫海水無比的氣勢，主要內容在於敘記海中珍寶、草木、鱗、禽等物類。南齊張融〈海賦〉（「爾其海之狀也」）基於自身航海經驗，以異於陸地觀海者的海洋體驗，不著力於海上神話及奇珍異寶的舖寫，而致力於刻劃海洋的複雜面貌，及航海者的親身感受。梁簡文帝〈大壑賦〉（「渤海之東」）歌詠大海（大壑）巨大難滿的特性，乃眾水所歸之處，並寓含歌頌梁朝太平盛世之意。本期出現大量海賦，在歷代海賦創作中，佔有很高的比例，也是本期海洋文學的一大特色。這些海賦的共同特點：作者望海而生起神秘的想像，以讚歎海的廣大浩淼起筆，運用摛藻敷文的誇飾手法，舖陳出虛擬的海上神話世界、海中異寶，想像成分遠大於眞實體驗。

　　本期除了諸海賦的創作外，也以詩歌體裁創作觀海的題材。如曹操〈觀滄海〉爲其重要作品：

　　　東臨碣石，以觀滄海。水何澹澹，山島竦峙。
　　　樹木叢生，百草豐茂。秋風蕭瑟，洪波湧起。
　　　日月之行，若出其中；星漢燦爛，若出其里。
　　　幸甚至哉！歌以詠志。〔註24〕

東漢獻帝建安十二年（西元 207 年）秋，曹操率軍北征烏桓，登臨碣石山（河北昌黎縣城北），觀覽渤海，發爲歌詠，贊嘆大海的雄奇偉壯，也展現其凌雲高志。本詩爲第一篇以海爲寫作主題的詩歌，已可粗窺海洋的廣袤形象。宋謝靈運〈遊赤石進帆海〉（「首夏猶清和」），以長於寫景記遊之筆，描述他揚帆泛舟於暖風靜海，見海平如鏡的奇景，也反映其心境的恬適平靜。其餘如齊謝朓〈望海〉（「滄波不可望」）、梁劉孝標〈登鬱洲山望海〉（「滄漣聯霄岫」）、北齊祖珽〈望海〉（「登高臨巨壑」）、梁沈約〈秋晨羈怨望海思歸〉（「分空臨澥霧」）等詩作，大都是從陸地觀海而產生各種感慨、體悟。文人缺乏涉海經驗，海洋題材並非文人詩歌創作的重心，故本期的海洋詩作數量不多，成就

────────────────

〔註24〕明·張溥輯：《漢魏六朝百三名家集》（臺北：文津出版社，1979 年），頁924。

亦不突出。

除了以賦、詩體裁專門創作的海洋文學外，本期也有不少著作，載有海洋相關資料。這些資料可分成兩大類：

（一）海洋紀實類

如三國朱應《扶南異物志》、康泰《外國傳》、沈瑩《臨海水土異物志》、法顯《佛國記》等。這類資料記錄若干海洋相關事物，缺乏作者的主觀美學構思，實為資料紀實性質的書。

（二）海洋神怪類

如《神異經》、《十洲記》、《列仙傳》、《博物志》、《拾遺記》等。這類著作依託海洋，敷衍為奇妙的神仙世界。此海洋神仙世界是由人的思維孕育出，與真實海洋無關。雖然後代海洋文學，所取用的神話、傳說，與這類著作的內容有關，但就其整體內容、風格而言，不具鮮明的海洋特色，將之歸入神話小說的範疇，會比視為海洋文學合適。

綜上所論，本期作品的整體特色，可歸納為以下數點：

1. 逐漸脫離典籍片段記載的形式，開始以獨立的文學體裁（詩、賦），專門創作海洋文學，粗具海洋文學的樣貌。

2. 海洋文學的發展過程中，寫作海洋文學所運用的文學體裁，以詩歌為最大宗。然而本期的海洋詩歌創作，無論是作品數量、海洋題材的創新、海洋經驗的融入，均屬萌芽階段，整體創作成績不若諸海賦般亮眼。大量的海賦，形成本期創作海洋文學的鮮明特色。

3. 大多數的作家，將真實的海洋置於抽象的思想空間，作為人文思考、幻境冥想、列仙神遊的憑藉，而非親水近海的生活經驗的抒寫。換言之，絕大多數的作者，以旁觀者的角度，立岸遠眺，得到的是對大海最粗淺的認識。終究不曾親身入海，無法累積真實的海洋生活經驗，使不少作品雖是寫海，實則憑空冥想，脫離真實的海洋。海，還是在遙遠的東方！

4. 海洋紀實類的著作，可視為海洋相關資料的客觀記錄。海洋神怪類的著作，為以後的海洋文學提供豐富的神話典故。視這兩類著作為海洋文學的素材庫，較為允當。

以上歸納的這四點，為漢魏六朝海洋文學所展現的創作特色。這些特色

是繼承先秦海洋文學的基礎發展而來。漢魏六朝的創作,粗具海洋文學的雛形(運用文學體裁專門書寫海洋),對於隋、唐以降,海洋文學的持續發展,有啓迪之功。

三、唐代海洋文學

隨著海洋航線的漸次開通,唐代海洋活動也逐漸興盛。涉海經驗不斷地累積,反映在海洋文學的創作上,雖然還是保有前期的神話、幻想基調,及陸岸觀海的特色,但親身體驗海洋的作品已逐漸增加。

本期文學名家,在當代逐漸濃厚的海洋氛圍中,開始關注海洋相關題材,化爲文字構作,便是大量的海洋詩歌。本期海洋詩歌的質、量,均超越當代其他體裁的海洋文學。詠海詩歌構成唐代海洋文學的主幹。許敬宗、唐太宗、駱賓王、楊師道、李嶠、張說、孟浩然、李頎、沈佺期、宋之問、李白、李華、高適、杜甫、岑參、元結、錢起、獨孤及、顧況、薛據、韋應物、李益、韓翃、王建、張籍、韓愈、白居易、李紳、劉禹錫、賈島、長孫佐輔、元稹、施肩吾、張祜、朱慶餘、顧非熊、鮑溶、李商隱、殷堯藩、徐凝、陳陶、陸龜蒙、僧貫休、皮日休、許渾、馬戴、汪遵、曹松、喻坦之、胡曾、張喬、高駢、周繇、吳融、劉長卿、劉愼虛、宋務光、姚康、周由等詩人(依時代先後排序),有作詩一首者,有連作數首者。唐代文學名家,齊頌海洋之美,蔚爲風潮。

上述創作海洋詩歌的詩人中,成果較爲亮眼的,有李白、孟浩然、白居易、僧貫休、李商隱、徐凝、皮日休、陸龜蒙、李紳、宋務光、吳融等。李白憑其天縱詩才,緣海爲詩,數量頗多,多飄逸浪漫之風。李白的海洋詩歌有〈有所思〉(「我思仙人乃在碧海之東隅」)、〈天台曉望〉(「天台鄰四明」)、〈登高丘而望遠海〉(「登高丘」)、〈橫江詞〉六首、〈送紀秀才游越〉(「海水不滿眼」)、〈送殷淑〉(「海水不可解」)、〈估客樂〉(「海客乘天風」)、〈古風〉(「越客采明珠」)、〈永王東巡歌〉(「王出三山按五」)等。李白的海洋詩歌,在頌讚海洋神秘壯美之餘,常與海中仙山、神人、長鯨、巨鼇、大鵬等傳說,作浪漫的連結,眼前的眞實海洋,被轉化爲想像海洋。孟浩然〈歲暮海上作〉(「仲尼旣已沒」)、〈初下浙江舟中口號〉(「八月觀潮罷」)、〈舟中曉望〉(「挂席東南望」)、〈與顏錢塘登障樓望潮〉(「百里聞雷震」)、〈除夜樂城逢張少府〉(「雲海泛甌閩」)等詩,不管是凌波浮海,或是陸岸觀濤,發爲歌詠,

不雜海洋神話元素，純以接觸海洋的經驗，爲詩句構作的根據，富於眞實感。白居易〈海漫漫〉（「海漫漫」）、〈東樓南望八韻〉（「不厭東南望」）、〈江樓晚眺景物鮮奇吟玩成篇寄水部張員外〉（「澹煙疏雨間斜陽」）、〈題海圖屏風〉（「海水無風時」）、〈潮〉（「早潮纔落晚潮來」）、〈重題別東樓〉（「東樓勝事我偏知」）等詩，既有基於對眞實海洋的了解，描寫來去有信的潮汐、海上麗景、海民生活、海市蜃樓等內容，也有延續海洋神話傳統的海洋想像。不過白居易對海洋神話想像，仍持存疑的態度，故〈海漫漫〉，視徐福尋海中仙山，求長生靈藥爲虛誕之事，宜戒求仙。僧貫休〈送人之渤海〉（「國之東北角」）、〈送新羅人及第歸〉（「捧桂香和紫禁煙」）、〈南海晚望〉（「海上聊一望」）、〈秋過錢塘江〉（「巨浸東隅極」）、〈別仙客〉（「巨鼇頭縮翻仙翠」）等詩，所營構的海洋情境，具有眞實性，尤其送別友人歸海外故國，以眞實的海洋爲場景，更加強情感的渲染力。李商隱〈海上〉（「石橋東望海連天」）、〈海上謠〉（「桂水寒於江」）、〈海客〉（「海客乘槎上紫氛」）等詩，運用徐福求仙、麻姑、海中三仙山等海洋神話元素，將眞實的海洋變成具有浪漫想像的空間。徐凝〈觀浙江濤〉（「浙江悠悠海西綠」）、〈題伍員廟〉（「千載空祠雲海頭」）、〈送日本使還〉（「絕國將無外」）等詩，以神話傳說來解釋難以理解的海洋壯觀現象。陸龜蒙有〈漁具詩〉十五首，及〈酬襲美見寄海蟹〉（「藥杯應阻蟹螯香」）、〈迎潮送潮辭〉（「江霜嚴兮楓葉丹」、「潮西來兮又東下」）、〈新沙〉（「渤澥聲中漲小堤」），以眞實的海洋生活爲寫作背景，極富海鄉特色。皮日休〈奉和魯望漁具十五詠〉、〈詠蟹〉（「未遊滄海早知名」）等詩，主要是和陸龜蒙的〈漁具詩〉十五首，亦如陸龜蒙的詩作般，極富海鄉生活趣味。李紳〈憶萬歲樓望金山〉（「樓高雉堞千師疊」）、〈望海亭〉（「烏盈兔缺天涯迥」）等詩，刻畫海景細緻而眞實，彷彿親臨海邊觀海。宋務光〈海上作〉（「曠哉潮汐池」），描寫大海的廣淼，也諷刺求仙的荒謬。吳融〈潮〉（「暮去朝來無定期」）、〈海上秋懷〉（「辭無珪組隱無才」）、〈鮫綃〉（「雲供片段月供光」）等詩，對於海洋神話傳說的描寫，點到爲止，絕大部分的海景摹寫及詩意寓寄，均緣於眞實的海洋，富於眞實性。以上略舉之作家及其海洋詩歌代表作，呈現多元的海洋思維，既有現實的海洋體驗，又有因不了解而援引唐以前流行的海洋神話傳說，使海洋詩歌在現實海洋與虛擬海洋之間擺盪不已。

關於唐代海洋詩歌的整體創作特色，羅宗濤曾分析漢代至唐代詩歌中，「海」的辭彙運用模式有別，得出以下的結果：

> 看來以前的詩人將海當成自然界的客體，並不貼近自己；唐代不同，
> 許多詩人已將海當作自己的生活空間，唐詩中「入海」一語就有四
> 十一次之多，亦可作為佐證。正因為前代詩人對海較為疏離，所以
> 對海的感覺也就比較遲鈍；而唐代許多詩人則貼近甚至於投入海
> 洋，自然舒張他們對海洋的感覺。〔註25〕

羅宗濤以「海」字辭彙的運用模式差異，將唐以前的海洋詩歌與唐代海洋詩歌區隔開來。唐以前的海洋詩歌，因涉海經驗不足，海洋知識貧乏，海洋成為陸居者眼中的客觀存有，自然想像出充滿仙怪、異物的海洋空間。唐代的海洋詩歌，因海洋活動興起，人們以各種方式參與海洋活動，海洋觀念也因而逐漸開展，反映在詩歌創作，就是神秘感漸淡，真實性漸增。唐代海洋詩歌的整體面貌，乃海洋的真實性與虛擬性交融的結果。

唐代的海洋文學，除了詩歌以外，海洋賦亦為代表。姜公輔〈白雲照春海賦〉（「白雲溶溶」），藉由雲與海的相互襯托，營構出海洋空間的美景。張何〈早秋望海上五色雲賦〉（「夫幽棲多暇」），描繪出燦爛多彩的海雲麗景。王起、蔣防〈登天壇山望海日初出賦〉，記天壇山高點遠眺海上絢爛的日出壯景。徐晦〈海上生明月賦〉（「巨浸不極太陰」）寫浪漫的海夜明月景象。周鉞〈海門山賦〉（「大壑天接」），描寫臨海峭立，居陸海要衝的海門山，以雄偉海門之姿，阻卻風濤，護衛海岸。王起〈蜃樓賦〉（「伊浩汗之鵬壑」），舖陳詭譎神奇的蜃景。梁洽〈海重潤賦〉（「道之應物兮」），深刻地描述「海之為器也，吞吸八裔，流不逆細，怪必思蓄，珍無不麗」的無盡內蘊。樊陽源〈眾水歸海賦〉（「大矣哉」），謙卑地讚美浩漾無垠的大海，具有涵納眾水的能力。獨孤授〈海上孤查賦〉（「滄州一望兮」），詠嘆埋沒於海邊泥沙重土的枯查，無法成就大器，具備大用。張君房〈海人獻文錦賦〉（「彼潛織兮泉室之人」），以絢麗的文字詳細舖陳海人所獻文錦之美。盧肇〈海潮賦〉（「開圓靈於混沌」），主張日激水而成潮汐，為唐代重要的潮汐理論作品。唐代的海洋賦，以長篇形式，深刻地描寫海洋景致、現象（海市、潮汐），也舒張對海洋的無邊想像。唐代的海洋賦，大致如海洋詩歌般，作者的文思遊走於現實海洋與虛擬海洋之間。

唐代傳奇小說的數量頗多，可是與海洋題材相關的卻極少，可資談論者

〔註25〕羅宗濤：〈從漢到唐詩歌中海的詞彙之考察〉，《「海洋與文藝」國際會議論文集》，1999年，頁16～17。

只有李朝威《柳毅傳》。《柳毅傳》描寫柳毅巧遇受夫家虐待而牧羊荒郊的龍女。柳毅激於義憤，下龍宮爲龍女傳書給其父洞庭君。由洞庭君之弟錢塘君，救出龍女，並擬把龍女許配給柳毅。但因錢塘君言語傲慢，爲柳毅拒絕。後柳毅娶范陽盧氏，乃龍女化身，終成美滿婚姻。本故事到後代被改編爲小說、戲劇，如元代尙仲賢作《柳毅傳書》、李好古翻案爲《張生煮海》，清代李漁又折衷爲《蜃中樓》。海洋類筆記小說，則有段成式《酉陽雜俎》之〈長鬚國〉。〈長鬚國〉記海客遊新羅，被大風吹至一海島，見如黑漆匙箸般之木鬚而攜回國的故事。唐代海洋小說，就其創作成果而論，不若海洋詩歌繁盛，在當代海洋文學中聊備一格。

綜上所論，本期作品的整體特色，可歸納爲以下數點：

1. 唐代海洋詩歌，就質、量而論，均騰躍前代，也是當代海洋文學的主幹。唐代文學名家，敞開心胸，迎向神秘的海洋，手握詩筆，摩繪海洋，蔚爲風潮。與宋、元時期相較，本期的海洋詩歌，通首全寫海洋者，雖然數量不及宋、元兩代，但佳句迭出。就海洋詩歌的發展軌跡而言，唐代的海洋詩歌爲後世的成熟作品奠基。

2. 本期詩人雖較能客觀地看待海洋，但仍不願放棄先秦以來的海洋神話傳統。創作詩歌時，詩人受到傳統海洋觀念的制約，常會不自覺地從現實的海洋，進入海中仙怪的神話氛圍中。本期詩歌所呈現的「海洋」整體意象，於眞實與虛幻之間游移不定。

3. 海洋賦爲唐代海洋文學的次要組成要件。長篇幅的海洋賦，詳細舖寫海洋景致、現象，舒張對海洋的神秘想像。海洋賦的寫作，糾結現實海洋與虛擬海洋，呈現出若實若虛的風格。

4. 唐代海洋小說的創作成果，不如海洋詩歌。文人創作小說所習用的題材，仍爲陸地思維、經驗的體現。

四、宋元海洋文學

(一) 宋代海洋文學

宋代社會安定，城市繁榮，生產技術進步，航海技術精進，加上政府的支持，使宋代的海洋活動較唐代更爲興盛。繁盛的海洋活動，使閩、粵、浙等地區的人口驟增，港市一片欣榮氣象。海洋景觀、海外貿易、文化交流、海洋天災、海洋生物、漁業撈捕、製鹽、食用海錯、造船、航海科技、海

戰、海神崇拜等海洋活動，自然也是宋代海洋文學的創作素材。宋代創作海洋文學的作家，有不少比例與濱海地理環境有密切的關係，有設籍於沿海港市者，有臨海為官者，有遷謫渡海者。這些與海洋有密切互動的作家，以接觸海洋、觀察沿海風俗的體驗，由「觀海」而「歷海」、「入海」，作品的表現更貼近真實的海洋。宋代文人創作海洋文學所運用的體裁，有詩、詞、賦、散文、筆記等，就作品數量而言，以詩歌為最大宗。

宋代的海洋詩歌，大多以「海洋」為全詩的抒寫主題或寄寓核心，具有極鮮明的海洋意象。宋代文學名家投入海洋詩歌的創作，其中不乏具有真實航海經驗、海洋生活體驗者，因此海洋詩歌的質與量，遠超越唐代。柳永、梅堯臣、歐陽脩、蔡襄、王安石、蘇軾、蘇轍、陳師道、張耒、李光、周紫芝、李綱、林之奇、王十朋、陸游、范成大、楊萬里、喻良能、樓鑰、袁說友、岳珂、劉克莊、張侃、劉黻、蕭立之、蒲壽宬、文天祥、謝翱、胡仲弓、车獻、羅公升等人（依時代先後排序），以真實的海洋為描繪、想像、寄託的對象，大量創作詩歌，蔚為風潮。至於創作一兩首的作家，更是不勝枚舉。宋代海洋詩歌佳構，俯拾皆是，如：蘇軾〈望海樓晚景〉五首，描寫農曆八月十八日錢塘潮興起的雄偉濤浪，〈登州海市〉（「東方雲海空復空」），則描寫難得一見的登州海市蜃樓奇景。王安石〈車螯〉（「海於天地間」），歌詠棲息於淺海海邊的車螯。歐陽脩〈鸚鵡螺〉（「大哉滄海何茫茫」），從不同的角度描寫鸚鵡螺的樣態。柳永任定海曉峰鹽場官，深入民間底層，作〈煮海歌〉（「煮海之民何所營……」），苦鹽民所苦。陸遊〈航海〉二首（「我不如列子」、「我老臥丘園」），記航海所見海中奇景。范成大〈大風〉（「颶母從來海若家」），描寫海上颶風登陸的驚人景象。李光〈次韻趙丞相海鳴〉（「幽人一枕夢魂清」），描寫海洋的海鳴現象。釋道濟〈海蛳頌〉（「此物生在東海西」），以詼諧的閨趣比擬海蛳微物。張侃〈海際民田〉（「良田水旱不妨耕」），描寫濱海區特有的潮田。以上略舉的詩歌作品，可以感受到豐富的海洋題材，在宋代詩人的手中轉化為詩篇。宋代詩壇充滿瑰麗而寫實的海洋風情。

宋代流行的詞體，雖以婉約為宗，重風華情致，然而自北宋末年以後，詞境逐漸擴大，海洋自然也是歌詠題材之一。以下為《全宋詞》收錄有關海洋的詞作：蘇軾〈南歌子〉〔八月十八日觀潮〕（「海上乘槎侶」）、〈南歌子〉（「苒苒中秋過」）、〈瑞鷓鴣〉〔觀潮〕（「碧山影裡小紅旗」）等詞作，記八月十八日觀錢塘潮的盛景；〈八聲甘州〉〔寄參寥子〕（「有情風、萬里捲潮

來」），以錢塘潮的漲落，寄託與參寥子的情誼。其他詞人的詞作，如賀鑄〈海月謠〉（「樓平疊嶂」）、米芾〈蝶戀花〉（「千古漣漪清絕地」）、李綱〈水龍吟〉（「際天雲海無涯」）、劉克莊〈木蘭花慢〉（「海濱蓑笠叟」）、陳允平〈渡江雲〉（「三神山路杳」）、柳永〈留客住〉（「偶登眺」）及〈望海潮〉（「東南形勝」）、王以寧〈念如嬌〉（「雲收天碧」）、楊無咎〈多麗〉（「晚風清」）、曾覿〈定風波〉（「極目秋光夕照開」）及〈浪淘沙〉（「一線海門來」）、李清照〈漁家傲〉（「天接雲濤連曉霧」）、潘閬〈酒泉子〉〔長憶觀潮〕（「長憶觀潮」）、王沂孫〈天香〉〔龍涎香〕（「孤嶠蟠烟」）、趙鼎〈望海潮〉〔八月十五日錢塘觀潮〕（「雙峰遙促」）、張掄〈蝶戀花〉〔神仙〕（「弱水茫茫三萬里」）、張元幹〈念奴嬌〉〔題徐明叔海月吟笛圖〕（「秋風萬里」）、趙構〈漁父詞〉（「駭浪吞舟脫巨鱗」）、王質〈滿江紅〉（「莽莽雲平」）、嚴仁〈水龍吟〉〔題天風海濤呈潘料院〕（「飆車飛上蓬萊」）、黃嚴叟〈望海潮〉（「梅天雨歇」）、周密〈聞鵲喜〉〔吳山觀濤〕（「天水碧」）、胡銓〈朝中措〉（「崖州何有水連空」）、張炎〈浪淘沙〉（「萬里一飛蓬」）、辛棄疾〈摸魚兒〉〔觀潮上葉丞相〕（「望飛來、半空鷗鷺」）、陸凝之〈念奴嬌〉〔觀潮〕（「遠山一帶」）、吳琚〈酹江月〉〔浙江亭觀濤應制〕（「玉虹遙掛」）、陳以莊〈水龍吟〉〔錢塘作〕（「晚來江闊潮平」）。這三十一闋海洋詞作，代表的意義有二：(1)就數量而論，海洋詞的數量遠低於同代的海洋詩。海洋詩才是宋代海洋文學的主幹。(2)宋代詞體大盛，作品繁多。這三十一闋海洋詞作，佔所有詞作的比例極少，反映詞體對於創作海洋題材的接受度不及詩體。

　　宋代海洋賦的數量較前代少，但卻更有海洋特色。吳淑〈海賦〉不寫海上的風濤、精怪、奇珍異寶，不雜入個人的議論，而是蒐羅歷代文人觀海的典故，非個人觀海有感之作。蘇過〈颶風賦〉（「仲秋之夕」），寫颶風漸至、已至時的駭人情景，真實地呈現海洋天災的可怕面貌。晁補之〈七述〉（「先生曰：江源所起」），其中有一段描述海潮成因，及其展現出的磅礴氣象。柳開〈海賦〉，論述海洋的無窮內涵。楊萬里〈海鰍賦〉（「蒙衝兩艘」），歌詠紹興三十一年（西元1161年）采石磯之役，抗金海戰的恢宏場面。范成大於淳熙六年（西元1179年）曾兼沿海制置使，對海洋有細緻的觀察，其〈望海亭賦〉（「諸侯之客」），描寫海潮起落的情景，變化萬端，極為生動而真實。羅公升〈浙江觀潮賦〉（「羅子客於錢塘」），頌讚錢塘海潮變化萬狀，及其力拔寰中，聲出天外的瑰瑋傑特氣勢。以上所舉的賦作，雖然數量不多，但卻比

前代具有更明晰的海洋感受，描繪的海洋相關事物，如海潮、海洋天災、海船、海戰等，也更加多元。

　　宋代書寫海洋的散文，主要是專篇散文及記遊筆記的若干章節。散文與賦，具有比詩、詞體裁長的篇幅，能完整地描述海洋相關事物。散文再與賦體相較，賦體或許是受限於文體的創作傳統，創作海洋題材時，不能如散文般，以廣泛的角度，貼近真實的海洋。宋代專篇海洋散文不少，如薛季宣〈送鄭景望赴國子丞詩序〉（「溯之江潭而委長」）、蔡襄〈戒弄潮文〉（「鬥牛之分」）、吳儆〈錢塘觀潮記〉（「錢塘江潮視天下為獨大」）、燕肅〈海潮論〉（「觀古今諸家海潮之說多矣」）、林景熙〈蜃說〉（「嘗讀漢書天文志」）、俞安道〈海潮圖序〉（「古之言潮者多矣」）、朱中有〈潮蹟〉（「或問：燕龍圖潮論是耶？」）、林之奇〈祈風文〉（「維洪範之庶徵」）、蔡襄〈祈風文〉（「象齒南龜」）及〈祈風舶司祭文〉（「夫祭有祈焉」）、真德秀〈祈風文〉（「惟泉為州」）等。這些散文有專論海潮成因者，有記觀潮之感者，有為海外貿易祈風者，有記海洋奇景者。這些散文的共同特色，略去賦體常用的神話典故，出以直觀之筆，從理性、感性不同的角度書寫海洋，將讀者引入浩瀚無邊的海洋。由於宋代的海洋活動繁盛，越洋渡海經驗倍增，故當代不少的筆記、遊記著作，亦有海洋相關知識、經驗的記錄，如吳自牧《夢粱錄》（〈觀潮〉、〈江海船艦〉）、沈括《夢溪筆談》（〈論潮汐〉、〈論海市〉）、徐兢《宣和奉使高麗圖經》（〈海道〉、〈客舟〉、〈半洋焦〉、〈黑水洋〉）、周密《增補武林舊事》（〈觀潮〉）、周去非《嶺外代答》（〈天分遙〉、〈三合流〉、〈象鼻砂〉、〈天涯海角〉、〈潮〉、〈木蘭舟〉、〈藤舟〉、〈刳木舟〉、〈桅〉）。這些筆記、遊記，如實地記錄航海經驗、海洋地理、海洋奇觀、航海工具等資料，以真實性為基礎，進行文學構思，鍛鍊文辭，富於海洋實境的渲染力。

（二）元代海洋文學

　　元代繼承前代的航海資源，建構密集的航海網絡〔註26〕，以開放態度推動海外貿易。貿易交流的興盛，促使中外文化交流更加熱絡。元代的整體文學創作評價（散曲、雜劇除外），雖不如前代，但海洋文學的創作，在繁榮的海貿交通環境激勵下，大體上仍繼承宋代所開創的成熟海洋文學餘風。

〔註26〕 汪大淵著《島夷志略》，吳鑒序云：「東西南數千萬里，皆得梯航以達其道路。」（《文淵閣四庫全書電子版》）元代對外的航海網絡，隨著繁榮的貿易，呈現高度的發展。貿易利益所在，便有航線的開拓。

　　元代的海洋文學創作，仍以詩體爲主。隨著貿易、交通日益繁盛，元代對海洋本質的瞭解，更趨於眞實性，反映在詩歌創作，就是富於海洋體驗的詩作大量出現，充滿神話幻想的詩作遞減。元代海洋詩作名家，如舒岳祥、王惲、仇遠、任士林、宋無、薩都剌（拉）、黃溍、宋本、貫雲石、張翥、黃鎮成、朱德潤、楊維楨、吳萊、貢師泰、至仁禪師、陳基、李士瞻、郭鈺、戴良、王逢、丁鶴年、天如禪師惟則、范槨、鄭元祐等人（依時代先後排序），以眞實的海洋爲基礎，透過深入觀察、親身體驗，將海洋相關的人、事、物、景，化爲海洋詩篇，質與量均有可觀之處。

　　元代海洋詩歌的整體創作特色，有以下數端：

1. 長　篇

　　如吳萊〈還舍後人來問海上事詩以答之〉（「去家纔五旬」）、張翥〈送黃中玉之慶元市舶〉（「昔我遊四明」）、王惲〈篷〉（「尺簀編黃蘆」）、納新〈賣鹽婦〉（「賣鹽婦」）、李士瞻〈壞舵歌〉（「南溟之魚頭尾黑」）、郭鈺〈冰山謠〉（「黑風矗矗海波立」）等，均爲數十句的長篇巨構，對於海洋相關主題的描寫，極爲深刻。

2. 連　章

　　如宋無《鯨背吟》有三十三首詩、宋本〈舶上謠送伯庸以番貨事奉使閩浙〉十首、楊維楨〈海鄉竹枝歌〉四首及〈小臨海曲〉十首、吳萊〈夕泛海東，尋梅岑山觀音大士洞，遂登盤陀石望日出處及東霍山迴過翁浦問徐偃王舊城〉八首、貢師泰〈海歌〉八首、陳基〈次韻孟天暐郎中看湖〉四首及〈遊狼山寺〉三首等。同一海洋題材，以連章形式創作，具有較大的揮灑空間。

3. 運用「竹枝詞」的形式創作

　　如〈蘇臺竹枝詞〉、〈海鄉竹枝歌〉、〈西湖竹枝詞〉等。竹枝詞形式，是元代作家創作海洋詩時，常運用的形式。竹枝詞以表現沿海百姓的海洋生活爲主，頗具質樸風格。

4. 地域性作家的創作覺醒

　　如浙東文人（舒岳祥、任士林、仇遠、黃溍等）以居地的濱海生活經驗爲創作動力，大量創作具有海洋眞實性的作品。這些作品的整體創作風貌，異於偶然臨海的記遊作品。

　　曲體並非元代海洋文學的主要創作體裁。披閱《全元散曲》，關於海洋主

題的曲作寥寥可數。張翥〈望海潮〉〔丁巳清明,登定海縣招寶山望海〕（「扶桑何許」）及〈滿江紅〉〔次韻耶律舜中樟亭觀潮〕（「望入西冷」）、仇遠〈八犯玉交枝〉〔招寶山觀月上〕（「滄島雲連」）、馬致遠〈雙調・壽陽曲〉〔漁村夕照〕（「鳴榔罷」）、姚燧〈中呂・滿庭芳〉（「天風海濤」）、王和卿〈撥不斷〉〔大魚〕（「勝神鰲」）等海洋曲作,在所有的散曲中,僅佔極微小的比例。

元代與海洋有關的雜劇以《張生煮海》為代表。雜劇作家尙仲賢及李好古都寫過《張生煮海》,今存本之作者題為李好古。《張生煮海》全名為《沙門島張生煮海》。沙門島位於古登州蓬萊附近海中,宋代為罪犯流配之地。《張生煮海》雜劇描寫潮州儒生張羽寓居石佛寺,清夜彈琴時,東海龍王三女瓊蓮被琴聲吸引而來,與張羽產生愛情,約定中秋節相會。屆相會之期,瓊蓮因龍王阻隔而不能赴約。張羽遇一仙姑,贈以銀鍋等三件寶物,便在沙門島用銀鍋煮海水,令大海沸騰。龍王不得已同意瓊蓮與張羽成婚。這個美麗的神話,以海洋為場景,鋪衍出人與龍宮互動的神話情節,具有濃郁的海洋風情。

元代以海洋為題材的散文,就數量而言,遠少於宋代。元代的海洋散文,除了單篇作品外,部分集中於筆記專著中。任士林〈送葉伯幾序〉（「余家越天門山之陽」）,具體而生動地描寫海洋貿易盛況。黃溍〈題大瀛海道院〉（「丹山之山青崔嵬」）,充滿海洋神話的瑰麗色彩。吳萊〈甬東山水古蹟記〉（「昌國古會稽海東洲也」）,以遊覽的行程為序,將昌國（舟山）一路風土、人情、物產,娓娓道來,海國風情,具體地鋪陳於紙上,令人若親臨其境。吳萊〈跋餘姚海隄記〉、陳旅〈餘姚州海隄記〉、王沂〈海隄後記〉等文,歌頌偉大的餘姚海隄工程。這些單篇散文以綿長的文字篇幅,敘述海洋活動及濱海地域的風土民情,風格迥異於傳統散文。單篇散文之外,諸多筆記所記載的大量海洋事物,部分內容亦具有文學價值。如周達觀《眞臘風土記》（〈魚龍〉、〈舟楫〉）、汪大淵《島夷志略》（〈澎湖〉、〈琉球〉、〈交趾〉、〈占城〉、〈三佛齊〉）等書的若干內容,以眞實的海洋為基礎,透過文學構作,可視為獨立的海洋散文。基於如實的觀察或親身體驗,化為篇什,海洋諸般風貌及沿岸豐富的海洋生活,生動而眞實地躍於紙上,非文人案頭冥思可擬。

元代海賦,一如散文般,數量不多。盧琦〈海賦〉（「海於天地間」）,先總括海洋的廣大浩淼,再分述海中之鱗、羽、寶的豐富奇偉,末段從海洋諸般特性,歸納出海之量、力、性、德、仁、信等特質,具有哲人之思。任士

林〈老婆牙賦〉（「東海有物曰老婆牙」），寫東海珍錯「老婆牙」的具體形貌。任士林〈遊越天門賦〉（「柔兆之春」），描寫奉化故鄉獨特的海上風情。吳萊〈海東洲盤陀石上觀日賦〉（「粵東遊乎海徼分」），記其過海東洲（舟山），登盤陀山觀海日之偉狀。元代海洋賦的整體風貌，如宋代海洋賦般，褪去神話想像色彩，代之以眞實的海洋體驗。

（三）宋元海洋文學的整體特色

經過以上的析論，宋、元海洋文學呈現的整體特色，可歸納爲以下數端：

1. 海洋活動繁盛，使人的海洋經驗增加，眼界、心境變寬，題材也變多。宋、元以前的海洋文學，大多表現海洋的浩渺無際、神秘難測，並緣此而生起崇敬、讚嘆之意。宋、元時期，海洋活動大盛，在原有的海洋題材基礎上，拓展豐富多元的內涵，使海洋文學的創作，由單純的臨岸詠頌海景，延伸到貿易交通、風俗信仰、漁業撈捕、漁民生活、海洋天災、海洋地理環境、濱海經濟活動等方面。宋、元時期的海洋文學，由「朦朧」的海洋意象，走入「眞實」的海洋文化自覺。

2. 宋、元時期的海洋文學作家，運用多樣的文學體裁，如詩、賦、詞、曲、散文、筆記等，描寫豐富的海洋題材，使本期的海洋文學呈現繁榮景況。

3. 本期的海洋文學創作，體裁雖趨多元，其中實以詩體爲主。海洋詩的創作，是宋、元時期海洋文學的骨幹，無論質、量，均超越其他體裁，達到高峰。本期的文壇大家，以詩描寫海洋風物，蔚爲風潮，故本期出現極多吟詠海洋的名詩佳構。

4. 海洋文學的興盛，反映出人與海洋互動密切的海洋文化現象。官、民心胸開放，樂觀進取，冒險迎向海洋的挑戰，追逐海洋經濟利益，並接受海洋彼岸的異國文化。

5. 宋、元兩代的海洋文學，因整體風格相似，故併爲一期討論。然而宋、元兩代雖有相似的海洋文學創作風格，創作成就卻是宋代高於元代。這種結果，應是受到宋、元兩代整體文學大環境不同的影響。

五、明代海洋文學

明代雖有傲人的鄭和下西洋壯舉，然而海洋政策卻以禁海爲基調。當官

方以緊閉的心態面對海洋，民間仍延續著宋、元以來向海逐利的風氣。故民間的海洋活動仍屬頻繁。熱絡的民間海洋活動，使百姓對海洋的認知更爲眞實，反映在海洋文學的創作，作品數量繁多。

明代海洋詩歌的數量頗多，就其題材分析，主要集中在以下幾大類：(1)泛海記行：如王守仁〈泛海〉（「險夷原不滯胸中」）、張可大〈泛海〉（「千里啼鶯倚棹歌」）、陳價夫〈夜渡瓊海〉（「五兩斜飛不暫停」）、歸有光〈海上紀事〉六首、李宗渭〈海上夜泊〉（「朝發蘆花灘明」）、劉基〈泛海詠霧〉（「海上苦多霧」）等詩，將自身航海的深刻體驗，化爲動人詩句。(2)記海洋天災：如李東陽〈風雨嘆〉（「壬辰七月壬子日」），描寫成化八年（西元 1472年）海洋風暴潮的破壞力，並祈求百姓能安居樂業。劉澄甫〈海溢〉，記嘉靖十五年（西元 1536 年）在壽光發生的風暴潮。王貴一〈海嘯〉（「陽侯逞一怒」），描寫海嘯襲岸的威勢與破壞力。(3)海市奇景：秦金〈海市〉（「晴雲晝護蓬萊島」）、徐應元〈甲子仲夏登署中樓觀海市〉（「有美蓬萊閣」）、陶性〈觀海市〉（「自幼從鷗海上游」）、楊巍〈觀李山人海市圖〉（「篋中何所有」）等詩，記海市奇景。(4)觀錢塘潮：如屠隆〈觀潮歌〉（「羅刹江深萬波集明」）、蘇平〈滄海寒潮〉（「怒挾長風過海門」）、邢昉〈錢塘潮〉（「曉色千檣發」）等，記錢塘觀潮盛景。(5)登臨望海：許相卿〈南城樓望海〉（「坐瞰重溟八千尺明」）、高啓〈登海昌城樓望海〉（「百川浩皆東」）、毛紀〈觀海〉（「萬折鯨波此匯同」）、周瑞昌〈觀海〉（「天水依無盡」）、王思任〈觀海〉（「觀海海如何」）、俞安期〈望海〉（「紛紛靈異變昏朝」）、仇祿〈觀海〉（「天地深秋在海隅」）、胡續宗〈見海水詩〉（「天晴見海水」）、溫景葵〈金州觀海〉（「青山碧水傍城隈」）、趙鶴〈蓬萊閣觀海〉（「蓬萊閣上晚涼開」）、高穀〈鹽城觀海〉（「飄城東望水漫漫」）、曹守勛〈鹽城觀海〉（「憑高縱目海門東」）、殷弼〈望海〉（「吳淞江口海門東」）、陳獻章〈洛迦望海〉（「一花初起白龍堆」）、鐘曉〈觀海〉（「窅窅東南無際天」）、吳文企〈登定海八面樓望海〉（「便欲乘潮去」）、陳子龍〈薄暮望海〉（「山光齊入暝」）等詩作，從不同的角度觀海，發爲歌詠，就是各具特色的觀海詩。(6)記海洋戰爭：如俞大猷〈舟師〉（「倚劍東溟勢獨雄」），描繪抗倭戰鬥的景象，語言鏗鏘，氣勢雄壯，情景交融，聲色並茂，表達詩人在勝利後的喜悅心情和歸功將士的豁達襟懷。〈舟師〉是古代最早描寫海戰的詩篇。其他如劉潔〈舟山過定海有作〉（「早發舟山艦」）、胡宗憲〈題受降亭〉（「十年海浪噴長鯨」）、衛青〈殲倭吟〉（「漢有衛青」），

也都展現征戰海洋，護衛海疆的決心。

上述列舉之各類海洋詩，呈現三項特色：

1. 由於明代倭寇、海盜侵擾猖獗，海疆不靖，反映在詩作，就是海洋戰爭類的作品較多。作品或歌頌將士衛海之功，或記錄海戰過程，或抒發靖寇平盜的決心。

2. 明代海洋詩中，詩人登樓觀海的作品佔絕大部分。這現象似乎點出偶然臨海的詩人，接觸海洋的方式，就是靜態地從陸地觀覽大海，領略海洋的壯美，並心生浪漫的想像。這些靜態的觀海作品，所呈現的海洋意象，異於實際航海經驗而作的詩歌。

3. 頌贊海洋的壯美之餘，也開始正視海洋天災的威勢及破壞力。微渺的人力根本無法抵擋海洋天災的威力，海神信仰自然緣此而生。歷代沿海百姓、海商，甚至官府，均崇奉海神，以期海洋能風平浪息。

由於海洋的神秘面紗逐漸褪去，人們接觸到海洋的真實特質，傳統海賦中常見的神話、傳說、靈怪的鋪陳比例，也隨之減少，個人航海體驗及海洋活動的記述，則分量加重，以寫實風格取代虛擬想像。如蕭崇業〈航海賦〉（「句町瘵人」），以個人出使琉球，親歷滄海狂濤的航海經驗，透過理性的文字，鋪陳蒐集木料、建造船舶、航海經驗、琉球見聞、反省出使海國的必要性，雖為賦體，實則近似紀實的散文風格。劉守元〈曙海賦〉（「余居南海之濱」），以主客問答的形式，描寫清晨觀海的景致及聯想，中間也雜有海賦慣用的神話傳說，不過大體而言，仍充滿個人的遊覽經驗。王亮〈觀海賦〉（「壯矣滄溟」）以歡愉的心境，抒寫海景之妙，而忽略大海風濤橫天，驚心動魄的另一面。鄭懷魁〈海賦〉（「維青土之廣斥兮」），以熟稔海洋事物的背景，論述海疆、海防、海外移民及其生活信仰、南洋諸國及其物產等，並力陳發展海外交通的重要。其餘如徐有貞〈海子橋觀海賦〉（「客有遊於京師者」）、米萬鍾〈招寶山閱兵觀海賦〉（「皇帝膺籙之二年」）、黃尊素〈浙江觀潮賦〉（「吳公子過武林」）、屠隆〈溟海波恬賦〉（「西嶽山人遊於東海」）、黃卿〈海市賦〉（「猗巨鼇之連大荒兮」）、謝傑〈海月賦〉（「繄波臣之徠服」）、邵寶〈見海賦〉（「鄭子世居閩海之壖」）等，均為明代海賦名作。整體而言，明代海賦跳脫傳統賦家慣用的虛擬想像創作模式，以實際的觀察體會，為賦作構思的基礎。當仙山神怪的色彩轉淡，海賦更貼切真實的海洋，富寫實風格。

　　明代的海洋散文，除了單篇散文作品外，海洋記遊筆記中的若干段落，也具有極高的文學性。明代單篇海洋散文，如慎蒙〈觀海市記〉（「丁亥孟夏二十二日」），記載神宗萬曆十五年（西元 1587 年）出現一次規模壯觀的海市奇景。文中詳細地記錄海市出現時間、地點、光色，及其變化動態，令人彷彿置身海市幻景現場。王世貞〈東海游記〉（「歲丙戌之孟夏」），記其於風雨波濤中，乘小舟登餘皇（海舶之最大者）參觀，自船上覽望多變海景的歷程。張岱〈海志〉（「張子曰補陀佛者」），寫自己遊覽海天佛地——普陀山的自然風光與人文景致，並生動地敘記自己的航海經歷。鄭和〈天妃靈應之記〉石碑（立於長樂三峰塔寺），雖然是感念天妃對下西洋艦隊的庇佑，但碑文中「雲帆高張，涉彼波瀾，若履通衢」，展現其昂揚高舉的海洋冒險精神。王慎中〈海上平寇記〉（「守備汀漳俞君」），表彰俞大猷於漳州海上平靖倭寇的英勇事蹟。黃衷《海語》參酌海賈見聞，專記海外山川風土，不少篇章富於文學性，為海洋紀實散文。費信曾隨鄭和四次〔註 27〕出使西洋，將所觀察到的海外各國資料，撰寫成《星槎勝覽》。書中以富於節奏感的簡潔語言，記述各國的風土、民情，結尾以詩歌形式作概括式的描繪，極具文學性，每一篇都是文辭簡雅的海洋散文佳作。胡宗憲《籌海圖編》總結明初以來的沿海防衛經驗，其中如〈禦海洋〉、〈固海岸〉等文，以樸實之筆申論海洋防禦、打擊倭寇的策略，以期消弭明代海患。明代海洋散文作品，除了部分記海洋奇觀外，其餘所描寫的題材，背後都有共同處：即以現實的海洋為創作基礎，以主觀想像而生成的海洋仙怪神話，幾乎不復見。明代海洋散文以細致而平實的筆法，或記海洋風光，或申靖海良策，或抒航海經驗，或述各國風情，整體風格，異於陸地題材散文。

　　明代民間海洋活動繁盛，海上交通暢達，貿易活絡，間有海寇侵逼海疆，活動於海洋的各色人物的生活、事蹟、形象，成為小說、戲劇創作的基礎。此外鄭和下西洋的劃時代航海壯舉，鼓舞人心，成為民間閒聊的話題之一。隨從鄭和下西洋的人員，將其見聞寫成海外地理筆記，如馬歡《瀛涯勝覽》、費信《星槎勝覽》、鞏珍《西洋番國志》等。這些關於鄭和航海的事蹟，及海外異域的珍奇見聞，也變成當代小說的創作素材。緣於上述創作背景，明代出現具有鮮明海洋色彩的小說。羅懋登《三寶太監西洋記通俗演義》，以各種與鄭和相關的海外地理筆記及民間傳說為素材，經過誇張的想像

〔註27〕永樂七年、永樂十年、永樂十三年、宣德六年。

構作而成，使航海史上的眞實英雄，披上一層神秘的色彩。《西遊記》在成
書以前所流傳的西遊故事，與海洋無涉。《西遊記》小說則將孫悟空與海洋聯
結。書中首先點出孫悟空誕生於海上東勝神洲的傲來國，在護送唐僧西遊
取經的過程中，頻頻東臨大海，企求南海觀世音菩薩及龍王的協助，充滿濃
厚的海洋風情。吳元泰的《八仙出處東遊記》，有八仙大鬧東海龍宮，觀世
音菩薩出面調停的海洋情節。朱鼎臣的《南海觀音菩薩出身修行傳》及吳還
初的《天妃濟世出身傳》，所描寫的主角南海觀音菩薩、天妃媽祖，均爲民
間海洋信仰的神祇。除了上述海洋題材的長篇小說外，還有若干中短篇小說
與海洋有密切的關係。《喻世明言》之〈楊八老越國奇逢〉，敘述楊八老原
在福建漳浦做生意，於倭寇擾亂中被擄而去，十九年後，才得與親人團聚的
故事。《初刻拍案驚奇》之〈轉運漢遇巧洞庭紅，波斯胡指破鼉龍殼〉，寫明
朝成化年間蘇州書生文若虛，因航海貿易的機緣而轉運致富的故事。《二刻
拍案驚奇》之〈疊居奇程客得助，三救厄海神顯靈〉，寫泛海經商者與女海神
艷遇，從而得寵致福的故事。馮夢龍《情史》之〈鬼國母〉、〈蓬萊宮娥〉、
〈焦土婦人〉、〈海王三〉、〈猩猩〉、〈蝦怪〉、〈魚〉等短篇小說，以海洋場
景、風物、奇聞爲小說情節的構思基礎，各具奇特風情。瞿佑《剪燈新話》
之〈水宮慶會錄〉，描寫儒生余善文爲南海龍王廣利王撰新建龍宮上樑文，及
龍宮落成的慶賀過程。本篇小說雖不脫龍王龍宮模式，但作者對於龍宮及眾
水族的描寫，具體而細緻，充滿想像力。與大海密切相關的神話、傳說、人
物，成爲海洋小說的主要素材，正反映出人們對海洋的熟悉。明代的海洋小
說，在神怪的氛圍以外，更富有海洋活動的眞實性。海洋航行經驗、海商貿
易、海外探險奇聞等內容，使明代海洋小說的神秘感漸淡，眞實性更濃，富
於奇趣。

　　明代的海洋戲劇創作，與元代相較，略有發展。趙琦美《脈望館鈔校本
古今雜劇》收入的內府鈔本中，關於海洋題材的有《奉天命三保下西洋》、《爭
玉板八仙過海》、《賀萬歲五龍朝聖》等三部雜劇鈔本。《爭玉板八仙過滄海》
〔註28〕一如吳元泰《八仙出處東遊記》的八仙故事般，以海洋爲主要場景，
描寫八仙與龍王鬥法的情節，具有濃厚的海洋風情。流傳已久的八仙故事，
在本劇中發展完備。八仙過海及大鬧龍宮的情節，即出現於本劇中。《賀萬歲
五龍朝聖》以五龍朝聖稱頌人間君王的聖德，場景充盈著海洋神怪、珍錯，

〔註28〕明朝教坊編演《玉板八仙過滄海》雜劇一卷，收入《孤本元明雜劇》中。

此外也寫癲頭大聖等水怪偷竊寶物，爲眾水神擒獲的情節。《奉天命三保下西洋》則是描寫流傳民間甚廣的鄭和下西洋故事。這些海洋題材的戲劇，雖然仍具有仙怪的特質，但與先秦以來的海洋神怪書寫傳統相比，海中的仙怪世界，不再是靜態的舖寫，而是賦予各種鮮明性格，在想像的海洋世界中，產生立體的互動情節。

總結以上的論述，明代海洋文學，呈現出以下的創作特色：

1. 明代的海洋詩歌，在靜態登樓觀海之餘，也能呈現無垠海洋的眞實面貌、航海風險，及來自海洋的外國武力威脅。詩人以謙卑之心，面對眞實的海洋，對海洋進行多面向的深層思考，化爲詩篇，富於務實的海洋意識。

2. 明代海賦的關注焦點，已由飄渺的仙怪幻想，拉回最眞實的海洋。當仙山神怪的色彩轉淡，航海體驗及海洋活動被凸顯後，海賦與眞實海洋間才能正常連結。

3. 明代海洋散文，單篇作品較少，以諸海外記遊筆記中的部分篇章，較具代表性，具有濃郁的海洋特色。記海洋奇麗風光、靖海平倭良策、航海歷險經驗、各國風土人情等內容的海洋散文，文字質樸簡潔，不重雕琢藻飾，風格趨向紀實。

4. 當百姓頻繁地接觸海洋，甚至成爲一部分人的生活重心後，對於海洋航行、貿易、海外探險、海中物產等題材也感興趣。文人創作小說、戲劇，自然也會以此爲主要題材，或故事場景。即使是描寫海中神怪的故事情節，也與眞實海洋產生一定程度的連結。明代海洋小說、戲劇的虛幻感漸淡，眞實性高，更富海洋奇趣。

5. 明代部分海洋文學創作，與鄭和七下西洋的航海壯舉，有一定程度的關聯。〔註 29〕鄭和領導龐大的艦隊越洋遠航，不但促進中西文化交流，也開拓人民的國際視野，培養對海洋的興味，反映在小說、戲劇的創作，就是以鄭和航海事蹟爲創作素材，將廣漠大洋變成奇幻多采的創作場景。

〔註29〕 張祝平於〈鄭和下西洋與明代海洋文學〉文中，論述「雲帆高張，涉彼狂瀾」的鄭和下西洋壯舉，不但是明代航海交通的大事，更對當代的海洋文學產生重要的影響。明代海洋文學的創作視野、題材、形式，因此得以開展，形成宋、元以來的新面貌。(《南通大學學報》(社會科學版)，第二十四卷第三期，2008 年，頁 40～44)

六、清代海洋文學

清代爲古典海洋文學發展的總結，各體海洋作品的數量亦達到高峰。清政府雖堅守海禁國策，自我隔離，然而民間的海洋活動，承續歷代逐漸形成的海洋逐利風氣，也維持其旺盛的活動力。此外經過長期探索海洋，民智大開，海洋從朦朧的意象，回歸到海洋的眞實面貌，並蘊含各種機會。整體而言，清代海洋文學極富海洋意識，能反映政局時勢。

清代的海洋詩歌，隨著海洋活動的普及，數量極多，既見於作家詩文集，也見於沿海區的各地方志。清代的海洋詩歌，根據筆者目前蒐集的資料，依其呈現的主要意象、特質分析，可析爲以下數類：

（一）臨海、觀海的體會

如鄭兆龍〈觀海〉（「直上最高臺」）、趙執信〈始見海〉（「洗眼看雲海」）及〈泛海言懷〉（「忽登萬斛舟」）、宋犖〈海上雜詩〉（「傑閣從前代」）、吳嘉紀〈風潮行〉（「辛丑七月十六夜」）、毛奇齡〈觀海〉（「初日浮孤島」）、吳兆騫〈塔山道中望海〉（「憑高臨渤海」）、沈受宏〈渡海〉（「一觀滄海失江河」）、孫元衡〈渡海〉（「捩舵揚帆似發機」）、張照〈觀海〉（「境界眞無兩」）、袁枚〈望海〉（「一望水天空」）、梅閔琇〈望海〉（「有客觀滄海」）等詩作。作者或登臨觀海，或航行海上，感受海洋的廣淼及千般面貌，映襯出人的微渺，也興起各類感慨。這類作品在清代海洋詩中所佔的比例最高。

（二）觀錢塘壯潮

如施閏章〈錢塘觀潮〉（「海色雨中開」）、許承欽〈錢塘江觀潮〉（「驚濤直上海門西」）、胡渭生〈吳山觀潮〉（「扶桑東極水雲昏」）、鄭燮〈弄潮曲〉（「錢塘小兒學弄潮」）、黃景仁〈後觀潮行〉（「海風捲盡江頭葉」）、楊試昕〈吳山觀潮〉（「雪捲千山白」）、王廷魁〈錢塘江觀潮〉（潮頭十丈奔騰速」）等詩作，延續歷代錢塘江觀潮的傳統，以深刻的筆觸，描摩平生難逢的海潮大觀。

（三）海洋天災的震撼

如吳偉業〈海溢〉（「積氣知難極」）、張毛健〈海漲〉（「大塊噫氣工發舒」）、〈海漲後詩〉（「祝融揮鞭燒下土」）等，記述風暴潮駭人的景象及其巨大的破壞力。孫元衡〈颶風歌〉（「九瀛怪事生微茫」），以個人渡海的親身感受，來描述颶風的威力。海洋天災的威懾力，及其對沿海的破壞力，爲世居

內陸者所難以想像，只有親歷其間，才能眞實地體會。

（四）海市奇景

如施閏章〈觀海市〉（「蓬萊海市光有無」）、楊奇烈〈海市〉（「迢迢雲水接峰巒」）、徐人鳳〈神山現市〉（「跨海空濛駕五城」）、任璿〈即東坡韻賦海市詩〉（「海天萬里浮遠空」）等詩，所描寫的海市蜃樓，乃海洋最奇特的幻象，令觀者產生極大的迷惑，甚至視爲飄渺的仙山。

（五）歌詠杭州灣海塘護岸之功

清代詠杭州灣海塘的詩人眾多，如潘耒、查嗣瑮、施對宗、欽璉、朱炎、陳文述、汪仲洋、張朝桂、查慎行等詩人，均以長篇詩句，詠贊海塘護衛海岸的功用。

（六）海洋貿易

如王錫〈哀海賈〉（「海水眞不測」）、陳慶槐〈舟山竹枝詞〉第九首（「閩商蠻語雜鉤輈」）等詩作，反映追求海洋貿易的利益及風險。

（七）海洋豐富物產及沿海庶民生活

如謝輔紳〈海錯詩〉及《蛟川物產》（五十首中之〈璅鮚腹蚌〉、〈墨魚〉、〈鷿帆〉、〈玉螺〉、〈海蜓〉、〈黃魚〉、〈鱘魚〉、〈沙魚〉、〈蚶子〉、〈銀魚〉等十首）、胡湜〈蛟川竹枝詞〉（「三面波光擁一城」）、陳慶槐〈舟山竹枝詞〉第二首（「麵條魚細墨魚鮮」）及第十六首（「竹山門下秋潮生」）、周慶森〈洋生市〉（「蓬島周圍百八里」）、周退乍〈廣州竹枝詞〉（「五仙門外疍船過」）、梁佩蘭〈采珠歌〉（「老夫採珠當生產」）、馮敏昌〈合浦采珠歌〉（「鐵作珠耙三百斤」）等詩作，或寫海洋豐富物產，或記海濱居民的生活樣態，具有濃濃的海洋風情。

（八）記海運盛事

海運攸關國家經濟，故道光以後重倡的海運政策，廣爲詩人所歌詠。如齊彥槐〈海運四事〉（〈增腳價〉、〈減沙船〉、〈限米石〉、〈索麻袋〉）、陶澍〈道光丙午二月朔海運初發〉連章詩等，以務實的態度看待海運政策，並觀察其中的得失。

（九）緣海事而憂時局

如陳澧〈虎門觀潮〉（「千盤萬轉地力盡」），藉虎門的險要地形及綿闊的

海洋，抒發心中的慷慨意氣。黃節〈庚子重九登鎮海樓〉(「天到滄溟地陡收」)，時值八國聯軍侵華之際，作者藉海洋抒發救國救民的壯志。魏源〈寰海十章〉，關切鴉片戰爭時期的海疆之事，抒發對時局的關注及當政者的不滿。高兆〈荷蘭使舶歌〉(「乙巳冬十月」)，具體描寫荷蘭使者所乘坐的船舶，並發出對西洋船堅砲利威脅的警語。吳嶘〈海氛記事〉二首 (「桴鼓初從海上聞」、「同時生死事難量」)，記海外勢力進逼，國家卻無領兵將才，可捍衛舟山海疆。海洋相關的景、人、事、物，對於詩人而言，攸關國家安危，發為歌詠，中多鬱憤之音。海洋彷彿沾染了詩人的憂國心志。

（十）放洋出國，開拓眼界

如梁啓超〈去國行〉、〈留別澳洲諸同志〉六首、〈澳亞歸舟雜興〉四首、〈癸卯初度〉、〈奉懷南海先生星加坡，兼敦請東渡〉三首、〈須磨首途口占〉、〈除夕前二日，橫斷地中海而西，舟行一來復，《後漢書·西域傳》中之西海，即其地也〉、〈大西洋遇風〉、〈二十世紀太平洋歌〉等詩作。清末以來，文人出國放洋的機會大增，得以見識海外諸國的新事物、制度，充滿新的海洋意象。

清代的海賦，除了歷代常描寫的主題外，也以賦體抒發經略海洋的理想。黃宗羲〈海市賦〉、劉學渤〈北海賦〉、徐河清〈海市賦〉等，舖寫海景。譚宗竣〈覽海賦〉，以近兩萬言的長篇形式，描述鴉片戰爭的起因、過程、結果，頌贊林則徐禁煙壯舉，哀悼關天培壯烈殉國，也譴責昏臣的誤國行徑，具有濃厚的愛國思想。俞樾〈海運賦〉，寫海禁開放後，海運帶來的巨利，在歌頌大海的神妙之餘，蘊含經世致用深意。清代海洋賦反映出文人對時局的憂慮，及其經世愛國的心志，使海賦超越純文學創作的層次，成為經世致用思想的載體。

清代的海洋散文作品，依其題材趨向，可分為兩大類：

（一）以海洋本體為主題

如丁士一、彭仲尹、徐續均有〈海市記〉，記海市奇景。薛福成〈白雷登海口避暑記〉(「英倫四面環海」)，記其出使英國，至白雷登海口避暑之新體驗。本篇異域海洋遊記，描寫異國海口的新奇風俗、景觀，書寫風格迥異於傳統海洋散文，饒富新奇興味。屈大均《廣東新語》，書中有很多內容，記錄海洋相關景、事、物，可視為一篇篇的海洋散文，具有濃厚的海洋風情。郁

永河《裨海紀遊》以日記形式記錄台灣行旅見聞,部分段落〔註30〕的海洋場景、航海過程書寫,文字精簡而優雅,使人彷彿也參與其航海歷程,實爲清代海洋散文的佳作。

(二)當代海洋政策、思維、事務

如慕天顏〈請開海禁疏〉(「查得戶部疏」),針對於順治年間開始實施的禁海國策,指陳弊端,肯定海舶通商所帶來的經濟利益。林則徐〈復奏曾望顏條陳封關禁海事宜疏〉(「竊臣等承准軍機大臣字寄道光十九年十二月十一日」),主張封關禁海,其目的並非禁止海外貿易,而是要禁絕自海外輸入的鴉片。全文論述有據,說理明晰,邏輯縝密。魏源〈海國圖志・序〉,介紹諸海國的歷史、地理、器物,並提出「以夷攻夷」、「師夷長技以制夷」的致用觀點。嚴如熤〈洋防輯要・序〉(「自昔談海防」),分析明代洋防之得失,以爲清代海防政策借鏡。沈葆楨〈察看福州海口船塢大概情形疏〉(「竊臣於六月十七日」),先記海口船塢周遭地形及船塢規模,次論船政的根本在於學堂,末論船政之興。文中可領略沈葆楨對海洋船政事務的全力投入。裴蔭森〈請撥款製船疏〉(「竊查同治十三年」),懇切陳言要整頓海軍,以禦法軍,唯有造辦雙機鐵甲兵船,教將練兵,乃符合世界海洋軍力發展趨勢,捨此,國家別無自強之道。這類海洋散文,或討論海禁利弊,或引進海洋新思維,或銳意興辦船政,或強化海防效能,展現出的共同特點,就是要走向海洋,面對來自海洋的挑戰,成爲歷代海洋散文中的新特色。

清代海洋小說,長篇巨構較少,以短篇創作爲主。彭鶴齡《三保太監下西洋》,仍是以鄭和下西洋相關事蹟爲主要情節的長篇小說。《海遊記》〔註31〕假託主人翁遊歷海外異邦的故事,情節曲折,也針砭當時的社會現狀。書中透過描寫兩個騙子的種種劣行,譏諷官場惡跡與頹圮世風,爲長篇(六卷三十回)寓言式海洋小說。李漁《連城璧》第六卷之〈遭風遇盜致奇贏,讓本還財成巨富〉,反映出時人對於來自海洋的財富的盼望,屬於中篇海洋小說。蒲松齡《聊齋志異》之〈羅刹海市〉、〈夜叉國〉、〈海公子〉、〈海大魚〉、〈安

〔註30〕《裨海紀遊》之「初二日,行四十里……」、「十六日,小瘥,風亦暫止……」、「二十一日,黎明,聞鉦鼓聲……」、「二十二日,平旦,渡黑水溝……」、「二十三日,乘三板登岸……」、「二十四日,晨起,視海水自深碧轉爲淡黑……」、「二十五日,買小舟登岸……」(《裨海紀遊校釋》,臺北:國立編譯館,2009年)等段落,爲書中描寫航海過程最具體者。

〔註31〕本書不題撰人,作者無可考。

期島〉、〈仙人島〉、〈蛤〉、〈於子遊〉、〈粉蝶〉、〈疲龍〉等篇故事，以短篇的形式，舖寫海洋相關事物、異聞。荊園居士《挑燈夜錄》之〈海熊〉，記邑營卒錢堂因颶風而擱淺於荒島，卻遇島上食人巨人海熊的奇遇。袁枚《續子不語》之〈浮海〉、〈刑天國〉、〈浮提國〉、〈水虎〉、〈吞舟魚〉、〈照海鏡〉等篇，以筆記小說的形式記述海洋奇事異聞，在海洋紀實中又具有瑰麗的想像。沈起鳳《諧鐸》之〈鮫奴〉、〈蜣蜋城〉等篇，記海洋、海島奇遇，言簡意賅，篇末以「鐸曰」形式，借海洋故事諷刺世態人情之澆薄。宣鼎《雨夜秋燈錄》之〈北極毗耶島〉，異於其他海洋小說，將故事背景置於數千里之遙的北極海島上，然而小說中所營造的意象及暗示的主題，又不離中華本土，可視爲寓言式的短篇海洋小說。王韜《淞濱瑣話》之〈因循島〉，以海上遇風暴而漂流至海島的模式，敘述因循島爲幻化人身的狼群所霸佔，並魚肉島民的故事。本故事具有很強的寓言性質，海島的狼群比喻海外列強勢力對中國的侵逼日益猖獗，爲寓言式的短篇海洋小說。王韜《遁窟讕言》之〈島俗〉，仍用海上遇風暴而漂流至海島的情節模式，記張氏漂流至一海島，因島近日本，故語言文字、風俗衣冠同於日本。本短篇小說是所有古代海洋小說中，唯一以島俗爲主要內容者，寫實性高於想像性，具有一定的海洋文化意義。以上簡述的清代海洋小說梗概，大體上以自然海洋、海上傳聞爲構思基礎，雖然富於想像，但讀來又具有海洋的眞實感。

　　中國古典海洋文學，發展到清代已近尾聲。總結以上的論述，清代海洋文學，呈現以下的特色：

1. 清代海洋詩歌，既有傳統海洋景觀（海景、錢塘潮、海市）、天災（海溢、颶風）、經濟（貿易、海運）、海產及沿海庶民生活的描寫，更將海洋與時局結合。當清政府以海疆隔離來自海洋的挑戰，民間有識之士卻迎向雄壯的海洋，開拓眼界，並從海洋尋找國家發展的契機。清代海洋詩歌的創作格局宏大，具有深刻的時代意義。

2. 清代海洋賦少寫虛幻的仙山、列神、奇物，抒寫海景、海事，能貼近眞實的海洋，常以憂國憂時的襟懷，分析國家局勢的困窘，並試圖從海洋找到出路。清代的海賦具有經世致用的精神。

3. 海洋散文的創作題材，除了以海洋本體爲主題的傳統題材外，因應當代來自海洋的巨大挑戰及國家的危機，文人開始由欣賞海洋美景的層次，進入到關心海洋事務的層次，反映在散文的創作上，就是以樸實

之筆，擘畫發展海洋的願景。這些海洋散文，以海洋新思維，探討海禁、船政、海防等議題，充滿致用的精神。中國古代海洋散文發展至清代，格局加大，由單純遊覽志景，擴展爲經略海洋。

4. 清代海洋小說，除了兩三本長篇之作外，乃以短篇筆記形式爲主，敍說海洋荒島奇遇、海中精怪、海上風暴等主題，篇幅雖短，但情節緊湊，具有很強的故事張力，部分小說也蘊含對社會現狀的諷喻。

5. 清代各類海洋文學，具有非常鮮明的時代性，能反映出清代積弱不振，外力侵逼不已的困頓氛圍。海洋在文人的眼中，不僅是客觀的審美對象而已，除了寄寓文人的濟世壯志外，也成爲國家向外發展的新絲路。文人背陸向海，彷彿看到國家革新的遠景。海洋對於文人而言，雄壯的場景背後，正寓寄著接受外來挑戰的勇氣。

第五節　中國古典海洋文學的表現特色

一、涉海性

第三節曾提到古典海洋文學作品的七項認定標準：(1)以海洋自然現象爲描寫主體；(2)航海經驗的敍述；(3)歌詠海中生物；(4)緣海而生的幻想、傳說、信仰；(5)以海爲場景映襯情感；(6)與海洋活動有關之事物；(7)雖爲江題實則言海事。這七項標準背後的共同源頭，即作品本身的涉海性。換言之，海洋文學之所以異於陸地文學之處，在於所有的題材皆與「海」有密切關係。海洋文學以涉海性爲核心藝術特色，向外輻射出冒險性、幻想性、神秘性、哲理性、寫實性、海商性、壯闊性等藝術特色。這些藝術特色，使讀者感受到海洋的多樣內涵。

二、冒險性

海上的自然環境，與陸地相較，充滿不可預測性。海上航行的危險性遠高於陸地坦途。既然航海充滿難料的危機，爲何還有人要投身航海事業呢？答案在於「大舟有深利」。唐代黃滔〈賈客〉(《全唐詩》卷七〇四，頁8094)云：

> 大舟有深利，滄海無淺波。利深波也深，君意竟如何。
> 鯨鯢齒上路，何如少經過。

以大舟進行跨國貿易，可以獲得「深利」。然而大海充滿橫風狂濤，使得海上航行危機四伏。雖然航海生涯的凶險，就如「鯨鯢齒上路」般，但只要平安歸來，便可獲取巨大財富，值得海客冒險逐利。又如宋代朱長文〈海賈〉（《全宋詩》冊十五，頁 9809）云：

> 千艘萬貨集江邊，爭較錐刀逐利遷。
>
> 生理幸逃魚腹餒，夢魂猶怕蜃樓煙。

宋代海洋貿易活動極為興盛。朱長文觀察沿海貿易港市，到處是「千艘萬貨集江邊」的繁榮景象，背後的動機就是競逐錐刀之利。然而海上逐利的風險極高，即使有幸歷險而歸，夜夢中還是會驚悸不已。又清代王錫〈哀海賈〉（《清詩紀事》）云：

> 海水真不測，終古長滔滔。怪異或出沒，濁浪排天高。
>
> 吞舟多長鯨，載山有巨鰲。胡為爭利者，涉險營錢刀。
>
> 貨重於岱嶽，命輕若鴻毛。一旦葬魚腹，陰雨聞哀號。
>
> 既無鷗夷怒，空學精衛勞。牽車可服賈，何必馳風濤。
>
> 每見前船覆，往來仍千艘。

不可測的海洋，常激湧連天濁浪，使舟沒人亡。王錫於詩中表達不解之意：陸地運輸即可從事貿易，風險較小。為何海賈要競相入海，馳騁風濤以爭薄利，令自己身陷船覆人亡的危機？

從內陸人腳踏土地才是穩當的觀點，來看濱海區百姓冒險入海的求利行徑，充滿不解、歎惋之意。就濱海地區的百姓而言，唯有以冒險的精神，從海洋獲得財富，才是解決現實生活困境之道。只要敢冒險入海，就有生活富裕的可能。因此部份海洋文學描述海賈的逐利行徑，也同時映襯出沿海百姓的冒險奮進精神。

三、幻想性

富於幻想性的海洋文學，基於對海洋環境、海中生物的細微觀察，並從中勾勒出最具代表性的特色（外形、顏色、生活習性等）。透過作者的豐富想像，使被描寫者暫時抽離原本的樣態，以本身的鮮明特點，為被描寫者與他物之間的連結橋樑，最後另具新的面貌、樣態。如元代任士林〈海扇〉（《松鄉集》卷八）云：

> 漢宮佳人班婕妤，香雲一笑秋風初。
>
> 網蟲蒼蒼恩自淺，猶抱明月馮夷居。

　　至今生怕秋風面，三月三日才一見。

　　對天搖動不如意，肯入五雲清暑殿。

《霏雪錄》云：「海中有甲物如扇，其文如瓦屋，惟三月潮盡乃出，名海扇。」
任士林自註：「海扇乃硨磲。」硨磲貝的外殼略呈三角形，殼緣呈鋸齒狀，形
若摺扇。任士林以硨磲的摺扇外形爲連結橋樑，將硨磲由海中貝類，幻化爲
漢代班婕妤〈怨詩〉的秋扇，故詩題亦名〈海扇〉。硨磲在作者眼中，是被帝
王遺棄的班婕妤的化身，充滿哀怨之意，頗爲淒美浪漫。

海　扇

（本圖引自《貝殼圖鑑》）

　　又如清代象山王蒔惠〈帶魚〉云：

　　　可准探衣舊制裁，素紳三尺曳瞠瞠。

　　　波臣新授銀臺職，袍笏龍宮奏事來。

帶魚長條銀白的身體，在海中游動時，閃閃發光。作者透過帶魚扁長銀亮的
外形，將帶魚幻想爲膺受銀臺新職，拖曳著三尺素紳，往龍宮奏事的波臣。
帶魚搖身一變，成爲得意洋洋的龍宮新上任大臣，饒富趣味。

帶　魚

（本圖引自《魚類圖鑑》）

又如清代謝輔紳〈墨魚〉云：

背翹一骨號螵蛸〔註32〕，無尾無鱗味最饒。

也識舞文稱小吏，滿囊墨液水雲描。

墨魚（烏賊）爲肉食性的軟體動物，水中遇險時，會立即自身體噴出黑色墨水，以擾亂敵人的視線，並趁機逃逸。墨魚似囊袋般的身軀，儲有墨汁，頗似文人的墨袋。墨魚的這項特徵，被文人附會成浪漫的傳說。傳說墨魚乃秦始皇東遊時，棄墨袋於海中所化，故口猶吐墨水〔註33〕。本詩後兩句巧用此傳說，將墨魚幻化爲能舞文弄墨的小吏，用滿囊墨液，以水爲畫布，繪出一幅水墨渲染畫。

墨　魚

（本圖引自《魚類圖鑑》）

海中充滿太多外形奇特、顏色絢麗、生活習性令人迷惑的生物。這些海中生物，透過文人的觀察，與歷史人物傳說巧妙連結後，由單純的海中生物，搖身一變，幻化爲歷史人物，富於幻想性、趣味性。

四、神秘性

人以有形的身軀，微渺的能力，面對浩浩蕩蕩的大海時，常會心生無限的讚嘆。大海的場景及其變化無端的現象，憑人的淺薄經驗及粗略的科學知識，無法合理解釋時，自然會以神秘性的思考，來總結對海洋的印象，結果透過想像所詮釋的海洋，充滿了各式各樣的神怪傳說，形成古代海洋文學的

〔註32〕「螵蛸」指烏賊的透明中骨。

〔註33〕楊萬里〈烏賊魚〉云：「秦帝東巡渡浙江，中流風緊墜書囊。至今收得磨殘墨，猶帶宮車載鮑香。」（或以梅堯臣作）楊萬里此詩就是以秦始皇墨袋化爲墨魚的傳說爲本。

一大特色。東漢班固〈覽海賦〉(《御定歷代賦彙》卷二十四)云:

> 余有事於淮浦,覽滄海之茫茫……風波薄其裔裔,邈浩浩以湯湯,
> 指日月以爲表,索方瀛與壺梁,曜金璆以爲闕,次玉石而爲堂,莫
> 芝列於階路,湧醴漸於中唐,朱紫彩爛,明珠夜光,松、喬坐於東
> 序,王母處於西廂,命韓眾與歧伯,講神篇而校靈章,願結旅而自
> 託。……〔註34〕

班固觀看橫無際涯的滄海,時有浩蕩風波,充滿神秘感,以此爲想像基礎,
構築出一個完整而豐富的海中仙境。隱藏於海中的方丈、瀛洲、壺梁等仙山
(「方瀛與壺梁」)〔註35〕,有美輪美奐的堂闕,植滿奇花異卉的階庭,寶光
四耀。赤松子、王子喬、西王母、韓眾〔註36〕、歧伯等神仙居處於其間,講
論道義。本爲客觀存在的海洋,因古人的想像,各種海洋現象的變化,彷彿
是海上仙境、仙人、精怪的示現。又如明代陳獻章〈南海〉二首:

> 元氣茫茫混太虛,天吳簸撼蕩坤輿。
>
> 千年木石勞精衛,百穀波流會尾閭。(1)
>
> 月下明珠鮫女泣,雲中飛觀羽人居。
>
> 秋風吹老珊瑚樹,不見麻姑錦字書。(2)

本詩用了六個神話典故:天吳〔註37〕、精衛〔註38〕、尾閭〔註39〕、鮫女〔註40〕、

〔註34〕景印摛藻堂四庫全書薈要(臺北:世界書局,1988 年),第四二五冊,頁
561。

〔註35〕《史記會注考證·孝武本紀》云:「於是作建章宮,度爲千門萬戶。前殿度高
未央。其東則鳳闕,高二十餘丈。其西則唐中,數十里虎圈。其北治大池漸
臺,高二十餘丈,名曰泰液,池中有蓬萊、方丈、瀛州、壺梁,象海中神山
龜魚之屬。」(臺北:洪氏出版社,1986 年,頁 222)

〔註36〕晉·葛洪《神仙傳·劉根》云:「請問根(劉根)學仙時本末,根曰:『吾昔
入山,精思無所不到,後如華陽山,見一人乘白鹿車……載拜稽首,求乞一
言。神人乃告余曰:爾聞有韓眾否?答曰:實聞有之。神人曰:我是也。』」
後以「韓眾」泛指神仙。

〔註37〕《山海經校注·海外東經》云:「朝陽之穀,神曰天吳,是爲水伯,在虹虹北
兩水閒。其爲獸也,八首人面,八足八尾,皆青黃。」(臺北:里仁書局,1982
年,頁 256)「天吳」即水神。

〔註38〕《山海經校注·北山經》云:「又北二百里,發鳩之山,其上多柘木。有鳥焉,
其狀如鳥,文首、白喙、赤足,名曰精衛,其鳴自詨。是炎帝之少女名曰女
娃,女娃遊於東海,溺而不返,故爲精衛,常銜西山之木石,以堙於東海。」
(臺北:里仁書局,1982 年,頁 256)精衛填海的神話傳說,屢見於各朝代
的海洋文學作品之中。海洋吞噬多少人的生命,連炎帝之女也難以倖免,靈

羽人〔註 41〕、麻姑〔註 42〕。這些豐富而多樣的海洋神話、傳說，出現各種精怪、水神、殿宇、水府，塑造出海洋神祕難知的氛圍，也反映出人們對變幻無常的海洋的敬畏心理。

五、哲理性

　　面對海洋的廣大，變化無端，人類的體形、生命更顯得微渺。故人們讚歎大海波瀾壯闊的景觀、無窮的變化之餘，敬畏、謙遜、反省之情也油然而生。如陸游〈海氣〉（《陸放翁全集・劍南詩稿》，頁 878）云：

　　　　浴罷來水涯，適有漁舟橫。浩然縱棹去，漫漫菰蒲聲。

　　　　海祲乃爾奇，萬象空際生。驂驔牧龍馬，夭矯騰蛟鯨。

　　　　或如搴大旗，或如執長兵。我欲記其變，忽已天宇清。

　　　　成壞須臾間，使我歎且驚。世事正如此，何者非強名？

陸遊本詩記海氣來時，海上的景象變化無窮。海面巨浪奔騰、夭矯的氣勢，可「牧龍馬」、「騰蛟鯨」，又如「搴大旗」、「執長兵」般，充滿奇特、壯偉的氛圍。陸遊正欲記海氣變化之端時，忽然間長天已是一片清朗，所有曾出現的海氣現象，均已幻滅無蹤。海氣快速變化，短暫存在，使陸遊體悟到「成壞須臾間，使我歎且驚。世事正如此，何者非強名」的人生哲理。海氣的萬端變化，在斯須之間，世事又何嘗不是如此呢？

　　海中生物也常因其特殊外形，成為詩人因物興寄，託物寓諷的對象。作

魂化為精衛，誓言填平大海。本神話寄喻人面對海洋的挑戰時，不畏艱難，奮鬥不懈的意志。

〔註39〕《莊子集釋・秋水》云：「天下之水，莫大於海，萬川歸之，不知何時止而不盈；尾閭泄之，不知何時已而不虛。」（臺北：華正書局，1985 年，頁 563）「尾閭」為傳說中洩海水之處。

〔註40〕晉・張華《博物志》云：「南海外有鮫人，水居如魚，不廢織績……從水出，寓人家，積日賣絹。將去，從主人索一器，泣而成珠滿盤，以與主人。」（臺北：臺灣古籍出版公司，1997 年，頁 63）

〔註41〕晉・王嘉《拾遺記・唐堯》云：「貫月查，亦謂掛星查，羽人棲息其上。」（李劍國：《唐前志怪小說輯釋》，臺北：文史哲出版社，1987 年，頁 346）「羽人」乃神話中的飛仙。

〔註42〕東漢桓帝時，麻姑曾應仙人王遠召請，降於蔡經家，化為一美麗女子，年約十八九歲，手纖長似鳥爪。蔡經見之，心中念曰：「背大癢時，得此爪以爬背，當佳。」王遠知蔡經心中所念，使人鞭之，且曰：「麻姑，神人也，汝何思謂爪可以爬背耶？」麻姑自云：「接待以來，已見東海三為桑田。」麻姑善種種變化神術。（事見葛洪《神仙傳》）

者深入觀察海中生物的特殊外形及生活習性，寄託作者的人事諷喻及深層哲理。如清代謝輔紳〈海錯〉云：

> 蟦蛇分名血沫浮，全無臟腑亦無頭。

> 以蝦爲目藏身巧，借爾靈心爲我謀。

海蟄（水母）的外形奇特，身軀柔弱，既無臟腑也無頭顱（意指毫無心腸），常與蝦同棲。作者以海蟄常與蝦同棲的生物現象，諷刺深居幕後的操縱者（「借爾靈心爲我謀」）。

以海洋自然現象、生物習性爲表層抒寫，透過作者體悟的引導，使讀者進入深層的思索。這類寓寄哲思的海洋文學，使客觀的海洋題材，因作者的潛心思慮，具有人文反省的意義，也豐富了作品的意義層次。

六、寫實性

東南濱海區的可耕地少，農業條件差，百姓難圖溫飽，只能向浩瀚無窮的大海謀生。習於陸居的人們，開發海洋的過程是艱辛的。反映濱海百姓藉海爲田的艱辛生活的海洋文學，往往不強調修辭的潤飾，以平實筆觸，抒寫沿海庶民的眞實生活面貌，富於寫實性。如唐代王建〈海人謠〉（《全唐詩》卷二九八，頁 3383）云：

> 海人無家海裏住，採珠役象爲歲賦。

> 惡波橫天山塞路，未央宮中常滿庫。

海人常年以海爲家，爲採得珍珠以充歲賦，得與橫天惡浪搏鬥。宮廷中的珍珠能充盈府庫，正是海人於海上涉險採集的結果。又如宋代謝翱〈島上曲〉（《晞髮集》卷四）云：

> 皮帶墨鱗身卉衣，晚隨鬼渡水燈微。

> 石門犬吠聞人語，知在海南種蛤歸。

出生於福建霞浦的謝翱，對於沿海百姓的生活，有最深刻的體會。海島居民天未亮，即開始一天的工作，日復一日地頂著炙日，於海邊灘塗裏養蛤。漁民背上沾滿灘塗裏的黑泥巴，就如同象魚身上的黑鱗片般。透過謝翱的寫實描寫，讓人感受到漁民向海營生的艱辛。又如元代楊維楨〈海鄉竹枝詞〉（《鐵崖先生古樂府》〔註43〕，頁 106）云：

> 潮來潮退白洋沙，白洋女兒把鋤耙。

〔註43〕元・楊維楨：《鐵崖先生古樂府》（臺北：臺灣商務印書館，1973 年）。

苦海熬乾是何日？免得儂來爬雪沙。

楊維楨特別重視沿海區底層百姓的生活情況。本首詩乃記載鹽工收鹽的辛苦形象。在潮漲潮消的鹽場耙鹽的鹽家女兒，只希望出海男人早日歸來（「苦海熬乾是何日」），否則就得辛苦地「爬雪沙」（雪沙：雜有鹽粒的海砂）。又如清代陳慶槐〈舟山竹枝詞〉（《借樹山房詩鈔》）云：

> 麵條魚細〔註44〕墨魚鮮，鱟醬〔註45〕螺羹上酒筵。橄欖村中販蝦
> 米，桃花山下種蟶田〔註46〕。

作者在這首詩中舖陳麵條魚、烏賊、鱟醬、螺羹、蝦米、蟶等六種海產品。詩中寫實地記錄這些海產品，讓我們瞭解沿海地區的飲食風情。

七、海商性

「泉州人稠山谷瘠，雖欲就耕無地闢。」（宋代謝履〈泉南歌〉）福建沿海缺乏足夠的耕地，稠密的人口，無法務農為生，為改善生活，大量福建人以務實逐利的進取精神，冒風濤之險，向大海逐利。宋代莆田人劉克莊〈泉州南郭〉云：「……海賈歸來富不貲，以身殉貨絕堪悲。似聞近日雞林相，只博黃金不博詩。」（《全宋詩》冊五十八，頁36300）詩中「海賈歸來富不貲」、「只博黃金不博詩」，反映泉州人的濃厚海商主義色彩。如朱長文〈海賈〉云：「千艘萬貨集江邊，爭較錐刀逐利邊。」利在海洋，海賈就會涉險入海，求取利益。又如清代陳慶槐〈舟山竹枝詞〉（《借樹山房詩鈔》）第九首：

> 閩商蠻語雜鈎輈〔註47〕，歲歲漁期入市遊。
>
> 昨夜西洋估客集，海風送到大紅頭。〔註48〕

本詩分兩層意義：前兩句描寫說話聲如鷓鴣鳥叫的閩商，是因舟山群島的漁汛才來。後兩句指洋商坐著西洋船（「大紅頭」）匯集於舟山。不管是閩商或

〔註44〕 麵條魚有大規、中規、細規之分，細規最名貴。「麵條魚細」是指細規的麵條魚，為魚中上品。

〔註45〕 「鱟醬」，鱟肉、卵製成的醬。唐劉恂《嶺表錄異》（《文淵閣四庫全書電子版》），卷下：「鱟魚……腹中有子如菉豆，南人取之，碎其肉、腳，和以為醬食之。」

〔註46〕 「種蟶田」，在海塗養殖蟶子或撿蟶子。蟶子，生長在海塗中的軟體動物，有介殼兩扇，形狹長，肉如蠣，色白，味鮮美。

〔註47〕 「鈎輈」，鷓鴣鳴聲。韓愈〈杏花詩〉云：「鷓鴣鈎輈猿叫歌，杳杳深谷攢青楓。」（《全唐詩》卷三三八，頁3792）「鈎輈」指說話聲有如鷓鴣鳥叫的閩商。對舟山人而言，閩語就如同鷓鴣鳥的叫聲般，都是他們所無法聽懂的。

〔註48〕 作者自注：「大紅頭為西洋船。」

是洋商，群聚於舟山群島的目的，全爲了商業利益。海洋商業貿易使沿海港市經濟充滿繁榮氣象。沿海區的海商性格，自然也反應在海洋文學中。

八、壯闊性

海洋出現的種種景觀，最明顯的特色就是具有壯闊性。寬闊的海面與長天連成一線，變幻莫測的雲彩舞弄其中，一波波洪濤裂岸，迸起無盡的雪花，令觀者心生對大海壯闊偉觀的無窮贊歎，並寓寄於作品中。唐代宋務光〈海上作〉云：「曠哉潮汐池，大矣乾坤力。浩浩去無際，沄沄深不測。……」（《全唐詩》卷一○一，頁 1078）宋務光在平曠的海上，舉目四望，但見浩浩無邊，深不可測的海水，「大矣乾坤力」的贊歎，油然而生。唐代曹松〈南海〉云：「無地不同方覺遠，共天無別始知寬。」（《全唐詩》卷七一七，頁8241）海上沒有任何的景物，極目四望盡是無窮的海水，及海天難辨的空間，至此才感受到海的綿遠寬廣。又如北齊祖珽〈望海〉（《先秦漢魏晉南北朝詩》〔註49〕，頁 2273）云：

> 登高臨巨壑，不知千萬里。雲島相接連，風潮無極已。
>
> 時看遠鴻度，乍見驚鷗起。無待送將歸，自然傷客子。

祖珽登高觀海的第一印象，就是滄海「不知千萬里」的壯闊場景。雲彩與海島綿亙在壯闊的海面上，無窮盡的風動潮起，展現出大海的巨大與多變。又如劉禹錫〈浪淘沙〉（《全唐詩》卷二十八，頁 403）云：

> 八月濤聲吼地來，頭高數丈觸山迴。
>
> 須臾卻入海門去，捲起沙堆似雪堆。

本作品描寫農曆八月十八日，海寧觀錢塘潮。浪潮湧來時，潮頭壁立，洶湧波濤，如萬馬奔騰，「吼」字更突出濤聲逼近的懾人氣勢。當海濤灌入海門時，力量強勁，捲起的海岸沙堆，混雜著水泡，有如雪堆般。通首作品氣勢磅礴，展現海洋的無窮力量。

以上列舉涉海性、冒險性、幻想性、神秘性、哲理性、寫實性、海商性、壯闊性等八項海洋文學的藝術特點，因「海」而生，緣「海」以成，所形成的整體文學風格，迥異於他類文學作品。

〔註49〕逯欽立輯校：《先秦漢魏晉南北朝詩》（臺北：學海出版社，1984 年）。

第四章　宋元海洋文學基礎資料析論

第一節　海洋文學體裁分析

　　各期作家創作海洋文學時，所運用的文體類別，與各期的文體流變代興有密切的關係。作家描寫海洋主題時，會運用當代的成熟文學體裁為海洋文學的載體。就各期海洋文學所運用的文學體裁而論，宋、元時期可視為分水嶺。宋、元以前，作家所運用的體裁，以詩、賦為主。宋、元時期，開始運用多樣的文學體裁，創作豐富的海洋文學。宋、元以後，雖有多樣的文學體裁可資運用，然而各體裁有其適合表達的題材、情感屬性。整體而言，各代作家創作海洋文學時，基本上仍選擇詩體為海洋文學的主要載體。在宋、元海洋文學運用的詩、詞、曲、賦、散文、筆記等體裁中，詩體仍為運用主流。以下將分「詩體」、「其他文體」兩部分，析論宋、元海洋文學所使用的各體類裁，再據以總論體裁運用的特色。

一、詩　體

　　波瀾壯闊的海洋，對詩人的視覺、聽覺、心靈，產生極大的震撼。宋、元兩代文人，在繁盛的海洋活動氛圍薰染下，展現熱情、積極的態度，以各種方式與海洋相會，創作大量詩歌，展現豐美壯盛的海洋風情，質與量均有可觀之處。考察宋、元時期海洋詩歌創作，依題材、體驗、構思的不同，分別選用雜言、古詩、歌行、五絕、七絕、五律、七律、五言排律、七言排律等不同的詩歌體裁，以達到作者預設的藝術效果。茲以目前所收集到的海洋詩歌〔註1〕文本為以下的統計依據，以明本期海洋詩歌體裁運用梗概。

〔註 1〕 筆者所收集的宋代海洋詩歌資料，來自《全宋詩》、文淵閣《四庫全書》、《四

　　宋代文人創作海洋詩歌，雖然雜言、古詩、歌行、絕句、律詩、排律諸體並用，然而各類體裁數量的比例懸殊。下表爲其具體數量的統計：

宋代海洋詩歌體裁運用統計表

體裁	雜言	古　　詩		歌　行		絕　句		律　詩		排　律	
		五　言	七　言	五言	七言	五言	七言	五言	七言	五言	七言
數　量	14	46	61	0	13	17	150	30	105	13	8
備　考	均爲八句以上	8 七句以下 ／ 38 八句以上	2 七句以下 ／ 59 八句以上	均爲八句以上							

（筆者製表）

從上表的統計數據，可以看出各體的詩作數量相差頗大。將上表的數據，化爲統計圖示，可更清楚地了解數量多寡的差異：

宋代海洋詩歌體裁運用統計圖

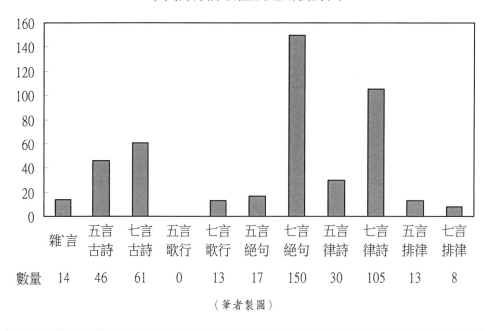

	雜言	五言古詩	七言古詩	五言歌行	七言歌行	五言絕句	七言絕句	五言律詩	七言律詩	五言排律	七言排律
數量	14	46	61	0	13	17	150	30	105	13	8

（筆者製圖）

部叢刊》、《叢書集成》所收宋人詩集、單獨印行之專集、沿海諸方志等；元代海洋詩歌資料，來自《元詩選》（初集、二集、三集、補遺、癸集）、《元詩紀事》、《元詩別裁集》、文淵閣《四庫全書》、《四部叢刊》、《叢書集成》所收元人詩集、單獨印行之專集、沿海諸方志等。

　　宋代海洋詩歌雖選用各類詩體創作，然而各類數量落差頗大。就句式而言，整齊的七言詩句（七言古詩、七言歌行、七絕、七律、七言排律），佔全部作品的 73.74%。就篇幅長度而言，八句以上（含八句）的作品，佔全部作品的 61.26%。就單一詩體的數量而言，七言絕句佔 32.82%。

　　元代創作海洋詩歌，一如宋代般，並用雜言、古詩、歌行、絕句、律詩、排律諸體，亦有各詩體數量比例懸殊的現象。下表爲其具體數量的統計：

元代海洋詩歌體裁運用統計表

體裁	雜言	古　詩				歌　行		絕　句		律　詩		排　律	
		五　言		七　言		五言	七言	五言	七言	五言	七言	五言	七言
數　量	2	10		16		6	25	0	55	17	60	12	1
備　考		0 七句以下	10 八句以上	2 七句以下	14 八句以上	均爲八句以上	均爲八句以上						

（筆者製表）

將上表的數據，化爲下表的統計圖示，更易明白其數量差異：

元代海洋詩歌體裁運用統計圖

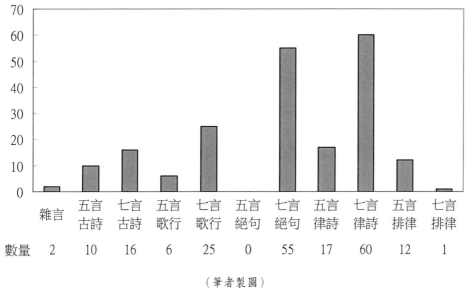

（筆者製圖）

　　元代的海洋詩歌，就句式而言，整齊的七言詩句（七言古詩、七言歌行、七絕、七律、七言排律），佔全部作品的 76.96%。就篇幅長度而言，八句以上（含八句）的作品，佔全部作品的 71.08%。就單一詩體的數量而言，七言律詩佔 29.41% 居冠，七言絕句佔 26.96% 居次。

　　爲清楚地考查宋、元海洋詩歌體裁的整體運用趨向，進一步將宋、元海洋詩歌體裁統計資料，合併比較分析，製成下圖：

宋元兩代海洋詩歌體裁運用統計比較圖

	雜言	五言古詩	七言古詩	五言歌行	七言歌行	五言絕句	七言絕句	五言律詩	七言律詩	五言排律	七言排律
宋代	14	46	61	0	13	17	150	30	105	13	8
元代	2	10	16	6	25	0	55	17	60	12	1

（筆者製圖）

根據以上統計資料及圖表所顯示的資訊，可以進一步地延伸討論：

1. 元代海洋詩歌總數，雖然較宋代少，然而各類體裁多寡的比例，大致上與宋代相合。宋、元時期的海洋詩歌，善用整齊的七言詩句（宋代：73.74% / 元代：76.96%），歌詠豐富多采的海洋，使海洋主題的表現，較五言詩體，更加紆曲深邃。

2. 七律、七絕爲宋、元時期的文人，創作海洋詩歌的首選。此外作家也普遍運用八句以上（含八句）的較長篇幅（宋代：61.26% / 元代：71.08%），深入歌詠海洋，記述海事，描寫海俗，摩繪海物，使讀者對神奇的海洋有更深層的體會。考察作品，超過二十句以上的長篇，隨處可見，如陸游〈夜宿陽山磯將曉大雨北風甚勁俄頃行三百餘里遂抵雁翅浦〉（「五更顛風吹急雨」）二十句、蘇軾〈登州海市〉（「東方雲海

空復空」）二十四句、蘇軾〈食檳榔〉（「月照無枝林」）四十二句、蘇轍〈次韻子瞻過海〉（「我遷海康郡」）二十八句、梅堯臣〈送朱表臣職方提舉運鹽〉（「蜃灶煮溟渤」）三十八句、王禹偁〈鹽池十八韻〉（「極望似江沱」）三十六句、歐陽脩〈送朱職方提舉運鹽〉（「齊人謹鹽筴」）五十四句、歐陽脩〈初食車螯〉（「纍纍盤中蛤」）三十六句、程俱〈次韻和江司兵浙江觀潮〉（「寥天月魄更旁哉」）三十六句、劉才邵〈陪同舍登望越亭觀潮〉（「吳越中分江一派」）三十八句、樓鑰〈送萬耕道帥瓊管〉（「黎山千仞摩蒼穹」）五十六句、文天祥〈二月六日海上大戰國事不濟孤臣天祥坐北舟中向南慟哭爲之詩〉（「長平一阬四十萬」）四十四句、楊維楨〈鹽商行〉（「人生不願萬戶侯」）二十四句、吳萊〈還舍後人來問海上事詩以答之〉（「去家纔五句」）七十二句及〈去歲留杭德興傅子建夢得句云黿鼉滄海賦龍馬赤文書間以語予及其鄉人董與幾山空歲晚恍然有懷爲續此詩卻寄董〉（「觸目懷招隱」）六十句、張翥〈送黃中玉之慶元市舶〉（「昔我遊四明」）四十二句、李士瞻〈壞舵歌〉（「南溟之魚頭尾黑」）四十九句等。面對海洋的壯美、奇幻、神秘、多變，及海中生物的奇特、美味，要深刻地表現海洋，長篇形式是詩人較佳的選擇。即使創作形式短小的絕句，也常會以連章的形式，描寫同一主題，使主題所寓含的深層意義得以彰明。宋、元時期，海洋詩歌的篇幅，較隋、唐時期長。篇幅長短相差懸殊，爲兩期詩歌形式的明顯分野。

　　宋元時期的海洋詩歌，在唐代奠定的創作基礎上積極發展，大量運用七律、七絕詩體，歌詠神秘的海洋，爲本期海洋詩歌的形式特色。

二、其他文體

（一）賦　體

　　《文心雕龍‧詮賦》云：「賦者，鋪也，鋪采摛文，體物寫志也。」賦的特點在於「體物」，即鉅細靡遺地摹寫景物。漢代大賦常羅列各種珍禽異獸、名卉奇木、蟲鱗介貝、車旗儀仗。故陸機《文賦》云：「賦體物而瀏亮。」漢代大賦鋪張摹寫物態的趨勢發展到極點，對於後世海洋賦的書寫，也產生極大的影響。長篇舖陳的賦體，適合用來詳細舖寫海洋的自然景致、奇特生物、涵容大度，及舒張對海洋的神秘想像。故自漢以降，不斷地出現海

洋賦。

漢魏六朝的海洋賦與眞實海洋間，保持若即若離的距離。作家以漢賦鋪陳的形式傳統，鋪陳海中仙怪、生物、洲島、奇幻事物，具有神秘想像的風格，部份作品雖名爲海賦，實爲作者虛擬的遊仙賦。唐代的海洋賦，在現實海洋與虛擬海洋之間擺盪，以長篇幅的形式，舒張對海洋景致、海洋奇象的無邊想像。自漢至唐，海洋賦爲當代海洋文學的主要組成元素。就歷代海洋賦的創作數量、構作手法、鋪寫內容而言，唐代實爲分水嶺。唐代以後，文人創作海洋文學時，大量運用成熟的詩歌體裁，全面地歌詠海洋，加上海洋的神秘感漸褪，海賦數量則明顯減少，整體風格亦有所轉變。

宋代海洋賦數量，與唐代相較，雖明顯減少，卻更具海洋的眞實感。宋代海賦跳脫前代海賦的傳統窠臼，以現實海洋爲依據，不再以虛無飄緲爲宗。文人親身體會海洋，以成熟的知識，鋪寫海洋相關事物（如海潮、海洋天災、海船、海戰等）。如蘇過〈颶風賦〉（《宋文鑑》卷十），細部鋪寫颶風之狀：

> 仲秋之夕，客有叩門指雲物而告予曰：「海氣甚惡，非祲非祥，斷霓飲海而北指，赤霞夾日而南翔，此颶之漸也。子盍備之。」語未卒，庭戶肅然，槁葉策策，驚鳥疾呼，怖獸辟易，忽野馬之決驟，矯退飛之六鶂，襲土囊而暴露，掠眾竅之呵吸。予入室而坐，斂衽變色。客曰：「未也，此颶風之先驅爾。」少焉，排戶破牖，損瓦辟屋，礌擊巨石，揉拔喬木，勢翻渤澥，響振坤軸。疑屏翳之赫怒，執陽侯而將戮，鼓千尺之洪濤，翻百仞之陵谷，吞泥沙於一卷，落巨崖於再觸，列萬馬而并騖，潰千車而爭逐，虎豹讋駭，鯨鯢奔蹙，類鉅鹿之戰，呼殺聲之動地，似昆陽之役，舉百萬于一覆。予亦股慄毛聳，索氣側足，夜拊楯而九徙，晝命龜而三卜，蓋三日而後息也。……

蘇過於〈颶風賦〉中，寫颶風漸至、已至時的駭人情景，以各種具象化的比喻，眞實地呈現海洋天災的可怕面貌，被收錄於各地方志中。羅公升〈浙江觀潮賦〉（《海塘錄》〔註2〕卷十八）則鋪寫錢塘潮（浙江潮）的奇偉景觀，及其萬般氣勢：

> ……錢塘之潮，捲海山，吞吳會，力拔寰中，聲出天外，其瑰偉傑

〔註2〕《文淵閣四庫全書電子版》。

特之觀亙萬古，信四時，而八月既望爲快。方潮之未至也，乾坤爲
爐，陰陽爲鞴，一元之氣，秋高而益盈，望舒之精，霸生而變態，
倒河海於纍空，納萬流於一噫，陽侯捲波其欲立，百神嚴駕兮有待。
及潮之既至也，怒如驚霆，疾若飛雨，日車爲之掀簸，風師助其呼
舞，峨峨兮層冰之素，千里飛雪，洶洶兮萬馬之奔，四合如堵，倏
谷變以陵遷，恐山摧而嶽仆，見者膽落，聞者毛豎，於是賁育之倫，
虓虎之士，因茲水戲以習戰事。……

羅公升先總述錢塘潮力拔寰中，聲出天外的瑰偉傑特氣勢，次述海潮未至前
之詭異氛圍，及海潮既至，則以各種具象（驚霆、飛雨、日車、風師）生動
地比喻錢塘海潮變化萬狀，雄偉奇特，驚心動魄的奇觀。

　　宋代海賦的數量，已較唐以前大幅減少，而元代的海賦數量更少，僅盧
琦〈海賦〉（「海於天地間」）、任士林〈老婆牙賦〉（「東海有物曰老婆牙」）及
〈遊越天門賦〉（「柔兆之春」）、吳萊〈海東洲盤陀石上觀日賦〉（「粵東遊乎
海徼兮」）等寥寥數篇。任士林〈遊越天門山賦〉（《松鄉集》卷六）描寫奉化
故鄉獨特的海上風情：

　　……于時颶母停飆，慎郎捲霽，飛潦不興，淡漫無際。始則拖長綃，
偃帨腹，徘徊蚌蛤之洲，睥睨黿鼉之國，少則掔掔泄泄，汎汎悠悠，
飄如雲逝，蕩若漚浮，浩不知蓬萊弱水之在眸也。浮余觀於漢裔，
渺一世之□苴，有石塘萬里鱗鱗然，隱波濤之下，此殆祖龍氏之所
鞭乎？何其神也。靈洲瞥來，絕島遙沒，隆隆隱隱，過大業天子之
祠焉。……

本賦描寫天門海國的獨特景致，颶母、蚌蛤、黿鼉、石塘、靈洲、絕島等海
洋元素，一經詳細舖陳，海洋風情便自然而生。元代海洋賦的篇數，雖然屈
指可數，但整體的風貌，一如宋代海賦般，逐漸褪去神話想像色彩，代之以
真實的海洋體驗或海景描寫。

　　宋、元時期爲傳統海賦書寫風格的轉變期。本期的賦作數量雖少，難以
方駕前代，然而逐漸褪去的神秘、虛無氛圍，讓海賦更貼近真實的海洋，具
有濃厚的海洋風情。

（二）詞　體

　　歷朝流行的文學體裁，各有其出現的外緣條件，並構成形式上的特質及
其局限性。因此文學體裁各有其較適宜表達的主題、風格。宋代流行的詞

體，「要眇宜修」〔註3〕，以婉約爲宗，重風華情致，適宜表達細緻深秀的情思。自北宋末年以後，詞境逐漸擴大，海洋自然也是詞體的歌詠題材之一，然而詞體較不適宜描寫海洋文學的原因有三：

1. 就形式而言

根據上述對詩體的分析，可知詩人大量運用七言（尤以七律、七絕爲甚）長篇歌詠神秘的海洋。長句長篇的整齊形式，與海洋呈現的諸般特質較爲相應，而詞體倚聲而得的長短句式，較不適合鋪陳深邃閎美的海洋。各詞牌嚴格規範的長短錯落句式及固定篇幅，易拘限海洋題材的構思、設計。換言之，以詞體創作海洋文學，易有難以揮灑之感。

2. 就內容風格而言

關於詞體的特質，陳弘治《詞學今論》曾作分析：「詞體有各種殊異之調，且每調中句法參差、音節抗墜，較詩更爲輕靈變化，要眇之情、淒迷之境，詩中或不能盡，而詞皆足以盡之。」〔註4〕詞體的形製限制，使其易於表達要眇、淒迷之情，以婉約蘊藉爲宗，而不宜流於淺露、直率、粗獷。宏觀海洋文學，有部分作品鋪陳大量海洋意象，辭語較粗獷，文意外顯而不蘊藉，與詞體的屬性扞格不入。用詞體創作海洋文學，不易曲盡海洋之閎偉深妙。

3. 就詞調聲情而言

按譜填詞，詞調名與詞意不必相合，但詞調名卻標記著特定的聲情，如〈相見歡〉的音樂傳達哀怨的聲情〔註5〕。故填詞時，須按心中的情意趨向，選擇聲情相近的詞調，方符合詞體軌範。如果詞家謹守詞體軌範，創作海洋相關題材之詞，要選擇適當聲情的詞調，則詞調的嚴格限制，會束縛作者的

〔註3〕 清・王國維《人間詞話》云：「詞之爲體，要眇宜修，能言詩之所不能言，而不能盡言詩之所能言。詩之境闊，詞之言長。」（臺北：臺灣開明書店，1981年，頁48）「要眇宜修」指詞以細緻、婉約之姿，表達悽惻怨悱、幽隱深微的情思。

〔註4〕 陳弘治：《詞學今論》（臺北：文津出版社，1991年），頁51。

〔註5〕 依調填詞本緣於歌唱抒情之需，詞調名即標誌著音樂的聲情。故填詞得依詞意，慎擇合適聲情的詞調。然而自北宋末以後，「詞」與「樂」逐漸分離，填詞者不必然要懂音樂，擇調時，往往不考慮原詞調的音樂爲何，只依長短、平仄、押韻形式，填入合律的歌詞。詞發展至此，彷彿變成長短不齊之詩，與音樂幾無關涉。如蘇軾用〈江城子〉調，既懷亡妻（「十年生死兩茫茫」），又抒密州出獵的豪情（「老夫聊發少年狂」），則已不考慮〈江城子〉原調的聲情。

構思。

　　詞體囿於按譜塡詞的形式，以婉約風格爲宗，並不適宜描寫海洋的複雜主題。唐圭璋編纂之《全宋詞》，收錄詞作約二萬多闋，其中與海洋有關的詞作共三十一闋〔註6〕。這三十一闋海洋詞作，佔《全宋詞》的比例極微小，反映出詞體與海洋題材間的扞格。故宋代雖流行詞體，然而並未被作家廣泛運用於海洋文學創作。

（三）曲　體

　　曲體新興於元代，流行於歌女、伶工之間。曲以俚俗之姿，貼近民眾生活，具有更積極的音樂性。詞、曲體的形制特色，頗爲類似，如依譜而生的特定長短句式、詞調曲調均代表固定的音樂及聲情。詞、曲體形制上的限制條件，較詩體嚴格，不利於創作海洋詞、曲。因此宋人並未大肆利用當代流行的詞體創作海洋詞，而元代亦罕用新興曲體創作海洋曲。《全元曲》總共收小令三千八百餘首、套數四百五十餘套，其中關於海洋主題的曲作寥寥可數，只有六首〔註7〕，在所有的散曲作品中，僅佔極微小的比例。

（四）散文體（單篇散文、筆記）

　　散文的篇幅、形式規範，比詩、詞、曲體更爲自由，適宜敘事、抒情、議論。作家要曲盡海洋的萬般樣態，除了七言詩歌長篇外，散文是另一種選擇。宋、元時期，書寫海洋的散文，主要是以專篇散文及筆記若干段落的形式呈現。

　　本期的海洋散文不少，涵蓋海洋題材的各類子題：有專論海潮成因者（如燕肅〈海潮論〉、俞安道〈海潮圖序〉、朱中有〈潮蹟〉等），有記觀潮之感者（如吳儆〈錢塘觀潮記〉），有爲海外貿易祈風者（如林之奇〈祈風文〉、蔡襄〈祈風文〉及〈祈風舶司祭文〉、眞德秀〈祈風祝文〉等），有記海洋奇景者（如林景熙〈蜃說〉），有記海外貿易者（如任士林〈送葉伯幾序〉），有記海神信仰者（如黃溍〈題大瀛海道院〉），有記海國風情者（如吳萊〈甬東山水古蹟記〉），有記海隄工程者（如吳萊〈跋餘姚海隄記〉、陳旅〈餘姚州海隄記〉、王沂〈海隄後記〉）。這些散文的特色：略去賦體常用的舖陳手法，不堆砌典

〔註6〕關於這三十一闋詞的詳細資料，請參閱本論文第三章第四節之「宋代海洋文學」。

〔註7〕關於這六首散曲的詳細資料，請參閱本論文第三章第四節之「元代海洋文學」。

故，不重神秘想像風格，純以平實的筆法，從理性、感性的不同角度書寫眞實的海洋，將讀者領入廣瀚多變的海洋界域。

由於宋、元時期，與海洋的接觸更爲密切，故不少筆記，如吳自牧《夢粱錄》、沈括《夢溪筆談》、徐兢《宣和奉使高麗圖經》、周密《增補武林舊事》、周去非《嶺外代答》、周達觀《眞臘風土記》、汪大淵《島夷志略》等書，詳細記錄航海經驗、海外聞見、海洋地理、海中漁產、海洋奇觀、航海工具等資料。上述筆記的若干章節段落，以眞實的海洋資料爲基礎，進行文學構作，鍛鍊文辭，富於海洋實境的渲染力，呈現強烈的寫實風格，具有一定的文學價值，故可視爲海洋散文。

巧用散文體的形式特點，使作家能充分揮灑彩筆，舒張海洋的多變意象，表露航海的深刻經驗，描繪海民的眞實生活，記錄廣漠大洋的豐富漁產，訴說海洋的神秘傳說，頌美洲島的獨特風情，傳述海國的奇聞異俗。本期海洋散文的數量雖不若詩歌，但所抒寫的海洋主題，既眞實又深刻，非居深陸的文人單憑案頭冥思可爲。

三、體裁運用之特色

以第三章討論之各期海洋文學的發展概況，及上述的文體分析資料爲據，將文體特點及其發展、實際創作數量等條件綜合考量、概括後，繪成下圖，以明各期創作海洋文學時，文體運用的遞嬗梗概：

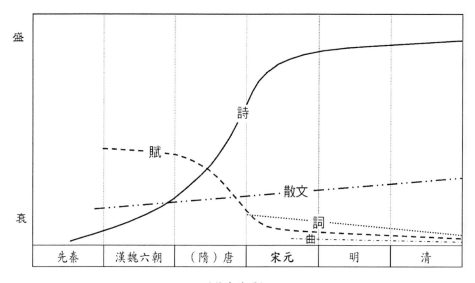

（筆者繪圖）

　　觀覽上圖的各類文體運用遞嬗趨勢：宋、元時期正是海洋文學發展的成熟期。本期作家大量運用純熟的詩體（尤其是七言律、絕），抒寫海洋，成果斐然。詩人以齊言詩句，摹繪海洋，宛若規律的海潮般，一波一波地鼓動海洋的興味。詞、曲雖具有濃厚的音樂性，富於婉曲之美，爲本期流行的文學體製，畢竟與海洋的壯麗、雄奇特質不相契合，無法激起海洋的獨特風情，故只能退居幕後，由詩體獨力詠頌海洋。漢、唐之際，賦以雄奇舖陳之勢，將對海洋的各式想像編綴成五彩錦緞，光采耀人，可惜海洋被一縷薄紗輕輕罩住，而眞實的海洋，終究與作者維持著「若即若離」的距離。宋、元之際，海洋的薄紗漸褪，呈現在作家眼前的是眞實海洋。作家熱情地迎向海洋，從各種角度體驗海洋，進而以自在的散體筆法，彈性的篇幅，取代賦體，細緻地描寫海洋。

第二節　作家活動地域與海洋文學的關係

　　以特定主題、場景爲創作標的，結合作家的親身經驗，經由美學的縝密加工後，以合適的體裁爲載體，充分發揮各種創作技巧，便是具有整體風貌的作品。海洋文學就是以海洋及其相關事物爲寫作主題的作品，能呈現鮮明的濱海生活風貌，可輕易與他類文學區隔。影響作品風貌的關鍵因素之一，在於作家觀覽、生活經驗的差異。以海洋爲主題的作品，所呈現海洋意識的深淺、海洋事物的眞實性、海洋意象的趨向，皆與作家的海洋生活經驗有極密切的關係。本論文在深入探討宋、元海洋文學前，有必要先將作者的主要活動地域與作品聯結分析，以爲討論的基礎。

　　以下所指的作家活動地域性，包含籍貫／居住地、仕宦地、登覽／渡海地等三項。筆者考察作家三項地域活動資料，試圖從中凸顯濱海地域與海洋文學的關係。筆者考察作家活動地域資料時，以文淵閣《四庫全書》、《四部叢刊》、沿海方志〔註8〕、《宋史》及《元史》相關列傳等傳記資料爲據，經爬梳、比對、分析後，將作者的濱海活動地域資料，分籍貫／居地、仕宦地、登覽／渡海地三項製表。筆者蒐錄的宋、元作家共二百四十九人（宋代一百八十六人、元代六十三人），其中十九人的生平活動，就筆者目前所能查考的

〔註 8〕　包含《山東通志》、《浙江通志》、《福建通志》、《廣東通志》、《湖廣通志》、《江南通志》、《姑蘇志》、《咸淳臨安志》、《吳郡志》、《無錫縣志》、《寶慶四明志》、《延祐四明志》、《昌國州圖志》等。

資料範圍而言，無法顯示與濱海地域有直接的關係，故進一步分析地域資料時，只能暫時略而不論。

一、宋代海洋文學作家活動地域

（一）作家活動地域表

作　家	籍貫／居地	仕　宦　地	登覽／渡海	作品數	作　品　特　色
歐陽脩		揚州（江蘇）		詩 3	描寫海產、海鹽。
丁　謂	長州（江蘇）			詩 1	觀海。
蘇　頌	泉州南安（福建）	江寧縣令（江蘇）	錢塘	詩 3	全爲觀潮之作。
蘇　軾		登州（山東）、惠州（廣東）、杭州、儋州（海南島）、常州、英州	錢塘 萊州（山東） 望海樓（杭州）	詩 33 詞 4	1.有實際的航海體驗。 2.具體描寫海魚、海氣、海市、季風、海島、檳榔等。 3.登臨望海觀潮。
蘇　轍		海康（廣東）		詩 9	1.登臨望海觀潮。 2.具體描寫海洋生活。
蘇　過		隨父蘇軾游宦沿海一帶		賦 1	具體描寫海洋天災。
黃庭堅	曾暫居揚州（江蘇）			詩 2	記海市及漁家生活。
秦　觀	高郵（江蘇）	雷州（雷州半島） 杭州通判	海康（廣東）	詩 2	描寫海康的海景、海民生活。
陳師道	彭城（江蘇）		錢塘	詩 10	幾乎全爲錢塘觀潮之作。
范仲淹	吳縣（江蘇）	杭州刺史		詩 3	全爲觀潮之作。
王安石	定居江寧（江蘇）	常州（江蘇）知州 知鄞縣（浙江）	普陀山（浙江）	詩 6	1.作品多海國風景描繪。 2.反映濱海區的眞實海洋經濟、生活情狀。
柳　永	崇安（福建）	定海（鎮海）縣鹽場		詩 1 詞 1	1.描寫製鹽及鹽民生活。 2.望海。
鄭　獬		知杭州、青州（山東）		詩 1	觀潮。
楊　時	南劍州將樂（福建）			詩 1	觀潮。
蔡　襄	興化仙遊（福建）	杭州、泉州、福州知府		詩 5 文 2	多觀潮之作，描寫具體深入，能反映當代弄潮之俗，進而戒民弄潮。
徐　積	楚州山陽（江蘇）			詩 2	觀潮。

劉　敞		知揚州（江蘇）		詩2	海洋詩雖少，卻具有海洋眞實性。
李唐卿	紹興（浙江）			詩1	描寫飛魚。
王　珪		通判揚州		詩1	觀海。
陳　襄	侯官（福建）			詩1	觀海。
趙　抃	衢州西安（浙江）			詩2	觀覽海景。
蔣之奇	常州宜興（江蘇）			詩1	詩雖只有一首，描寫海洋細膩深刻。
趙文昌		知宜興縣（江蘇）		詩1	觀潮。
齊　唐	越州會稽（浙江）			詩1	觀潮之作。
孔平仲		提點江浙鑄錢、韶州(廣東)、惠州(廣東)、英州(廣東)		詩3	描寫舟行、撈捕工具。
謝景初		知越州餘姚（浙江）		詩2	對海洋氣象、海堤有眞實的觀察。
晁補之	濟州鉅野（山東）	揚州通判		詩1 賦1	1.海景。 2.以賦論潮汐。
蘇舜欽	曾閒居蘇州		錢塘	詩1	觀潮之作
陶　弼		知邕州（廣西）		詩1	海景
梅堯臣		監湖州（浙江）鹽稅		詩12	1.多海景觀覽及具體海產的描寫。 2.作品能深入表現海岸區人民的眞實生活面貌，尤其是鹽業。
沈　遘	錢塘（浙江）	知杭州（浙江）		詩1	記海錯。
王禹偁	濟州鉅野（山東）	成武（山東）主簿長州（江蘇）知縣		詩2	寫鹽田生產。
韋　驤	隨父徙錢塘	提舉杭州通霄宮		詩2	觀潮。
李　復	閩縣（福建）			詩1	海景。
杜子民			望瀛亭	詩1	望海。
沈　括	錢塘（浙江） 隱居潤州（江蘇）			文2	論述潮汐、海市現象。
朱淑眞	錢塘（浙江）			詩1	記海上風浪。
張舜民		邕州（廣西）鹽米倉		詩1	具體描寫鯨擱淺被肢解。
孔平仲		提點江浙鑄錢韶州（廣東）惠州（廣東）別駕英州（廣東）		詩1	描寫航海經驗。

燕 肅	青州益都（山東）			文1	論潮汐之成因，爲古代潮汐理論重要作品。
米 芾		江淮荊浙等路制置發運司		詩1 詞1	觀潮及海市奇景。
袁正規		長樂（福建）	望海亭	詩1	海景。
楊 蟠	嘉興（浙江）			詩1	寫海潮。
王 回	侯官（福建）			詩1	望海。
朱長文	吳郡（江蘇）			詩2	描寫海洋貿易。
郭 異			萊州掖縣（山東）謁海神廟	詩1	海景。
王安中		象州	潮州潮陽（廣東）	詩1	寫製鹽。
黃 裳	延平（福建）			詩1	觀潮。
潘 閬	廣陵（江蘇）寓居錢塘			詞1	觀潮。
賀 鑄	曾居蘇、杭一帶，晚年定居蘇州		錢塘	詩1 詞1	觀潮之作。
張 耒	生長於楚州淮陰（江蘇）		海州	詩15	從各角度抒發對海洋生活的感受，具海洋眞實性。
柳 開		？		文1	論述海體的諸般現象。
李 廌		？		詩1	描寫濱海區的風土。
謝 履	泉州惠安			詩1	寫發展海貿。
范成大	吳郡（江蘇）	知明州（浙江）兼沿海制置使	育王望海亭	詩7 賦1	1.登臨望海觀潮。 2.具體描寫海物、海風。
周紫芝			臨安（浙江）	詩7	全爲觀潮之作。以各種角度抒詠潮水壯闊。
陸 游	越州山陰（浙江）	杭州 福州提舉常平茶鹽公事	1.鄞縣（浙波） 2.夢筆橋、普陀山（浙江）	詩19	1.刻劃實際航海經驗，富於海洋的眞實感。 2.多海洋風物、景觀的具體描寫。
李 綱	邵武（福建）			詩20 詞1	1.廣泛抒寫海洋，無論是海景、海潮、航海過程、沿海風情、颶風，均能以實際的體驗及觀察爲寫作基礎 2.記錄水軍及水戰。
李 光	越州上虞（浙江）	瓊州（海南島）		詩5	1.貶謫瓊州，對於航海的體驗，有深刻的描寫。 2.寫瓊州島的風物。

尤袤	無錫（江蘇）			詩1	記望海。
李處權	南渡後定居溧陽（江蘇）			詩2	觀潮。
樓鑰	鄞縣（浙江）	溫州（福建）教授		詩2	觀潮及記瓊地。
戴復古	天臺黃巖（浙江）			詩2	詠海景。
朱繼芳	建安（福建）			詩2	描寫航海及其工具。
洪咨夔	於潛（浙江）	如皋主簿		詩2	詠海上風濤。
呂本中	婺州（浙江）			詩1	寫海戰。
喻良能	義烏（浙江）			詩6	全為描摩壯觀錢塘潮詩作
岳珂	嘉興（浙江）	知嘉興府（浙江）		詩3	描寫眾海錯。
劉克莊	莆田（福建）	通判潮州（廣東）		詩11 詞1	1.描寫濱海地區的實際生活、景物、植物（檳榔），極富海洋風情。2.詠神秘海洋。
胡仲弓	清源（福建）			詩8	1.多觀潮、望海之作。2.記海錯。
劉黻	樂清（浙江）			詩3	1.觀潮。2.描寫航海孤舟。
衛宗武	華亭（浙江）			詩1	記海洋神話。
文天祥		1.組義軍衛戍臨安（浙江）2.出使元營談判被扣留，於鎮江脫險3.五坡嶺（廣東）被俘		詩20	1.因活動於沿海一帶，多寫海船、海戰、航海歷程，為其一大特色。作品富於愛國精神。2.生動地描寫漁港的風光與活動。
韓元吉		建安（福建）縣令	錢塘	詩1	觀潮。
劉大方		因罪流放海上		詩1	海景。
李正民	江都（江蘇）			詩1	描寫航海經驗。
張斛	漁陽（天津）			詩1	海景。
程俱	衢州開化（浙江）			詩1	觀潮。
劉才邵		知漳州（福建）		詩2	觀潮、望海。
李呂	邵武光澤（福建）			詩1	記航海。
張嶸		福建路轉運判官		詩3	全記海風。
宋之才	溫州平陽（浙江）			詩1	觀潮。

折彥質		知福州、廣州		詩2	記渡海的感受。
戴　敏	黃巖（浙江）			詩1	望海。
釋寶曇			錢塘	詩1	觀潮。
李　洪	揚州（江蘇）	知溫州 提舉浙東		詩2	描寫戰艦及海景。
項安世	括蒼（浙江）	紹興府（浙江）教授		詩1	觀潮。
虞　儔		吳興（浙江）教官		詩2	描寫食用海產之感。
章　甫	浦城（福建）		錢塘	詩1	觀潮。
廖行之			錢塘	詩1	觀潮。
王　炎		紹興府（浙江）戶曹參軍	錢塘	詩1	觀潮。
袁說友	建安（福建） 寓湖州（浙江）			詩3	觀潮、漁舟、漁產。
釋道濟	天台臨海（浙江）			詩1	寫海中生物。
王　阮		昌國（浙江）令	錢塘	詩3	觀潮及描寫昌國風情。
陳　藻	籍貫長樂（福建），僑居福清（福建）橫塘			詩2	描寫港口的活動情景。
劉　過	晚年定居崑山（江蘇）			詩2	描寫風潮海景。
鄭　域	三山（福建）			詩1	描寫檳榔。
韓　淲			浙江亭（浙江）	詩2	觀海及詠海味。
劉　宰	金壇（江蘇）			詩2	詠海景。
鄭清之	鄞縣（浙江）			詩2	描寫食用海產之感。
王亦世		知建安縣（福建）		詩1	描寫海寇伏誅。
程公許	曾居湖州（浙江）		錢塘	詩1	觀潮。
釋智愚	四明象山（浙江）		錢塘	詩1	觀潮。
劉子寰	建陽（福建）		鼓山靈源洞	詩1	描寫海邊景色。
張　侃	邗城（江蘇）居湖州（浙江）		錢塘	詩4	1.望海觀潮。 2.記錄潮田。
林希逸	福清（福建）			詩1	記海洋神話。
白玉蟾	籍貫閩清（福建）生于瓊山（海南）			詩2	詠海錯及海神。
林尚仁	長樂（福建）			詩1	描寫鹽場。

潘牥	閩縣（福建）			詩1	具體描寫漁父打漁。
張蘊	揚州（江蘇）			詩1	望海。
陳淳祖	瑞安（浙江）			詩1	詠海口之景。
釋文珦	於潛（浙江）		游歷浙東、福建	詩3	1.記觀潮及海洋神話。 2.描寫航海送別。
王義山		瑞安（浙江）通判	錢塘	詩1	觀潮。
舒岳祥	寧海（浙江）	奉化尉		詩6	1.描寫漁村、漁父的真實生活。 2.描寫海岸風情。
陳杰	吳郡（江蘇）		錢塘	詩1	觀潮。
牟巘	吳興（浙江）			詩10	具體描寫各式漁具。
方一夔	淳安（浙江）			詩1	記海洋神話。
陳允平	鄞縣（浙江）	沿海制置司參議		詩1 詞1	記觀潮及海洋神話。
蒲壽宬	泉州（福建）			詩7	以豐富的經營海洋經驗，抒寫海洋相關主題，真實性極高。
皇甫明子	四明象山（浙江）			詩2	描寫海景。
王鎡	平昌（浙江）			詩1	望海。
林一龍	永嘉（浙江）			詩1	望海。
黃庚	天台（浙江）			詩1	描寫製鹽。
趙友直	上虞（浙江）			詩1	望海
熊禾	建陽（福建）			詩1	論貿易海舶。
謝翱	長溪（福建）			詩8	1.記海洋神話。 2.描寫島民生活。 3.聽潮望海。
羅公升			錢塘	詩2 賦1	詩賦均寫錢塘潮。
徐瑞			錢塘	詩1	觀潮。
王十朋	溫州（浙江）樂清			詩6	1.以官員的身分，記市舶、祈風之事。 2.觀海潮。
吳龍翰			錢塘	詩1	寫海潮。
毛珝	三衢（浙江）		浙江	詩1	望海。

周必大		福建路提刑		詩3	1.觀潮 2.寫海錯。
陳　造	高郵（江蘇）			詩2	觀潮。
陳　淵	南劍州沙縣（福建）			詩1	觀潮。
曹　勛			錢塘	詩1	觀潮。
葉　適	永嘉（浙江）		錢塘	詩1	航海。
王　琮	錢塘（浙江）			詩1	觀潮。
錢　塘 軍　人		錢塘		詩1	弄潮。
張九成	錢塘	臨安府（浙江）鹽官		詩1	記海錯。
徐集孫	建安（福建）			詩1	觀潮。
王明清	臺州（浙江）			詩1	觀海。
楊萬里		知漳州 提舉廣東常平茶鹽	金沙洋	詩27	1.望海、觀潮。 2.海岸風景。 3.眾多美味海錯。 4.船舶、航海。 5.蜑戶。
朱　翌	晚年居鄞縣（浙江）		錢塘	詩1	觀潮。
陳傅良	瑞安（浙江）	通判福州 知泉州		詩1	觀潮。
俞德鄰	永嘉（浙江）徙居丹徒（江蘇）			詩1	觀潮。
艾　性			錢塘	詩1	觀潮。
周端臣	建業（江蘇南京）			詩1	觀潮。
朱正中	閩人（福建）		洛陽橋（泉州）	詩1	詠海門。
應　繇	舟山定海城關		候濤山	詩1	觀潮。
王以寧	惠安（福建）			詞1	觀海。
曾　覿		雙穗鹽場官 浙東觀察使		詞2	觀潮。
李清照	流寓會稽（浙江）、明州（浙江）、奉化、臺州（浙江）、溫州、杭州間。			詞1	海洋神話、想像。
趙　鼎		紹興府 潮州 吉陽軍（廣東）		詞1	觀潮。

張元幹	長樂（福建）			詞1	觀海的想像。
趙 構	定都臨安（浙江）			詞1	觀釣魚。
王 質	鄆州（山東）			詞1	描寫海上風雨。
嚴 仁	邵武（福建）			詞1	海洋神話、想像。
周 密	吳興（浙江）	臨安府幕職		詞1 文1	文、詞皆詠潮之作，其中詠潮之文，具體而深刻。
胡 銓		監廣州鹽倉		詞1	寫崖州海景。
張 炎	居臨安（浙江）			詞1	望海。
辛棄疾	歷城（山東）	福建安撫使 浙江安撫使		詞1	觀潮。
陸凝之	余杭（浙江）			詞1	觀潮。
吳 琚		留守建康（南京）		詞1	觀潮。
薛季宣	永嘉（浙江）			文1	記觀潮之況及弄潮之俗。
陳以莊	建安（福建）			詞1	觀潮。
吳 儆		明州鄞縣（浙江）尉 通判邕州（廣西）		文1	詳記錢塘觀潮之盛況，對於弄潮之俗，有非常詳細而生動的描述。
林景熙	溫州平陽（浙江）	泉州教官		文1	詳記海市蜃樓奇景。
林之奇	福州侯官（福建）			文3	全為市舶立場的祈風文。
眞德秀	建寧浦城（福建）	泉州（福建）福州（福建）		文1	市舶立場的祈風文。
吳自牧	錢塘（浙江杭州）			文1	詳記錢塘觀潮之盛況及弄潮之俗。
蕭立之	?			詩7	描寫食蟹之感。
易 履	?			詩1	觀海。
張 掄	?			詞1	海洋神話、想像。
樂雷發	?			詩1	海洋送別詩（較無眞實感）
楊无咎	?			詞1	觀海的想像。
朱中有	?			文1	詳細論述潮汐之成因，為古代潮汐理論重要作品。
柯應東	莆田（福建）		壺山	詩1	描寫海島。

黃巖叟	四明（浙江）			詞 1	觀潮。
趙興滂			浙江樓	詩 1	寫海潮。
胡帛		福州知府		詩 1	寫海雲。
曹既明			浙江亭	詩 1	海景。
諸葛夢宇	?			詩 1	對海寄懷，寓孤臣之心。
適安散人	?			詩 1	此三者均為題趙千里夜潮圖，非覽海觀潮之實見。
名山樵子	?			詩 1	
周假庵	?			詩 1	
俞安道	?			文 1	論潮汐之成因。

※ 籍貫、仕宦地、登覽、渡海地，非濱海地區者，略而不記。
※ 「？」表示無法確認其濱海活動地域者，共十三人。
※ 本表以粗線分三部分，依序：北宋（53 人）、南宋（123 人）、北宋南宋暫不可分者（10 人）。

（二）資料分析

宋代共有一百八十六位作家，創作數量不等的海洋文學。這些資料經由細部的分析後，可據此理出以下幾項特點：

1. 所有作家都擁有深淺不等的海洋經驗

作家以「籍貫／居住地」、「仕宦地」、「登覽／渡海地」三種方式臨海。這三種方式的地域活動深度：「籍貫／居住地」居首，「仕宦地」居次，「登覽／渡海地」居末。在宋代一百八十六位作家中，除去十三位無法確認其濱海活動地域者，其餘一百七十三位作家，或設籍、僑居濱海地區，或仕宦濱海之地，或登覽臨海勝景，或自港口渡海。

有些作家與濱海地域關係極為密切：如范成大設籍於吳郡（江蘇蘇州），曾知明州（浙江寧波），兼沿海制置使，也遊覽沿海勝景（如育王望海亭）；秦觀設籍高郵（江蘇），曾遊宦雷州（雷州半島），通判杭州，遊覽海康（廣東）一帶；李清照流寓會稽（浙江紹興）、明州（浙江寧波）、奉化（浙江）、臺州（浙江）、溫州（浙江）、杭州間。也有部分久居內陸的作家，於行旅渡海途中，曾短暫駐足，觀覽新奇海景，初步接觸海洋。由於作家臨海活動的時間、空間、深度不同，所獲得的海洋經驗深淺也不相同，反映在創作，具有明顯的差異。大體而言，短暫接觸海洋者，幾乎都以一、二首作品記錄對

錢塘潮或海景的表層印象，作品的數量、內容張力、海洋眞實性，不若長期活動於濱海區的作家。

2. 作家大多數設籍或長期僑居於濱海地區，作品深刻記錄海洋生活

「海洋文學反映的是沿海社會生活，必然由生活在沿海地區的作家群來反映。」〔註9〕宋代一百七十三位活動於濱海地域的作家中（一百八十六位作家中有十三位無法確認濱海活動地域），高達一百二十三位設籍或長期僑居於濱海地區。濱海地區的風土、民情、氣候、物產、經濟活動，異於內陸。作家的籍貫或長期僑居地，位於濱（近）海區域者，舉目所見，均與海洋有直接或間接的關係，反映在作品中，無論是作品的數量或作品契合海洋的深度，成果顯著。如設籍彭城（江蘇徐州）的陳師道，十首作品中，有九首從不同的角度，歌詠錢塘潮，曲盡怒潮之奇特，形象生動而立體。生長於楚州淮陰（江蘇淮陰）的張耒，遍遊沿海各地，既覽海洋勝景，也乘舟渡海，化爲詩歌文字，就是多達十五首的海洋詩作。設籍越州山陰（浙江紹興）的陸游，曾提舉福州常平茶鹽公事，遊歷鄞縣（浙江寧波）、夢筆橋、普陀山（浙江）等勝景，身處濃厚的海洋氛圍中，以十九首詩作，記錄海上風濤、鷗鳥，摹寫實際航海經驗，使讀者彷若置身海洋。籍貫莆田（福建）的劉克莊，曾通判潮州（廣東），以數量不少（詩十一首／詞一首）的作品，歌詠神秘的海洋，描寫濱海地區的生活、風景、植物（檳榔），極富海洋風情。以上略舉的作家，迥異於初識海洋者，將其久居濱海地區的生活經驗，建立的海洋意識，變成海洋文學的豐富素材。

3. 南宋海洋文學作家數量遠高於北宋，乃政治、經濟版圖南移的結果

宋代一百八十六位作家中，暫時略去無法區分南北宋者十人，北宋有五十三人，南宋則高達一百二十三人。北宋五十三人中，有三十二人設籍或長期僑居沿海地域，約佔北宋海洋作家的 60.37%。南宋一百二十三人中，有八十九人設籍或長期僑居沿海地域，約佔南宋海洋作家的 72.36%。這些數據說明一個現象：宋代海洋文學的發展，隨著宋室南遷，在東南沿海地區展現盎然生機，於傳統文學主題之外，另闢蹊徑。

南宋定都臨安（杭州），政治版圖南移。以相對於北方的穩定局勢爲基礎，官民全力開發海洋，海洋風氣一開，東南沿海一帶，展現欣欣氣息。北

〔註 9〕趙君堯：〈論宋元海洋文學〉，《職大學報》，第三期，2001 年，頁 18。

宋管理海外貿易的市舶制度，在南宋繼續發展。宋哲宗元祐二年（西元 1087年），於泉州始設提舉市舶司，後又於廣州、明州（浙江寧波）設市舶司。此外又於江陰軍（江蘇江陰）、青龍鎮（上海青浦）、華亭縣（浙江嘉興）、上海鎮、澉浦（浙江海鹽）、杭州設置市舶機構。完備的市舶機制，有效地管理國家海外貿易，爲國庫挹注巨大的財源。南宋時期，市舶收入幾佔國庫收入的15%。蓬勃的海洋風氣與繁盛的海洋活動，使得東南沿海的江蘇、浙江、福建等地區，人口驟增，民生富庶，港市一片欣榮氣象。東南沿海的海洋景觀、貿易、文化交流、海洋天災、海洋生物、漁業撈捕、製鹽、食用海產、造船、航海科技、海戰、海神崇拜等海洋事物，自然也是南宋海洋文學的豐富素材。此外宋室南遷，大量名仕官宦寓居濱（近）海之地，因而有親覽海洋的機緣。南宋時期，北方南渡文人與設籍沿海地域的文人，籠罩在濃厚的海洋氛圍中，手持五彩詩筆，將熟悉的海洋主題，化爲動人篇章。考察兩宋海洋文學，不管是作家數量、作品總數、作品與海洋的契合度，南宋的海洋文學發展遠盛於北宋。

4. 北、南宋作家籍貫分布的地域意義

承上一段的論述，北宋五十三人中，有三十二人設籍或長期僑居沿海地域。南宋一百二十三人中，有八十九人設籍或長期僑居沿海地域。南宋作家數量遠高於北宋的數據背後，可進一步地探求兩宋家籍貫分布，所蘊含的地域意義。爲探求籍貫分布的地域意義，以「作家活動地域表」中的籍貫資料爲本，歸納爲下表：

作　家　籍　貫　地　域		北　宋		南　宋	
山　東	濟州鉅野	2	3		2
	青州益都	1			
	鄆州			1	
	歷城			1	
河　北	漁陽（天津）			1	1
江　蘇	長州、吳縣、吳郡（蘇州）	5	9	2	7
	廣陵、江都、邗城（揚州）	2		4	
	高郵	1		1	
	彭城（徐州）	1			

江　蘇	楚州	2			
	常州宜興	1		1	
	無錫			1	
	崑山		4	1	5
	金壇			1	
	江寧	1			
	建業（南京）			1	
浙　江	越州	2		4	
	衢州（衢縣）	1		2	
	錢塘、於潛、臨安（杭州）	4		7	
	華亭（嘉興）	1		2	
	鄞縣（寧波）、四明			7	
	婺州（金華）			2	
	永嘉（溫州）			6	
	括蒼（麗水）		8	1	46
	湖州			1	
	瑞安			3	
	吳興			2	
	淳安			1	
	平昌（遂昌）			1	
	天臺黃巖、寧海（屬臺州）			6	
	余杭			1	
福　建	泉州	1		4	
	崇安	1			
	南劍州	1		1	
	興化仙遊	1	8		15
	福州	2		5	
	閩縣（長樂）	1		5	
	延平（南平）	1			

福　建	邵武		0	3	13
	建安、建陽（建甌）			6	
	莆田			1	
	建寧浦城			2	
	長溪（霞浦）			1	

從上表的籍貫歸納中，兩宋海洋作家的籍貫地域分布，具有以下兩項的特色：

(1) 兩宋作家分布的沿海地域，並不平均：山東（5）－河北（1）－江蘇（25）－浙江（54）－福建（36）－廣東（0）。在這條綿長的海岸線，就作家的籍貫數量考察，集中於江蘇、浙江、福建等三地域。江蘇、浙江、福建也是宋代各期建置的市舶機構所在地域。這三個地域，發展出許多重要的港市，如楚州、臨安、上海、明州、臺州、溫州、福州、泉州、惠州等。這正是宋代海洋事業的主要活動帶。繁榮的海洋活動，活絡沿海地帶的經濟、交通，而海洋人文活動，也呈現高度的發展。故江蘇、浙江、福建等地域的海洋作家，常以熟悉的海洋生活為創作主題，創作大量的佳作。

(2) 兩宋作家的籍貫集中在江蘇、浙江、福建等地。再細部分析，北宋作家較平均分布於三地，而南宋則是浙江（46）居首，福建（28）其次，江蘇（12）居末。南宋時期，浙江籍的作家數量遠高於江蘇、福建，正好與南宋定都臨安的政治事實相合。臨安是當時的政治中心，也是經濟、文化中心。南宋定都臨安後，兩浙人口驟增〔註10〕，憑其臨海的地理特色，全力開發海洋，連帶地使臨安附近的港市急速發展。以臨安為軸心的濱海區域，經濟富庶，文化鼎盛。因此南宋時期的浙江籍作家數量，遠高於其他區域。

　　兩宋海洋作家的籍貫分布現象，反映了宋代海洋活動的發展區域，集中於東南沿海的江蘇、浙江、福建等地域，其中因南宋定都臨安的政治因素，更加速兩浙的發展，眾海洋作家競相以文字抒寫隨處可見的海洋文化。

〔註10〕 李心傳《建炎以來繫年要錄》卷一五八云：「四方之民，雲集二浙，百倍常時。」（北京：中華書局，1988年，頁2573）紹興三十二年（西元1162年），兩浙路人口已達四百三十二萬餘人，較六十年前增加近一百萬人。

二、元代海洋文學作家活動地域

（一）作家活動地域表

作　家	籍貫／居地	仕　宦　地	登覽／渡海	作品數	作　品　特　色
任士林	四明（浙江）			詩1 文1 賦2	1.各體作品所描寫均為海洋的實際景物、風情，具有濃厚的寫實風格。 2.賦作為其特色。
吾邱衍	錢塘（浙江）			詩3	紀真臘風俗
宋　無	蘇州（江蘇）			詩22	以聯章形式詠海洋山島、風物、舟航所見，極有海洋特色。
宋　本	隨父居江陵（江蘇）			詩10	寫閩浙海洋風情、貿易。
宋　褧				詩2	記海洋神話、海岸風情。
楊維楨	會稽（浙江）			詩19	善用「竹枝詞」形式，反映濱海區人民生活實情。
徐　琰	東平（山東）		萊州（山東）海神廟	詩1	記海神信仰。
薩都剌		閩海福建道肅政廉訪司知事		詩3	詠沿海地區風土、海錯。
樊執敬		浙江參政		詩1	觀潮。
陳　樵	浙江東陽亭塘			詩1	描寫海人特殊生活習俗。
薛蘭英 薛蕙英	吳郡（江蘇）			詩1	描寫海港風情。
范　梈		廉州路（廣東）總管	沓磊（廣東）渡海 白沙驛（福建）渡海	詩4	描寫望海、渡海所見。
戴　良	浦江（浙江） 居四明山（浙江）			詩2	描寫渡海所見。
謝宗可	江寧（江蘇）			詩1	觀潮。
傅若金		廣州教授	直沽	詩2	寫直沽海口之景。 記海洋神話。
王懋德	高唐（山東）	江浙行省參知政事	直沽	詩1	寫直沽海口之景。

丘處機	登州棲霞（山東）		嶗山（山東）	詩2	描寫望海所見。
吳 萊	浦吳溪江（浙江）		長期遊覽於東南沿海、海島	詩13文1賦1	以各體描寫濱海地區風土、景致、海錯。
仇 遠	錢塘（浙江）		招寶山（浙江）	詩2曲1	1.描寫海潮、海景。2.海洋想像。
張 興	仁和（浙江）			詩1	觀潮。
方 行			錢塘子胥廟	詩1	觀潮。
張 翥	隨其父至杭州後又隱居揚州		招寶山湄洲嶼四明山（浙江）	詩6詞2	1.描寫望海、觀潮、海景、海島。2.市舶貿易。
郭 翼	崑山（江蘇）			詩1	海洋神話。
虞 集				詩2	描寫、海島。
柳 貫	婺州浦江（浙江）	江山教諭		詩1	觀潮。
舒岳祥	寧海（浙江）			詩7	描海村風景、漁者、航海經驗。
黃 溍	婺州義烏（浙江）	臺州（浙江）寧海丞		詩7文1	描寫海堤、海景、海神、航海、觀潮。
貢師泰		兩浙都轉運鹽使	寧波（浙江）	詩14	1.具體描寫航海的人員、工具。2.詠海神、海洋送別、觀潮、海景、海港風情。
馬致遠		江浙省務提舉		詩1	描寫漁村。
陳 深	平江（江蘇）			詩1	海洋送別。
郝 經			長蘆（江蘇）渡海	詩1	寫航海體驗。
王 惲		福建閩海道提刑按察使		詩2	寫航海工具、海錯。
程鉅夫		閩海道肅政廉訪使		詩1	觀潮。
馬祖常		漳州路總管府事		詩1	詠海神。
楊 載	僑居錢塘			詩1	望海。
周 權	處州麗水（浙江）		浙江	詩1	觀潮。
李士瞻				詩2	寫航海體驗。
朱德潤	平江（江蘇）			詩3	海洋送別、觀潮。
方 瀾	隱居吳中（江蘇）		錢塘	詩2	濱海風情
洪希文	興化莆田（福建）	興化教諭	湄洲嶼	詩1	詠海神。

陳　高	溫州平陽（浙江）			詩1	記島嶼風情。
黃鎮成	邵武（福建）			詩4	記島嶼風情、航海體驗、海貿。
鄭元祐	遂昌（浙江） 僑居平江（江蘇）			詩2	描寫漁村生活風情。
陳　基	臨海（浙江）			詩14	建立海上戰力、海景、海洋神話。
張　昱		江浙行省參謀軍府事		詩1	海洋貿易。
王　逢	江陰（江蘇）人居上海			詩3	海岸景物、觀潮、海民生活之悲。
丁鶴年	四明（浙江）		昌國（浙江）	詩8	詠海堤、海景抒懷、海洋神話、海巢。
顧　瑛	崑山（江蘇）			詩5	描寫海疆風情。
馬　臻	錢塘（浙江）			詩1	記述海景。
張　雨	錢塘（浙江）			詩1	觀潮。
至仁禪師	蘇州（江蘇）			詩2	
天如禪師惟則	姑蘇（江蘇）			詩2	記觀閘、航海之險。
何　中			壺山（浙江）	詩1	望海。
李孝光	溫州（浙江）			詩1	記海洋神話。
丁　復	天臺（浙江）			詩1	記海洋神話。
王　冕	諸暨（浙江）			詩3	記觀潮、傷亭戶、海洋送別。
盧　琦	惠安（福建）			賦1	以賦體舖寫海洋。
碩裕實哈雅	?			詩1	記海洋神話。
盧　亘	?			詩1	海洋送別。
李　存	?			詩1	描寫叉魚。
郭　鈺	?			詩3	描寫漁父、冰山、航海。
周霆震	?			詩1	詠海潮。

（二）資料分析

　　與宋代一百八十六位作家相較，元代六十三位作家的數量雖然不多，然而創作的作品，卻更富有海洋特色。以下根據元代「作家活動地域表」的地

域資料,作進一步地分析:

1. 一如宋代作家般,皆具有豐富的海洋經驗

元代的六十三位作家中,除了李存、郭鈺、周霆震、碩裕實哈雅、虞集、盧亘等六人的生平資料,無法確認其濱海地域外,其餘五十七人均以設籍、寓居、仕宦、遊覽的方式,活動於濱海地域,因而具有豐富的海洋經驗。元代繼承宋代開發海洋的風潮,大肆投入海洋活動,對海洋的認識更為全面、真實。活動於濱海地域的作家,將海洋視為大自然的客觀存有,而非距離渺遠的虛幻空間,並以此為創作海洋文學的基礎條件。

2. 元作家籍貫分布的地域意義

元代五十七位濱海地域作家中,有四十三位設籍於濱海地域,佔總數的75.43%,與宋代的 70.52%(一百七十三人中有一百二十二人設籍濱海區),相差不遠。下表為設籍沿海的作家地域歸納表:

元代作家籍貫地域

山東	登州	1	3	浙江	浦吳	1	13
	高唐	1			四明	2	
	東平	1			天臺	1	
江蘇	平江、吳中(蘇州)	9	15		婺州(金華)	3	
	廣陵、江都、邗城(揚州)	1			溫州	2	
	姑蘇	1			麗水	1	
	江寧	1			東陽	1	
	江陰	1			寧海	1	
	崑山	2			遂昌	1	
浙江	會稽(紹興)	1	9	福建	惠安(泉州)	1	3
	諸暨	1			邵武	1	
	臨海	1			莆田	1	
	錢塘、仁和(杭州)	6					

宋、元期時的海洋活動地域變動不大,大致上集中於東南沿海一帶。北宋作家平均分布於江蘇、浙江、福建等地,南宋是浙江(46)居首,福建(28)其次,江蘇(12)居末。元代濱海作家的籍貫,則分布在山東(3)－江蘇(15)

－浙江（22）－福建（3）等四地域，其中以浙江（22）為首，江蘇（15）居次。將宋、元作家的籍貫地域結合比對，可以發現：

(1) 浙江是宋、元兩代，海洋活動極為興盛的區域，造船與航海業發達，也是海洋作家最集中的地域。元代的溫州、杭州等市舶司，均位浙江（元代設為江浙行省）境內，繁榮的海洋活動，使本地域的海洋意識非常鮮明。作家競相書寫沿海的人文活動、海景、航海、船舶、貿易、漁產、海戰等題材。

(2) 宋代時期，江蘇籍的作家數量次於浙江、福建。入元以後，江蘇籍的作家則遠高於福建籍，正反映江蘇、福建兩地海洋人文活動的消長跡象。

(3) 元代時期，山東、河北、廣東等濱海地域，相對於浙江、江蘇、福建等地域，屬於海洋活動發展遲緩的地區，區內的海洋人文活動較不繁盛，故海洋文學作家的數量極少。

3. 元代濱海地域作家的創作覺醒

元滅宋後，見識到東南沿海的海洋巨利，官、民極力開發海洋，追求經濟利益。元代以宋代所開闢的海外航路為基礎，並依循宋代市舶舊制，將市舶司的組織制度化，使海外貿易達到空前蓬勃發展的局面。元代時期，自東南沿海各港市出航貿易的中外海船絡繹不絕，海外進口舶貨的數量、種類，遠高於宋代，充分供應國內民生需求，而中國所產的紡織、陶瓷、金屬製品、農產、藥物、生活日用小物、文化用品，也輸出海外諸國。國內、海外的貨品，經由四通八達的海洋貿易網，於東南沿海各港市輸出、入，使得各港市的人口激增、經濟富裕、文化交流。異於內陸城市活動的保守、穩定，東南沿海港市展現富足、開放、冒險、多元的城市氛圍。

久居濱海地域的作家，長期籠罩在此種城市氛圍中，開始對海洋地域、海洋生活反思，進而探求繁榮海洋活動背後的真實面，化為創作行動，就是地域性作家的創作覺醒。籍貫浙江紹興的楊維楨，其海洋文學反映濱海人民的真實生活景況，如〈鹽商行〉描寫出鹽商飛揚跋扈的氣焰，〈海鄉竹枝詞〉四首反映出被官府、鹽商雙重剝削的鹽亭工人的悲苦生活。設籍浙江的吳萊，以長篇書寫家鄉的海洋風土，如定海候濤山、甬東山水、海東洲盤陀石山等，極為深刻，非長居此地域者，難以曲盡其妙。設籍浙江寧海的舒岳祥，描寫海村風景、漁家撈捕、航海經驗，能表現真實的海洋生活情景。設籍江蘇蘇

州的宋無、宋本、宋褧，創作大量的海洋文學。宋無的眾多海洋作品中，以
《鯨背吟》最具代表性。《鯨背吟》詩集三十三首（含〈自題〉）七言絕句，
首尾一貫地描寫航海過程、航海工具、沿途景致、船上生活，呈現極爲濃厚
的海洋風格。這組文學性的航海實錄，以連章詩形式，歌詠作者所生活的沿
海地域景致，令人彷彿置身於綺麗海國之中，感受濃郁的海洋風情。濱海地
域作家創作覺醒所書寫的作品，具有反映海洋生活本質的現實精神，非憑空
設想可爲，也異於偶然臨海的記遊之作。

三、濱海地域性與宋、元作家創作海洋文學的關係

（一）緣濱海地域而得的海洋經驗是海洋文學的創作基礎

作家創作海洋文學時，有兩種可能：一爲脫離眞實海洋經驗的憑空凌
想；一爲眞實海洋景象、風物的呈現。脫離眞實海洋經驗，憑空凌想而成的
作品，不必然要緣附於親見之海洋。作家可以身處內陸，以歷代典籍所載之
海洋知識、神話、傳說，爲構思作品的依據。這些緣典籍資料而生的海洋神
話、想像作品，可以脫離眞實的海洋而存在，甚至成爲海洋文學的書寫傳統
之一。隨著海洋活動日益昌盛，海洋意識越發彰明，人們累積豐富的海洋經
驗，使憑空冥想的海洋文學數量越來越少，絕大部分的作品均以現實海洋爲
基礎。

考察宋、元時期的海洋文學，除了描寫海洋仙怪的詩作、極少數的題畫
詩（如題趙千里海潮圖）及倡和詩外，絕大多數的作品，均以作者的海洋生
活、遊歷經驗爲寫作基礎。本期的作家，以濱海地域所獲得的豐富海洋經驗
爲創作基礎，書寫美麗奇特的海洋，雖也援用若干的海洋傳統典故，如海中
仙山、長鯨公子、精衛填海、伏波射潮、潮神伍子胥、飛廉、颶母等，但絕
大多數的內容，如海舶、海氣、海雲、海鳴、浪濤、弄潮、颶風、羊角風（龍
捲風）、季風、風帆、製鹽、魚撈、漁具、蜑戶、潮汐、海錯、檳榔、海市蜃
樓、海賈、海戰、海寇、海貿、海門、海港、海島等，乃眞實海洋的具體映
現。以眞實的海洋爲創作基礎，使本期的海洋文學褪去想像、神秘的面紗，
以海風、鹽味、潮浪、藍天、雲帆交織成一幅幅迷人的海國風情畫。本期與
唐代海洋文學，最明顯的差異處，在於作品所呈現的海洋眞實性。盡管海洋
文學在宋、元代的文壇中，並未被大多數的文人視爲文學主流，但在綿長的
濱海區，海洋文學以其獨特風情，形成海洋文化的重要組成元素。

（二）設籍或僑居濱海地域的作家為創作海洋文學的主流

宋、元時期的作家，都有程度不同的濱海地域活動。濱海地域的活動空間、時間不同，使作家創作的海洋文學各具特色。宋、元時期的二百四十九位作家中，除去十九位無法確認其濱海活動地域者，共有二百三十位以設籍、僑居、仕宦、登覽海景、渡海等方式，活動於濱海地域，並從中獲得程度不同的海洋經驗。這二百三十位作家中，又有一百六十六位設籍或長期僑居於濱海地區，佔作家總數的 72.17%，與海洋地域的關係更為密切。宋、元時期的海洋作家，比唐代（含唐以前）的海洋作家，更親近海洋！

設籍或僑居濱海地域的作家，為本期創作海洋文學的主流。審視本期的海洋文學，凡能表現深刻的海洋事物者，幾乎都是設籍或長期僑居於濱海地域的作家。設籍或長期僑居於濱海地域的作家，耳聞目見，心領身受，均為海洋相關景象、事物。海洋地域所產生的環境氛圍，深深影響到作家的感受與價值觀，也引發作家對熟悉地域的自省。這些濱海地域作家，以剝洋蔥的方式，層層解析海洋環境的真實面與百姓的生活，不必費心構作雅麗修辭，作品自然產生深層的感動。這些作家的作品，表現海洋的深度，迥異於偶遇海洋者，為本期海洋文學的代表。

（三）宋元海洋文學所展現的地域性自覺

王祥於〈宋代文學地域性研究述評〉一文，論述「文學的地域性」的內涵時，強調空間性（地域性）及空間性對文學創作的影響〔註11〕。地域空間所有的自然、人文條件，會對該地域的文學創作，產生鮮明的影響。作家為文學創作活動的主體。深受地域空間影響的作家，以其獨特的生活經驗為基礎，深刻反省所處空間的人、事、物，並將之轉化為文學作品，就是文學創作的地域性自覺。柳和勇則進一步地將海洋文學與濱海地域性結合，論述「海洋文學的地域性創作自覺」：

> 海洋文學的地域性創作自覺，是指特定地域人群自覺地通過海洋文
> 學創作，傳達海洋審美意識的創作活動。種種涉海的自然和社會條
> 件優勢，才可能使海洋文學創作成為特定地域人群的創作自覺，並
> 逐漸成為該地域文學創作的顯著特色。〔註12〕

〔註11〕　王祥：〈宋代文學地域性研究述評〉，《瀋陽師範大學學報》（社會科學版），第三十卷第一期，2006 年，頁 65。

〔註12〕　柳和勇：《舟山群島海洋文化論》（北京：海洋出版社，2006 年），頁 199。

要形成海洋文學的地域性創作自覺，要具有「種種涉海的自然和社會條件優勢」，才會產生作家對海洋環境的自覺。濱海地域的社會條件優勢，乃以涉海的自然條件（天然港口）優勢爲基礎。東南沿海一帶的重要城市，通常具有優良的海洋輸運機能，有的本身就是以港口爲核心而發展的海洋城市。具備涉海自然條件優勢的地域，匯聚人力、資金、造船業、航海技術，形成以運輸、貿易、製鹽、漁撈爲主的海洋經濟活動，也帶動城市的快速發展。

宋代因偏安江南，官方以東南沿海一帶的港市爲基地，大力開發海洋經濟。元代踵繼宋代的海洋事業，開發東南沿海地域，不餘遺力。經宋、元以來的長期開發，東南沿海一帶，城市發達，港口繁榮，經濟活絡，人口遽增，文化興盛。這些宋、元以來蓬勃發展的新興港市，具有冒險逐利、變革快速、包容多元的特質，展現出迥異於內陸的城市風貌，自然也影響到濱海地域作家的創作趨向。

長期面對眞實的海洋，引發作家心中對濱海地域的自覺。作家的生活與濱海地域愈密合，作品的地域性自覺就愈強烈。設籍於濱海地域的作家，擁有較豐富的海洋知識，對於海洋的態度，理性、感性兼具。作家以眞實筆觸，書寫熟悉的海洋空間，處理各類海洋題材時，由表層的認識（視覺、聽覺感受），進入到深層的體驗。這類經由作家對長期所處地域自省的海洋文學，歌詠奇特的水族生物，讚嘆雄偉海舶，頌揚海戰英雄，留意漁鹽之利，體會海洋生活的甘苦，富有鮮明的地域性，非長期體驗濱海生活的作家不能爲，與短暫游宦的讚嘆之作相較，兩者截然不同。

第五章　宋代海洋文學重要作家作品析論

　　宋代海洋文學作家眾多，然而每位作家的作品數量、內容趨向、藝術成就並不相同。本章挑選具有代表性的海洋文學作家及其作品，深入析論，希望能呈現本期海洋文學的具體面貌。又據第四章的探討結果，南宋為宋代海洋文學的創作高峰，質、量均頗為可觀。為凸顯此一創作趨勢，本章分成「北宋」、「南宋」二節，析論各期的重要作家及其作品。

第一節　北宋作家作品析論

一、梅堯臣

　　梅堯臣（西元 1002～1060 年）與歐陽脩、蘇舜欽齊名，並稱梅歐、蘇梅。梅堯臣善以樸素自然的語言，描畫清切新穎的景物形象，但其詩作雖如一泓靜水般，偶爾還是雜有峭奇成份，如「百川倒蹙水欲立，不久卻迴如鼻吸」（〈青龍海上觀潮〉）、「鹽池暗湧蚩尤血」（〈送潘司封知解州其父嘗守此州〉）等詩句，怪巧至極。

　　「薄宦遊海鄉」的梅堯臣，曾監湖州（浙江）鹽稅，雖然宦居海濱的時間不長，但因用心體會濱海的生活，使其作品的海洋興味濃厚。梅堯臣的海洋文學，可分三大類析論：

（一）海洋景觀的描寫

　　梅堯臣對海洋景觀，有深刻的觀察，與驚鴻一瞥似的粗淺觀海者感受不同。梅堯臣描寫海洋景觀的作品，以〈青龍海上觀潮〉與〈送朱司封知登州〉

二詩，較具代表性，以下舉此二詩析論。

眾多支流匯入江面浩瀚的吳淞江後，自青龍鎮以東，江面呈喇叭形，海面稱爲華亭海。海潮自吳淞江口至青龍鎮，形成壯觀的湧潮。青龍即青龍鎮，位於現今上海青浦區，爲宋代觀潮的好去處。仁宗慶曆四年（西元 1044 年），梅堯臣於青龍鎮觀賞吳淞江湧潮，作〈青龍海上觀潮〉（《宛陵集》〔註1〕，頁53）：

> 百川倒罍水欲立，不久卻迴如鼻吸。
> 老魚無守隨上下，閣向滄洲空怨泣。
> 推鱗伐肉走千艘，骨節專車無大及。
> 幾年養此膏血軀，一旦翻爲漁者給。
> 無情之水誰可憑，將作尋常自輕入。
> 何時更看弄潮兒，頭戴火盆來就溼。

大多數的觀潮作品，都將寫作重心，置於海潮的具象描寫、海上弄潮活動，或海潮神話傳說之上。梅堯臣此詩聚焦於潮退後，老魚（鯨）擱淺於滄洲的淒涼景況。首兩句「百川倒罍水欲立，不久卻迴如鼻吸」，以巧怪筆法，描寫潮來潮退的情景。當潮水急湧而來時，百川之水爲潮浪所阻而倒流。江水與海潮相激而成的高聳浪潮，宛若立壁般。當潮水快速消退時，又彷彿是海神奮力鼻吸，將潮水瞬間吸乾。第三句以下，則將描寫焦點集中於擱淺的老魚之上。體態衰弱的老魚，無法抗拒浪潮的推移力，無奈地隨波浮沈，當潮水消退後，只能無助地擱淺於滄洲，空留怨泣。曾叱吒滄海，在海上推鱗伐肉（追捕魚群），宛若疾走千帆，骨節能佔滿一車的巨大老魚〔註 2〕，卻因年齡大，擱淺在沙洲，任漁人宰制。活躍滄海的巨魚，竟會淪落到擱淺沙洲的命運，看在梅堯臣的眼中，興起「無情之水誰可憑」的感慨。

梅堯臣除了觀潮外，也驚嘆海市蜃樓之奇。仁宗嘉祐四年（西元 1059 年），朱處約知登州，梅堯臣送別，作〈送朱司封知登州〉（《宛陵集》，頁 121），歌詠登州海市：

> 駕言發夷門，東方守牟城。城臨滄海上，不厭風濤聲。

〔註 1〕 宋·梅堯臣：《宛陵集》（臺北：新文豐出版公司，1979 年）。

〔註 2〕 「推鱗伐肉走千艘，骨節專車無大及」這兩詩句，照梅堯臣的描述，擱淺在海灘的老魚似乎是指鯨。宋代張舜民〈鯨魚〉（「東海十日風，巨浪碎山谷。長鯨跨十尋，宛轉在平陸。……」），就是描寫巨大鯨魚擱淺海灘，竟被肢解的過程。

海市有時望，閭屋空盧生。車馬或隱見，人物亦縱橫。

變怪其若此，安知無蓬瀛。昨日聞公說，今日聞公行。

行將勸農耕，用之卜陰晴。

朱司封即朱處約，曾任司封員外郎。朱處約知登州的最大貢獻，在於丹崖山上興建一座凌空欲飛的蓬萊閣，並留下一篇耐人尋味的〈蓬萊閣記〉。梅堯臣聽聞朱處約即將調任東方的登州，浮現在面前的景象，就是登州最著名的海市奇景。登州位於渤海南岬。春夏之交，海水溫差過大，深層海流涌動，易攪起近岸海水，形成海面氣流的蒸騰，若空氣能見度高，易將陸地遠近的景物反射在海面氣層中，形成海市蜃樓。梅堯臣首先點出面臨滄海的登州治所蓬萊城，正是觀賞海市的最佳地點。當海市自蒸騰水氣，憑虛而生時，車馬若隱若現，人物縱橫往來，幻若蓬、瀛仙境，令人驚嘆不已。梅堯臣此詩所記之海市奇景，非自己親見，不若蘇軾〈登州海市〉（「東方雲海空復空」）有名，鮮少被沿海方志徵引。

（二）對鹽民生活的悲憫

鹽業是濱海地區的重要經濟活動，也是宋代國庫的重要財源。官府、鹽商競逐鹽利，換來的是亭民（鹽民）的苦楚。梅堯臣曾監湖州（浙江）鹽稅，對於鹽業之弊，體會深刻。梅堯臣作〈送朱表臣職方提舉運鹽〉（《宛陵集》，頁293），揭露濱海亭民的辛酸：

蜃灶煮溟渤，航鹹播楚越。官榷利言盈，盜販弊相汩。

連艘以轉致，攪灰或沉沒。雖使日鞭黥，未易窮姦窟。

朝廷用朱侯，提職欲無闕。侯因許專畫，拜疏陳其說。

曰臣有更張，敢以肝膽竭。荊湘嶺下城，恃遠不畏罰。

堂堂事私貫，遮吏遭驅突。願使商自通，輸金無暴猝。

淮江且循常。約束備本末。國用必餘資，亭民無滯物。

事下丞相府，論議不可拔。從之東南蘇，拒之財賦過。

聽侯侯往施，所便黔黎活。五味既和調，萬里銷狂悖。

汴水桃花時，犀舟順流發。過淮逢絮鶖，泊岸採蘆蕨。

挂帆趨浪頭，應不勞歲月。

本詩以極嚴肅的態度，析論當代鹽政之敝，並寄望朱職方（字表臣）提舉運鹽後，能使亭民的生計活絡。本詩依其內容，可分成四段討論。第一段「蜃灶煮溟渤，航鹹播楚越」兩句，以煮鹽及海鹽輸運楚、越起筆，提起第二段

的鹽政之弊。以蠣殼煅燒而成的蜃灰，加水加沙，製作煮鹽的蜃灶，是當日亭民的主要生產工具。亭民辛苦熬煮鹵水，獲得雪白的食鹽，嘉惠楚、越百姓的生活。然而亭民辛苦製鹽的背後，卻藏有無限的辛酸。第二段（「官榷利言盈……未易窮姦窟」）則揭露宋代鹽政之弊。官榷（政府專賣）是宋代的基本鹽策，爲政府獲得巨大的利益〔註 3〕，卻也產生弊端。《續資治通鑑》卷一三九云：

> 臣僚言：「私鹽之不可禁者，其弊三：亭戶煎鹽入官，官不以時給直（值），往往寄居，爲之干請而後予之，至有分其大半者，一也。煎煉之初，必須假貸於人，而監司類多乘時放債，以要其倍償之息，及就場給直（值），往往先已克除其半，而錢入於亭戶之手者無幾，二也。鹽司及諸場人吏，類多積私鹽以規厚利，亭戶非不畏法，以有猾胥爲之表裡，互相蒙庇，三也。」〔註 4〕

宋代鹽政的弊端，在於官府不以合於市場的價值收購海鹽，加上要先借貸高利息的煎煉資本，使亭民無法得到足以營生的收益，故盜販私鹽便緣此而生。梅堯臣感嘆亭民願鋌而走險，干犯鹽法，實在是不得已，即使「日鞭黥」，也不易「窮姦窟」！第三段（「朝廷用朱侯……萬里銷狂悖」）則對朱職方寄予厚望，盼他能整飭鹽法之弊。朱職方曾上疏陳說鹽政之弊，爲君臣所重，故被調任提舉運鹽，以解決鹽政問題。朱職方主張放鬆榷禁，「使商自通」，則「國用必餘資，亭民無滯物」。梅堯臣認同朱職方的主張，以爲「從之東南蘇，拒之財賦過」。鹽的合理流通，不但可利民生之需（五味調和），更可甦活東南沿海黔黎的生計。第四段（「汴水桃花時……應不勞歲月」）則回到送別的感性基調上，願朱職方挂帆順流赴任時，能領略各地風物之美。梅堯臣於詩中，以嚴肅的態度，平實之筆，分析鹽政之敝，關注鹽民的生計，悲憫之情，自然流露。

（三）歌頌海洋漁產

梅堯臣的海洋文學中，對於海洋水產的生態、滋味，有深刻的記錄。這

〔註 3〕 郭正忠主編《中國鹽業史・古代編》云：「宋代的官收鹽利，曾在中央財政歲入中佔居顯要地位。或曰『當租賦三分之一』，或曰『天下之賦鹽利居半』……南宋人甚至說：『天下大計仰東南，而東南大計仰淮鹽』。」（北京：人民出版社，1999 年，頁 286）東南沿海的鹽利，對於宋代財政收入，有極重要的影響。

〔註 4〕 清・畢沅：《續資治通鑑》（臺北，建宏出版社，1995 年），頁 3161。

些作品以濱海生活的細密觀察爲寫作基礎，故極富眞實感，也具有鮮明的海洋特色。如〈時魚〉（《宛陵集》，頁238）云：

　　四月時魚逴浪花，漁舟出沒浪爲家。

　　甘肥不入罟師口，一把銅錢趁槳牙。

明代屠本畯《閩中海錯疏》云：「鰣，板身扁首，燕尾，青脊，白鱗，大者長數尺，肥腴多鯁。」〔註5〕時魚就是鰣魚，屬於洄游性魚類，因鱗片挂絲網即不復動，故又名惜鱗魚。

　　鰣魚體腹豐腴，肉質細嫩，魚脂香美，骨鯁雖多，風味卻耐人相思，爲名貴魚種。鰣魚不但爲宋人所喜愛，明、清時期，更成爲入貢皇室的珍鮮。鰣魚從海入江，汛期準確明顯。顧起元云：「魚之美者，鰣魚，四月出，時郭公鳥鳴，捕魚者以此候之。」〔註6〕鰣魚，每年四月爲其汛期，過四月則無所獲。故逢四月汛期，漁人欲大豐收，常以浪爲家。梅堯臣準確地記載鰣魚的汛期及其珍貴。「四月時魚逴浪花」，寫四月汛期時，越浪而行的鰣魚。漁舟出沒江海，以浪爲家，目的在於捕捉鮮美的鰣魚。被視爲盤中珍饌的鰣魚，具有極高的經濟價值。故漁人在重金的驅策下，勠力逐浪撈捕，最後甘肥的鰣魚，全入達官巨室之口，而漁人卻無緣親嚐鰣魚的美味。

鰣　魚

（本圖引自《黃渤海魚類調查報告》）

　　梅堯臣嗜食牡蠣，又作〈食蠔〉，記牡蠣的養殖方式、食用方法，爲研究宋代魚貝類養殖、食用，必徵引的資料。〈食蠔〉（《御定淵鑑類函》卷四四四）云：

〔註5〕　明・屠本畯：《閩中海錯疏》（《叢書集成》初編，臺北：藝文印書館，1965年），卷上，頁7。

〔註6〕　明・顧起元：《客座贅語》（《文淵閣四庫全書電子版》），卷一。

薄宦遊海鄉，雅聞靜康蠔。宿昔思一飽，鑽灼苦未高。

傳聞巨浪中，磈磊如六鰲。亦復有細民，並海施竹牢。

採掇種其間，衝激恣波濤。鹹鹵與日滋，蕃息依江皋。

中廚烈焰炭，燎以菜與蒿。委質已就烹，鍵閉猶遁逃。

稍稍窺其戶，清瀾流玉膏。人言噉小魚，所得不償勞。

況此鐵石頑，解剝煩錐刀。戮力劾一割，功烈纏牛毛。

若論攻取難，飽食未爲饕。秋風鱸鱠綠，霜日持蟹螯。

修羓踏羊肋，巨臠剚牛尻。盤空筯得放，羹盡釜可鐰。

等是暴天物，快意亦魁豪。蠔味雖可口，所美不易遭。

拋之還土人，誰能析秋毫。

蠔又稱蠣房、蚝、蠣蛤，滋味鮮美，富含養分，爲海中珍寶，蘇頌譽爲「海族爲最貴」〔註7〕。宋代食蠔之風大盛，文人品嚐其鮮味之餘，常作詩詠頌蠔的珍美，梅堯臣此詩爲代表作之一。本詩以長篇詠蠔，可分爲三段析論。第一段（「薄宦遊海鄉……蕃息依江皋」），首先點出宦遊海鄉的梅堯臣，久聞蠔的美名，而思得一飽；其次準確地記錄宋代人工養蠔的情形。野生的牡蠣常依附於海邊岩石，或堆疊相粘爲蠔山，採集蠣肉，頗費工夫。宋代以來，因應食用需求，開始在海濱人工養育牡蠣，提高市場供應量。沿海細民於海岸淺處，施用竹牢，以繫附牡蠣苗。牡蠣苗因波濤衝激，獲得充足的養分（浮游生物），得以快速成長。此種養殖方式，稱爲「竹蠔」，與清代流行以投石種蠔的「種蠔」〔註8〕，差異頗大。第二段（「中廚烈焰炭……清瀾流玉膏」），描寫蠔的烹調方式及鮮味。宋人常以烤炙的方式來料理鮮美的蠔。即使已被炭火烹熟，但蠔殼仍頑強地閉合，最後勉強打開一線，卻是「清瀾流玉膏」。鮮味的代價是剝殼取肉的艱難。故第三段（「人言噉小魚……誰能析秋毫」）則詳記剝蠔殼取肉的過程。蠔殼表面尖銳，稍不小心，常會割傷手指。梅堯臣感嘆要打開「鐵石頑」般的蠔殼，竟要用到錐刀，戮力剝解。費盡心力撬

〔註7〕 李時珍《本草綱目》卷四十六引蘇頌之言：「當食品，其味美好，更有益也，海族爲最貴。」（臺北：培琳出版社，1996年，頁1407）

〔註8〕 屈大均：《廣東新語》，卷二十三，「蠔」：「東莞、新安有蠔田，與龍穴洲相近，以石燒紅散投之，蠔生其上，取石得蠔，仍燒紅石投海中，歲凡兩投兩取。蠔本寒物，得火氣，其味益甘，謂之種蠔。……蠔本無田，田在海水中，以生蠔之所謂之田。」（北京：中華書局，1997年，頁576）「種蠔」以燒紅石頭，投入海中，吸引蠔種攀附。此種養殖方式，與宋代流行的「竹蠔」大不相同。「竹蠔」養殖的方式，因竹子有固定處，便於採收。

開蠔殼，得到小小的蠔肉，不足以飽餐，所得的功烈竟如牛毛般，故梅堯臣以為「蠔味雖可口，所美不易遭。」本詩對蠔的各種描述，極為真實，非有真實海洋經驗者，不易為之。

車螯為文蛤中體形較大者，肉質鮮嫩，滋味甘爽，為宋代美食家所珍愛的鮮味。王安石（〈車螯〉）、梅堯臣、歐陽脩、楊萬里等，多有詠車螯之作。並稱「梅歐」的梅堯臣、歐陽脩，既是文壇詩友，也是美食家，二人常就所食之珍味，以詩互相酬贈。歐陽脩初食車螯，驚歎其美味，作〈初食車螯〉（「纍纍盤中蛤」）寄梅堯臣，以表達對車螯的喜愛。梅堯臣收到歐陽脩之詩後，作〈永叔請賦車螯〉（《宛陵集》，頁 265），評價車螯的珍美：

> 素脣紫錦背，漿味壓蚶菜。海客穿海沙，拾貯寒潮退。
>
> 王都有美醞，此物實當對。相去三千里，貴力致以配。
>
> 翰林文章宗，炙鮮尤所愛。旋坼旋沽飲，酒船如落埭。
>
> 殊非北人宜，肥羊啖臠塊。

車螯殼有紫色花紋，又稱紫貝。歐陽脩形容車螯為「瑞璨殼如玉，斑斕點生花」，梅堯臣則將車螯形容為「素脣紫錦背」，強調其紫殼的特徵。含漿不肯吐的車螯，以碳火炙烤後（「炙鮮」），殼內的白色鮮美漿液，令梅堯臣垂涎三尺，滋味壓過蚶菜（蚶子）〔註9〕。車螯常藉潮流遷移，而海客總是趁著退潮時，穿越海沙，撿拾沙中的車螯。鮮炙的車螯，能搭配京城美酒，便是極大的飲食享受。本詩具體寫出車螯令饕客垂涎之處，令讀者彷若親嚐鮮美的車螯。

梅堯臣除了歌頌時魚、蠔、車螯外，在〈北州人有致達頭魚于永叔者素未聞其名蓋海魚也分以為遺聊知異物耳因感而成詠〉（「孰云北海魚」）詩中描寫達頭魚，在〈昨於發運馬御史求海味馬已歸闕吳正仲忽分餉黃魚鱟醬鮆子因成短韻〉（「前欲淮南求海物」）詩中描寫黃魚（石首魚）、鱟醬（鱟肉、卵製成的醬）、鮆子（刀魚）。梅堯臣所歌詠的這些物產，均為實際觀察所得，為其詩增添海洋的風味。

二、蔡　襄

蔡襄（西元 1011～1066 年），字君謨，興化仙遊（今屬福建）人，精於

〔註 9〕蚶菜，即蚶，俗稱蚶子。明・屠本畯《閩中海錯疏》云：「蚶，殼厚，有稜狀，如屋上瓦攏，肉紫色。」（《叢書集成》初編，臺北：藝文印書館，1965 年，卷下，頁 4）

吏治，爲官清正，政績卓著，卒諡忠惠。蔡襄擅書法，正、行、草、隸皆善，與蘇軾、黃庭堅、米芾並稱「宋四家」。蔡襄詩風格清遒粹美，爲閩籍詩人中，最早確定宋調者，開閩詩一代新風。〔註10〕

　　由於長期外放福建、江蘇、浙江等地爲官，蔡襄對於東南沿海的海洋生活有深刻的體會，詩文均能體現海洋風情。蔡襄喜愛濱海地區的平實海洋生活，如〈宿海邊寺〉（《蔡襄全集》〔註11〕，頁 192），描寫的是海邊寺的海村風光：

> 潮頭欲上風先至，海面初明日近來。
>
> 怪得寺南多語笑，蜑船爭送早魚迴。

前兩句描寫海面上的風光，後兩句描寫海邊寺南的笑語喧嘩，乃蜑船〔註12〕將拂曉撈捕的漁獲載回時，漁家的豐收笑語聲。本詩表現海濱漁家淡而有味的生活情景。

　　仁宗慶曆五年（西元 1045 年），蔡襄觀春潮有感，作〈春潮〉（《蔡襄全集》，頁 187）：

> 納納春潮草際生，商船鳴櫓趁潮行。
>
> 封書欲寄天涯意，海水風濤不計程。

當春潮起漲時，正是商船啓航的時機。趁漲潮鳴櫓航行的商船，即將乘風航向天涯。蔡襄有感而發，封書欲寄飄泊天涯意，無奈海上風濤難測，無法計程，音訊難以寄達。

　　蔡襄將離開錢塘時，惆悵縈繞，作〈離錢塘〉（《蔡襄全集》，頁 186）記懷：

> 迎潮小舸滿旗風，迴首津亭暮靄中。
>
> 惆悵今宵歸去夢，迢迢直至海門東。

爲了乘潮啓航，蔡襄於夜暮登舟，心情格外感傷。當乘風迎潮的小舸，逐漸航向海門東方，回首漸遠的津亭，已黯入暮靄中。離開錢塘越遠，惆悵之情益深，船上夜夢，讓蔡襄又暫時回到熟悉的錢塘。

　　長期留住濱海地區的蔡襄，對於海洋的無盡力量，也有深刻的體認。任杭州知府時，蔡襄曾多次觀潮，也寫下多首觀潮詩，如〈和江上觀潮〉（《蔡

〔註10〕 詳吳聲石：〈蔡襄開啓了宋閩詩新風〉（《莆田高等專科學校學報》，第八卷第三期，2001 年，頁 77）一文之論述。

〔註11〕 蔡襄：《蔡襄全集》（福州：福建人民出版社，1999 年）。

〔註12〕 蜑人習居舟上，水極佳性。蜑船，乃蜑人用以爲家的船。

襄全集》，頁 145）云：

　　地卷天回出海東，人間何事可爭雄。

　　千年浪說鴟夷怒，一信全凝渤澥空。

　　寂靜最宜聞夜枕，崢嶸須待駕秋風。

　　尋思物理眞難測，隨月虧圓亦未通。

生於福建興化仙遊的蔡襄，習見海潮，但對於錢塘潮的偉觀，仍懷有無限的讚嘆。蔡襄目睹「地卷天回出海東」的錢塘潮，氣勢磅礴，感嘆人間何事可與之爭雄？眼前的潮浪正透過濤聲傳達千年前伍子胥的無盡憤怒〔註 13〕。氣勢磅礴的錢塘潮，背後的物理，令蔡襄百思不解！壯觀的錢塘潮，若是沒有潮神的巨力推揚，怎麼可能隨月虧圓，而產生如此壯觀的消漲呢？蔡襄又作〈八月十九日〉（《蔡襄全集》，頁 76），記觀潮之感：

　　潮頭出海卷秋風，風豪潮起蒼海空。

　　弄潮船旗出復沒，騰身潮上爭驍雄。

　　沙頭萬目注江水，晴雷乾電來無窮。

　　窗外簾旌飛獵獵，新醅翠斝行坐中。

　　欲作吳歌弄清晝，回看滿眼西陽紅。

　　六曲屏深映雲母，珠盤縷縷青鴉茸。

　　山移海轉有變化，生緣長短須相逢。

農曆八月十九日，蔡襄又往觀錢塘潮。本詩不同於上一首觀潮詩，描寫的重心在於觀潮的人文活動上。八月豪風捲起的秋濤，一出海門，與海上大潮相會後，蒼海染就一片空濛。錢塘潮極盛時，景象令人驚駭，卻有不畏死的吳兒，或操舟迎潮起伏，或手持彩旗出沒於千仞鯨波之間，憑此弄潮身手，誇能爭雄。錢塘潮的驚人聲勢，吸引岸邊萬目的凝視，濤聲有如晴雷乾電，聲聲不絕。蔡襄於有生之年，得以逢此觀潮佳會，手持翠斝，盡興欲歌，忽覺滿眼西陽紅。

　　蔡襄觀壯潮之餘，也發現吳兒輕生狎潮，常有沈溺憾事發生。爲防止弄

〔註 13〕《吳越春秋》，卷五云：「吳王乃取子胥尸，盛以鴟夷之器，投之于江中，言曰：『胥，汝死之後，何能有知？』即斷其頭，置高樓上，謂之曰：『日月炙汝肉，飄風飄汝眼，炎光燒汝骨，魚鱉食汝肉。汝骨變形灰，有何所見？』乃棄其軀，投入江中。子胥因隨流揚波，依潮來往，蕩激崩岸。」（長沙：岳麓書社，2006 年，頁 133）伍子胥死後，被盛以鴟夷，棄置江中。懷怒而死的伍子胥，相傳魂魄化爲潮神，常鼓起濤天巨浪。

潮悲劇發生，蔡襄以惜生的態度，特別頒下〈戒弄潮文〉(《蔡襄全集》，頁 657)，約束軍民不得弄潮：

> 斗牛之分，吳越之中，惟江濤爲最雄，乘秋風而益怒。乃其俗習於此觀游，厥有善泅之徒，競作弄潮之戲，以父母所生之遺體，投魚龍不測之深淵，自爲矜誇，時或沈溺，精魄永淪於泉下，妻孥望哭於水濱。生也有涯，盍終於天命，死而不弔，重棄於人倫，推予不忍之心，伸爾無窮之戒，所有今年觀潮並依常例，其軍人百姓輒敢弄潮，必行科罰。

八月的錢塘秋濤，在秋風的助瀾下，更加險惡，卻有輕生若鴻毛的善泅者，乘危入海弄潮，以誇豪雄。蔡襄對於弄潮者，矜誇浮名，竟忍心將父母所賦予的形體，輕易投入險惡深淵，以致身溺不弔，使妻孥望哭於水濱，心中至感沈痛。故蔡襄鄭重發令，告戒軍民不得入水弄潮，否則將依科條責罰。然而蔡襄的殷殷用心，並未奏效，善泅吳兒仍涉險弄潮如故。

長期在福建、江蘇、浙江等地爲官的蔡襄，心繫百姓生活，苦民所苦。泉州萬安渡，北通江、浙，南達漳、廣，爲沿海通衢之地，行旅全靠渡船以濟。但因洛陽江匯集諸水，波濤洶湧，水流湍急，常有舟覆人亡之虞。嘉祐三年（西元 1058 年），蔡襄任泉州太守時，以王實的築橋基礎，號召百姓捐款，鳩集民工，全力興建。由於洛陽橋得奠基於湍急的海水中，興建困難。蔡襄殫精竭慮，運用筏型基礎法〔註 14〕、種蠣固基法〔註 15〕、浮運架樑法〔註 16〕等建築工法，終於建成橫跨海港的洛陽石橋。起造洛陽橋，耗時七年，花費 1,400 萬兩，由蔡襄等十五人勠力擘劃，方得以竣工。洛陽橋全長 3,600 尺，寬五尺，靠四十七個橋墩，撐起整座跨海石橋。

洛陽橋落成之後，天塹變爲通途，民利通濟，讚聲不絕。蔡襄蒙召還京時，也取道洛陽橋。蔡襄欣喜而作〈萬安渡石橋記〉(《蔡襄全集》，頁 566) 以記之：

〔註14〕 筏型基礎法：沿橋樑中線底部，置放大量石塊，形成一條水底矮石埂作爲橋基，再壘石成橋墩。

〔註15〕 種蠣固基法：在橋墩石堆中種牡蠣，利用牡蠣的強勁附著力，把橋基和橋墩的石塊牢固的黏合，以擋海水沖刷。

〔註16〕 浮運架樑法：利用大潮潮水上漲到最高位時，將一條條重達數噸的大石板運載至兩墩之間，讓石樑板兩頭高出墩面，退潮時，船位慢慢降低，船上的石樑就架在兩邊橋墩上。

泉州萬安渡石橋，始造於皇祐五年四月庚寅，以嘉祐四年二月辛未
訖功。纍趾於淵，釃水爲四十七道，梁空以行，其長三千六百尺，
廣丈有五尺，翼以扶欄，如其長之數而兩之，靡金錢一千四百萬，
求諸施者，渡實支海，去舟而徒，易危而安，民莫不利，職其事者
盧錫、王實、許忠、浮屠義波、宗善等十有五人。既成，太守莆陽
蔡襄，爲之合樂，讌飲而落之。明年秋，蒙召還京，道由是出，因
紀所作，勒於岸左。

泉州人稱讚洛陽橋有三絕〔註 17〕，其中一絕就是勒刻於岸左的〈萬安渡石橋
記〉，文僅一百五十三字，記述建橋的起訖時間、橋樑相關數據及樣式、對百
姓的影響、資金來源、主事者以及郡民歡樂情景。全文精簡凝煉，抑揚鏗鏘，
不贅一詞，不脫一意，爲蔡襄散文佳作。洛陽橋建成後，利益民生，歷代頌
讚者不絕。如南宋孝宗乾道年間，泉州知府王十朋曾題詩贊曰：

北望中原萬里遙，南來喜見洛陽橋。

人行跨海金鰲背，亭壓空江玉虹腰。

功不自成因砥柱，患宜預備有風潮。

蔡公力量眞剛者，遺愛勝於鄭國僑。

泉州洛陽橋

（本圖取自《文史雜談》一三三期）

〔註 17〕另外兩絕爲：建橋方法絕、蔡襄〈萬安渡石橋記〉碑文書法絕。

設籍福建，長期宦居江、浙、閩的蔡襄，安於海洋平實生活，爲官則以濱海居民爲念。蔡襄創作海洋文學，寫海洋景觀時，能緣海景而得體悟；記海洋生活時，能呈現海洋的眞實面；戒海潮之危，能體現其護愛百姓之心。

三、王安石

王安石（西元 1021～1086 年）自幼隨父轉徙於新淦、廬陵、新繁、韶州等地之間。仁宗景祐四年（西元 1037 年），全家始定居於江寧（江蘇）。仁宗慶曆七年（西元 1047 年）調知鄞縣（浙江寧波），著手興修水利。後歷官常州（江蘇）知州。神宗熙寧九年（西元 1076 年）辭去相位，退居江寧故居。王安石大半生的居處、仕宦地，集中於江、浙沿海一帶，對於濱海地區的景致、生活，自有深層的觀察。書寫海洋相關題材，不重雕辭藻飾，能凸顯海洋生活的眞實面貌。

慶曆七年（西元 1047 年），王安石由簽書淮南判官，調任鄞縣縣令。王安石勤於政事，心繫人民的生活，常深入濱海地區，既探查民瘼，興修水利，也拜訪各地的海山勝景。其〈鄞縣經遊記〉（《臨川先生文集》〔註 18〕，頁 868）云：

> 慶曆七年十一月丁丑，余自縣出，屬民使浚渠川，至萬靈鄉之左界，宿慈福院。戊寅，升雞山觀碶工鑿石，遂入育王山，宿廣利寺，雨不克東。辛巳，下靈巖，浮石湫之壑以望海，而謀作斗門于海濱，宿靈巖之旌教院。……

王安石走遍鄞縣全境，東巡至石湫時，考察當地水利，遠望綿長的海灘，囑民要勤於疏浚渠川，並計劃於海濱興建斗門，以禦潮患。王安石作〈浮石湫之壑以望海〉（《臨川先生文集》）記此事：

> 蜿蜒水溝穿蘆叢，茫茫海灘涉潮涌。
> 天怒水狂生靈憂，囑民浚渠築堤壠。

王安石視察通達海岸的蜿蜒排水溝渠時，眼見潮水無情地侵襲海岸，茫茫海灘，常見潮水涌流。王安石挂念潮水的無窮力量，對灘岸田舍、漁產養殖、人民安全，產生巨大威脅，故殷切囑念百姓要勤於疏浚排水溝渠，以利導水出海，修築沿岸的海塘（「堤壠」），以抵擋襲岸的狂風怒潮。本詩流露出王安石顧愛百姓的悲憫心地。

〔註 18〕王安石：《臨川先生文集》（臺北：華正書局，1975 年）。

　　此外王安石也觀察到沿海地區的鹽政問題，作〈收鹽〉（《臨川先生文集》，頁177），以揭露鹽民苟生，甚至被逼爲海賊的辛酸：

> 州家飛符來比櫛，海中收鹽今復密。
> 窮囚破屋正嗟欷，吏兵操舟去復出。
> 海中諸島古不毛，島夷爲生今獨勞。
> 不煎海水餓死耳，誰肯坐守無亡逃。
> 爾來賊盜往往有，劫殺賈客沈其艘。
> 一民之生重天下，君子忍與爭秋毫。

鹽爲民生必需品，具有龐大的經濟利益，因而歷代的製鹽業，皆由官方管理、專賣。然而宋代鹽法嚴苛，常不以市值價購鹽戶的鹽品，又嚴禁私鹽（未經許可的私人製鹽、販鹽），加上上層鹽戶的剝削，使鹽佃戶、自煎鹽民過著困苦的生活。爲求糊口，沿海鹽民只好鋌而走險，轉爲劫掠商賈的海賊。王安石在江、浙一帶爲官，自然也觀察到此種社會現象。本詩首四句，先點出當時鹽政的苛刻。政府爲獲取最大的鹽利，刺史（「州家」）向海島鹽民收鹽的命令，如櫛齒般密接而來。吏兵頻繁地操舟收鹽，使得百姓「窮囚破屋正嗟欷」。本詩第五句以後，揭露海島鹽民的辛酸。海上孤島，土地盡是貧瘠不毛，島民只能靠煎海製鹽，辛苦營生。如今官府竟然強力剝削鹽民，與他們爭奪煎鹽的微利，爲求活路，只得逃亡結黨，淪爲海賊。島夷之民淪爲海盜，實爲政府剝削下，不得不然的結果。王安石爲島夷的生計，發出不平之鳴。然而弔詭的是，北宋中期鹽法不寬反嚴的現象，竟然與王安石的變法關係密切〔註19〕。王安石的新法，顯然也無法解決當代鹽政的弊端，改善大多數鹽民的生活。

　　深入沿海地區探查民瘼的王安石，對沿海地區的風光、名勝、海產，也有深刻的體驗。王安石曾向朝廷請求調守江陰（江蘇），未能如願，心中不免遺憾，作〈予求守江陰未得酬昌叔〔註20〕憶江陰見及之作〉（《臨川先生文集》，頁272）記之：

> 黃田港北水如天，萬里風檣看賈船。
> 海外珠犀常入市，人間魚蟹不論錢。

〔註19〕 關於北宋中期鹽法不寬反嚴的現象，與王安石的變法關係密切，請參考郭正忠主編：《中國鹽業史》（北京：人民出版社，1999年），頁343的論述。

〔註20〕 「昌叔」指朱明之，仕至大理少卿，昌叔爲其字，王安石之妹夫，兼詩友。王安石與朱昌叔，有大量的詩文酬贈。

　　高亭笑語如昨日，末路塵沙非少年。

　　強乞一官終未得，祇君同病肯相憐。

景祐四年（西元 1037 年）以後，王安石全家定居於江蘇江寧，對於江蘇一帶的海洋風情，有著深刻的記憶。位於江陰北方的黃田港，水天一色，乘著萬里長風，進出港中的商船，使港口呈現一片興旺的氣象。進出頻繁的各式海舶，使黃田港市充滿豐美的漁產，及珍珠、犀角等海外奇珍。江陰一帶，豐盈且富有海洋生命力的城市氛圍，令「強乞一官終未得」的王安石懷想不已，只能藉由詩句來記錄其對江陰的海洋意象。

　　宋仁宗皇祐元年（西元 1049 年），王安石任鄞縣縣令第三年，也曾登覽佛教名勝普陀山，作〈題回峰寺〉〔註21〕（《佩文齋詠物詩選》卷六十五）云：

　　山勢欲壓海，禪扃向此開。魚龍腥不到，日月影先來。

　　樹色秋擎出，鐘聲浪答回。何期乘吏役，暫此拂塵埃。

位於浙江境內，屬舟山群島的普陀山，相傳為觀世音菩薩說法的道場，為佛教四大名山之一，上有眾多寺院。王安石於鄞縣為官，自然也渡海登臨普陀山，參訪海天佛國勝境。建於宋太祖建隆元年（西元 960 年）的回峰寺，規模宏大，前臨岑港，具有極佳的山海景觀。王安石登上回峰寺，先感受到高聳山勢彷彿壓制住拍岸的滄海，呈現不凡的氣勢。王安石靜立回峰寺，感受鐘聲遠揚去，浪花拍岸來，鐘、浪一唱一和的和諧。在秋樹的烘托，日光月影的映襯下，氣勢不凡的回峰寺，沒有海洋特有的腥臊味，卻流露出一股超逸塵俗的清新意境。沈浸在這股清涼意境的紅塵吏役，當下竟可暫時拂去心上塵埃。本首作品的構句精美，如「山勢欲壓海」、「樹色秋擎出」、「鐘聲浪答回」等詩句，將回峰寺的山海景與觀者的想像結合為一，具有極佳的情境渲染效果。

　　王安石除了詠記山海風情、名勝外，對於最能彰顯海洋特色的海產品，也有作品頌讚。王安石作〈車螯〉（《臨川先生文集》，頁 173），記車螯的鮮味：

　　海於天地間，萬物無不容。車螯亦其一，埋沒沙水中。

　　獨取常苦易，衛生乏明聰。機緘誰使然，含蓄略相同。

　　坐欲腸胃得，要令湯火攻。置之先生盤，啖客為一空。

――――――――――――――――

〔註21〕又《宋詩紀事》卷七作者題為王曙，詩題為〈回峰院〉。

　　蠻夏怪四坐，不論殼之功。狼籍堆左右，棄置任兒童。

　　何當強收拾，持問大醫工。

車螯一物，既指可供食用的蛤類，也指想像中的大蛤，即可吐海氣爲市的蜃。王安石自註云：「（車螯）蛤類，殼色紫，璀燦如玉，有斑點，棲息於淺海海邊，其肉可食。」本詩所詠者乃滋味鮮美的海蛤。本詩前六句（「海於天地間……衛生乏明聰」），描寫車螯的生態。廣闊無邊的大海，涵容萬物，物物皆有令人驚奇的外形、生態、滋味。棲息於海邊沙地的車螯，常隱沒於泥水之中。車螯隱身於沙中的護衛生命方法，在王安石看來，實在「乏明聰」。車螯自以爲妥當的生存方式，在熟悉車螯生態的漁民眼中，「獨取常苦易」。因此車螯往往淪爲饕客的盤中珍鮮。本詩後十二句（「機緘誰使然……持問大醫工」），描寫車螯的烹煮方法、美味及棄置的空殼。車螯因柱幹的緊縮而閉殼，饕客要食得殼內的鮮美貝肉，唯有「令湯火攻」。在湯火的烹煮下，閉殼柱幹鬆弛，車螯的殼一一開張，露出鮮美的貝肉、湯汁。盤中的鮮美車螯，被饕客一掃而空，只殘留紫色空殼，任兒童棄置。車螯殼具有消瘡癧腫毒的療效〔註 22〕，與其任意棄置，何妨大致收拾後，持問大醫工是否有收藏的必要！

車　螯

（本圖引自《三才圖會》）

〔註22〕　《本草綱目》，卷四云：「車螯殼：消腫，燒赤，醋淬，同甘草、酒服，并塗。」（臺北：培琳出版社，1996 年，頁 187）《普濟方》，卷二九〇云：「治瘡癧腫毒：以車螯殼燒灰二度，各以醋煆搗爲末，又甘草等分酒服，以醋調傅腫上妙。」（《文淵閣四庫全書電子版》）車螯殼燒成灰後，加醋煆搗爲粉末後，合甘草、酒服用，可治瘡癧腫毒。

　　王安石的海洋文學，以個人的海洋生活背景爲寫作依據，所抒寫的海景、海山名勝、沿海百姓生活、海產等主題，不務藻飾，以平實的筆觸，呈現海洋生活的眞實面。此外就抒詠海洋物產的主題而言，蘇軾常運用奇特文句、罕用典故，使作品呈現出奇詭風格。王安石則以樸實之筆，淺近文句，詳細舖敘海洋物產的面貌，作品呈現平實風格。

四、蘇　軾

　　仕途多蹇，浮沈不定，對蘇軾（西元 1036～1101 年）而言，雖是官場的不幸，卻是生命閱歷之幸。神宗熙寧四年（西元 1071 年）因與王安石政治理念不合，自請外任杭州通判，因而有接觸美麗山海的機會。神宗元豐二年（西元 1079 年），蘇軾因烏臺詩案被捕，後貶爲黃州團練副使，至元豐八年（西元 1085 年）才被起用，知登州（山東蓬萊）。往山東赴任途中，蘇軾得覽海天麗景。哲宗元祐四年（西元 1089 年），因勇於任事，陷入黨爭，遭言官圍攻，乞求外放，知杭州，再次與杭州的山海相會。元祐七年（西元 1092 年），移知揚州（江蘇）。哲宗紹聖元年（西元 1094 年），貶寧遠軍節度副使，惠州（廣東惠陽）安置。紹聖四年（西元 1097 年），貶瓊州（海南島）別駕。徽宗建中靖國元年（西元 1101 年），本籍四川眉山的蘇軾，終客死於異鄉常州（江蘇）。

　　蘇軾屢遷謫於東南沿海一帶。如果沒有因貶謫而流遷，蘇軾如何有一覽東南海山麗景的機緣？即使被貶謫到荒遠的瓊州，蘇軾不但沒有怨天尤人的憤懣，反而有「茲游奇絕冠平生」的欣喜！蘇軾因貶謫東南沿海一帶，而得以接觸到新奇的海洋風物，發爲篇什，乃數量頗多的海洋佳什。蘇軾的作品，充滿豐富的海洋意象，在北宋作家中，無論是質、量，均頗有可觀之處。以下就作品內容趨向，分類析論：

（一）觀錢塘潮

　　「八月十八潮，壯觀天下無！」（蘇軾〈催試官考較戲作〉）接觸海洋，最先體驗的是海洋的偉壯，而錢塘潮正是海洋力量的具體展現。錢塘潮以「鯤鵬水擊三千里，組練長驅十萬夫」（蘇軾〈催試官考較戲作〉）的雄偉氣勢征服觀潮者。神宗熙寧四年（西元 1071 年）蘇軾任杭州通判時，面對山海美景，眼界大開，尤其是農曆八月中旬，觀賞錢塘怒潮的經驗，更是令設籍四川的他，贊歎不絕。蘇軾的十四首觀潮詩、詞，均作於通判杭州時期。如〈八月

十五看潮五絕〉(《蘇軾詩集》〔註23〕，頁 484)，以連章詩的形式，摹寫錢塘潮之偉壯：

> 定知玉兔十分圓，已作霜風九月寒。
>
> 寄語重門休上鑰，夜潮留向月中看。(1)
>
> 萬人鼓譟懾吳儂，猶是浮江老阿童。
>
> 欲識潮頭高幾許，越山渾在浪花中。(2)
>
> 江邊身世兩悠悠，久與滄波共白頭。
>
> 造物亦知人易老，故教江水向西流。(3)
>
> 吳兒生長狎濤淵，冒利輕生不自憐。
>
> 東海若知明主意，應教斥鹵變桑田。(4)
>
> 江神河伯兩醯雞，海若東來氣吐霓。
>
> 安得夫差水犀手，三千強弩射潮低。(5)

第一首點出蘇軾觀潮的時節，在於農曆八月十五日的夜晚。錢塘潮在每年的農曆八月十八日極盛，而八月十五日則已開始出現大潮，故蘇軾特別請人傳話，希望杭州城的重門今夜不要上鎖，讓吏民可以乘著明月，盡興地觀覽錢塘潮。第二首則具體地描寫錢塘潮的濤浪氣勢。錢塘潮的浪頭蔽天，將兩岸的青山都籠罩於潮頭之下，聲勢就如同王濬〔註24〕（小名「阿童」）為攻擊東吳，所率領的龐大水軍般，氣勢令吳人震懾。第三首則因眼前的濤景而心生慨嘆之情：造物主知曉人生易老的不變原則，長令錢塘江水因遇海潮而西流。第四首則批評吳兒自恃熟諳水性，冒利輕生，入濤淵狎弄浪潮。吳兒冒險狎潮的舉動，看在蘇軾眼中，格外激動，甚至祈望東海由斥鹵（借代大

〔註23〕蘇軾作品繫年，茲以龍沐勛《東坡樂府箋》（臺北：華正書局，1988 年）、清代王文誥《蘇文忠公詩編註集成》（臺北：臺灣學生書局，1987 年）、李一冰《蘇東坡新傳》（臺北：聯經出版公司，1983 年）等三書之繫年考訂為據。又引用作品，以《東坡樂府箋》（臺北：華正書局，1988 年）、《蘇軾詩集》為本（臺北：莊嚴出版社，1990 年），再次出現時，只標明頁碼。

〔註24〕《晉書》，卷三十四云：「初祜（羊祜）以伐吳必藉上流之勢，又時吳有童謠曰：『阿童復阿童，銜刀浮渡江。不畏岸上獸，但畏水中龍。』祜聞之，曰：『此必水軍有功，但當思應其名者耳！』會益州刺史王濬（浚）徵為大司農，祜知其可任。濬又小字阿童，因表（劉表）留濬監益州諸軍事，加龍驤將軍，密令修舟檝為順流之計。……」（中央研究院「漢籍電子文獻」之《二十五史》）吳人童謠中，銜刀率水軍渡江的王濬，蕭殺氣勢，令吳人驚懼。蘇軾用此典故，將自然界的洪濤巨潮，予以具象化，以加強其氣勢的渲染力。

海）變爲桑田〔註25〕，以斷絕吳兒輕生狎潮之俗。第五首則寄寓蘇軾欲平息
危害海岸的錢塘怒潮的心志。「醅雞」是可使酒發霉發酵的酒蟲。在蘇軾的想
像中，錢塘潮彷彿是水神以醅雞發酵錢塘江水，與海神向東驅來的浪潮，相
互激盪而成。具有巨大破壞力的錢塘潮，只有五代十國的吳越王能率強弩射
手〔註26〕，與海神激戰，才能令潮頭平伏。故蘇軾自註云：「吳越王嘗以弓弩
射潮頭，與海神戰，自爾水不近城。」又〈望海樓〔註27〕晚景五絕〉（《蘇軾
詩集》，頁 369）第一首，對於錢塘潮的描寫更爲具體：

> 海上濤頭一線來，樓前指顧雪成堆。
>
> 從今潮上君須上，更看銀山二十回。

錢塘潮洶湧的濤頭，在視線遠處，還只是海面上的一線白練，忽然挾其聲勢
快速逼臨海岸。錢塘潮由遠處的一線白練，到近處的「雪堆」、「銀山」，視覺
產生快速的轉變，極富形象張力。「指顧」描寫潮頭本來還在可指指點點的遠
處，瞬間就奔臨到可顧看的眼前。蘇軾用銀、白的顏色形容涌浪的浪頭，與
海水的深邃顏色，產生明顯的對比。本詩生動而具體的描寫，使讀者彷彿親
見錢塘潮，爲歷代觀潮詩名作。

　蘇軾因錢塘潮壯景而生起的感動，不但發爲詩詠，亦運用詞體，以不同
的表現風格，來描寫錢塘潮。如〈南歌子〉（《東坡樂府箋》，頁 30）云：

> 苒苒中秋過，蕭蕭兩鬢華。寓身化世一塵沙。笑看潮來潮去、了生
> 涯。　方士三山路，漁人一葉家。早知身世兩聱牙。好伴騎鯨公子、
> 賦雄誇。

本闋詞與前引諸海潮詩相較，少了具象的海潮描寫，多了感性的生命體悟。
蘇軾觀覽潮來潮去的壯觀錢塘潮，再反觀渺如塵世一顆微沙，鬢已霜華的自
己，壯觀的潮景掩不住心中的慨歎，只能肆意地將思維導引到浪漫、虛幻的
海上三仙山上。蘇軾暫時擱置仕途的乖忤不順，將自己自現實中抽離，彷彿

〔註25〕熙寧二年（西元 1069 年）頒布「農田水利條約」，鼓勵疏浚溝渠，開拓荒地，
　　　以增加可耕地面積。蘇軾有感而發地說，如果東海神明能體會神宗的苦心，
　　　應該要把沿海的斥鹵之地，變爲肥沃的良田。如此弄潮吳兒便可安居樂業，
　　　而不用冒水輕生。不過本詩卻也成了舒亶構陷蘇軾的藉口。

〔註26〕《咸淳臨安志》，卷三十一云：「梁開平四年八月，錢武肅始築捍海塘，在候
　　　潮通江門之外，潮水晝夜衝激，版築不就，因命強弩數百以射濤頭。」（《文
　　　淵閣四庫全書電子版》）蘇軾詩中，言「夫差」以借代五代十國的吳越王。

〔註27〕望海樓位於杭州鳳凰山，即中和堂的東樓，樓高十丈，能遠觀錢塘潮，故又
　　　名望潮樓。

伴隨著騎鯨公子李白〔註28〕般，正領略著海潮的壯闊。

（二）覽海山勝景

蘇軾貶謫於沿海地區，隨處可見壯偉奇特的海山勝景，常以詩筆，記下心中的海山印象。如熙寧七年（西元 1074 年），蘇軾作〈次韻陳海州乘槎亭〉（《蘇軾詩集》，頁 595），摹寫壯麗的海景：

> 人事無涯生有涯，逝將歸釣漢江槎。
>
> 乘桴我欲從安石，遁世誰能識子嗟。
>
> 日上紅波浮翠巘，潮來白浪卷青沙。
>
> 清談美景雙奇絕，不覺歸鞍帶月華。

此詩從乘槎亭〔註29〕之名起筆，抒寫人生的感慨，及亭外的美麗海景。以有涯的生命競逐無涯的人事，辛苦而難得！蘇軾因而興起欲隨從晉代謝安、孫綽泛海遁世的念頭。當蘇軾由觀海產生的綿遠懷想，回到真實的海面，見到「日上紅波浮翠巘，潮來白浪卷青沙」的大海美景，令他耽於觀海，不知不覺地乘著月光歸去。

紹聖元年（西元 1094 年），蘇軾貶謫惠州，路經廣州時，登上山海景致絕佳的浴日亭〔註30〕，作〈浴日亭〉（《蘇軾詩集》，頁 2067），抒寫日出的雄奇景象：

> 劍氣崢嶸夜插天，瑞光明滅到黃灣。
>
> 坐看暘谷浮金暈，遙想錢塘涌雪山。
>
> 已覺蒼涼蘇病骨，更煩沆瀣洗衰顏。
>
> 忽驚鳥動行人起，飛上升峰紫翠間。

本詩首先借用豐城劍氣夜沖斗牛〔註31〕的典故，描寫日出前的海天景象。蘇

〔註28〕明・王守仁《王文成全書・書李白騎鯨》云：「李太白，狂士也。其謫夜郎，放情詩酒，不戚戚於困窮。蓋其性本自豪放，非若有道之士，真能無入而不自得也。然其才華意氣，足蓋一時，故既沒而人憐之。騎鯨之說，亦後世好事者為之。」（《文淵閣四庫全書電子版》）相傳李白醉騎鯨魚，溺死於潯陽。李白騎鯨之說，乃好事者虛構，卻成為海洋詩文中，常引用的典故。

〔註29〕乘槎亭在孔望山（今江蘇連雲港市南），宋人葉祖洽建，亭名取自《論語・公冶長》云：「子曰：『道不行，乘桴浮於海。』」「桴」，即「槎」，竹木筏。

〔註30〕浴日亭位在廣州黃埔南海神廟西，黃木灣水邊之章丘岡。亭外煙波浩淼，山、海麗景盡入眼中。

〔註31〕《晉書・張華傳》云：「華（張華）聞豫章人雷煥妙達緯象，乃要煥宿，屏人曰：『可共尋天文，知將來吉凶。』因登樓仰觀。煥曰：『僕察之久矣，惟

軾坐在浴日亭中，遠眺日出之處正泛動著金光，令他遙想錢塘潮所湧起的銀白雪山印象。日出時，蒼蒼涼涼的清新空氣，使蘇軾的病容一掃而空，夜間的沆瀣水氣，也洗去一身的衰老容顏。前六句的靜態描寫，至第七句則轉為動態摩繪。令鳥忽然驚動，行人起行，原來是耀日已飛上峰巒紫翠之間。日出前的「靜」景，與日出時的「動」景，產生明顯的對比。

元豐八年（西元 1085 年），蘇軾曾知登州（山東），登、萊一帶的山海美景，令他印象深刻。蘇軾回憶起登、萊的山海美景，作〈再和〉（第二首）以記之：「憶觀滄海過東萊，日照三山迤邐開。桂觀飛樓凌霧起，仙幢寶蓋拂天來。……」（《蘇軾詩集》，頁 1492）萊州的三山，古稱參山。戰國、秦、漢時期，帝王在此祭祀「八神」中之第四神「陰主」〔註 32〕。雲霧繚繞，三峰突立的三山，宮觀聳立，俯臨大海，氣象萬千。唐、宋以來，三山即為游覽勝地。蘇軾以詩記錄記憶中的三山美景。以上略舉之數首記海山勝景之作，因蘇軾長期接觸海洋的經驗，而具有寫實的風格。

（三）對海外瓊州的眷念

紹聖四年（西元 1097 年），蘇軾被遠謫瓊州（海南島），授瓊州別駕，昌化軍安置。被貶到深海阻絕的南荒窮島，對已逾耳順的蘇軾而言，是人生一大打擊。但蘇軾身逢絕境時，總能將念頭由窄處導引到寬處，易回復寬和的心境。身處瓊州，蘇軾以欣賞南荒奇景的態度，代替怨懟之氣，結果反而愛上海島的風土、民情。當蘇軾遇赦遷廉州（廣西合浦），要離開儋耳（海南島南部）的前夕，心中盡是對儋耳一切的不捨，故作〈儋耳〉（《蘇軾詩集》，頁 2363）以記錄其心情：

> 霹靂收威暮雨開，獨憑欄檻倚崔嵬。
>
> 垂天雌霓雲端下，快意雄風海上來。
>
> 野老已歌豐歲語，除書欲放逐臣回。

斗牛之間頗有異氣。』華曰：『是何祥也？』煥曰：『寶劍之精，上徹於天耳！』」（中央研究院「漢籍電子文獻」之《二十五史》）後果於豐城掘得兩把寶劍。

〔註32〕《史記會注考證・封禪書》云：「八神：一曰天主，祠天齊。……二曰地主，祠泰山梁父。……三曰兵主，祠蚩尤。……四曰陰主，祠三山。五曰陽主，祠之罘。六曰月主，祠之萊山。……七曰日主，祠成山。……八曰四時主，祠琅邪。」（臺北：洪氏出版社，1986 年，頁 501）八神各有其祠，其中「陰主」，祠於萊州三山。

殘年飽飯東坡老，一壑能專萬事灰。

霹靂雷雨過後，蘇軾憑欄遠眺，雲端垂下彩色的雌霓〔註33〕，與來自海上雄風，令他心神清爽。「垂天雌霓雲端下」，暗喻迫害元祐黨人的小人已遭罷黜。「快意雄風海上來」，喻令蘇軾心神愉悅的內遷詔書。衰老病羸的蘇軾，至此只求能專有一壑之地，可以平安飽食，而儋耳正是最適宜的選擇。蘇軾於〈別海南黎民表〉詩中自云：「我本海南民，寄生西蜀州。忽然跨海去，譬如事遠遊。」（《蘇軾詩集》，頁2362）蘇軾早已將此地視為故鄉。正當儋耳野老故舊喜歌豐收，卻也是蘇軾接到朝廷敕回詔書（遷廉州安置）之時，心中充滿離家的依依。元符三年（西元1100年），蘇軾終於要渡海離開儋耳，故作〈六月二十日夜渡海〉（《蘇軾詩集》，頁2366），總結這段謫戍儋耳歲月的心路歷程：

　　參橫斗轉欲三更，苦雨終風也解晴。
　　雲散月明誰點綴，天容海色本澄清。
　　空餘魯叟乘桴意，粗識軒轅奏樂聲。
　　九死南荒吾不恨，茲游奇絕冠平生。

因白天的苦雨終風，使海上浪濤不定，舟船不行。於岸邊候船直至深夜的蘇軾，抬頭遙望夜空，雲散月明，天容海色又回復到風雨前的澄清。回想這一路走來，儘管小人迫害，有如風波烏雲不斷，但蘇軾總是樂觀地相信，一切終有浪靜波平之時。因罪泛海的蘇軾設想，雖不若孔子因聖道不行而乘桴浮於海，卻因此渡海機緣，得以體會海南島的純樸風情，即使「九死南荒」，也不會有絲毫的憾恨。

（四）記海洋自然現象

蘇軾既長期宦遊於濱海地域，對於海洋自然現象，如海洋季風、海市蜃樓等，也深入地觀察、記錄。如〈舶趠風〉（《蘇軾詩集》，頁972），描寫梅雨期後，利於海舶前來貿易的東南季風：

　　三旬已過黃梅雨，萬里初來舶趠風。
　　幾處縈回度山曲，一時清駛滿江東。
　　驚飄簌簌先秋葉，喚醒昏昏嗜睡翁。
　　欲作蘭臺快哉賦，卻嫌分別問雌雄。

〔註33〕虹有二環時，內環色彩鮮盛為雄，名「虹」；外環色彩暗淡為雌，即「霓」，今稱副虹。

「趨」有遠走之意，形容海舶在季風的吹動下，順風遠渡重洋。蘇軾自註：「吳中梅雨既過，颯然清風彌旬，歲歲如此，湖人謂之舶趨風。是時，海舶初回，云此風自海上，與舶俱至云爾。」三旬的梅雨期（約三十日）過後，約爲舶趨風的開始。舶趨風是讓海舶能順風來到江浙一帶的東南季風。每年當舶趨風揚起，乘風而來的船舶駛滿港口。勁疾的舶趨風，也吹醒昏昏欲睡的蘇軾。蘇軾感受到的舶趨風，令他想仿傚宋玉〈風賦〉，卻又嫌將風分爲「雄風」、「雌風」，實爲多此一舉。蘇軾本詩對舶趨風的描寫，符合海洋實情。

海面偶而出現的海市蜃樓現象，令人疑惑、驚嘆不已，蘇軾也不例外。元豐八年（西元 1085 年），蘇軾短暫知登州時，有幸見到登州著名的海市蜃樓奇景，以詩記之，即爲著名的〈登州海市〉（《蘇軾詩集》，頁 1387）：

> 東方雲海空復空，群仙出沒空明中。
> 蕩搖浮世生萬象，豈有貝闕藏珠宮。
> 心知所見皆幻影，敢以耳目煩神工。
> 歲寒水冷天地閉，爲我起蟄鞭魚龍。
> 重樓翠阜出霜曉，異事驚倒百歲翁。
> 人間所得容力取，世外無物誰爲雄。
> 率然有請不我拒，信我人厄非天窮。
> 潮陽太守南遷歸，喜見石廩堆祝融。
> 自言正直動山鬼，豈知造物哀龍鐘。
> 伸眉一笑豈易得，神之報汝亦已豐。
> 斜陽萬里孤鳥沒，但見碧海磨青銅。
> 新詩綺語亦安用，相與變滅隨東風。

蘇軾序云：「予聞登州海市舊矣。父老云：『常出于春夏，今歲晚，不復見矣。』予到官五日而去，以不見爲恨，禱于海神廣德王之廟，明日見焉，乃作此詩。」蘇軾於元豐八年十月十五日赴任，時序已過海市蜃樓常出現的春夏之際，見到海市奇景的機會微渺，心中不免留有遺憾。蘇軾向海神廟誠心祝禱後，隔日竟然見到海市奇景。本首詩可分成兩段析論。前十句描寫海市蜃樓出現時，所見的宮闕、群仙幻景。其中「東方雲海空復空」，點出海市蜃樓的出現條件之一，就是海面能見度要很高，才能將陸地的景象映射到海面上的氣層之中。經由映射陸地遠近景物而生的海市蜃樓，亭台樓閣、飛仙異獸，彷彿海上仙山世界，因而「驚倒百歲翁」。儘管影象逼真，但蘇軾「心知

所見皆幻影」，因為「豈有貝闕藏珠宮」的可能？後十四句抒發自己的祈求，有幸得到神明的垂憐（「造物哀龍鐘」），大施妙法，得以親見難得的海市奇景。本段也引韓愈於秋雨陰晦季節途經衡山，竟然雲霧暫廓，有幸得睹衡山諸峰的典故。在蘇軾的眼中，韓愈能散衡山之雲，見到衡山奇峰，並非因存心正直之故，也如蘇軾見海市般，是因神明垂憐，而得以如願。故蘇軾用新詩綺語記下即將隨東風消逝的海市奇景。本首作品被沿海區的方志廣為引用，為詠海市之名作。

（五）詠濱海物產

海洋是一座無窮的寶庫，充滿不可勝數的生物。部分生物的外形奇特、滋味鮮美，令人頌揚不已。蘇軾也有若干詩作，歌詠海洋漁產，其中最具代表性者，為其〈鰒魚行〉（《蘇軾詩集》，頁 1384）：

> 漸臺人散長弓射，初啖鰒魚人未識。
> 西陵衰老繐帳空，肯向北河親饋食。
> 兩雄一律盜漢家，嗜好亦若肩相差。
> 食每對之先太息，不因噎嘔緣瘡痂。
> 中間霸據關梁隔，一枚何啻千金直。
> 百年南北鮭菜通，往往殘餘飽臧獲。
> 東隨海舶號倭螺，異方珍寶來更多。
> 磨沙瀹瀋成大胾，剖蚌作脯分餘波。
> 君不聞蓬萊閣下駝碁島，八月邊風備胡獠。
> 舶船跋浪黿鼉震，長鑱鏟處崖谷倒。
> 膳夫善治薦華堂，坐令雕俎生輝光。
> 肉芝石耳不足數，醋芼魚皮真倚牆。
> 中都貴人珍此味，糟浥油藏能遠致。
> 割肥方厭萬錢廚，決眥可醒千日醉。
> 三韓使者金鼎來，方奩饋送煩輿臺。
> 遼東太守遠自獻，臨淄掾吏誰為材。
> 吾生東歸收一斛，苞苴未肯鑽華屋。
> 分送羹材作眼明，卻取細書防老讀。

鰒魚即鮑魚，中醫可入藥，主治眼疾，稱為石決明，為珍稀味美的海產。登州所產的鰒魚，滋味尤為珍絕，故曾知登州的蘇軾，特撰〈鰒魚行〉以記之。

本詩首先描寫嗜嚐鰒魚的王莽與曹操。王莽被長弓射手包圍於未央宮西南的
漸臺時〔註34〕，心情懣憒，胃口不佳，初嚐時人未識的鰒魚，竟可引起食慾。
長眠於西陵，空餘繐帳的曹操，生前嗜好鰒魚，臨終遺令，交代宮人要烹治
鰒魚，置於靈位前，使他可常「親饋食」〔註35〕。同盜漢室的王莽與曹操，
皆嗜鰒魚，即使鰒魚味似瘡痂〔註36〕，也不會噎嘔。鰒魚有橢圓形的殼，吸
附於石崖上。漁民泅水，要以長鑱鎈〔註37〕，乘其不意撬開石崖的鰒魚，否
則驚動鰒魚，將緊粘岩上而難以採集。因鰒魚採集困難，產量不多，故一枚
鰒魚竟值千金。珍貴的鰒魚，常為上貢、賞賜的首選珍品。由於宋人嗜食鰒
魚，因此日本海舶也運來「倭螺」（日本鮑魚），以供應市場之需。鰒魚經由
膳夫的巧手調理後，肉質滑嫩，滋味鮮美，置鰒魚的雕俎彷彿映現輝光，連
肉芝〔註38〕、石耳〔註39〕、醋芼〔註40〕、魚皮等珍食，都無法與鰒魚相比。
鰒魚的奇美鮮味，甚至可以醒千日醉〔註41〕。鰒魚也可用糟、油醃漬，如此
就成為可以千里致送的珍鮮貴品。本詩引用豐富的歷史典故來詠頌鰒魚的美

〔註34〕《漢書‧王莽傳》云：「軍人入殿中，讙曰：『反虜王莽安在？』有美人出房
曰：『在漸臺。』眾兵追之，圍數百重。臺上亦弓弩與相射，稍稍落去。矢盡，
無以復射，短兵接。」（中央研究院「漢籍電子文獻」之《二十五史》）漸臺
位於未央宮西南的蒼池之中，王莽被斬于此。

〔註35〕晉惠帝元康八年（西元298年），陸機補著作郎，遊於祕閣，得見曹操〈遺令〉，
作〈弔魏武帝文〉，文中轉引曹操〈遺令〉內容云：「……又曰吾婕好妓人，
皆著銅爵臺。於臺堂上施八尺牀、繐帳，朝晡上脯糒之屬。月朝十五，輒向
帳作妓。汝等時時登銅爵臺，望吾西陵墓田。」（《昭明文選》卷六十）蘇軾
詩中「西陵衰老繐帳空，肯向北河親饋食」兩句，指的就是曹操〈遺令〉的
內容。

〔註36〕《說郛》卷二十八云：「南史劉邕嗣南康郡公，性嗜瘡痂，以為味似鰒魚。嘗
詣孟靈休，炙瘡痂落床上。邕取食之。靈休大驚。邕答云：『性之所嗜。』靈
休瘡痂未落者，悉褫取以飴邕。」（《文淵閣四庫全書電子版》）劉邕因瘡痂的
特殊氣味近似鰒魚，而嗜食瘡痂。

〔註37〕金朝劉迎〈鰒魚詩〉云：「……長鑱白柄光芒寒，一葦去橫烟霧間。……」詩
中之白柄長鑱即為採集鰒魚的必要利器。

〔註38〕道家稱千歲蟾蜍、蝙蝠、靈龜、燕之屬為「肉芝」，食者可長壽。

〔註39〕宋‧范祖禹〈石耳詩〉云：「……絕壁千餘仞，青冥洞無底。烝雲自太古，流
雨灑千里。白日照層巔，陽崖生石耳。採之懸繩梯，磴蘚滑屐齒。朱門登華
筵，味敵蓴絲美。……」（《范太史集》卷二）石耳乃地衣類植物，有殊味，
可敵蓴絲，常登朱門華筵，生長於千仞絕壁，採集困難。

〔註40〕醋芼，指以醋處理的野菜或水草。

〔註41〕晉‧干寶：《搜神記》卷十九云：「狄希，中山人也，能造千日酒，飲之千日
醉。」（臺北：里仁書局，1982年，頁235）

味、珍貴，常爲方志或筆記所徵引。

明朝沈周蟳蟹寫生

（本圖引自《故宮書畫錄》第四冊）

除了歌詠鰒魚的滋味外，蘇軾也描寫食用蟳蟹的心得，作〈答丁公默送蟳蟹〉（《蘇軾詩集》，頁 973）記之：

> 溪邊石蟹小於錢，喜見輪囷赤玉盤。
>
> 半殼含黃宜點酒，兩螯斫雪勸加餐。
>
> 蠻珍海錯聞名久，怪雨腥風入坐寒。
>
> 堪笑吳興饞太守，一詩換得兩尖團。

蟳蟹即梭子蟹，生於海邊泥穴中，潮退時可探穴取之，四時常有。蟳蟹之大者，如升如盤，小者如盞楪，兩螯巨大如手，顏色赤紅。習見溪邊如銅錢般的小石蟹，當丁公默〔註 42〕饋贈如赤玉盤般的大蟳蟹時，令蘇軾滿心喜悅。蘇軾獲贈聞名已久的蠻珍海產（「兩尖團」）〔註 43〕，立即予以烹煮。半殼內的蟹黃適宜佐酒，擊碎兩隻手般大的螯，露出雪白飽滿的蟹肉，正適合勸

〔註42〕丁公默，晉陵（江蘇常州）人，嘉祐進士，除太常博士，由儀曹出知處州，
　　　　與蘇軾爲同科進士，兩人交情甚篤。

〔註43〕「尖團」指尖臍和團臍，此代稱蟹。雄蟹的腹甲形尖，稱「尖臍」。雌蟹的腹
　　　　甲形團，稱「團臍」。

加餐。蟹黃之「黃」與螯肉之「白」，形成豐富的視覺對比，更襯托出螃蜅的珍鮮。

　　蘇軾歌詠海產外，也兼及沿海區的熱帶植物。東南沿海熱帶植物，如檳榔等，在北人的眼中，充滿奇特的風情。蘇軾記其嚼食檳榔的經驗，作〈食檳榔〉（《蘇軾詩集》，頁 2152）：

> 月照無枝林，夜棟立萬礎。眇眇雲間扇，陰此八月暑。
> 上有垂房子，下繞絳刺禦。風欺紫鳳卵，雨暗蒼龍乳。
> 裂包一墮地，還以皮自煮。北客初未諳，勸食俗難阻。
> 中虛畏泄氣，始嚼或半吐。吸津得微甘，著齒隨亦苦。
> 面目太嚴冷，滋味絕媚嫵。誅彭勳可策，推轂勇宜賈。
> 瘴風作堅頑，導利時有補。藥儲固可爾，果錄詎用許。
> 先生失膏粱，便腹委敗鼓。日啖過一粒，腸胃爲所侮。
> 蟄雷殷臍腎，藜藿腐亭午。書燈看膏盡，鉦漏歷歷數。
> 老眼怕少睡，竟使赤眥努。渴思梅林嚥，饑念黃獨舉。
> 奈何農經中，收此困羈旅。牛舌不餉人，一斛肯多與。
> 乃知見本偏，但可酬惡語。

本詩從各面向描寫檳榔。首段（「月照無枝林……還以皮自煮」）描寫檳榔的生態。檳榔樹幹，調直亭亭，千萬若一，森秀無柯，頂端有葉。檳榔樹頂端的葉子，仰望眇眇，風吹搖曳，彷彿雲間開展的扇子，可消蒸騰的暑氣。檳榔葉下繫有數房，每房綴有數十顆果實，旁有生棘，以禦衛果實。第二段（「綠房千子熟……滋味絕媚嫵」）詠檳榔的奇特滋味。蘇軾難辭當地人的殷勤勸食，初嚐檳榔（鳳卵）時，「始嚼或半吐」—「吸津得微甘」—「著齒隨亦苦」〔註44〕。綠白相漸，外表看似嚴冷的檳榔，咀嚼後竟然滋味嫵媚多變，令蘇軾大感意外。第三段（「誅彭勳可策……但可酬惡語」）記檳榔的功效及其受南人的喜愛。檳榔可以去體內的「彭矯」〔註45〕害蟲，可避炎天之瘴氣，導

〔註44〕檳榔果實富含高分子的單寧（Tannin）酸，口感苦澀，因此常加石灰（蠣灰）以分解單寧酸，咬食後呈紅色汁液的就是分解後的單寧。

〔註45〕道家稱人體內的三種害蟲爲「三彭」。上尸稱爲「彭倨」，居於腦；中尸稱爲「彭質」，居於明堂；下尸稱爲「彭矯」，居於腹胃。檳榔的主要效用，在於胃、大腸，可殺蟲（如蛔蟲、絛蟲、蟯蟲、薑片蟲等），下氣，行水。由於下尸「彭矯」，居於腹胃，而檳榔的作用也在消胃腸之蟲積，故云「誅彭勳可策」。

氣行水。由於檳榔含有興奮劑的成份，嚼食後臉頰泛紅暈，汗水微滋，心跳
加速，具消除疲勞的效果。故即使盡夜讀書，睡眠短少，老眼卻因檳榔而紅
眼（「赤眥」）。雖然檳榔有其特定的藥效，但因味辛，具刺激性，每日啖食超
過一粒，胃腸會受不了（「腸胃爲所侮」）。對檳榔本存偏見的蘇軾，親嚐其特
殊滋味後，令羈旅異地的蘇軾懷念不已。

　　蘇軾歌詠海洋物產，以現實的觀察爲基礎，加上自己的體驗，運用樸實
的筆法，細部刻劃，極具眞實感，非擁有深刻的海洋經驗者，無以爲之。這
類作品也是蘇軾海洋文學中，最能呈現海洋地域特色者。

五、蘇　轍

　　蘇轍（西元 1039～1112 年）一生宦遊之地，雖不若蘇軾長期宦居東南濱
海地域，但仍有接觸海洋的機緣。哲宗朝，蘇轍屢被遷謫，曾遠至嶺南，更
加親近海洋，甚至與蘇軾有短暫的相會、送別。紹聖四年（西元 1097 年），
蘇轍知雷州（廣東）時，即在此送蘇軾渡海，並作〈次韻子瞻過海〉（「我遷
海康郡」）以記之。蘇轍目送帆若張弓的海舶，將蘇軾送到荒遠的海南，心中
充滿無限的感傷。

　　蘇轍的海洋作品主題，主要以觀潮、望海爲主，不若蘇軾作品主題之豐
富。蘇軾通判杭州時，曾登臨杭州鳳凰山的望海樓，觀覽壯麗的海景，賦有
〈望海樓晚景〉五首絕句。蘇轍次韻蘇軾詩作，作〈次韻子瞻登望海樓〉（《欒
城集》〔註46〕，頁 97）五絕，其中第一首詠頌樓外的美景：

　　　山色潮聲四面來，城中金碧爛成堆。

　　　不愁門外嚴扃鎖，終日憑欄未擬回。

蘇軾原作：「海上濤頭一線來，樓前指顧雪成堆。從今潮上君須上，更看銀山
二十回。」蘇軾原詩聚焦於錢塘潮的壯觀景象，而蘇轍本詩則描寫望海樓四
周的美麗山海景象。山色、潮聲環繞著望海樓，讓望海樓染就濃濃的海山氣
息，將視線移往城中，在艷陽的映照下，城中景物金碧耀眼，燦爛成堆。望
海樓的美景，吸引蘇轍終日憑欄觀覽，而無擬歸之意。

　　蘇轍既領略靜態山海之美，也感受海潮動態變化之奇。海潮的律動，使
海洋充滿生生不息的生命力。蘇轍作〈沂潮〉（《欒城集》，頁 333）二首，描

〔註46〕蘇轍《欒城集》（上海：上海古籍出版社，1987 年）包含《欒城集》及《欒城
　　　　後集》兩大部份。

寫海潮之規律、雄奇、萬變。第一首詠潮汐消長的規律變化：

> 潮來海若一長呼，潮去蕭條一吸餘。
>
> 初見千艘委泥土，忽浮萬斛泝空虛。
>
> 映山少避曾非久，借勢前行卻自如。
>
> 天地尚遭人意料，乘時使氣定粗疏。

潮汐現象乃海水在天體引潮力的作用下，造成海岸海水周期性的漲、落現象。古人經由長期的觀察，已可精確地預測潮候，但對於潮汐的成因，則莫衷一是。蘇轍以爲推動潮漲潮消的無窮力量，定非來自微渺的人力。當海若一長呼，無盡的潮水借勢前行，向岸邊漲湧，一長吸，則潮水蕭條而退。巨量的海水，依時消漲，使海岸的景致，產生明顯的變化。退潮時，本應浮於海面的千艘船舶，失去海水的支撐，竟然委置於泥地。漲潮時，萬斛巨舶又忽然於虛空中靈活地浮動。蘇轍讚歎大自然「乘時使氣」，使潮汐按時消漲，其規律竟可「遭人意料」！本首作品，將潮汐的自然現象，與蘇轍的浪漫想像結合爲一，既具眞實感，又富有想像力。第二首則描寫特殊的潮汐現象——暴漲潮：

> 疋練縈回出海門，黃泥先變碧波渾。
>
> 初來似欲傾滄海，正滿眞能倒百源。
>
> 流柹飛騰竟何在，扁舟睥睨久仍存。
>
> 自慚不作山林計，來往終隨萬物奔。

自海門縈回而來的暴漲潮，在遠處時彷若一疋白練，橫亙在海面上。隨著暴漲潮往岸邊奔臨，所到之處，因攪動海底黃泥，使得原本應該碧波粼粼的海面，立刻變爲混濁不已。暴漲潮初臨岸邊時，氣勢彷彿盡傾滄海般，當其奔岸，能量正盈滿時，更可令注海百江倒流。暴漲潮的奇景，對蘇轍而言，是視覺上的極大震撼。由眼前的潮浪震撼，蘇轍了悟人生的往來，常身不由己地隨著浪潮般的萬事萬物奔走，因而自慚未能歸隱山林，使自己的精神受到束縛。本首作品由描寫暴漲潮的氣勢起筆，以作者的人生慨歎收尾，景、情相合。

　　蘇轍望海觀潮之餘，也會以淡泊閑遠的態度，記錄沿海的生活點滴。紹聖四年（西元 1097 年），蘇轍被貶雷州時，屈身東樓〔註47〕，曾作〈寓居〉（《欒

〔註47〕《蘇詩補註》，卷四十一，引《名勝志》云：「雷州城南，有蘇公樓。蘇黃門（蘇轍）以論熙（熙寧）、豐（元豐）邪說，安置雷州。章惇下令流人不許占

城後集》，頁 1131）云：

> 月從海上湧金盆，直入東樓照病身。
>
> 久已無心問南北，時能閉目待儀麟。
>
> 颶風不作三農喜，舶客初來百物新。
>
> 歸去有時無定在，漫隨俚俗共欣欣。

寓居東樓的蘇轍，爲章惇等人所迫，壯志寥落，身心俱疲，故從海上湧現的皎潔「金盆」（圓月），直入東樓照著他的「病身」。以無待的心應世，蘇轍對於所處是南是北，已不在乎！對蘇轍而言，眼前最眞實的，就是體會濱海的生活。夏、秋之際，廣東一帶，常有倒屋毀堤，摧木傷人的颶風。當年竟然颶風不作，海波不興，令三農〔註48〕非常欣喜。此時揚起的東南季風，將舶客送來，也帶來新奇百物。能否遇赦歸去，自有天時，欣然面對海洋生活，才是當下最眞實的。

　　蘇轍的海洋文學雖以觀潮、望海主題爲主，旁及海洋生活的描寫，不若蘇軾作品主題之豐富多采，卻能在詠頌海洋之餘，從中領悟若干道理，使海洋文學，不只是客觀的歌詠海洋，能進一步將人與海洋融合爲一。

六、陳師道

　　被江西詩派奉爲「三宗」（黃庭堅、陳師道、陳與義）的陳師道（西元 1053～1102 年），爲彭城（江蘇徐州）人。設籍於彭城的陳師道，習於濱海生活，對於偉壯的錢塘潮，情有獨衷，就其海洋文學考察，十首作品中，有九首爲觀潮之作。陳師道觀覽「壯觀天下無」的錢塘潮，將感受到的視覺、心靈震撼，化爲雋雅詩句，顯現出鮮明的海洋意象。

　　每年農曆八月十八日，月球、太陽離地球最近，且月球、太陽對地球的引力在同一直線上，產生一年中最大的引潮力，也形成海面最大的漲潮。農曆八月十八日的錢塘江口，因喇叭狀開口及海底陡升等因素，會出現吼天動地的大潮。陳師道對於神奇的錢塘潮，極感興趣，自八月十七日的大潮起，就開始觀看錢塘潮，作〈十七日觀潮〉（《後山集》〔註49〕卷八）三首：

官舍。郡人吳國鑑造屋于此，以處子由。惇又以爲強奪民居，賴有僦券而止。」（《文淵閣四庫全書電子版》）蘇轍流放雷州後，章惇仍不甘休，不許蘇轍住官舍。最後幸賴郡人吳國鑑建樓，蘇轍才有容身之地。

〔註48〕「三農」指平地、山區、水澤三類地區的農民，此泛指農民。

〔註49〕《文淵閣四庫全書電子版》。

　　潮頭初出海門山，千里平沙轉面間。

　　猶有江神憐北客，欲將奇觀破衰顏。（1）

　　江水悠悠自在流，向人無恨不應愁。

　　相逢不覺渾相似，誰使清波早白頭。（2）

　　漫漫平沙走白虹，瑤臺失手玉杯空。

　　晴天搖動清江底，晚日浮沉急浪中。（3）

第一首詩作點出錢塘潮彷彿是江神悲憫陳師道（「憐北客」），特別運用神力鼓起錢塘潮奇觀，要破除其衰顏。本詩強調錢塘潮移動的迅捷，初現在海門山的潮頭，轉瞬間逼臨眼前。第二首詩作以陳師道的感性體會爲抒情主軸，暫時平緩觀覽海潮的激動。平日悠悠地流向大海的錢塘江，水靜波平，無怨無愁。今日驟起的錢塘潮，白浪洶湧，彷彿是白首伍子胥的千般恨。錢塘江的潮平潮起面貌相差極大，使陳師道「相逢不覺渾相似」。第三首詩作，集中描寫錢塘潮的動態。錢塘潮襲岸的視覺印象，宛若海面疾走的白虹。陳師道浪漫地想像，錢塘潮彷彿是瑤臺仙人失手倒空玉杯中的瓊漿，使得海面奔騰不已。晴天與晚日倒映在滾動的潮水上，好像潮水正劇烈地搖動著晴天晚日。這三首作品，以「奇」爲描寫主軸，觀者以較冷靜、客觀的詩句，描摹錢塘潮景觀之奇。八月十七日的錢塘大潮，已經帶給陳師道初步的新奇感受。

　　「一年壯觀盡今朝」，八月十八日正是錢塘潮最雄偉的日子。陳師道更是不會錯過一年一次的天下奇觀。陳師道盡情地感受錢塘潮，對身、心的震撼，作〈十八日觀潮〉（《後山集》卷八）四首：

　　一年壯觀盡今朝，水伯何知故晚潮。

　　海浪肯隨山俯仰，風帆常共客飄搖。（1）

　　眼看白浪覆青山，誰信黃昏去復還。

　　縱使百年終有盡，何須豪橫詫吳蠻。（2）

　　千槌擊鼓萬人呼，一抹濤頭百尺餘。

　　明日潮來人不見，江邊只有候潮魚。（3）

　　江平石出漲沙浮，船擱平洲水斷流。

　　朝暮去來何日了，一杯誰與弔陽侯。（4）

第一首作品，首先點明「一年壯觀盡今朝」的錢塘潮，實爲人間難得的偉觀。

陳師道將「山」的高聳形象，用於錢塘潮的描寫。迎面而來的涌浪，定是隨「山」俯仰，才能產生如此巨大的起伏，也使得海面上的風帆、賈客，隨濤浪飄盪不已。第二首承續第一首營構的濤山意象，將視覺焦點集中於濤山的面貌。海面出現的濤山，透過詩人的想像，應是青山覆滿白浪，而變爲白色的雪山。面對此一壯觀的潮景，實在難以想像，會如普通潮汐般消逝。第三首描寫「一抹濤頭百尺餘」的潮頭，鋪天蓋地而來，引起觀潮者的驚呼，加上千槌擊鼓的聲響，形成觀潮的嘉年華會。然而熱鬧的觀潮，只有短暫一天，隔日潮來，已杳無人跡，只有江邊候潮魚獨自守候錢塘潮。「明日潮來人不見，江邊只有候潮魚。」這兩句是〔熱鬧〕／〔冷清〕的情境轉換句，銜接第四首的慨歎。第四首以平靜的筆觸，記八月十八日的錢塘大潮過後，壯觀終歸平靜。曾經波翻浪滾的錢塘江口，在潮水消褪後，只留下沙浮、石出、船擱、斷流等蕭瑟景致。面對此種驟變的景象，令陳師道心生無限感慨。這組觀潮作品具有以下的特色：(1)四首作品的描寫，環環相扣（壯潮之起－壯潮之貌－觀潮之眾－潮消人散），烘托出錢塘潮的氣勢、觀潮者的聚散。(2)描寫潮浪的形象，具體而生動，如「海浪肯隨山俯仰」、「眼看白浪覆青山」、「一抹濤頭百尺餘」等詩句，與錢塘潮的雄偉特質相合。

　　白天觀潮，強調視覺、聽覺的震撼，而月下觀潮，則又是另一番興味。陳師道獨鍾錢塘潮，不但白天觀潮，也在明月的映照下，觀賞錢塘潮的夜景，作〈月下觀潮〉（《後山集》卷八）二首：

> 隔江燈火是西興，江水清平霧雨輕。
>
> 風送潮來雲四散，水光月色鬥分明。(1)
>
> 素練橫斜雪滿頭，銀潮吹浪玉山浮。
>
> 猶疑海若誇河伯，豪悍須教水倒流。(2)

第一首詩呈現出潮來之前，及潮來時的環境氛圍。陳師道遙望錢塘江對岸的燈火處乃西興浦口〔註50〕，將視線移往江面，一片水清波平，霧雨輕染。當風送潮來時，天空的烏雲應時而消，水光、月色互鬥光明。陳師道在本詩中營造出浪漫、清新的氛圍。第二首詩對月下的錢塘潮，作具象的描寫。夜間觀潮，潮頭碎裂的白色浪花，在月光的照射下，更加潔白，與昏暗的海面，

〔註50〕蘇軾〈八聲甘州〉〔送參寥子〕：「有情風萬里捲潮來，無情送潮歸。問錢塘江上，西興浦口，幾度斜暉？……」西興浦口地近臨安城（杭州），爲去越中的最近渡口，是錢塘江上最佳的觀潮地。

產生明顯的對比。陳師道運用「素練」、「雪」、「銀潮」、「玉山」等字眼，強調潮頭浪花的白色特點，又與月光之潔白相合。錢塘江水被巨大的暴漲海潮相激而倒流，形成銀白浪潮，在陳師道看來，彷彿是海若向河伯誇耀其豪悍神力。這兩首月下觀潮之作，流露出浪漫秀逸的風格。

〈十七日觀潮〉三首爲觀潮的整體描寫，表現初次觀錢塘潮的印象。〈十八日觀潮〉四首則爲壯觀潮浪的具體摹寫，爲其觀潮的深刻體驗。〈月下觀潮〉二首則呈現出月映潮水的浪漫美感。陳師道以連章形式，歌詠錢塘潮，營造出磅礴的氣勢，及綿遠的韻味。展讀詩作，彷彿令讀者置身於觀潮現場，體會錢塘潮的千般風貌。

七、張　耒

被稱爲「蘇門四學士」之一的張耒（西元 1054～1114 年），祖籍亳州譙縣（安徽亳縣），生長於楚州淮陰（江蘇淮陰西南），對於楚州、海州（江蘇連雲港）一帶的海鄉風土，懷有深刻的情感，化爲詩詠，中多恬淡嚮慕之情。張耒以多首海洋詩作，詠記海州風土、民情、名勝。

張耒晚年因坐黨籍落職，某個秋天來游海州，登臨海州城樓，覽望四周景致有感，作〈登海州城樓〉〔註51〕（《柯山集》〔註52〕，頁 192）：

城外滄溟日夜流，城南山直對城樓。

溪田雨足禾先熟，海樹風高葉易秋。

疏傅里閭詢故老，秦皇車甲想東遊。

客心不待傷千里，檻外風煙盡是愁。

本詩前四句具體描寫登樓所望之景。海州東、北二面臨海，故城外是日夜奔流的大海景觀。朐山（城南山）直對城樓，顯得格外高聳。城樓附近的溪田因雨足而早熟。登樓眺望，仔細品賞海樹風高的海洋風情，與豐饒的田鄉氣息。後四句則由景的描寫，導向情的抒發。西漢疏廣、疏受叔侄曾分別任宣帝之太子太傅、少傅，於榮顯中同時稱病引退，傳言隱退於東海平山。石曼卿通判海州時，曾在海州倡建景疏樓。張耒以疏傅的急流勇退與始皇東巡至

〔註51〕《瀛奎律髓》題本詩作者爲王珪。張耒之《宛丘集》、《柯山集》均收錄本詩，《宋詩抄》、《宋元詩會》均題爲張耒作。將本詩與張耒海州諸詩相較，皆爲誦頌海鄉寧靜之景，修辭造語平易，不假僻典，就詩作整體而論，具有一致的風格，應爲張耒之作。

〔註52〕宋・張耒：《柯山集》（叢書集成初編，北京：中華書局，1985 年）。

胸山界〔註 53〕二事，讚頌海州之人傑地靈。面對海州的風物、人文，再回想自己的政治遭遇，張耒眼前的檻外風煙，竟染上愁的色彩。本詩情景交融，恬淡的海州景致，讓坐黨籍落職的張耒心嚮慕之。平淡、安寧的海州，彷彿是生命中可以依止的一處綠洲。

　　臨海的海州，擁有壯美的海山景致，故張耒也曾在秋涼時節，兩度登臨乘槎亭望海，並作〈秋日登海州乘槎亭〉（《柯山集》，頁 188）、〈登乘槎亭〉（《柯山集》，頁 253）兩首詩以記之：

　　　　海上西風八月涼，乘槎亭外水茫茫。

　　　　人家日暖樵漁樂，山路秋晴松柏香。

　　　　隔水飛來鴻陣闊，趁潮歸去櫓聲忙。

　　　　蓬萊方丈知何處，煙浪參差在夕陽。

　　　　海天秋霧暗乘槎，風響空山浪卷沙。

　　　　杳杳櫓聲何處客，一帆衝雨暗天涯。

海州的乘槎亭建於孔望山（江蘇連雲港市南），展望良好，可觀覽雄偉的海景。張耒〈秋日登海州乘槎亭〉（「海上西風八月涼」），首先點出登亭望海的季節是秋涼八月。涼秋時節，自乘槎亭展望，只見海面茫茫一片，而隔水飛來的鴻雁陣，與趁潮歸去的搖櫓聲，使天、海景致豐富起來。張耒自眼前的景觀，產生浪漫的聯想，蓬萊、方丈仙島似乎隱藏在煙浪參差的夕陽下。〈登乘槎亭〉（「海天秋霧暗乘槎」）詩則強調秋天海景所產生的蕭瑟情感。海天秋霧、風響空山、潮浪捲沙、一帆衝雨，將「暗」的情調，佈滿全詩。

　　張耒喜愛登高望海，除了乘槎亭望海諸詩外，也有其他的望海詩，如〈登山望海〉（「江闊風煙易晚」、「仕宦此身漫爾」、「西望揚州何處」、「鳥去蒼煙古木」）四首。這些登高望海詩，並非單純描寫海景之作，在欣賞海景之餘，自然而然地將自身的宦海遭遇融入景中。張耒諸首望海詩中，〈山海〉（《柯山集》，頁 113）的風格迥異於其他望海詩，將視覺所觀望的大海，透過神話典故，傳達深谷為陵，海水揚塵的變動哲理：

　　　　愚公移山寧不智，精衛填海未必癡。

　　　　深谷為陵岸為谷，海水亦有揚塵時。

　　　　杞人憂天固可笑，而不憂者安從知。

〔註 53〕樂史《太平寰宇記》云：「胸山：在縣南二里，按舊經云：『秦始皇東巡至胸山界』。」

－213－

聖言世界有成壞，況此馬體之毫釐。

老人行世頭已白，見盡世間惟歎息。

俯眉袖手飽飯行，那更從人問通塞。

以個人的有限生命爲衡斷標準，則愚公移山、精衛塡海，常被世人譏爲愚癡不智。然而將觀照的格局放大到自然的層次，則萬物終究會改變（「聖言世界有成壞」），深谷可爲山陵，連無盡的海水也可能揚塵。張耒運用《莊子·秋水》論述大、小乃相對而非絕對的觀點〔註54〕，來解釋人們眼中無窮盡的大海，從宇宙的觀點而言，大海是微小的，並非如人們的認知般長存不變。末段（後四句）則從大海的哲理，轉移到人事的體悟。處世經驗豐富的白首老人，見盡世間各種表象變化，只留無盡的歎息，願閑意肆志地活在當下，不問人間境遇之順逆。本首作品的旨意、風格，爲張耒的海洋文學中較特殊者。

北宋海洋文學作家中，張耒的海洋詩作，個人特色鮮明，具體分析後，具有以下的特色：

1. 張耒詩風以平易、流麗、曉暢見長，很少用硬語僻典。晁補之曾稱譽：「君詩容易不著意，忽似春風開百花」（〈題文潛詩冊後〉），頗能道出張詩的妙處。張耒以平易、流麗之筆，抒寫海鄉風土，於淡雅之中，別有韻味。

2. 張耒詩習用疊字，如寂寂、望望、茫茫、杳杳、悠悠、微微、日日等，使詩作多添幾許悠遠、綿長氣息。

3. 張耒善於鍛造佳句，如「天連漲海鵬飛近，風卷孤城颶母生」（〈送丁宣德赴邕州僉判〉）、「一夜海風聲不斷，曉來寒葉滿庭飛」（〈東海旅夜〉第二首）、「一帆衝雨暗天涯」（〈登乘槎亭〉）、「隔水飛來鴻陣闊，趁潮歸去櫓聲忙」（〈秋日登海州乘槎亭〉）、「鳥飛山靜晴秋日，水闊人閒熟稻天」（〈將至海州明山有作〉）等。精心構思的佳句，不見雕鑿之痕，能傳遞海洋的獨特興味，又可使作品不流於粗疏直敘。

〔註54〕《莊子集釋·秋水》云：「號物之數謂之萬，人處一焉。人卒九州，穀食之所生，舟車之所通，人處一焉。此其比萬物也，不似豪末之在於馬體乎？」（臺北：華正書局，1985年，頁564）單獨觀照一物，易侷限於個人的知識、經驗，而賦予一定的價值判斷。若能以自然的宏觀角度審視，先前認定的「大」，就會變成「小」，就如人類在宇宙所有物類中，微渺如馬體上之豪末般。

4. 描寫海景，不是連結到海鄉生活情景，便是將海景與自身遭遇結合爲一，由景生情，並寓寄對仕宦功名的深沈慨嘆。

八、蘇　過

　　蘇過（西元 1072～1123 年），蘇軾之第三子，號小坡。蘇軾知杭州時，蘇過年十九，以詩賦入浙江省試，擢爲第一。蘇軾謫英州（廣東）、惠州（廣東）、儋耳，後徙廉州（廣東），蘇過皆隨侍。蘇軾謫儋耳時，獨蘇過隨侍過海。蘇過曾撰〈志隱〉一文，蘇軾觀覽後曰：「吾可以安於島夷矣。」蘇過隨蘇軾流遷東南沿海諸州，對海洋的眞實體會，亦如蘇軾般。蘇過所流傳的海洋文學，雖然只有〈颶風賦〉一篇，但緣於對颶風的寫實記錄，故本賦廣爲沿海諸方志所徵引，以敘記颶風之狀。

　　〈颶風賦〉的作者，或題作蘇過，或題作蘇軾。宋代呂祖謙《宋文鑑》、宋代祝穆編《古今事文類聚》、明代彭大翼《山堂肆考》、明代楊愼《升菴集》、《廣東通志》、《福建通志》，均題蘇過之作。明代陳仁錫編《蘇文奇賞》、清代徐文靖《管城碩記》、清代《御製歷代賦彙》、今人龔克昌〔註 55〕、楊景琦《蘇過《斜川集》研究》，均題爲蘇軾之作。蘇過〈颶風賦〉被誤植爲蘇軾之作，可能原因如下：(1)《東坡全集》附論蘇過生平及作品時，錄有〈颶風賦〉，然而後人不加詳察，以爲收入《東坡全集》的作品，即爲蘇軾之作。(2)蘇家喬梓、昆仲，文風相近，易混爲一。蘇軾文名爲天下所推重，故蘇過〈颶風賦〉被誤植爲蘇軾。

　　《宋史・蘇軾傳》云：「蘇過……〈颶風賦〉早行於世，時稱爲小坡。」〔註 56〕哲宗紹聖二年（西元 1095 年），蘇軾在惠州時，命蘇過作〈颶風賦〉：

> 仲秋之夕，客有叩門指雲物而告予曰：「海氣甚惡，非祲非祥，斷霓飲海而北指，赤霞夾日而南翔，此颶之漸也。子盍備之。」語未卒，庭戶蕭然，槁葉策策，驚鳥疾呼，怖獸辟易，忽野馬之決驟，矯退飛之六鷁，襲土囊而暴露，掠衆竅之呵吸。予入室而坐，斂袵變色。
> 客曰：「未也，此颶風之先驅爾。」少焉，排戶破牖，損瓦辟屋，礧擊巨石，揉拔喬木，勢翻渤澥，響振坤軸。疑屏翳之赫怒，執陽侯而將戮，鼓千尺之洪濤，翻百仞之陵谷，吞泥沙於一卷，落巨崖於

〔註 55〕龔克昌：〈評蘇軾賦〉，《文史哲》，第二期，2008 年，頁 136。
〔註 56〕中央研究院「漢籍電子文獻」之《二十五史》。

再觸，列萬馬而并騖，潰千車而爭逐，虎豹讋駭，鯨鯢奔蹙，類鉅鹿之戰，呼殺聲之動地，似昆陽之役，舉百萬于一覆。予亦股慄毛聳，索氣側足，夜拊榻而九徙，晝命龜而三卜，蓋三日而後息也。父老來唁，酒漿羅列，勞來童僕，懼定而說。理草木之既偃，葺軒楹之已折，補茆茨之罅漏，塞牆垣之頹缺。已而山林寂然，海波不興，動者自止，鳴者自停，湛天宇之蒼蒼，流孤月之熒熒，忽悟且歎，莫知所營。嗚呼！大小出於相形，憂喜因於所遇。昔之飄然者，若爲巨耶？吹萬不同，果足怖耶？蟻之緣也，噓則墜；蚋之集也，呵則舉。夫噓呵曾不能以振物，而施之二蟲則甚懼。鵬水擊而三千，摶扶搖而九萬，彼視吾之惴慄，亦爾汝之相莞，均大塊之噫氣，奚巨細之足辨？陋耳目之不廣，爲外物之所變。且夫物象起滅，眾怪耀眩，求彷彿於過耳，視空中之飛電，則向之所謂可懼者，實耶？虛耶？惜吾知之晚也。

賦前有序：

《南越志》:「熙安間多颶風。颶者，具四方之風也。常以五六月發，未至時雞犬爲之不寧。」又《嶺表錄》云:「秋夏間有暈如虹者，謂之颶母，必有颶風。」

颶風是令人驚懼敬畏的海洋自然現象，具有難以想像的巨大力量。蘇過從《南越志》、《嶺表錄》（按應爲《嶺表錄異》）等文獻的記錄，粗略地理解颶風。颶風，以「颶」爲名者，以其「具四方之風」，正點出颶風爲旋轉之風，而非定向大風，破壞力極大，常拔木破帆，壞室決堤，造成沿海地區的莫大災損。由於颶風狂作之前，天際常會有虹暈，古人想像爲颶母之影。颶母的虹暈一出現，不久必起颶風。蘇過以此知識爲基礎，配合自己的實際經驗，有層次地記錄颶風大作的過程。

本賦首段（「仲秋之夕……子盍備之」）描寫颶風將大作前，海面的特殊徵象。颶風來襲前，海水翻騰，底泥上湧，腥臭味十分明顯，而天際則出現「斷霓」、「赤霞」等徵象。第二段（「語未卒……此颶風之先驅爾」）描寫颶風逼臨的前奏。颶風來臨前的勁疾大風，使野馬驟逃，天空鷁鳥退飛。當大風吹襲土囊，使土石暴露，掠過眾竅時，發出呵吸之聲。蘇過從未遭逢此種情景，斂衽變色，以爲颶風已至，想不到座客卻回應此乃「颶風之先驅」。本段的描寫，爲下段颶風來臨的情景，先醞釀出一股驚恐的氛圍。第三段（「少

焉……蓋三日而後息也」）描寫颶風來臨時的驚懼氣勢。颶風翻海激浪，聲振大地，襲臨岸邊時，勁風「排戶破牖，損瓦辟屋，礌擊巨石，揉拔喬木」，造成巨大的損害。連作三日之颶風，令蘇過毛悚股慄，驚恐萬分，為極盡所見之景，用充滿想像、誇張的典故與譬喻，生動地摹寫颶風之狀。眼前激起千尺洪濤的狂風，應是盛怒的「屏翳」（風神）欲戮殺「陽侯」（濤神）而鼓動。颶風摧毀萬物的氣勢，有如萬馬並驅，千車競逐，虎豹驚駭，鯨鯢奔蹙，又如鉅鹿、昆陽等戰役般的慘烈。第四段（「父老來唁……莫知所營」）描寫颶風過後的情景。經過颶風三日的肆虐，終於天朗氣清，海波不興。面對颶風肆虐後的殘破之景，父老開始「理草木之既偃，葺軒楹之已折，補茆茨之蟉漏，塞牆垣之頹缺。」第五段（「嗚呼……惜吾知之晚也」）抒發蘇過個人的議論。蘇過先前所見颶風之驚聲駭勢，如今已如飛電般消逝，杳無蹤影。面對眼前此種物象起滅，蘇過因見識狹陋，為表象所惑，而心生慨歎之情。颶風對人類而言，是巨大的力量；對摶扶搖九萬里的大鵬鳥而言，則又是普通的力量。蘇過從此悟得物類作用的大小是相對的，而非絕對的，又何必因而心生喜懼之情？

　　傳統海賦描寫海洋相關主題，常以神話傳說為構思基礎，善用誇張的文辭、深邃的典故，鋪陳出與現實海洋相差甚遠的海洋世界。本賦則以記錄颶風的文獻資料為寫作基礎，結合自己的親身經驗，描寫颶風之狀，細膩生動，層次分明（颶風來前的海面徵象－逼臨的前奏－來臨時的驚懼氣勢－過後情景），神話想像的成分極少，能呈現海洋颶風的真實面貌，為海賦中的佳構。

第二節　南宋作家作品析論

一、周紫芝

　　周紫芝（西元 1082～？年），字少隱，自號竹坡居士，安徽宣城人。南宋初，居陵陽山中，苦學不懈，紹興年間中進士，歷官右司員外郎、樞密院編修，出知興國軍（治所在湖北陽新縣），後退居廬山。周紫芝曾獻詩於秦檜，頗為後人所譏諷。

　　周紫芝未長期勾留於濱海地區，缺乏豐富、深刻的海洋生活經驗。周紫芝對於海洋景觀的深刻體悟，同大多數短暫停留於海濱的遊客般，集中在壯

觀的海潮。故周紫芝的海洋文學，全爲觀潮詩作。如〈冷泉七絕〉之一云：「萬里西興浦口潮，浪花爭似海門高。誰將一夜山中雨，換作滄江八月濤。」西興浦口爲宋代觀浙江潮的勝地。八月秋濤使西興浦口的浪花如海門高絕。周紫芝本絕句凸顯出浙江潮的壯盛氣勢。〈觀潮示元龍〉（《太倉稊米集》〔註57〕卷二十四）則以細緻筆觸描寫浙江潮：

> 越山莽蒼吳山高，海門屹立通江濤。
> 江頭久客歸未得，來趁吳兒看晚潮。
> 潮頭初來一線白，雪浪翻空忽千尺。
> 地中鳴角何處來，水上六花人不識。
> 驚濤倒射須臾空，千艘已落空濛中。
> 錦帆半臂浪花裏，越商巴賈爭長雄。
> 江湖險絕長如此，風靜潮平亦何事。
> 人間萬法有乘除，卻遺風波在平地。

大海潮逼近浙江口時，由於浙江口的喇叭狀及海底變淺的緣故，使得海門浪潮高度遽增，與浙江水相激後，更是激起氣勢磅礡的濤天大潮。對於佇立江頭，漂泊已久的周紫芝而言，趁著造訪此地的機緣，觀賞壯觀的浙江潮。遠方潮頭最初只如一條白線般，快速逼近浙江口的海門時，一線白的景象，瞬間變爲千尺高的翻空雪浪。潮浪變化之大，令周紫芝大開眼界。海上潮浪聲勢驚人，令人誤以爲是何處傳來的鳴角聲？水面上雪花般的白色浪花，又令眾人疑惑而不識。周紫芝進一步以精巧的筆法，描寫浪潮起伏的無窮力量。當驚濤以倒射之姿快速消退時，原本充滿潮浪的空間，須臾間變成虛空，而憑水依托的船舶，也自空濛中落下，半沒入浪花中。人間萬法各有節制，卻獨留變化險阻之潮浪，令周紫芝極爲震撼，因而有「人間萬法有乘除，卻遺風波在平地」的慨歎。

　　周紫芝不只單獨觀潮，也偕諸詩友、同舍郎同觀浙江潮，既賦詩記潮，也次韻他人觀潮之作。如〈次韻庭藻觀潮〉（《太倉稊米集》卷二十六）云：

> 八月既望秋風高，群飛海水催江濤。
> 水來中州八萬里，至吳乃折微傷豪。
> 當日潮來如箭激，萬弩迎潮射鳴鏑。
> 風吹海立猶至今，雪卷千堆濺青壁。

〔註57〕《文淵閣四庫全書電子版》。

> 人間有海詩有翁，健如駕浪長江風。
>
> 詩成便可作圖畫，歲好莫漫占凶豐。
>
> 坐中客怕噤不語，憑高下看馮夷舞。
>
> 殘音到石未肯回，澎湃猶能作宮羽。
>
> 人生快意難預謀，眼辜盛事心懷羞。
>
> 老病無人喚我出，閉門枉度三中秋。

陳庭藻爲周紫芝的詩友，《太倉稊米集》中收有周紫芝次韻陳庭藻諸詩之作。周紫芝用陳庭藻觀潮詩之韻，歌詠浙江潮。浙江潮在每年農曆八月十五日左右開始出現大潮，八月十八日極盛，故自八月既望（十六日）後數日，均爲觀浙江潮的合適日期。周紫芝於八月既望的爽秋時節，觀浙江大潮。自內陸往大海長途奔流的浙江，至吳地轉折，稍微減損其水勢，但與八月既望的海上大潮相激後，氣勢卻更驚人。周紫芝特以揚雄「海水群飛」〔註58〕語，形容浪濤之壯。浙江口海門的浪潮，波瀾壯闊，吼地聲響有如「萬弩迎潮射鳴鏑」般。浪潮後推前阻，漲成壁立的水嶺，激起的千堆雪浪，將岸邊的青壁濺濕。這一場壯觀的海潮展演，既可入詩，又可入畫。居高臨下的坐客噤聲，靜觀馮夷舞動浪潮，澎湃的海潮彷彿正演奏著自然的聲調。周紫芝感嘆人生快意之事，難以預謀，因而常錯過最美好的景致。天下偉觀浙江潮，或許因自己的老病疏懶，閉門枉度三中秋，使老眼辜負浙江潮盛事，因而懷羞不已。周紫芝今日得睹浙江潮，終使老眼不辜負盛事。周紫芝意猶未盡，再次韻陳庭藻詩，作〈次韻庭藻再賦觀潮〉（「海門白浪如山高」），記觀潮之感。

　　周紫芝也與同舍僚友觀浙江潮，並分韻賦詩詠潮。周紫芝與僚友共作〈與同舍郎觀潮，分韻得還字、一字、江字三首，一字、江字爲坐客作〉（《太倉稊米集》卷二十五），其中周紫芝分韻得「還」字，作詠潮詩一首：

> 人生如微塵，同一霄壤間。可笑螟蟻眼，但窺甕中天。
>
> 錢塘俯滄海，八月壯濤瀾。始疑疋練橫，旋作萬馬翻。
>
> 海門屹中開，方壺忽當前。不知何巨鰲，爲我載三山。
>
> 銀光射傑閣，玉筍垂朱欄。須臾擊飛雪，噴薄上簾顏。
>
> 相見各驚顧，日暮殊未還。那知在空濛，但怪毛髮寒。

〔註58〕漢・揚雄《太玄經・劇》云：「測曰海水群飛，終不可語也。」（《中國子學名著集成》，第八十七冊，頁283）

平生雲夢胸，始信宇宙寬。安得凌雲手，大筆如脩椽。

盡挽捲天浪，參差入豪端。

本詩先以人的微渺起筆，對比出滄海濤瀾的壯觀。微渺的人類，有如天地間的一顆纖塵。當微渺的人類，以可笑的蟻螻〔註59〕般狹窄視野，自甕中窺天，見識既狹且薄。當周紫芝以微渺謙卑之心，覽望八月的滄海壯濤，心中盡是讚歎。周紫芝以各種具體形象，如疋練、萬馬、巨鰲、銀光、玉筍、飛雪等，來描摩海潮的形態、聲音。這些海潮的具體形象，組合成海上仙山幻境。見到此等令人毛髮慄寒的海洋奇景，周紫芝才「始信宇宙寬」。微渺的周紫芝，既然有幸觀看浙江潮奇觀，欲以最壯麗的詩句來記錄浙江潮，故發下「安得凌雲手，大筆如脩椽。盡挽卷天浪，參差入豪端」的豪願。本詩將神奇的浙江潮與神秘的海洋傳說結合爲一，壯觀的海潮形象背後，蘊含豐富的想像空間，爲周紫芝觀潮詩中，風格較特殊者。

〈次韻仲平十八日觀潮〉（《太倉稊米集》卷二十七）詩，則將描寫重心，由浙江潮的具體摹繪，轉移到弄潮活動、觀潮畫作及內心的感觸：

吳兒輕生命如線，赤腳翻身踏江練。

南人慣看心不驚，北客平生眼稀見。

海上潮來雪不如，中郎詩成錦初爛。

句法豈但窺澄江，壯士何從挽天漢。

飛流濺沫不足論，萬壑千巖此爲冠。

解言越嶠翠摩空，歲與浪花爭隱見。

我亦蒼顏閱九州，始問江神得奇玩。

六年東望西興雲，歲月崩奔一飛箭。

擬將匹練作江圖，歸與故人誇偉觀。

倘從江海識波濤，分逐秋蓬共流轉。

試令海若語馮夷，慚色自應須滿面。

誰當更草海潮篇，詞采風流付王翰。

本詩首先描寫北客稀見的吳兒弄潮活動。吳兒自恃水性佳，常赤腳翻身，冒險躍入洶湧的浙江潮中，並作出各種令北客心驚膽跳的狎潮動作。吳兒弄潮使得觀潮活動更加熱鬧喧囂。蔡中郎曾以錦辭麗字，描寫海潮壯景。對周紫芝而言，用「飛流濺沫」不足以形容潮浪氣勢之雄奇，唯有「萬壑千巖」才

〔註59〕蟻螻，蟲名，體微細，將雨，群飛塞路。

能表現海潮的高聳氣勢。曾飽覽九州風物的周紫芝，見浙江潮後才算得「奇
玩」，甚至想把如匹練橫前的海潮，化爲圖畫，以便歸去時，能向友朋故舊誇
耀此一天下偉觀。

　　周紫芝觀潮諸作，能以精妙筆法（如「驚濤倒射須臾空」、「雪浪翻空忽
千尺」、「當日潮來如箭激」等），摹寫變化萬端，氣象宏肆的海潮，也善用具
體的物象（疋練、萬馬、巨鰲、銀光、玉筍、飛雪、鳴角、六花等），凸顯海
潮的形象特質，使詠潮文字更爲生動。周紫芝的觀潮詩作，在宋代的觀潮詩
中，可擁一席之地。

二、李　綱

　　李綱（西元 1083～1140 年），字伯紀，邵武（福建）人，徽宗政和二年
（西元 1112 年）進士。靖康元年（西元 1126 年），金兵初圍開封時，曾力阻
欽宗遷都，以尙書右丞任親征行營使，團結軍民，擊退金兵，旋遭排斥。高
宗即位，李綱被任爲尙書右僕射兼中書侍郎，主張用兩河義軍收復失地，在
職七十餘天，即被罷免。後曾歷任湖廣宣撫使等職，多次上疏陳說抗金大計，
皆未被採用。

　　建炎二年（西元 1128 年）十一月，李綱被責授單州團練使，移瓊州萬安
軍安置。建炎三年（西元 1129 年）十一月，李綱未抵萬安軍，蒙高宗德音放
還，任便居住。建炎四年（西元 1130 年），李綱渡海歸故鄉邵武。李綱被遷謫
瓊州萬安軍時，只有次子李宗之隨行。生於福建的李綱，對於海洋風土自不
陌生，然而被遠謫海外蠻荒的瓊州，心中還是忐忑不安。李綱的海洋詩作，
大多數集中於謫貶瓊州時，或記渡海歷程，或寫瓊州風物，頗有可觀。以下
分兩類析論李綱的海洋作品：

（一）記海外瓊州印象

　　建炎二年（西元 1128 年），李綱被貶瓊州萬安軍，心中充滿對荒遠海角
之地的疑懼。李綱作〈次雷州〉（《李綱全集》〔註60〕，頁 315），記其渡海前
的悲悶心情：

　　　　華夷圖上看雷州，萬里孤城據海陬。

　　　　萍跡飄流遽如許，騷辭擬賦畔牢愁。

　　　　滄溟浩蕩煙雲曉，鼓角凄悲風露秋。

〔註60〕宋・李綱：《李綱全集》（長沙：岳麓書社，2004 年）。

莫笑炎荒地遐僻，萬安更在海角頭。

對李綱而言，雷州本是華夷輿圖上的萬里海隅孤城，如今竟成謫戍之地。萍跡將飄泊南荒，心中憂悶不已，李綱擬仿揚雄作《畔牢愁》〔註61〕騷辭，以寄泛海離愁。凝視煙雲浩蕩的滄海，秋天風露沾染無盡的悲凄。秋天海景令李綱格外感傷，瓊州已地處炎荒，而萬安軍更隱藏在無盡的海角頭。貶謫地的層層遞進（瓊州→萬安軍），更加深李綱心中的憂愁。

奉謫令渡海的李綱，恰逢海南黎人作亂，盤據臨皋縣，因而暫留海康（廣東海康）。建炎二年（西元1128年）十一月望，官軍破賊，戒行二十日，李綱戲作〈聞官軍破黎賊兩絕句〉（《李綱全集》，頁317）記此事：

海上群黎亦弄兵，征車數月旅山城。

稽留謫命兢惶甚，正坐緋巾懲沸羹。(1)

沈沈碧海絕津涯，一葉凌波亦快哉。

假使黑風漂蕩去，不妨乘興訪蓬萊。(2)

海南群黎作亂，李綱因此得稽留於海康。謫命在身，等候亂平的李綱，心中惶兢不已，因為他正是坐緋巾資賊事（「坐緋巾懲沸羹」）〔註62〕，被遠謫瓊州。故聞海南黎民作亂，令他格外驚恐。海南黎民作亂平定後，尚得戒行二

〔註61〕 《漢書‧揚雄傳》云：「又旁〈惜誦〉以下至〈懷沙〉一卷，名曰《畔牢愁》。」顏師古注引李奇曰：「畔，離也。牢，聊也。與君相離，愁而無聊也。」（中央研究院「漢籍電子文獻」之《二十五史》）《畔牢愁》今已佚。李綱以《畔牢愁》借指心中的離愁。

〔註62〕 宋‧李心傳《建炎以來繫年要錄目錄》，卷十云：「綱傾其家貲數千縑，并製造緋巾數千，遣其弟迎賊，不知其意安在？今陛下駐蹕維揚，人情未安。……綱既素有狂愎無上之心，復懷怏怏不平之氣。……以為李綱者，陛下縱未加鈇鉞之誅，猶當置之嶺海遐遠無盜賊之處，庶幾國家可以少安。」（北京：中華書局，1988年）李綱因以數千頂緋巾，遣其弟迎賊之事，為奸人所毀謗，遭貶遐遠嶺海。針對此事，李綱曾上奏為己辯駁：「聞有辛道宗下叛兵，自秀州作過，迤邐由蘇常前來，即雇客舟，由大江內以歸，初不曾與辛道宗下叛兵相遇。李綸在無錫縣與知縣郝漸商議說諭，叛兵不曾焚毀邑屋。臣是時方到鎮江府，初不與知。言者乃謂臣遣弟迎賊，傾家貲犒，設製緋巾數千頂以與之，實為不根，坐此落職。」（《李綱全集》，長沙：岳麓書社，2004年，頁689）李綸（李綱之弟）在無錫縣與知縣郝漸商議，以為叛兵不曾焚毀邑屋。後來李綱至鎮江府，在不知情的情形下，為奸人以傾家貲製作緋巾數千頂，遣李綸迎賊事構陷。然而朝廷並未明查，立即將李綱連貶至瓊州。故李綱聽聞海南黎民作亂，特別驚悸。《詩‧大雅‧蕩》云：「如蜩如螗，如沸如羹。」「沸羹」指海南黎民作亂的局勢。

十日。望著沈沈無涯的碧海，李綱設想若能順利啓航，憑恃一葉扁舟，將乘興尋訪「蓬萊」（指瓊州）。

等候平亂，稽留於海康的李綱，曾造訪海康西南的地角場〔註63〕，因瘡瘍之故，無法親謁伏波廟。李綱特地請次子李宗之，以渡海之期，向潮神請示，一卜即吉。星月燦然，風便波平，李綱乘潮解槎，詰旦已達瓊州。李綱作〈次地角場俾宗之攝祭伏波廟〉（《李綱全集》，頁 318）兩首，寫祭拜伏波廟及夜航的心境：

　　　夜半乘潮雲海中，伏波肯借一帆風。
　　　滿天星月光鋩碎，匝海波濤氣象雄。（1）

　　　大舶憑陵眞澒瀄，寸心感格在精忠。
　　　老坡去後何人繼，奇絕斯遊只我同。（2）

誠心向伏波將軍〔註64〕祝禱後，終能於渡海之夜，藉伏波將軍所借的一帆風，乘潮平穩地航行於雲海。滿天星月的光芒，映照在海上，因海浪的起伏，碎光鋪海。船外無盡的波濤，氣象雄渾。夜間行船，讓李綱有新奇的感受。航行於澒瀄惡海的大舶，憑藉的是馬伏波的精忠。蘇軾曾於紹聖四年（西元 1097 年），貶瓊州別駕，而李綱則繼老坡之後，謫瓊州萬安軍。老坡領略瓊州的海洋風土，有「九死南荒吾不恨，茲游奇絕冠平生」（〈六月二十日夜渡海〉）的讚嘆。如今李綱重蹈老坡橫渡瓊州之路，才能眞正體會老坡讚嘆瓊州的眞諦。

繼蹈老坡橫渡瓊州之路的李綱，對於老坡的渡海經驗，心有戚戚焉。故李綱次韻老坡之〈六月二十日夜渡海〉（「參橫斗轉欲三更」），作〈次東坡韻〉（《李綱全集》，頁318）二首，記其夜渡海的過程及心境：

　　　地角潮來未五更，陰雲解駁作霜晴。
　　　星河明潤天容晬，風浪喧豗海氣清。

〔註63〕　宋・趙汝适《諸蕃志》云：「徐聞有遞（地）角場，與瓊對峙，相去約三百六十餘里，順風半日可濟。中流號三合溜，涉此無風濤，則舟人舉手相賀。」（南投：臺灣省文獻會，1996 年，頁 57）

〔註64〕　清・屈大均《廣東新語》卷四，「海水」云：「廉州海中，常有浪三口連珠而起，聲若雷轟，名三口浪。相傳舊有九口，馬伏波射減其六。予有〈射潮歌〉云：『后羿射日落其九，伏波射潮減六口。海水至今不敢驕，三口連珠若雷吼。』」（北京：中華書局，1997 年，頁 132）「伏波」，指漢代伏波將軍馬援。馬伏波射潮，指馬援在廉州射浪平海波的神話傳說。

粗見鯤鵬潛化理，豈無犬馬戀軒聲。

遠遊不作乘桴計，虛號男兒過此生。（1）

海上傳呼夜報更，舟師歡喜得新晴。

風帆擘浪去時急，海月籠雲分外清。

天影合中觀妙色，潮波迴處悟圓聲。

從來渤海爲全體，試問一漚何處生。（2）

第一首描寫夜間自海康揚帆的感受。海康地角場的潮水漲起，海面上的陰雲轉爲霜淨，正是適合起錨的海象。李綱所乘坐的海舶，頂著明潤的星空，在風浪喧豗聲中，破浪前進。面對偉壯的海洋，李綱從中領悟出鯤鵬變化妙理，因而發出「遠遊不作乘桴計，虛號男兒過此生」的豪情。第二首描寫夜航即景。航行值便的舟師，按更傳呼報時，仰觀天際，喜得清朗海氣，便於航行。風順波平，海舶擘浪疾行，李綱從海天夜潮中，觀妙色，悟圓聲，明大智。大海本是整體的，一顆水泡（「一漚」）何由得生？本爲澄淨的心海，不起心動念，一顆小水泡（妄念）又如何能生？

經過一夜的航行，海舶終於在平旦時，抵達瓊管（瓊州郡名）。李綱對瓊管的第一印象是奇異的風物人情。當地民居築於檳榔林間，出市交易，蠻衣椎髻，語音兜離，不可知曉。李綱詢問萬安軍所在，黎人告以相去猶有五百里，較瓊管更爲僻陋。前往萬安軍的道路，必取道黎峒山，往往有盜賊剽劫行者，得自文昌縣泛海，有幸得便風，三日可達。李綱對於瓊管的異俗及萬安軍的僻遠，心中無限感慨，故作〈次瓊管〉（《李綱全集》，頁 319）二首長詩，紀土風，抒懷抱：

巨舶浮于海，長飆送短蓬。夜潮和月白，曉日跳波紅。

雲影搖脩浪，瀾光接遠空。喜過三合流，愁遠冠頭峰。

雷化迷天際，瓊儋入望中。地遙橫一線，山露點群鴻。

偶脫鯨鯢患，尤欣氣俗同。川原驚老眼，稚臺看衰翁。

蠻市蝦魚合，賓居棟宇雄。人煙未寥落，竹樹自蔥蘢。

碧暗檳榔葉，香移薄荷叢。金花翔孔翠，絲幕問黎童。

南極冬猶暖，中原信不通。管寧雖跡遠，阮籍已途窮。

湏洞滄波裏，蒼茫返照東。客愁渾不寢，鼓角五更風。（1）

四郡環黎母，窮愁最萬安。峒氓能憫寇，瀧吏豈欺韓。

草屋叢篁裏，孤城瘴海端。民居纔百數，道里尚艱難。

　　　　徑陸憂生蜑，乘桴畏怒瀾。颶風能破膽，瘴氣必摧肝。

　　　　去死垂垂近，資生物物殫。舶來方得米，牢饋或無餐。

　　　　樹芋充嘉饌，蠯嬴薦淺盤。蔓藤茶更苦，淡水酒仍酸。

　　　　黎戶花縵服，儒生椰子冠。檳榔資一醉，吉貝不知寒。

　　　　何必從詹尹，無因詠考槃。失圖嗟罪大，得此荷恩寬。

　　　　顧影同三友，談空不二觀。中州杳何在，猶共月團欒。（2）

第一首詩描寫入港前的海天景觀及登岸後的第一印象。本詩可分為前後兩
段，前段（「巨舶浮于海……尤欣氣俗同」）描寫李綱搭乘海舶入港前的海天、
陸岸景象。浮海夜航的巨舶接近瓊州海域時，天色明亮，海面由映月光變為
「跳波紅」，脩浪耀動瀾光，四周明亮開闊。海舶平安地通過三合流〔註65〕，
深海偶遇的鯨鯢已不復見，瓊、儋地線在望。隨著海舶逼近陸岸，原本海中
一線的陸地，已可清楚地辨識山頭的群鴻身影。後段則描寫李綱登岸後，對
瓊管的第一印象。濱海的瓊管，無論是川原、物產、人情、氣候，皆與中土
迥異。李綱初登岸，立刻被瓊管的奇景所驚動。蜑市魚蝦、賓居棟宇、蔥蘢
竹樹、檳榔碧葉、薄荷香叢、孔雀翠鳥、氣候暖熱，均與李綱的生活經驗大
不相同，加上音信不通，使得李綱只能遙望洶涌滄海，愁悶難寢。第二首詩
描寫萬安軍的僻遠及其窮絕。環繞在黎母山的瓊州、昌化軍、吉陽軍、萬安
軍四郡，以萬安軍最為窮愁僻遠，孤處瘴海之端。自瓊管往萬安軍，尚有五
百里之遙，陸路險阻，中多賊寇，海路又多怒瀾，行路之難，令李綱感慨萬
千。萬安軍的民居纔百數，築草屋於叢篁中，地多瘴癘之氣，又常有颶風侵
襲。因萬安軍地處僻遠，米糧、物資全賴船舶輸運，常有米糧不濟的情形。
故當地黎人就地取材為生，如以樹芋、蠯〔註66〕嬴〔註67〕充當佳饌，飲用苦
澀的蔓藤茶〔註68〕及酸的淡水酒，百姓著花縵服，儒生服椰子冠〔註69〕，嗜

〔註65〕宋・周去非《嶺外代答》，卷一，「三合流」：「海南四郡之西南，其大海曰交
阯洋。中有三合流，波頭濆湧而分流為三：其一南流，通道于諸蕃國之海也。
其一北流，廣東、福建、江浙之海也。其一東流，入于無際，所謂東大洋海
也。南舶往來，必衝三流之中，得風一息，可濟。苟入險無風，舟不可出，
必瓦解於三流之中。」（北京：中華書局，1999 年，頁 36）三合流為往瓊州
的危險水域，水流複雜，若舟能乘風，則可平安渡過，若無風，則舟可能在
此遇難。

〔註66〕蠯，狹長的蚌蛤。

〔註67〕嬴，通「螺」，蚌的一種。

〔註68〕蔓藤即扶留，緣藤而生，結實如桑椹，味辛。蔓藤茶即以蔓藤熬煮的茶，味
略苦澀。

嚼檳榔〔註70〕，以吉貝〔註71〕禦寒。面對萬安軍「去死垂垂近，資生物物殫」的環境，李綱只能邀月偕影成三友，遙思杳渺的中州。

登瓊管三日，準備前往僻遠萬安軍的李綱，忽蒙高宗德音放還，任便居住。李綱欣喜若狂，便耽留瓊管。心境寬和的李綱，得以欣賞瓊管風物。如李綱作〈檳榔〉，歌詠瓊州黎人最喜愛的檳榔：「……當茶銷瘴速，如酒醉人遲。蔞葉偏相稱，贏灰亦謾為。午餐顏愧渥，頻嚼齒愁疲。……」（《李綱全集》，頁 319）檳榔塗抹贏灰，包以蔞葉，入口則甘漿洋溢，香氣薰蒸，臉頰泛紅，可提神消瘴。檳榔為瓊人嗜好之物，亦為款客必備之物。李綱在當地人的勸食之下，試著品嚐檳榔滋味。李綱也常登高遠眺，作〈郡城南曰瓊臺北曰語海余易之為雲海登眺有感〉（《李綱全集》，頁 320）二首，記其眺望心境：

> 孤城南面敞瓊臺，千里川原指顧開。
>
> 試向綠雲深處望，海山浮動見蓬萊。(1)
>
> 古來雲海浩茫茫，北望悽然欲斷腸。
>
> 不得中州近消息，六龍何處駐東皇。(2)

瓊管郡城南方曰「瓊臺」，北方曰「語海」。李綱登瓊臺向北遠眺，只見千里川原迅速開展在眼前，在綠雲深處浮動的海山，彷彿是蓬萊仙山，故易「語海」為「雲海」。李綱極目北望浩渺的雲海，無法得到中州的音訊，悽然之情油然而生。

建炎四年（西元 1130 年），李綱奉赦回歸中土。白晝渡海時，風便波平，尤為奇絕，故李綱作〈北歸晝渡海風便波平尤覺奇絕成五絕句〉（《李綱全集》，頁 320），描寫渡海過程與心境：

> 澄波不動琉璃滑，一望應須萬里餘。

〔註69〕蘇軾〈椰子冠〉云：「自漉疎巾邀醉客，更將空殼付冠師。」

〔註70〕宋·祝穆《方輿勝覽》，「瓊州」云：「（黎人）以檳榔為命。」（《文淵閣四庫全書電子版》）

〔註71〕宋·祝穆《方輿勝覽》，「瓊州」云：「島夷卉服：南中所出木綿、吉布、芎蕉、麻皮、無非卉也。」宋·趙汝适《諸蕃志》，「吉貝」云：「吉貝，樹類小桑，萼類芙蓉。絮長半寸許，宛如鵞毳，有子數十。南人取其茸絮，以鐵筋碾去其子，即以手握茸就紡，不煩緝績。以之為布，最堅厚者謂之兜羅綿，次曰番布，次曰木棉，又次曰吉布。」（南投：臺灣省文獻會，1996 年，頁49）吉貝即為木棉，處理方式類於棉花，而瓊州黎人則以之為衣被，用以禦寒。

舟行衝激浪花碎，如馭白雲遊碧虛。(1)

去得南風來北風，神靈只在指呼中。
老坡有語舊曾記，信我人阨非天窮。(2)

來時風浪夜喧驚，歸去潮波枕席平。
非是波神有分別，故教清晝看寰瀛。(3)

纖雲肆卷日方中，海色天光上下同。
身在琉璃光合裏，碧空涵水水涵空。(4)

平生奔走畏江湖，暮齒來乘海上桴。
自哂井蛙真見小，望洋向若一盧胡。(5)

第一首詩（「澄波不動琉璃滑」）將海面的平靜澄澈，喻為平滑的琉璃，極為具象。有如平滑琉璃般的海面，視野格外寬廣，一望可極萬里。海舶揚帆航行所激起的浪花，使平滑的琉璃碎裂，在陽光的映照下，光亮耀眼，就如同駕馭白雲，遊蕩碧空般。平靜的海波，正是李綱遠離瓊管的最佳海象。第二首（「去得南風來北風」）描寫航海最重要的風順。南來之日，乘著伏波將軍所借的一帆南風，順利抵達瓊管。北歸之日，因伏波將軍的使喚，又得平順的北風。因有神助，來去風順，使李綱聯想到曾向海神廣德王祝禱，而得以見到登州海市的蘇軾，因而對其「率然有請不我拒，信我人厄非天窮」（蘇軾〈登州海市〉）詩句，心有戚戚焉。第三首（「來時風浪夜喧驚」）描南來夜航，北歸晝航，海景的明顯差異。李綱南來瓊管時，風浪喧驚，北歸中州，卻是浪靜波平。李綱設想應是伏波將軍的用心，要讓他見識不同的海景，所以白晝時，制伏海波，展現寰瀛（海天）的寬闊。第四首（「纖雲肆卷日方中」）描寫船行大海的海景。風順浪靜，纖雲捲日，航行平穩，李綱立於船上，遠觀海面，只見「碧空涵水水涵空」。海天一色，讓李綱彷彿置身清淨的琉璃世界。第五首（「平生奔走畏江湖」）則抒發南渡瓊管以來的體悟。李綱回想自己平生的辛勞奔走，暮齒之年竟遭逢謫貶，乘桴泛海，來到荒遠的海外瓊管。若無貶謫的因緣，則無以見識奇絕的汪洋壯景，李綱自慚將如井蛙般見識淺薄。有幸瞻望滄海壯景的李綱，悟得《莊子》望洋向若之意，發出盧胡〔註72〕一笑。這五首作品，依渡海時序，將渡海的場景、心境，以素雅

〔註72〕盧胡，狀聲詞，形容在喉間的笑聲。

的語言，舖陳開來。依序覽讀這五首詩，讀者彷彿跟隨李綱渡海，爲抒寫海洋的佳構。這五首詩，同時也爲李綱短暫而豐富多采的渡海歷程，畫下完美的句點。

蘇軾罪貶瓊州，李綱也謫宦瓊管。兩人皆因謫宦瓊州，渡越滄海，得以識得海洋的眞面目，與南荒瓊州的風情。因此李綱對於自己遷謫瓊管的歷程，總會聯想到蘇軾的境遇，故常援引蘇軾詩句，或次韻蘇軾海南諸詩，以表達其心志。這類海洋作品，均以眞實的海洋經驗爲寫作基礎，自然散發出獨特的海洋風情。

（二）南渡瓊管以外的海洋作品

李綱記其南渡瓊管歷程，所作諸海洋詩，將貶謫的心路與海洋風物緊密結合，爲其海洋文學的主體。北歸中土後，偶然爲之，作品不多，或寫颶風，或記觀潮，或觀閱水戰。

李綱籍貫福建，長期居於濱海，又曾南渡瓊管，對於海洋颶風的可怕，有深刻的體會，作〈颶風〉（《李綱全集》，頁 396）二絕：

> 自從嶺海入閩中，乃始今朝識颶風。
>
> 南極只愁天柱折，蘭臺休更論雌雄。(1)
>
> 雲氣飄揚萬馬馳，占風先有土人知。
>
> 飛沙拔木渾閒事，只怕山園損荔枝。(2)

來自海上的颶風，蘊藏巨大的能量，強風挾帶豪雨，常造成沿海地區的巨大危害。颶風大作時的恐怖景象，要身歷其境者才能體會。李綱在閩中時，終於有機會見識到可怕的颶風。當颶風大作時，天地變色，翻江倒海，摧樹毀屋，激浪決堤，天柱彷彿要斷折般，已無法如蘭臺公子宋玉般，悠哉地分辨雌雄風。颶風大作之前，天際的雲氣飄揚，有如萬馬奔騰般。沿海土人長期觀察颶風前的雲氣變化〔註 73〕，以占颶風，並預先防備。颶風對李綱而言，乃極恐怖的經驗，但對沿海居民而言，飛沙拔木是常見之象，只怕颶風損及山園中的芳美荔枝。

李綱乘地利之便，也曾望海、觀潮，並有詩作，如〈望潮〉（《李綱全集》，

〔註73〕唐·劉恂《嶺表錄異》，卷上云：「南海秋夏間，或雲物慘然，則其暈如虹，長六七丈，比候則颶風必發，故呼爲颶母。忽見有震雷，則颶風不能作矣。舟人常以爲候，預爲備之。」（《文淵閣四庫全書電子版》）颶風狂作之前，天際常會有虹暈，古人以之占颶風。

頁 31），記樟亭觀浙江潮的體驗：

> 樟亭一望浙江潮，震地凌空氣象驕。
> 十萬軍聲來海嶠，三千銀界混煙霄。
> 素車白馬縱橫鶩，翔鷺飛鷗散漫飄。
> 好是波平風穩後，一帆千里不崇朝。

杭州樟亭，即宋以後之浙江亭，為觀浙江潮勝地。李綱途次杭州，特別登樟亭觀看名聞遐邇的浙江潮。震地凌空的浙江潮，氣象萬千，有如十萬大軍逼臨海嶠，激起的水霧佈滿三千銀色世界。隨著一波波潮浪與浙江水相激，水霧瀰天，浪頭堆疊，彷若素車白馬縱橫馳鶩，又如翔鷺飛鷗瀰漫飄翔。壯觀的浙江潮消散後，風穩波平，一帆又可疾行千里。李綱自瓊州歸次海康途中，也曾登平仙亭望海，作〈歸次海康登平仙亭次萊公韻〉云：「碧海瞰危亭，波光混太清。曠懷知樂此，夷險本來平。」（《李綱全集》，頁 321）李綱登上高聳的平仙亭，鳥瞰碧海，見波光與青空合一的壯麗海景，心生曠達襟懷。回想自己曾橫渡惡海，登蠻荒瓊州，如今又平安歸返中土，中間雖有夷險，但終究平安。李綱對於境遇起伏，已能曠達處之。

李綱北歸中土後，所作之海洋詩，與其渡瓊州諸作，整體風格截然可分。渡瓊州諸作，李綱將個人情愁融入渡海過程及瓊州生活，使作品呈現鮮明的色彩，海洋對李綱而言，不是客觀之海，而是有情之海。北歸中土後，褪去海洋氛圍的籠罩，創作作品時，又將自己置於旁觀者的角度，欣賞、觀察海洋事物。

三、楊萬里

楊萬里（西元 1127～1206 年），字廷秀，號誠齋，吉州吉水（江西）人。楊萬里的詩歌，別出機杼，具有鮮明的獨創性，被稱為誠齋體〔註 74〕，與尤袤、陸游、范成大，被譽為「中興四大詩人」。據〈楊萬里年表〉〔註 75〕的記載，籍貫為江西的楊萬里，長期任杭州、漳州、廣東等地的地方官職：

〔註74〕誠齋體的特色，善於攝取自然景物的特徵、動態，語言平易淺近，幽默詼諧，自然活潑，以俗諺口語入詩。誠齋體的形成，與楊萬里提倡的「活法」有關。「活法」的內涵，指以生動活潑而富有變化的語言，捕捉稍縱即逝的自然意趣。

〔註75〕參見章楚藩主編之《楊萬里詩歌賞析集》（成都：巴蜀書社，1994 年），頁 250。

孝宗乾道二年	西元 1166 年	40 歲	赴杭州任
孝宗淳熙元年	西元 1174 年	48 歲	出任漳州知州
孝宗淳熙六年	西元 1179 年	53 歲	提舉廣東常平茶監
孝宗淳熙八年	西元 1181 年	55 歲	升任廣東提點刑獄
孝宗淳熙十一年	西元 1184 年	58 歲	返杭，任吏部員外郎
孝宗淳熙十六年	西元 1189 年	63 歲	返杭，任金國賀正旦使接伴使

　　楊萬里常以周遭的自然景物入詩，頗富自然的趣味。楊萬里除了辭官歸江西故里外，長期遊宦濱海地區，任地方官職。屢任沿海地方官的履歷，使楊萬里有機會深入濱海地區，仔細觀覽海洋風光，品嚐海洋珍鮮，了解海民的真實生活。因此楊萬里創作了不少具有特色的海洋詩歌。以下將楊萬里的海洋文學，分五類析論：

（一）望海有感

　　楊萬里趁著任濱海地方官職之便，常前往各海濱，觀覽滄海壯景，也創作不少望海之作。楊萬里的望海作品，多寫於入潮州為官之時。金沙洋、黃岡、大鞋嶺、潮陽海岸等地，皆有楊萬里望海的身影。

　　楊萬里入潮州，過金沙洋（今之牛田洋）時，展望眼前的小海，作〈過金沙洋望小海〉（《誠齋集》〔註76〕，頁 163），記其感受：

> 海霧初開明海日，近樹遠山青歷歷。
> 忽然咫尺黑如漆，白晝如何成暝色。
> 不知一風何許來，霧開還合合還開。
> 晦明百變一彈指，特地遣人驚復喜。
> 海神無處逞神通，放出一斑夸客子。
> 須臾滿眼賈胡船，萬頃一碧波黏天。
> 恰似錢塘江上望，只無兩點海門山。
> 我行但作遊山看，減卻客愁九分半。

本詩主要在描寫海霧的奇特變化。海霧受到海水、溫度、海風等因素的影響，變化頗大。楊萬里望著海霧散開的海面，海日、遠山、近樹，歷歷在

〔註76〕宋・楊萬里：《誠齋集》（《四部叢刊》集部，臺北：臺灣商務印書館，1983年）。

目，轉瞬間海霧密布，使白日變成夜般漆黑。偶來的海風，使海霧開開合
合，海面明暗在彈指間百變不絕。當海霧完全散去時，萬頃黏天碧波，須臾
間又布滿賈胡船。楊萬里面對金沙洋的海霧奇景，以閒遊的心態，取代羈
旅的愁思，心中充滿讚嘆，自然「減卻客愁九分半」。楊萬里登上廣東海濱的
大鞋嶺，觀望大海（南海）有感，又作〈登大鞋嶺望大海〉（《誠齋集》，頁
166）云：

> 杖履千崖表，波濤萬頃前。瓊天吹不定，銀地濕無邊。
>
> 一石當流出，孤尖卓筆然。更將垂老眼，何許看風煙。

「瓊天吹不定，銀地濕無邊」，具體形容楊萬里眼前的萬頃波濤。如筆般孤尖
卓立，突入海中的大鞋嶺，彷彿要順江濤流出海中。詩中道出楊萬里晚年觀
海的激動。楊萬里過宿黃岡，晨炊時，遠望大海，作〈晨炊黃岡望海〉（《誠
齋集》，頁165）云：

> 望中雪嶺界天橫，雪外青瑤鵒地平。
>
> 白底是沙青是海，捲簾看了卻心驚。

黃岡在饒平縣東百里，為海防重鎮，設有黃岡巡司。楊萬里身為廣東提點刑
獄，巡查軍務之餘，登上山勢嘠峻，雄峙海隅的黃岡山，縱覽海景，青海白
沙，令他心曠神怡。楊萬里登南州奇觀（指韓江畔的開元寺）時，見大江浮
橋，江心又起三石臺，皆有亭子，作〈登南州奇觀，前臨大江浮橋，江心起
三石臺，皆有亭子〉（《誠齋集》，頁164）二首，記其所見奇景：

> 海邊樓閣海邊山，銀竹初收霽日寒。
>
> 看著南州奇觀了，人間山水不須看。（1）
>
> 玉壺冰底臥青龍，海外三山墮眼中。
>
> 奇觀揭名渾未在，只消題作小垂虹。（2）

這兩首詩描寫韓江邊的海洋人文景觀。楊萬里登上韓江邊的潮州開元寺，俯
瞰韓江大橋，驚奇於周圍的海山氣象，因而有「人間山水不須看」的感慨。
第二首詩將焦點集中於江心築亭的三石臺及韓江橋。江心的三石臺，與海面
相接，在楊萬里的眼中，彷彿是海上三仙山，而韓江大橋只須題名「小垂虹」，
即可應和眼前景。當楊萬里漫步於潮州潮陽海邊，望海有感，又作〈潮陽海
岸望海〉（《誠齋集》，頁164）云：

> 動地驚風起海陬，為人吹散兩眉愁。
>
> 身行島北新春後，眼到天南最盡頭。

> 眾水更來何處著，千峰赴此卻回休。
>
> 客間供給能消底，萬頃煙波一白鷗。

站在天南盡頭的楊萬里，眼望萬頃煙波，海隅的動地驚風，吹散他的兩眉愁。寬廣的海面，使楊萬里的神思飛入山海間，思考著眾水奔赴大海的哲理。

南國最雄偉壯麗的景觀，就是汪洋浩瀚的大海。在潮州海濱，楊萬里總要盡情地觀覽大海，心神與大海遇合。展望寬廣多變的滄海，開張楊萬里的胸襟，寄寓壯心，也滌除宦場的煩憂，及心中的愁情（「減卻客愁九分半」、「兩眉愁」）。觀海之作，是楊萬里海洋文學的重要組成部分。

（二）航海的經驗、心境

楊萬里從涯岸或海亭望海，以客觀者的角度，感受滄海的壯麗。當身處海舟中，以主觀者的角度，融入海洋，楊萬里對海洋的感受，又截然不同。海洋的雲、霧、濤、風變動不已，對海中孤舟，會產生直接的影響。楊萬里以詩歌記其航行滄海的驚險經驗。

楊萬里乘船欲宿石門，因逢海上風雨大作，只能錨泊於靈星小海，等待風雨平靜，故作〈清明日欲宿石門，未到而風雨大作，泊靈星小海〉（《誠齋集》，頁 142）六首，抒發心境：

> 風雨來從海外天，靈星海裡泊樓船。
>
> 坐吟苦句斟愁酒，也是清明過一年。(1)
>
> 峽山前夕石間行，泊得船時破膽驚。
>
> 驚到今宵已無膽，聽風聽浪到天明。(2)
>
> 石門欲到更無疑，隔海風濤未可期。
>
> 到得石門非不好，只愁未到石門時。(3)
>
> 一生行路竟如何？樂事還稀苦事多。
>
> 知是風波欺客子，不知客子犯風波。(4)
>
> 波濤端不爲君休，風雨何曾管客愁。
>
> 自古詩人磨不倒，一樽大笑謝陽侯。(5)
>
> 石門未到未爲遲，小泊靈星也自奇。
>
> 此去五羊三十里，明朝還有到城時。(6)

第一首詩記樓船因海上風雨，不得不錨泊於靈星海，楊萬里只能「坐吟苦句

斟愁酒」，消磨海上長夜。第二首記狂風急雨中，泊船的驚險。風雨濤浪中，
要在靈星海中的礁石間安全泊船，過程非常驚險，稍一不慎，便可能觸礁，
舟毀人亡。楊萬里從泊船時的「破膽驚」，到中宵時「已無膽」。無法成眠的
楊萬里，只能聽風聽浪，忐忑到天明。第三首記前往石門的驚險過程。到石
門是無疑問的，但因海上風濤的不可預期，增添航程的風險，故楊萬里才會
說「到得石門非不好，只愁未到石門時」。第四首則寫楊萬里對行海路之難的
感慨。舟行大海，風波險惡，楊萬里心中感慨，平生行路就如今日舟行海路
般，苦事多於樂事。舟遇風波，常以為是風波故意欺客子，其實應是客子侵
入海洋國境，冒犯自然的風波。第五首則寫楊萬里領悟出海上風雨波濤是客
觀存在的現象，不因人之祈願而休止，故而肆懷放達，舉樽笑謝江神陽侯。
第六首記其情緒復歸平靜，能轉換心境，欣賞泊靈星海這一夜的際遇。延遲
一夜到石門，並不算太遲，只要三十里的航程，便可於朝日抵達廣州五羊城，
但泊靈星海的經驗，卻讓楊萬里有新奇的海洋航行體驗，也算是此行的收穫。
這六首詩，首尾一氣呵成，將航行的過程及其心境，詳細記錄，使讀者彷彿
隨著楊萬里驚航於風濤之中。

（三）海邊風情

　　楊萬里除了登臨觀海勝地，也愛閒適地漫步海邊，仔細地欣賞海岸的各
種自然風情。楊萬里信步徐行於潮州一帶的海岸，腳踩在鬆軟的沙灘上，作
〈海岸沙行〉（《誠齋集》，頁 165），記其沙行感受：

> 海濱半程沙上路，海風吹起成黃霧。
> 行人合眼不敢覷，一行一步愁一步。
> 步步沙痕沒芒屨，不是不行行不去。
> 若為行到無沙處，寧逢石頭醫足拇。
> 寧踏黃泥濺袍褲，海濱沙路莫再度。

對於習慣行走於硬實路面的人而言，步入鬆軟的沙灘，是特殊的步行經驗。
楊萬里走在海濱沙路，海風揚起的漫天黃霧，令行人合眼難開，步步愁促，
留下的履印，立刻被黃沙埋沒。對於楊萬里而言，不是不往前行，而是黃沙
狂作，足陷沙中。面對沙行的窘境，楊萬里祈望能快行至無沙路面，即使石
頭醫足拇、黃泥濺袍褲，也在所不惜，甚至有「海濱沙路莫再度」的感觸。
詩中所描寫的沙行經驗，是海濱生活的真實呈現。

　　楊萬里〈海岸七里沙〉（《誠齋集》，頁 166）二首，則描寫其行走於海岸

時，近距離感受海浪襲岸的氣勢：

> 大風吹起翠瑤山，近岸還成白雪團。
> 一浪攙先千浪怒，打崖裂石與君看。(1)
>
> 行人莫近岸邊行，便恐波頭打倒人。
> 若道岸高波不到，玉沙猶濕萬痕新。(2)

楊萬里漫步海岸，近距離接觸海洋，親自感受海風、海浪襲岸的氣勢。第一首詩描寫來自海上的大風，將海浪堆疊成高聳的翠山，逼臨海岸時，又碎裂成無數的白雪團。楊萬里將海浪的形狀、顏色，以遠近對比的方式，運用「翠瑤山」、「白雪團」辭彙，呈現海面上的海浪變化樣態。「一浪攙先千浪怒，打崖裂石與君看」句，則細部描寫浪頭打崖裂石的驚駭畫面，氣勢偉壯。第二首詩則將焦點自海面移回海岸，記岸上行人的感受。襲岸海浪的力道變化不已，眼前雖然暫時不見驚濤裂岸，但由「玉沙猶濕萬痕新」，可以推知浪頭有隨時登岸的可能。故楊萬里勸行人莫近岸邊，以免被突起的浪頭打到。

〈泊流潢驛潮風大作〉（《誠齋集》，頁 165）二首，則記楊萬里於海岸漫行，見潮汐往來之有信，有感而作：

> 忽看草樹總離披，記得沙行昨日時。
> 除卻潮來無別事，海風動地亦何為。(1)
>
> 潮來潮去有何功，費盡辛勤辦一風。
> 若使無風潮自至，信他海伯有神通。(2)

曾步行於黃沙揚起的沙灘，海風動地，草木披離，除了潮來以外，並無他事發生。楊萬里體會到大自然潮汐信而可期，即使無海風翼助，也能自來自去。潮汐不藉助海風，即能自來自去，應是海神暗顯神通之故。

楊萬里於潮州叱馭驛晨炊時，巧遇海邊野燒，景象壯觀，作〈晨炊叱馭驛觀海邊野燒〉（《誠齋集》，頁 166）記之：

> 南海驚濤卷玉缸，北山野燒展紅幢。
> 山神海伯爭新巧，併慰詩人眼一雙。

楊萬里向南展望，所見的是海面的驚濤，往北看則是北山野燒通天，宛如天際開展的紅幢。雄偉的海濤與壯觀的野燒，形成聲、色的震撼，看在楊萬里的眼中，乃海伯、山神為了娛慰他，而互鬥新巧。

海濱的細部風情，異於觀海勝地的海洋偉觀，唯有放慢腳步，走入海

邊，親身感受海風揚沙、潮汐來往、沙灘難行、濤聲驚心，才能體會海濱的真實風情。楊萬里長期生活於浙、閩、粵一帶海濱，對海洋的感受深度，遠勝於短暫的遊客。楊萬里以閒適的心態，緩慢的步調，漫遊海濱，感受大海的氣味，並以生動詩筆描繪海邊風情，使讀者宛若親臨海濱，與楊萬里同觀海岸風情。

（四）漁村生活

　　楊萬里除了關注海濱的自然風光外，也留意海濱庶民的生活。東南海濱庶民的生活方式，常被政治文化中心的精英所忽視。文人官宦偶因貶謫因緣，有機會了解海濱庶民的生活。隨著南宋政治、經濟、文化中心南移，沿海文士開始在官場嶄露頭角，海濱庶民的生活也開始受到注意。楊萬里雖非設籍濱海地區，卻能融入濱海庶民的生活。楊萬里的海洋作品中，有部分就是摩繪濱海庶民的生活。如〈蜑戶〉（《誠齋集》，頁 149）詩就是描寫海上蜑民的生活：

> 天公分付水生涯，從小教他蹈浪花。
> 煮蟹當糧那識米，緝蕉爲布不須紗。
> 夜來春漲吞沙嘴，急遣兒童斸荻芽。
> 自笑平生老行路，銀山堆裡正浮家。

關於蜑民的生活，宋代周去非已有詳細的記載：

> 以舟爲室，視水如陸，浮生江海者，蜑也。……凡蜑極貧，衣皆鶉結，得掬米，妻子共之。……兒學行，往來蓬脊，殊不驚也，能行則已能浮沒。蜑舟泊岸，羣兒聚戲沙中，冬夏身無一縷，眞類獺然。〔註77〕

蜑民〔註78〕以船爲家，視水如陸，熟諳水性，故楊萬里以「天公分付水生涯」來形容蜑民的海居特性。楊萬里記錄的蜑民生活，遷就海居環境，以魚蟹爲糧，緝蕉爲布。當楊萬里自嘲「平生老行路」時，見識到「銀山堆裡正浮家」的海上蜑民，充滿新鮮感。蜑民常被陸地人視爲賤民，受到歧視，並有「蜑夷」、「蜑蠻」的稱呼。楊萬里則以包容的態度，歌詠蜑民的特殊生活方式。

〔註77〕宋・周去非：《嶺外代答》（北京：中華書局，1999 年），卷三，頁 115，「蜑蠻」。
〔註78〕蜑民之「蜑」，又作誕、蜒、但、蛋、蜑、旦，依朝代不同，而有不同的用字。

　　對於濱海漁民賴以爲生的船隻，楊萬里也有詳細的觀察。如近岸捕撈的小漁舟，楊萬里作〈漁舟〉（《誠齋集》，頁 264），描寫其外形特色：

　　　　絕小漁舟葉似輕，荻篷密蓋不聞聲。

　　　　無人無釣無簑笠，風自吹船船自行。

適合近岸撈捕的小舟，似柳葉般輕盈，遮蔽風雨的荻篷，密蓋而不見人跡，乘風自行於沿海。船舶既爲漁民的生財工具，爲避風雨摧殘，得妥當遮蔽，故有水邊藏船屋以泊船，躲避風雨。楊萬里作〈藏船屋〉（《誠齋集》，頁 270），記藏船屋用途：

　　　　望見官旗御舳艫，漁船爭入沼中蘆。

　　　　藏船蘆底猶有雨，屋底藏船雨也無。

　　　　非港非溝別一涯，茅簷元不是人家。

　　　　不居黔首居青雀，動地風濤不到他。

楊萬里見水邊築起的一間間藏船屋，感到奇新。上具茅簷的房屋，並非可住人的家屋，而是「不居黔首居青雀」〔註 79〕的藏船屋。泊船於藏船屋，即使動地風濤，船上也不會積水。

　　楊萬里在江蘇吳江縣東的垂虹亭，觀漁家捕魚斫鱠，作〈垂虹亭觀打魚斫鱠〉（《誠齋集》，頁 263），描寫捕魚斫鱠的過程：

　　　　橋柱疏疏四寂然，亭前突出八魚船。

　　　　一聲磔磔鳴榔起，驚出銀刀躍玉泉。

　　　　六隻輕舠攪四旁，兩船不動水中央。

　　　　網絲一撒還空舉，笑得倚欄人斷腸。

　　　　漁郎妙手絕多機，一網收魚未足奇。

　　　　剛向人前撰勳績，不教速得只教遲。

　　　　鱸魚小底最爲佳，一白雙腮是當家。

　　　　旋看水盤堆白雪，急風吹去片銀花。

垂虹亭爲遊覽勝地，自宋代起建以後，歷代詩人皆有以此爲題之詩。楊萬里乘著逸興，斜倚垂虹亭，觀看漁家打魚斫鱠，感受頗爲新奇。本詩前半段描寫船隊捕魚的實況，後半段則爲斫鱠的即景。垂虹亭前，由八艘漁船組成的船隊，齊以椎擊榔（船後近柁的橫木），發出巨大的磔磔聲，驚動水中游魚躍出水面。出水的魚群，在麗日的映照下，宛若一把把射出水面的銀刀。船隊

〔註79〕 「青雀」，舊時船頭常刻有青雀，用以指船舶。

立刻排列成捕撈隊形，水中央的兩船不動，其餘六艘刀形小船（「輕舠」）則不斷地巡行四周，以攪動海面的方式，將漁群往中央驅趕。水中央的兩船則伺機撒網，透過漁郎的妙手，以遲緩的節奏，一網網收魚。捕獲的新鮮鱸魚，立刻以快刀斫鱠，切下的雪白魚片，使水盤彷彿堆滿白雪，又如薄可被急風吹走的銀花。楊萬里以「旋看水盤堆白雪，急風吹去片銀花」，來形容斫鱠，極為生動、具體。

　　楊萬里基於對濱海百姓生活深刻了解，善用寫生的手法，摩繪細節。捕魚的方式、斫鱠的刀法、蜑民的生活、漁舟的外貌、奇特的藏船屋，在楊萬里的平實筆下，不雜渲染，自然呈現海村生活的真實一面。

（五）海洋珍鮮

　　這類描寫海洋珍鮮的作品，是楊萬里在潮州（廣東）時所作。楊萬里對潮州一帶所產的各種海鮮，透過細密的觀察，精確地描繪其外形、歷史典故、滋味、食用（烹調）方法，為研究宋代飲食文化的重要素材。

　　〈食車螯〉（《誠齋集》，頁 165）具體地描寫潮州地區，流行的車螯烹煮方法，及其鮮美滋味：

> 珠宮新沐淨瓊沙，石鼎初燃瀹井花。
> 紫殼旋開微滴酒，玉膚莫熟要鳴牙。
> 根拖金線成雙美，薑蘗糟丘併一家。
> 老子宿醒無解處，半杯羹後半甌茶。

車螯為體形較大的文蛤，殼有紫色花紋，歐陽脩形容為「瑞璨殼如玉，斑斕點生花」。車螯肉質鮮嫩，滋味甘爽。王安石（〈車螯〉）、梅堯臣（〈永叔請賦車螯〉）、歐陽脩（〈初食車螯〉），各有詠車螯之作。楊萬里詩中所描述的食用法是潮州地區常見的「瀹食法」。將車螯養於水中吐沙（「珠宮新沐淨瓊沙」），再放入微沸的鼎中氽燙（「石鼎初燃瀹井花」）。當車螯紫殼張開時，往鼎中滴點酒去除腥味。氽燙時須掌握火候，務使肉質脆嫩而不老，咀嚼時有輕脆的彈牙聲（「鳴牙」）。剝殼取肉時，還要挖下殼邊的肉柱（「根」）〔註80〕，那可是與肉質並稱「雙美」的金肉絲。食用鮮美的車螯肉時，加上用薑芽與酒糟調製成的沾料（「薑蘗糟丘併一家」），再品飲半甌香茶，便能解宿醒。本詩可視為詩化的宋代潮州海鮮菜譜。

〔註80〕「根」本為大門兩旁豎立的木柱，此用以指車螯閉殼的肉柱。

　　牡蠣爲極具營養價值的海鮮，因攀附岩石而生，連結如房，故又稱蠣房。
楊萬里作〈食蠣房〉（《誠齋集》，頁 165），歌頌牡蠣的美味：

　　　　蓬山側畔屹蠔山，懷玉深藏萬壑間。

　　　　也被酒徒勾引著，薦它尊俎解酡顏。

附著海岸岩石而生的牡蠣，外形雖毫不起眼，但以錐刀鑿開後，一房一肉，
味極鮮美，爲沿海地區極受歡迎的海鮮之一。韓愈貶謫潮州時，對牡蠣的鮮
美滋味也讚不絕口。牡蠣的醇美滋味，適宜佐酒，廣受饕客青睞。被饕客棄
置的牡蠣殼，竟然堆積如山，屹立在蓬山側，蔚爲海濱奇觀。

牡　　蠣

（本圖引自《中國海洋貝類圖鑑》）

　　〈銀魚乾〉（《誠齋集》，頁 165）詩則描寫體型細長，長三寸多，銀白色，
棲息於海邊的銀魚，製作成魚乾後的形貌、滋味：

　　　　初疑柘繭雪爭鮮，又恐楊花糝作氈。

　　　　卻是翦銀成此葉，如何入口軟於綿。

一片白花花的銀魚乾，初看來有如雪白的蠶繭，又如飄落下的楊花，在地上
鋪了一層白氈子。再細看銀光閃閃的銀魚，應是從銀片剪下來的葉子吧？入
口後，卻又如此鬆軟可口！此詩反復詠歎銀魚的形式、滋味，可謂一波三折，
言簡意賅。

　　長期淹留潮州的楊萬里，自然也接受潮州地區的飲食習慣，〈食蛤蜊米脯

羹〉(《誠齋集》，頁 165）即記載當地料理蛤蜊的特殊方式：

> 傾來百顆恰盈盈，剝作杯羹未屬厭。
>
> 莫遣下鹽傷正味，不曾著蜜若爲甜。
>
> 雪揩玉質全身瑩，金緣冰鈿半縷纖。
>
> 更淅香秔輕糝卻，發揮風韻十分添。

一般人食用蛤蜊，乃將蛤蜊帶殼烹煮後，一顆顆去殼食用。潮州地區則進一步發展爲具有地域特色的蛤蜊烹調方法。先將百來顆盈圓的蛤蜊剝殼，取出晶瑩雪白而邊緣帶金色的蛤蜊肉，再用米脯（以米和羹）爲引，烹煮蛤蜊，可以增添蛤蜊的風味。蛤蜊米脯羹不需放鹽、蜜調味，以保持蛤蜊的天然風味，做法精緻，味道鮮美，風味獨特。楊萬里此詩，好像在爲讀者介紹一道精美的潮州海鮮菜餚。

　　楊萬里常以寫生方式，如實地呈現海鮮的形貌、滋味，而〈烏賊魚〉(《誠齋集》，頁 165）則另闢蹊徑，以烏賊的浪漫傳說爲歌詠的主軸，使烏賊具有人文色彩：

> 秦帝東巡渡浙江，中流風緊墜書囊。
>
> 至今收得磨殘墨，猶帶宮車載鮑香。

烏賊〔註81〕又名烏鰂、墨魚、纜魚，水中遇險時，會立即噴出黑色墨水，令水溷黑，擾亂敵人視線，趁機逃逸。烏賊似囊袋般的身軀，儲有墨汁，頗似文人的墨袋。烏賊此項儲墨發墨的生理特徵，常被人附會成浪漫的傳說。《本草綱目》卷四十四引陳藏器之言：「海人云是秦王東游，棄算袋於海，化爲此魚，故形猶似之，墨尚在腹也。」相傳秦始皇東巡浙江時，因風波狂急，將書囊遺落江中，化爲烏賊魚。如今出現在楊萬里面前的烏賊，腹中的黑墨，應是秦始皇留下的殘墨吧。望著殘墨，楊萬里聯想到的是死在巡行途中，以鮑味亂屍臭的秦始皇。楊萬里透過秦皇傳說來詠頌烏賊，以虛筆代替白描，使實際的海洋生物，染上濃郁的人文色彩。

　　楊萬里在南宋海洋文學作家中，實屬大家，質量均頗有可觀。綜合以上各類的析論，楊萬里海洋文學的特色，可以具體歸納爲以下數項：

　　1. 楊萬里的海洋詩作，均以其深厚的海洋生活經驗爲創作基礎，不重誇

〔註81〕《本草綱目》，卷四十四引《南越志》云：「（烏賊）其性嗜烏，每自浮水上，飛烏見之以爲死而啄之，乃卷取入水而食之，因名烏賊，言爲烏之賊害也。」

飾渲染，純以平實、生活的筆風，抒詠海洋景觀、生活。海國自然風情，自楊萬里的筆下，一一流露出。

2. 善用活潑生動的俚語村言，如「驚到今宵已無膽」、「天公」、「從小教他蹈浪花」、「費盡辛勤辦一風」、「兩船不動水中央」、「也被酒徒勾引著」、「不是不行行不去」，彰顯海洋生活的平實，貼近百姓的生活。

3. 以深刻的文字，爲車螯、銀魚、蠣房、蛤蜊、烏賊等海鮮寫生，形象生動，既具寫實性，又饒富生活趣味。海洋生物在楊萬里的筆下，展現多采多姿的一面，也最能凸顯其海洋文學的寫實特色。

4. 熱愛海洋的楊萬里，既遐觀無垠滄海，也近覽海岸風景，藉由浩瀚多變的大海，開胸襟，寄壯心，養閒情，滌煩憂。

四、王十朋

王十朋（西元 1112～1171 年），字龜齡，溫州樂清（浙江樂清）人，曾任紹興府簽判、秘書省校書郎、司封員外郎、起居舍人、饒州知府、夔州知府、湖州知府、泉州知府等官〔註82〕，學者稱爲梅溪先生。王十朋所任官職中，與海洋關係最密切者，就屬泉州知府任上。王十朋以泉州地方官的角色，深入濱海，關心政務，也創作相關海洋詩歌。

王十朋設籍於濱海的浙江樂清縣，曾作〈次韻寶應（印）叔觀海〉（《王十朋全集》〔註83〕，頁 245）三絕，記其觀樂清海面的海山印象：

> 載地浮天浩莫窮，氣營樓閣聳虛空。
> 道人妙得觀瀾術，萬里滄溟碧眼中。（1）
>
> 榴嶼何年改玉環，望中猶是舊青山。
> 遺民不記當時事，惟有潮聲日往還。（2）
>
> 誤入蓬萊朝未央，至今魂夢記微茫。
> 扁舟欲效鷗夷子，遙望滄波興已狂。（3）

王十朋叔父王宗要，出家爲僧，法號寶印，與王十朋交往密切，常有詩文倡和。此三絕句乃次韻叔父寶印僧觀海詩的作品。第一首詩作描寫大海的廣漠

〔註82〕任官職資料以吳鷺山：〈王十朋年譜〉（上），《溫州師範學院學報》，第一期，1997 年，頁 2、〈王十朋年譜〉（下），《溫州師範學院學報》，第二期，1997 年，頁21 文中的考據資料爲主。

〔註83〕宋・王十朋：《王十朋全集》（上海：上海古籍出版社，1998 年）。

神秘。能浮天載地的大海，廣漠而無盡，海氣往往在海空中營構出樓閣奇景。三四兩句則為王十朋頌讚寶印僧妙得觀瀾術，萬里滄溟的奧祕能盡入其碧眼〔註84〕中。第二首詩描寫樂清故鄉，近海的玉環島。玉環即玉環島，古稱木榴嶼或石榴嶼，位於樂清灣和漩門灣之間，相傳島上多石榴樹，當榴花盛開時，雲飛霞繞，絢麗非凡，後因避錢王諱，遂改名為「玉環」。木榴嶼民風淳樸，自春秋、戰國以來，已為諸侯爭奪之地。王十朋自樂清灣遠望玉環島，即使經過時空變遷，木榴嶼改名為玉環島，島上遺民已不復記過往事蹟，但島上的青山依舊，潮聲仍日復一日的往還。第三首詩將夢中微茫的蓬萊印象，與當前海景結合，興起欲效范蠡（鴟夷子）浮海出齊般的狂興。這三首詩如實地記錄王十朋熟悉的家鄉海岸、海島印象，具有濱海地區的特色。

　　孝宗乾道四年（西元 1168 年）九月，王十朋赴泉州任，船過瑞安，登觀潮閣觀潮，作〈觀潮閣〉（《王十朋全集》，頁 485）云：

　　　　高臨無地屹山腰，今古知觀幾度潮。

　　　　水鑑掛空波正滿，鯨魚入穴浪還消。

　　　　雷初出地神龍怒，銀忽成山海若驕。

　　　　聖世風濤合平靜，不應泛溢似唐朝。

觀潮閣在瑞安縣峴山上，乃宋代興建。《浙江通志》引葉適《瑞安縣廳事記》云：「郭西有觀潮閣，遺址平視海門，眾山蔥蘢，魚龍變怪，為一縣奇特。」屹立於峴山半山腰的觀潮閣，瞻望海門，氣象萬千，自宋以來即為觀潮望海勝地。王十朋登上高臨無地的觀潮閣，觀看壯盛的海潮。當潮波正滿溢時，有如掛空的水鑑，潮浪消退時，彷彿鯨魚遁入深穴般。海潮展現驚人氣勢時，聲如神龍怒吼，雷初出地，勢如海若激起的銀山般。面對聲勢雄偉的海濤，王十朋在震撼之餘，以地方官的悲憫心態，祈禱聖世能風濤平靜，不應似唐代的汜溢潮災〔註85〕。觀潮之餘，王十朋對百姓的關愛之情，溢於言辭。

　　孝宗乾道五年（西元 1169 年），王十朋與馬提舶登九日山延福寺祈風，

〔註84〕唐・李成用〈臨川逢陳百年〉詩：「麻姑山下逢眞士，玄膚碧眼方瞳子。」（《全唐詩》卷六四四）「碧眼」在此指學佛道有成的寶印僧。

〔註85〕根據于運全《海洋天災──中國歷史時期的海洋災害與沿海社會經濟》（南昌：江西高校出版社，2005 年，頁 66）一書的研究，唐代十次有文獻可稽的海洋災害中，多集中於南方的海域，並對沿海居民的生活、財產造成巨大的損失。

作〈提舉〔註86〕延福祈風道中有作次韻〉（《王十朋全集》，頁500）：

> 雨初欲乞下俄沛，風不待祈來已薰。
>
> 瑞氣遙看騰紫帽，豐年行見割黃雲。
>
> 大商航海蹈萬死，遠物輸官被八垠。
>
> 賴有舶臺賢使者，端能薄斂體吾君。

哲宗元祐二年（西元 1087 年），始於泉州設置提舉市舶司，管理泉州港的海外貿易事務。「北風航海南風回，遠物來輸商賈樂。」（王十朋〈提舶生日〉）海外舶商能否順利往來，與海洋季風有密切關係。故唐代廣州的廣聖寺已開始祈風的儀式。宋代海外貿易興盛，祈風儀式更為盛行，主要集中於泉州港，盼蕃舶能乘季風按時泛海而來。真德秀〈祈風文〉（《石山先生真文忠公文集》〔註87〕，頁 773）云：

> 惟泉為州，所恃以足公私之用者，蕃舶也。舶之至，時與不時者，風也。而能使風之從律而不愆者，神也。……神其大，彰厥靈，俾波濤晏清，舳艫安行，順風揚颿，一日千里，畢至而無梗焉，是則吏與民之大願也。

蕃舶能否按時而至泉州，與季風關係密切，而季風能否依律而作，又與海神的庇佑有關。所以宋代市舶司為外國商船舉行祈風儀式已逐漸形成慣例。南宋祈風之地，大多在泉州南安縣九日山延福寺，祭拜海神通遠王，夏祈南風，冬祈北風。王十朋任泉州太守，常會同市舶司的官員於延福寺為海舶祈風。本詩為王十朋與馬提舶〔註88〕登九日山延福寺祈風後，所作之詩。前四句描寫祈風祝禱前，已是一片風調雨順，瑞氣蒸騰，豐年可期。後四句則讚美馬提舶為舶臺賢使者，能體恤蹈萬死而來的海商，徵收合理的舶稅。大商願蹈萬死，凌海而輸運遠物，除了要有海神賜予的便風外，還要薄徵賦斂，使海商能獲得豐盈的利潤，才能確保海商不絕，滿足公私之利。故王十朋特別推崇馬提舶體恤海商的用心。

北宋蔡襄曾任泉州知府，並修築利民通濟的洛陽橋，南宋的王十朋也繼任為泉州知府。同為泉州知府的王十朋，行走於蔡襄鳩眾修築的洛陽橋，感

〔註86〕應為「提舶」（提舉市舶司）。

〔註87〕宋・真德秀：《石山先生真文忠公文集》（《四部叢刊》集部，臺北：臺灣商務印書館，1983 年）。

〔註88〕「馬提舶」，指姓馬的太府寺丞，兼市舶使，名不詳，與王十朋交情甚篤，有大量詩文往來。

觸良多。孝宗乾道五年（西元 1169 年），王十朋作〈洛陽橋〉（《王十朋全集》，
頁 529），記蔡襄之功：

> 北望中原萬里遙，南來喜見洛陽橋。
>
> 人行跨海金鰲背，亭壓空江玉蝀腰。
>
> 功不自成因砥柱，患宜預備有風潮。
>
> 蔡公力量眞剛者，遺愛勝於鄭國僑。

南宋偏安江南一隅，王十朋遙想萬里之遙的中原，有洛陽名都，而南方的泉
州海郡，竟然有以「洛陽」爲名的跨海大橋，令他格外欣喜。「人行跨海金鰲
背，亭壓空江玉虹腰」兩句，具體描寫洛陽橋的印象。靠四十七個石作橋墩
撐起 3,600 尺的跨海石橋。人行橋上，展望周圍的海面，宛如行於跨海的金鰲
背上。洛陽橋能立基於湍急的海上，靠的是蔡襄於海中設立的砥柱（「功不自
成因砥柱」）。紹興八年（西元 1138 年），洛陽橋若干橋柱，嘗爲颶風暴雨所壞。
故王十朋特別提醒眾人，要勤於保修橋柱，才能抵擋颶風強浪的襲擊。本詩
末兩句，則歌頌蔡襄的剛健力量，展現在堅固的洛陽橋上，遺愛泉州百姓的
通濟德澤，更勝於春秋時代的鄭國僑（即子產）。〔註89〕

　　浙江籍的王十朋，海洋詩作雖然不多，但書寫家鄉沿海一帶的海岸、海
島潮浪景致，頗能表現海洋風情。至於調任福建泉州後的詩作，除了歌詠海
洋風光外，也記錄祈風、洛陽橋等海洋人文景觀，護愛濱海百姓之情，油然
而生。

五、陸　游

　　陸游（西元 1125～1210 年）爲宋詩的代表作家之一，成就卓越。清朝趙
翼《甌北詩話》曾評曰：「宋詩以蘇、陸爲兩大家，後人震於東坡之名，往往
謂蘇勝於陸，而不知陸實勝蘇也。」〔註90〕陸游爲越州山陰（浙江紹興）人，
一生大多活動於江、浙、閩一帶。筆者考察各類資料及《宋陸放翁先生游年
譜》〔註91〕，製成下表，以明其生平活動地域：

〔註89〕鄭國僑即公孫僑，字子產，因父公子發，字子國，以父字爲氏，故又稱國僑。
　　　　《論語・公冶長》云：「子謂子產，有君子之道四焉，其行己也恭，其事上也
　　　　敬，其養民也惠，其使民也義。」鄭國大夫公孫僑，治鄭多年，惠愛百姓，
　　　　饒有政績。鄭聲公五年卒，鄭人悲之如亡戚友。
〔註90〕清・趙翼：《甌北詩話》（臺北：廣文書局，1991 年），卷六，頁 2。
〔註91〕刁抱石：《宋陸放翁先生游年譜》（臺北：臺灣商務印書館，1990 年）。

時　　　間		年　齡	地　　域	備　　　註
籍　　　貫			越州山陰（浙江紹興）	
紹興十年	西元 1140 年	16 歲	杭州（應試）	
紹興十三年	西元 1143 年	19 歲	杭州（省試）	
紹興廿三年	西元 1153 年	29 歲	杭州（浙漕鎖廳試）	
紹興廿八年	西元 1158 年	34 歲	任福州寧德縣主簿	
紹興廿九年	西元 1159 年	35 歲	福州決曹	
紹興三十年	西元 1160 年	36 歲	杭州	居住四年。
淳熙五年	西元 1178 年	54 歲	杭州（述職）提舉福建常平茶鹽公事	取道浙江之諸暨、衢州、江山，過仙霞嶺經福建的浦城，抵達建安（今建甌）任所。
淳熙十三年	西元 1186 年	62 歲	任嚴州（杭州建德）府	
淳熙十五年	西元 1188 年	64 歲	杭州	
紹熙元年至慶元四年	西元 1190 年至 1198 年	66 至 74 歲	提舉建寧府武夷山沖佑觀	首尾九年間，連續四任。
嘉泰二年	西元 1202 年	78 歲	杭州	
淳熙十六年至嘉定二年	西元 1189 年至 1209 年	65 至 85 歲	山陰	自淳熙十六年陸游罷官，至嘉定二年歿，近二十年的光陰，幾乎都在故鄉山陰度過。

※ 陸游在外爲官五十餘年，八次到杭州，居杭州約九年之久，爲故鄉山陰以外，居住時間最長的地方。

陸游任官五十餘年，常往來於江蘇、福建之間。設籍於越州山陰（浙江紹興）的陸游，淳熙十六年（西元 1189 年）罷官後，近二十年的光陰，幾乎都在故鄉山陰度過。陸游一生大多宦居於江、浙、閩一帶，所見所聞皆爲海鄉風光、雲帆巨舶，也親自體驗海洋的蒼茫、豪雄。緣於豐富的海洋生活體驗，陸游海洋文學的質、量，均極爲可觀，爲宋代重要的海洋文學創作者。以下依作品的主題，分四類析論：

（一）航海記實

陸游擁有豐富的航海體驗，創作航海紀實詩作，所呈現的海洋面貌，迥異於過客驚鴻一瞥般的認知。陸游詩中常有的開闊之境，豪壯之氣，也見於其航海之作。「厭逐紛紛兒女曹，挂帆江海寄吾豪。鯨吞鼉作渾閑事，要看秋濤天際高。」（〈海上作〉）陸游挂帆江海，不單是閑適寄意，更是爲了寄寓心

中的豪邁之情。舟中望海，陸游常有「醉斬長鯨倚天劍，笑凌駭浪濟川舟」
（〈泛三江海浦〉）的氣魄。潮浪、雲海、高天、巨帆、長鯨，常激發陸游胸
中的豪壯意氣。

　　陸游〈航海〉（《陸放翁全集・劍南詩藁》〔註92〕，頁6）云：

　　　　我不如列子，神遊御天風。尚應似安石，悠然雲海中。

　　　　臥看十幅蒲，彎彎若張弓。潮來湧銀山，忽復磨青銅。

　　　　饑鶻掠船舷，大魚舞虛空。流落何足道，豪氣蕩肺胸。

　　　　歌罷海動色，詩成天改容。行矣跨鵬背，弭節蓬萊宮。

本詩爲陸游早期的作品，記其航海的感受。前四句以神遊蒼海的列子與從容
遊海的謝安，提起全篇。相傳列子能御風而行，而謝安泛海時，於風浪中仍
能吟嘯自若〔註93〕。陸游以爲自己雖無法如列子御風而行，應可如吟嘯自若
的謝安，悠遊於雲海中。第五句以後，則爲其航海所見與感受。「臥看十幅
蒲，彎彎若張弓」兩句，爲宋代海舶形貌的實錄。宋代因應繁茂的海貿之
需，東南沿海的造船業發達。「十幅蒲」指設置十幅平衡折疊竹篾帆〔註94〕的
巨型海舶。當海風勁揚時，海舶的十幅竹篾帆，一一曲如彎弓，也爲海舶提
供破長浪的巨大推力。立於船上，遠望海面，如銀山般的潮湧，忽然又平靜
澄澈如青銅鏡般。掠過船舷的饑鶻，與舞躍於海面上的大魚，使大海生機盎
然。面對大海的波濤變化，鳥魚翔躍，使陸游抒張「流落何足道，豪氣蕩肺
胸」的豪情，意欲跨鵬御風，尋訪蓬萊仙宮。陸游雖然流落海濱，但抗金復
國的壯志仍蟄伏心中，今藉航行浩海，盡情抒張。陸游尚有一首〈航海〉（《陸
放翁全集・劍南詩藁》，頁783），則描寫煙海、孤島、古湫等海洋奇觀：

　　　　我老臥丘園，百事習慵惰。惟有汗漫遊，未語意先可。

　　　　或挂風半帆，或貯雲一舸。趁潮亂鳴櫓，過磧細扶柁。

　　　　近輒凌煙海，自笑一何果。邂逅得奇觀，造物豈付我？

　　　　古湫石蜿蜒，孤島松磊砢。湘竹閟娥祠，淮怪深禹鎖。

　　　　鬼神駭犀炬，天地赫龍火。瑰奇窮萬變，鯤鵬尚么麼。

〔註92〕　宋・陸游：《陸放翁全集》（臺北：世界書局，1980年）。

〔註93〕　《晉書・謝安傳》卷七十九云：「嘗與孫綽等汎海，風起浪湧，諸人並懼，安
　　　　吟嘯自若。舟人以安爲悅，猶去不止。風轉急，安徐曰：『如此將何歸邪？』
　　　　舟人承言即迴。眾咸服其雅量。」（中央研究院「漢籍電子文獻」之《二十五
　　　　史》）此言謝安於風起浪湧的海上，尚能保持泰然自若的神色。

〔註94〕　參本論文第二章第四節「貳、航海技術的發展」。

　　　　紛紜旋或忘，追記今亦頗。作詩配齊諧，發子笑齒瑳。

自嘲衰老的陸游，只有揚帆漫遊遠方，才能喚起生命熱情，洗除對百事的慵
惰。「或挂風半帆，或貯雲一舸。趁潮亂鳴櫓，過磧細扶柁」，則爲航海實景
的描寫。陸游此次航海的區域屬近岸區，海底地質、深度、海岸地形變化
大，也增添航行的風險。當船航行到淺水磧石區時，要收半帆減低航速，以
免觸礁擱淺。此外船夫得善用漲潮水深時，小心搖櫓前進，進入磧石密布區
時，更要仔細操柁，閃避尖銳的磧石。近岸冒險航行的目的，在於親近海洋
的奇特景觀。陸游站在船上展望海岸、海面，只見煙海籠聚、古湫石蜿蜒如
龍〔註95〕、孤島巨松〔註96〕、娥祠等景，引人入勝。海面上如犀炬〔註97〕、
龍火般明亮的奇特光耀，照映日月，令鬼神驚駭。陸游眼見海面上的瑰奇萬
變，連鯤鵬都只能算是不起眼的小東西。面對海洋景致之怪奇，陸游效齊諧
之體〔註98〕作詩，志海洋之怪，供友人開懷一笑（「笑齒瑳」）。

　　陸游多次航海，觀覽海景之餘，有時也會在舟中歡飲，以壯豪情。酣醉
的陸游，適雷雨初霽，眼前所見的大海，在壯美之餘，更添一分多變的「奇」，
作〈海中醉題時雷雨初霽天水相接也〉（《陸放翁全集·劍南詩彙》，頁 7）以
記之：

　　　　羈遊那復恨，奇觀有南溟。浪蹴半空白，天浮無盡青。

　　　　吐吞交日月，滇洞戰雷霆。醉後吹橫笛，魚龍亦出聽。

紹興二十九年（西元 1159 年），陸游時年三十四歲，調福州決曹（主刑法之佐
使），眼界大開。陸游浮舟東海，興之所至，援酒暢抒心中快意。雷雨初霽
後，天水相接的海景，收入陸游的醉眼中，竟然頗有奇觀。陸游眼中的天水
相接線，不是固定的，當「浪蹴半空白」時，天水相接線上下律動，當浪靜
波平時，天彷彿浮於無盡的青海上。雷雨初霽後的洶涌浪濤，聲如雷霆震

〔註95〕陸游註：「雁蕩大龍湫石如騰龍。」

〔註96〕陸游註：「東海縣境有巨松，傳爲堯、舜時物。」

〔註97〕《晉書·溫嶠傳》云：「（溫嶠）至牛渚磯，水深不可測，世云其下多怪物，
　　　　嶠遂燃犀角而照之。須臾，見水族覆火，奇形異狀，或乘馬車著赤衣者。嶠
　　　　其夜夢人謂己曰：『與君幽明道別，何意相照也？』意甚惡之。嶠先有齒疾，
　　　　至是拔之，因中風，至鎮未旬而卒，時年四十二。」（中央研究院「漢籍電子
　　　　文獻」之《二十五史》）本詩用犀炬的亮光，照水中怪異水族的典故，來形容
　　　　海上奇特的亮光。

〔註98〕《莊子集釋·逍遙遊》云：「齊諧者，志怪者也。」（臺北：華正書局，1985
　　　　年，頁4）

響，勢令日月交錯。此等海洋奇觀，令陸游有「羈遊那復恨」的驚奇。此次的泛海經驗，令陸游印象極爲深刻，直到八十歲時（西元 1204 年），仍念念不忘：「行年三十憶南遊，穩駕滄溟萬斛舟。常記早秋雷雨霽，柂師指點說流求。」（〈感昔〉）

　　陸游的航海諸詩，在宋代的海洋文學中，頗有特色。大多數的作者，均以海岸爲觀點，眺望、感受海洋，對海洋內涵的體會也大同小異。陸游則多次揚帆泛海，被海洋完全籠罩，對海洋有最近距離的接觸，感受也特別深刻。以上各首關於航海的詩句，如「或挂風半帆」、「趁潮亂鳴櫓，過磧細扶柂」、「臥看十幅蒲，彎彎若張弓」，均爲實際航行時的航海實錄。陸游的航海詩，以眞實的航海經驗爲基礎，抒發心中的豪情壯志，而無書生常有的酸腐之氣，頗有可觀。

（二）海洋的自然現象

　　濱海地區常有的海洋自然現象，如大風、海氣、潮汐等，也是陸游的寫作主題。海上大風會鼓動海水，變成怒潮，襲向岸邊。陸游傾聽大風所鼓動的濤浪，作〈大風〉（《陸放翁全集・劍南詩稿》，頁 331）記之：

初聞潎洞怒濤翻，徐聽駖驪戰馬奔。

紙帳蒲團坐清夜，恍如身在若耶村。

本詩描寫大風揚起時，浪潮湧動所發出的聲音。詩中將浪潮聲分爲兩層次：「初聞」－怒濤翻動聲；「徐聽」－駖驪戰馬奔騰聲。自然的海濤聲在陸游的想像下，變成生命的躍動。清夜獨坐的陸游，靜聽風濤聲，恍若置身在熟悉的浙江紹興若耶村。

　　海空雲氣的瑰奇多變，只有久居濱海區者才有機緣目睹。海上雲氣的形狀、顏色、出現時間，通常會有相應的占候。船工占雲氣以行船，而陸游則驚歎於雲氣幻變之奇，作〈海氣〉（《陸放翁全集・劍南詩稿》，頁 878）以記之：

浴罷來水滸，適有漁舟橫。浩然縱棹去，漫漫菰蒲聲。

海祲乃爾奇，萬象空際生。駖驪牧龍馬，天矯騰蛟鯨。

或如搴大旗，或如執長兵。我欲記其變，忽已天宇清。

成壞須臾間，使我歎且驚。世事正如此，何者非強名？

沐浴後，身心舒適的陸游泛舟遊海。泛舟遊海的陸游，忽然看到奇特的海雲（「海祲」）現象。本來清朗的天際，神奇萬象瞬間而生。天際雲氣的變動，就如駿馬奔馳，鯨蛟騰躍般迅捷。雲氣形狀有如搴大旗者，有如執長兵者，

極盡變化之能事。變化萬端的雲氣，俄頃間，天宇又是一片清朗，讓陸游心中盡是驚歎。陸游由此體會世事變化，就如眼前速變的雲氣般，無法依恃，更何況是強取而得的虛名呢？

　　暴漲潮是壯觀的海洋景觀，也是大多數作家的重要主題，然而陸游的觀潮之作，卻僅有一首。〈觀潮〉（《陸放翁全集·劍南詩稾》，頁360）云：

> 江平無風面如鏡，日午樓船帆影正。
> 忽看千尺涌濤頭，頗動老子乘桴興。
> 濤頭洶洶雷山傾，江流卻作鏡面平。
> 向來壯觀雖一快，不如帆映青山行。
> 嗟余往來不知數，慣見買符官發渡。
> 雲根小築幸可歸，勿爲浮名老行路。

偶而臨海的作家，常以遊客的心態，特別觀覽海潮。陸游長期宦居濱海，常乘船入海，親自體驗各種海洋奇壯景觀，而暴漲潮只是景觀之一，並沒有得到陸游的特別青睞，即使描寫觀潮的作品，也不是通首詠潮。本首作品以「江平無風」（原本）—「海濤千尺」（瞬間）相對，形成靜動的明顯對比，並加強視覺（「千尺涌濤頭」）、聽覺（「濤頭洶洶雷山傾」）的震撼力。暴漲潮雖是令人暫時快意的壯觀，然而對陸游而言，不如可使「帆映青山行」的正常風濤。習於乘著平靜風濤，來往海洋的陸游，寧可將生命寄託於江海美景，安身於雲根小築，也不願爲塵世浮名而虛擲青春。本首作品只有局部描寫壯觀的浪濤，其中蘊含著深沈的生命省悟。

　　陸游於表層的海洋自然現象背後，總會維繫著自己對生命的反省，如「世事正如此，何者非強名」、「勿爲浮名老行路」等，使其作品不是客觀的詠海，而是將客觀的海洋與主觀的生命體悟結合爲一，達到景、情交融的藝術效果。

（三）歌詠濱海風光

　　長期耽遊於海濱的陸游，熟悉海洋風物，熱愛山海勝景，化爲吟詠文字，濱海風物之美，隨處可見。陸游從故鄉山陰（浙江紹興），東遊鄞縣（浙江寧波）時，見暮雨初晴後的海邊風情，作〈遊鄞〉（《陸放翁全集·劍南詩稾》，頁308）：

> 晚雨初收旋作晴，買舟訪舊海邊城。
> 高帆斜挂夕陽色，急艣不聞人語聲。

掠水翻翻沙鷺過，供廚片片雪鱗明。

山川不與人俱老，更幾東來了此生？

瀕海的鄞縣，距離陸游故鄉山陰頗近。陸游常造訪此地，或訪舊交，或覽勝景。陸游於雨止初晴時，見到鄞縣海邊的向晚風情，令他非常欣悅。「高帆斜掛夕陽色，急艣不聞人語聲」兩句，描寫鄞縣海面船舶的樣態。當船帆全張，高掛桅杆時，暮色趁機佔滿船帆，帶來溫暖的氛圍。全張的船帆，斜掛取風，使船舶掠水疾行，只聞掠水聲，而不聞舟船的人語聲。陸游再將視線自船舶移向港口的沙鷺及剛捕獲的雪鱗（鮮魚）。陸游用「翻翻」、「片片」等疊字，使沙鷺、鮮魚的形象，生動而鮮明。鄞縣附近海面、海港風情，在陸游的筆下，自然地舒展恬淡雋永的意態。令「東來」（鄞縣在山陰之東）的陸游，願以此美景「了此生」。

夢筆橋位於在浙江山陰縣東北的蕭山縣，相傳為江淹居處。陸游對於夢筆橋的海潮印象極為深刻。陸游〈長相思〉云：「暮山青。暮霞明。夢筆橋頭艇子橫。蘋風吹酒醒。　看潮生。看潮平。小住西陵莫較程。蓴絲初可烹。」（《陸放翁全集・渭南文集》，頁 314）本闋詞描寫陸游觀潮生潮平的平靜心情。寧宗開禧元年（西元 1205 年），陸游記夢筆橋的海潮印象，則又是別種情緒。〈乙丑夏秋之交，小舟早夜往來湖中絕句〉（《陸放翁全集・劍南詩稾》，頁 880）第十二首云：

夢筆橋東夜繫船，殘燈耿耿不成眠。

千年未息靈胥怒，卷地潮聲到枕邊。

深夜繫船於夢筆橋頭，永不停息的海潮捲地聲，傳入無法成眠的陸游耳中，應是伍子胥千年不息的憤怒之氣。夢筆橋頭的海濤聲，將伍子胥的憤怒與陸游心中對朝政的不平之氣連結為一。夢筆橋的海濤聲，對陸游而言，既是自然的濤聲，也是心緒的寄託。

陸游熱愛濱海景致，不但日夜觀覽，甚至連假寐、夜夢時，都能幻見海山麗景，並以詩文記之。如〈假寐見海山異甚，作小詩記之〉（《陸放翁全集・劍南詩稾》，頁 425）云：

海如黛色深，浪作雪點濺；數峰黃金山，巉絕出水面。

此非想與因，了了目中見。何時真往遊？浮世付掣電。

對東南沿海一帶的山海景致，留下深刻印象的陸游，常會以現實的海山形貌，為夢境的幻思基礎，故假寐、夜夢時，偶而會見到壯觀的海山幻象。海面的

深黛色，與濺起的雪浪，形成極鮮明的顏色對比。聳絕出水的山峰，在陽光的照耀下，彷彿披上一層黃金，光采熠耀。海上的光亮異景，既虛幻又歷歷在目，讓清醒的陸游，心生「何時真往遊」的念頭。

海濱的山海風土、景致，對於偶而臨海一遊的人而言，充滿新鮮感。對於陸游而言，雲帆、急艣、海潮、雪浪、沙鷺、海山、鮮鱗等，則是熟悉的生活元素。描寫各種濱海風光的作品，正是陸游長期涉足濱海地域的自然映現。

（四）遊普陀山

浙江境內，隸屬於舟山群島的普陀山，有眾多寺院，是宋代著名的佛教遊覽勝地。官宦、雅士常泛海遊覽普陀山，獲得航海、海天佛國的雙重體驗，並留下眾多詩文。如王安石曾登臨普陀山回峰寺，作〈題回峰寺〉（「山勢欲壓海」），陸游亦有五首詩作，記普陀山海洋自然景觀。陸游〈海山〉（《陸放翁全集・劍南詩藁》，頁 1009）云：

補落迦山訪舊遊，菴摩勒果臨中州。

秋濤無際明人眼，更作津亭半日留。

補落迦山又稱補陀洛迦山、普陀山、梅岑山、小白花山。補落迦山為梵文的譯音，意指「美麗的小白花」〔註99〕。「普陀勝地由來險，大海中央出翠微。」（元・沈夢麟〈遊普陀山〉）補落迦山孤懸海中，金沙環抱，海濤聲無處不在，日出時，海面金光普照，海色、光影、濤聲、梵音、禪意融合無間，營構出一片海天佛國的祥和氣象。陸游多次造訪補落迦山這片「菴摩勒果」（梵語，淨土）之地，海天無際秋濤，令他的心眼爽淨，捨不得乘船離開。陸游又作〈夢海山壁間詩不能盡記以其意追補〉（《陸放翁全集・劍南詩藁》，頁 394）四首，其中前兩首，摩寫補落迦山海天壯景：

碧海無風鏡面平，潮來忽作雪山傾。

金橋化出三千丈，閒把松枝引鶴行。(1)

海上乘雲滿袖風，醉捫星斗躡虛空。

要知壯觀非塵世，半夜鯨波浴日紅。(2)

第一首詩作描寫補落迦山的海潮漲落。補落迦山周遭原本波平如鏡的碧海，忽然潮水涌現，如雪山般傾塌而來。潮浪相激所形成的虹彩，宛如綿亙於天

〔註99〕 「補落迦」，梵名 Potalaka 或 Potala、Potaraka，意譯作小花樹、小白華、小樹
蔓莊嚴、海島、光明，位於印度南海岸，傳為觀世音菩薩住處。據《華嚴經》
卷六十八記載，此山由眾寶所成，極為清淨，遍滿華果樹林、泉流池沼。

際三千丈的金橋。當潮退時，卻可閒持海岸遺留的松枝引鶴而行。補落迦山的潮漲潮消景致，具有非常強烈的動靜對比，爲補落迦山的勝景之一。第二首詩則描寫夜晚往來於補落迦山的海面景觀。陸游乘風凌雲，起伏於海上，彷彿躡足虛空，摘取星斗，見到浴日處海波泛紅的壯觀海景，心中格外激動。微醺的陸游，將眼前的海上夜景，視爲普陀勝境，而非塵世凡間。

　　舟山群島的補落迦山，是佛教聖地，也是舟山群島的海神（觀世音菩薩）信仰中心，具有壯觀的海天美景。陸游屢次造訪補落迦山，所留下的詩作，結合海洋景觀及禪意，爲具有特色的海洋文學。

六、文天祥

　　「臣心一片磁針石，不指南方不肯休。」（〈揚子江〉）正氣貫通日月的文天祥（西元 1236～1283 年），字履善，一字宋瑞，號文山，吉州吉水（江西）人，理宗寶祐四年（西元 1256 年）進士第一。度宗咸淳四年（西元 1268 年），除福建提刑。恭宗德祐元年（西元 1275 年），元軍東下，文天祥組織義軍，入衛宋都臨安。德祐二年（西元 1276 年）任右丞相，出使元營談判，卻被扣留，後於京口（鎮江）脫險，回溫州（浙江樂清）後，擁立端宗，力圖恢復，轉戰東南。端宗景炎三年（西元 1278 年），在五坡嶺（廣東海豐北）被俘，拘囚大都四年，堅貞不屈，從容就義。文天祥的海洋文學眾多，多集中於自元營脫險，循海路南歸的歷程。文天祥循海路南逃，沿途賦詩，既記自身遭遇，也反映南宋末期的國家危機，具有詩史意味。

　　德祐二年（西元 1276 年）正月，文天祥出使元營談判，意圖以口舌感動元人，卻反遭拘留。同年二月，文天祥在杜滸等人的協助下，終於自京口脫逃至通州（治所在江蘇南通）。同年三月，文天祥自通州啓航，作〈發通州〉〔註100〕（《文文山全集》〔註101〕，頁 342）詩：

> 孤舟漸漸脫長淮，星斗當空月照懷。
> 今夜分明棲海角，未應便道是天涯。
> 白骨叢中過一春，束將入海避風塵。
> 姓名變盡形容改，猶有天涯相識人。

〔註100〕下引諸詩之繫年，參考李安：《文天祥史蹟考》（臺北：正中書局，1972 年）、張公鑑：《文天祥生平及其詩詞研究》（臺北：臺灣商務印書館，1987 年）兩書之考證資料。
〔註101〕宋・文天祥：《文文山全集》（臺北：世界書局，1965 年）。

淮水淮山阻且長，孤臣性命寄何鄉。

只從海上尋歸路，便是當年不死方。

文天祥遭逢萬死一生的險境，逃至通州，幸得海船以濟，才能擺脫元兵的追捕。三月十七日夜晚，文天祥自通州城啓航，有曹鎮二舟、徐廣壽一舟隨行，逐漸遠離長淮，在星月的陪伴下，航向海洋。文天祥爲逃避元兵及李庭芝（淮東制置使）、夏貴（淮西宣撫使）部隊的追殺，曾變姓名爲劉洙〔註102〕（「姓名變盡」），想不到海上同舟人，竟然還有人識出文天祥。面對山水險阻，文天祥心生「性命寄何鄉」的感嘆，只能從海上尋南歸之路。由詩中可以明顯地感受文天祥海上脫逃過程的險釁不安。

三月十八日，海船自通州航行至石港，於石港錨泊留宿。文天祥作〈石港〉（《文文山全集》，頁342）詩，抒發心情：

王陽眞畏道，季路漸知津。山鳥喚醒客，海風吹黑人。

乾坤萬里夢，煙雨一年春。起看扶桑曉，紅黃六六鱗。

詩一開頭以「季路漸知津」〔註103〕的典故，比喻舟師能辨識路徑，按預定航線，航至石港。乾坤萬里的空間徙移，彷彿夢境般，令夜宿石港的文天祥感觸良多。詩中「海風吹黑人」，正是海上艱辛生活的寫照。在山鳥的輕喚之下，文天祥觀望海港的清晨，水面浮現紅黃的錦鯉群（「六六鱗」）〔註104〕，呈現一片祥和氣息。匆匆遁逃海上的文天祥，至此方能紓緩忐忑的心情。

經一夜的休息後，海船自石港出發，航行約十五里，同行的曹鎮所乘海船，卻擱淺在賣魚灣的淺灘。文天祥的海船，只能錨泊在賣魚灣等候漲潮，作〈賣魚灣〉（《文文山全集》，頁342）詩，記候潮所見及內心的感受：

風起千灣浪，潮生萬頃沙。春紅堆蟹子，晚白結鹽花。

故國何時訊，扁舟到處家。狼山青兩點，極目是天涯。

賣魚灣中，海風鼓起的潮浪，淹沒萬頃沙灘。「春紅堆蟹子，晚白結鹽花」，描寫的正是賣魚灣的漁港風光。文天祥以舟爲家，浪盪天涯，極目遠望，內心挂念的仍是故國的訊息。錨泊在賣魚灣候潮的文天祥，適海潮湧至。漁人

〔註102〕文天祥〈過黃巖〉詩云：「魏睢變張祿，越蠡改陶朱。誰料文山氏，姓劉名是洙。」（《文文山全集》，頁345）文天祥爲避追捕，不得已改名爲劉洙。

〔註103〕《論語·微子》云：「長沮桀溺耦而耕，孔子過之，使子路問津焉。長沮曰：『夫執輿者爲誰？』子路曰：『爲孔丘。』曰：『是魯孔丘與？』曰：『是也！』曰：『是知津矣。』」文天祥以季路問津渡，比喻舟師能如季路般辨識航路，尋得石港津渡。

〔註104〕鯉魚脊中有鱗片一道，每片鱗上有黑點，大小皆三十六鱗，故稱「六六鱗」。

隨潮而回，買魚者熱絡，文天祥又作〈即事〉詩記之：「飄蓬一葉落天涯，潮賤青紗日未斜。好事官人無勾當，呼童上岸買青蝦。」（《文文山全集》，頁 342）文天祥候潮的無奈，逐漸被買魚蝦的興味沖淡。

　　三月二十一日晚上，宿泰州界的宋家林。三月二十二日，船出海洋，極目皆水，水天一色。文天祥初見此開闊海景，作〈出海〉（《文文山全集》，頁 343）二絕，描寫心中的讚歎：

　　　　一團蕩漾水晶盤，四畔青天作護欄。

　　　　著我扁舟了無礙，分明便作混淪看。(1)

　　　　水天一色玉空明，便似乘槎上太清。

　　　　我愛東坡南海句，茲游奇絕冠平生。(2)

第一首詩將澄澈蕩漾的海面，形容為無邊的水晶盤。水外惟天的景象，彷彿以青天為水晶盤的護欄。無涯際的海面，文天祥設想應可置放微渺的扁舟。第二首詩描寫所乘的扁舟，航行於水天一色的碧藍海面，讓文天祥產生直上虛空的浪漫聯想。面對水天一色的海景，文天祥特別援引蘇軾自瓊州渡海時的「九死南荒吾不恨，茲游奇絕冠平生」（〈六月二十日夜渡海〉）詩句，來形容內心對海上壯景的激動。

　　海船凌風破浪而行，三月二十八日入通州海門界。正午拋泊避潮時，忽然有十八艘小舟順風而來。文天祥疑為賊艦，令眾船戒嚴，經交涉辨證後，原來是捕魚船隊，令眾人虛驚一場。虛驚之餘，文天祥作〈漁舟〉（《文文山全集》，頁 343）記此事：

　　　　一陣飛帆破碧煙，兒郎驚餌理弓弦。

　　　　舟中自信婁師德，海上誰知魯仲連。

　　　　初謂悠揚真賊艦，後聞欸乃是漁船。

　　　　人生漂泊多磨折，何日山林清晝眠。

海面上以「一陣飛帆破碧煙」的氣勢，迎向文天祥的海船，被船伕懷疑是賊艦。瞬間，四艘海船警戒，士兵（「兒郎」）如魚驚餌般，快速整理弓弦備戰。文天祥自比唐代婁師德〔註105〕丞相般恭勤樸忠，可是在海上又有誰知如魯仲連般的斡旋人才？經過交涉後，原先被懷疑的賊艦，原來是漁船。雖然此次危機解除，但沿途潛藏的危厄，卻讓文天祥感嘆「人生漂泊多磨折」，令他有

〔註105〕婁師德，字宗仁，唐鄭州原武人，武后時宰相，掌理朝政，恭勤樸忠，統領
　　　　邊塞要地三十年，有容人雅量，以能用人見稱。

「何日山林清晝眠」的企盼。沿海路逃避元兵追捕的文天祥，心情就如海浪般起伏，無法清心地欣賞海景。

海船入東海後，舟師又回報前有賊船。海船航行十數里，回報仍有賊船緊隨。船伕緊急取道靈山巖水路，經過一夕荒迫疾行，直到破曉時刻，才得以脫險。文天祥作〈夜走〉（《文文山全集》，頁 344）詩，記其連夜避難的驚悸心情：

> 鯨波萬里送歸舟，倏忽驚心欲白頭。
> 何處赭衣操劍戟，同時黃帽理兜鍪。
> 人間風雨真成夢，夜半江山總是愁。
> 雁蕩雙峰片雲隔，明朝躍屬作清游。

乘萬里鯨波南歸的文天祥，又再次遇到賊船警報，令他「驚心欲白頭」。身著赭衣的賊徒，操劍持戟，逼臨海船而來，而船伕（「黃帽」）〔註106〕也立刻著兜鍪警戒。連夜避險的緊張氣氛，令文天祥感觸良多，眺望船外夜景，心中盡是憂愁。

海船欲航向揚子江口，但因江中小洲、沙灘為元兵佔領，只能先朝北航行，遼繞數千里後，再轉向南方的揚子江口。文天祥作〈北海口〉詩記之：「滄海人間別一天，只容漁父釣蒼煙。而今蜃起樓臺處，亦有北來蕃漢船。」〔註107〕（《文文山全集》，頁 343）本為兩潮可到的揚子江，卻因元兵盤踞江中沙渚，不得不繞遠路。文天祥作〈揚子江〉（《文文山全集》，頁 343），寓寄心情：

> 幾日隨風北海遊，回從揚子大江頭。
> 臣心一片磁針石，不指南方不肯休。

向北海航行數日，再轉向南方，文天祥的海船終於抵達揚子江。一路的險阻，更堅定文天祥的忠勤衛國的意志。「臣心一片磁針石，不指南方不肯休。」這兩句詩，將文天祥的心志充分表白。文天祥以指南針恒指南方的特性，來比喻其忠於南宋政府的心是堅定不移的。這兩句詩也成為《指南錄》詩集的命名來歷。

文天祥的海船自北海渡揚子江口後，繼續往南，航向蘇州洋。通州至揚子江口，難得見山，其間僅有蛇山、洋山等山而已。海船入浙（浙江）東，大山漸多，駛入象山港外的亂礁洋，更是青翠萬疊，如在畫中。孤憤愁絕的

〔註106〕漢代船夫都戴著黃帽子，故稱船夫為黃帽。
〔註107〕蕃漢船指投誠元朝的宋軍。

文天祥，見此奇特礁景，爲之心廣目明，有不虛此行之嘆，作〈亂礁洋〉（《文文山全集》，頁 344）記之：

> 海山仙子國，邂逅寄孤篷。萬象畫圖裏，千崖玉界中。
>
> 風搖春浪軟，礁激暮潮雄。雲氣東南密，龍騰上碧空。

亂礁洋中，或高或低，或大或小的石礁，與水相擊觸，氣象雄奇。位於海船兩傍的礁山，如岸上山叢般，而山實則皆在海中。文天祥海船與亂礁洋邂逅之日，風小浪微，船行石間，精巧詭奇之景，令文天祥應接不暇，讚爲「海山仙子國」。海船穿越壯觀的亂礁洋後，抵達定海東北的蘇州洋。文天祥作〈蘇州洋〉詩：「一葉漂搖揚子江，白雲盡處是蘇洋。便如伍子當年苦，只少行頭寶劍裝。」（《文文山全集》，頁 344）

文天祥通州入海路線圖

（本圖以《文天祥史蹟考》附圖爲修改基礎）

　　德祐二年（西元 1276 年）三月，文天祥自通州出發，經石港、賣魚灣、北海、揚子江口、亂礁洋、蘇州洋，抵達臺州（浙江臨海），四月八日到達溫州（浙江樂清）。本組海洋詩作，詳細記錄文天祥水路逃亡的驚險過程、海上風景、個人心境，爲頗具特色的海洋記事詩。

　　文天祥安抵溫州後，隨即展開驅逐元兵，興復宋室的大業。帝昺祥興元年（西元 1278 年）十二月二十日，文天祥的部隊潰敗，被執於五坡嶺（廣東海豐縣北）。文天祥曾服腦子二兩〔註 108〕自盡，不死，被囚禁於元船。帝昺祥興二年（西元 1279 年）正月十三日，文天祥被解送至崖山。張弘範命令李恒，請文天祥作書招降張世傑，文天祥作〈過零丁洋〉（《文文山全集》，頁 349）詩以明志：

　　　　辛苦遭逢起一經，干戈落落四周星。
　　　　山河破碎風拋絮，身世飄搖雨打萍。
　　　　惶恐灘頭說惶恐，零丁洋裏歎零丁。
　　　　人生自古誰無死，留取丹心照汗青。

壯元及第的文天祥，恃其赤誠丹心，歷盡各種險惡的遭遇，在四年（「四周星」）〔註 109〕的干戈爭戰中，獨撐南宋殘局。面對破碎的山河與飄搖的身世，文天祥就如萍絮，受到風雨的無情摧折。惶恐灘〔註 110〕、零丁洋〔註 111〕對文天祥而言，不單是水名，更關合著孤苦零丁的身世與內心的惶恐怖懼。抱著必死決心的文天祥，以「人生自古誰無死，留取丹心照汗青」，向張弘範表達他的心意。張弘範見此兩句詩，但稱好人好詩，遂不勉強文天祥招降張世傑。〈過零丁洋〉展現文天祥對國難的悲切，及其磅礴正氣。

　　帝昺祥興二年（西元 1279 年）正月，張弘範由潮陽港（廣東潮陽）率戰船入海，二月大舉進攻崖山。二月六日，文天祥被囚於元船上，觀宋、元兩

〔註108〕　「腦子」所指爲何，張公鑑《文天祥生平及其詩詞研究》云：「愚意以爲腦子即爲龍腦，類似樟腦。……且據《本草綱目》載：龍腦可治目赤。天祥服腦子後，目疾霍然而癒，更可證明所服的爲龍腦。大概天祥在情急之下，取隨身香料吞服，以爲可藉此自殺也。」（臺北：臺灣商務印書館，1987 年，頁 65）

〔註109〕　周星即歲星，十二年在天空循環一周，因借指十二年。又一說指地球遠日一周十二個月，故借十二個月爲周星。文天祥於元祐元年起兵抗元，至祥興元年被停止，四年間戰鬥激烈。「四周星」取第二說，指四年較允當。

〔註110〕　惶恐灘，位於江西省萬安縣境內，爲贛水十八灘之一，灘水急湍，船行危險，故名。

〔註111〕　廣東中山縣南有零丁山，山下即零丁洋。

軍海戰。元水軍分四路進攻，宋軍全軍覆沒，文天祥南向慟哭，作〈二月六日海上大戰國事不濟孤臣天祥坐北舟中向南慟哭〉（《文文山全集》，頁 349）詩：

> 長平一阬四十萬，秦人歡欣趙人怨。
> 大風揚沙水不流，爲楚者樂爲漢愁。
> 兵家勝負常不一，紛紛干戈何時畢。
> 必有天吏將明威，不嗜殺人能一之。
> 我生之初尚無疚，我生之後遭陽九。
> 厥角稽首併二州，正氣掃地山河羞。
> 身爲大臣義當死，城下師盟愧牛耳。
> 間關歸國洗日光，白麻重宣不敢當。
> 出師三年勞且苦，咫尺長安不得睹。
> 非無虓虎士如林，一日不戈爲人擒。
> 樓船千艘下天角，兩雄相遭爭奮搏。
> 古來何代無戰爭，未有鋒蝟交滄溟。
> 遊兵日來復日往，相持一月爲鷸蚌。
> 南人志欲扶崑崙，北人氣欲黃河吞。
> 一朝天昏風雨惡，炮火雷飛箭星落。
> 誰雌誰雄頃刻分，流屍漂血洋水渾。
> 昨朝南船滿涯海，今朝只有北船在。
> 昨夜兩邊桴鼓鳴，今朝船船鼾睡聲。
> 北兵去家八千里，椎牛釃酒人人喜。
> 惟有孤臣雨淚垂，冥冥不敢向人啼。
> 六龍杳靄知何處，大海茫茫隔煙霧。
> 我欲借劍斬佞臣，黃金橫帶爲何人。

崖山一役，文天祥親睹宋室覆亡，自己頓時成爲孤臣孽子，悲慟莫可名狀，化爲長詩，字字血淚，句句心酸，感動人心。本首長詩可分爲四段討論。首段（「長平一阬四十萬……不嗜殺人能一之」）以長平戰役的慘烈死亡，及漢王爲楚王所圍攻的愁苦〔註112〕，揭開二月六日海戰大敗的悲痛。文天祥感慨

〔註112〕鄭樵《通志》卷五云：「（項羽）令其將擊齊，自以精兵三萬人，從魯出胡陵，至蕭，晨擊漢軍，大戰彭城靈壁東，睢水上大破漢軍，多殺士卒，睢水

兵家諸雄競逐勝負，以致於干戈紛起，永無寧日，因而企盼不嗜殺人者，能
一統紛亂局面。第二段（「我生之初尚無疚……一日不戈爲人擒」）記時運不
濟的文天祥，奉使元營，反遭拘留，而南宋王朝立即奉降表稱臣。文天祥深
悔輕入元營，以致於正氣掃地，山河蒙羞，本該赴義而死，爲求戴罪立功，
歷盡重重險阻，脫險歸國，重膺重任（「白麻重宣」）〔註113〕。率領眾多虓虎
之士，辛苦征戰三年，卻未能挽救國家危亡。第三段（「樓船千艘下天角……
今朝船船鼾睡聲」）詳細描寫宋、元海戰的慘烈。崖山附近的海面聚集千艘
宋、元樓船〔註114〕對峙，海戰規模之大，乃古今戰爭所未見者。張弘範、李
桓等統領的元水軍，以侵吞黃河之勢，與張世傑統領的南宋水軍，於滄海對
峙月餘。二月六日清晨，元水軍發動攻擊。「炮火雷飛箭星落」形容元軍攻擊
之猛烈。南宋水軍在元水軍的猛烈攻擊下，「流屍漂血洋水渾」〔註115〕，至午
潮時，勝負已定，海面上只有元船鼾睡聲，而宋船則滅絕殆盡。第四段（「北
兵去家八千里……黃金橫帶爲何人」）寫文天祥於海戰失敗後，悲愴孤絕的心
境。被囚於元船觀戰的文天祥，眼睜睜地看著南宋水軍滅絕，心中的椎痛，
無可言喻，只有向南慟哭。面對煙霧阻隔的茫茫大海，望不見宋帝的蹤跡，
更加深文天祥的國破之痛。文天祥心中的悲鬱，全化爲借劍欲斬降元佞臣的
憤慨。崖山海戰，南宋水軍全部覆滅，陸秀夫負趙昺投海而死，張世傑趁夜

爲之不流。圍漢王三匝，大風從西北起，折木發屋揚砂石，晝晦，楚軍大
亂，而漢王得與數十騎遁去。過沛，使人求室家，室家亦已亡，不相得。」
文天祥之「大風揚沙水不流」句中，「水不流」指漢軍在睢水上被楚軍屠
殺，以致於睢水受阻而不流；「大風揚沙」則指被楚軍包圍三匝的漢軍，賴大
風揚沙之助，得以脫險。漢軍在楚軍的攻迫下，倉皇敗退，故曰「爲楚者樂
爲漢愁」。

〔註113〕「白麻」，唐制，由翰林學士起草，凡赦書、德音、立后、建儲、大誅討及拜
免將相等詔書都用白麻紙。宋・葉夢得《石林燕語》卷三云：「學士制不自中
書出，故獨用白麻紙而已。」（《文淵閣四庫全書電子版》）文天祥脫險，於德
祐二年（西元1276年）四月八日到達溫州，景炎元年（西元1276年）五月
二十六日，任都督諸路軍馬，故曰「白麻重宣」。

〔註114〕宋・曾公亮《武經總要》，卷十一云：「樓船者，船上建樓三重，列女墻戰格，
樹幡幟，開弩窗矛穴，外礱革禦火。置炮車、擂石、鐵汁，狀如小壘，其長
百步，可以奔車馳馬。若遇暴風，則人力不能制，不甚便於用。言施之水軍，
不可以不設，足張形勢也。」（《文淵閣四庫全書電子版》）樓船的體積龐大，
雖然行動不敏捷，但可壯大水軍聲勢。

〔註115〕《宋史》，卷四十七云：「七日（祥興二年二月七日）浮尸出於海十餘萬人。」
（中央研究院「漢籍電子文獻」之《二十五史》）

突圍，遭遇颶風，船覆人亡。南宋王朝至此完全滅絕。本詩所表達的國滅家破之悲，極爲強烈，非親身經歷者不能爲之。本詩也是最早詳盡描寫海戰的詩作。

　　南宋覆亡後，文天祥被解往燕京。元世祖至元十七年（西元 1280 年），文天祥於濕穢的囚獄中，日誦杜詩自遣，乃集杜詩爲五言絕句，以抒憂國憂時之懷。當張世傑遣兵戰於邵武，獲得大捷，人心爲之振奮。但張世傑不擘劃守國之計，卻大治海船。至冬季，聞元賊警報，又浮海南而去。文天祥見張世傑的舉措，即了解天下局勢已無可挽回，故作〈幸海道〉（《文文山全集》，頁 403）詩記之：

　　　　天王守太白（〈九成宮〉），立國自有疆（〈前出塞〉）。

　　　　舍此復何之（〈後遊修覺寺〉），已具浮海航（〈壯遊〉）。

文天祥被執後，曾服腦子二兩，竟不能死，被解送張弘範駐所，不久又安置在海船中，嚴加守護。文天祥坐元船上，親眼目擊崖山之敗，痛苦難當，欲求一死，卻不能如願，只能幽拘燕獄，靦然苟活。文天祥作〈南海〉（《文文山全集》，頁 415）詩二首以記其心境：

　　　　開帆駕洪濤（〈遣遇〉），血戰乾坤赤（〈送李判官〉）。

　　　　風雨聞號呼（〈草堂〉），流涕灑丹極（〈別蔡著作〉）。(1)

　　　　南海春天外（〈送段功曹〉），祇應學水仙（〈舟中〉）。

　　　　自傷遲暮眼（〈寓目〉），爲我一潸然（〈李使君〉）。(2)

文天祥詩學杜甫，心摹神追，具有沈鬱頓挫，磅礴大器的氣象。文天祥被拘囚於污穢斗室中，以誦杜詩爲樂：

　　　　予坐幽燕獄中，無所爲誦杜詩稍習諸所感興，因其五言，集爲絕句，

　　　　久之，得二百首。凡吾意所欲言者，子美先爲代言之，日玩之不置，

　　　　但覺爲吾詩，忘其爲子美詩也。乃知子美非能自爲詩，詩句自是人

　　　　情性中語，煩子美道耳。〔註116〕

文天祥以爲杜甫之詩，能道人之性情。文天祥心中的煩憂，杜甫已代他先說，故藉杜甫詩句，表達自己的心聲。文天祥藉杜甫詩句，澆心中塊壘，暢敘憂國情懷，被稱爲「文山詩史」。

　　丹心愛國，正氣浩然的文天祥，創作豐富的海洋文學，光采耀眼，可歸

〔註116〕文天祥：《集杜詩・自序》（《文文山全集》），頁 397。

結爲以下的特點：

1. 對文天祥而言，海洋奇特景觀不是悠閒遊賞的客體，而是生命流離的載體。文天祥以個人歷險經驗，將海洋與天下時局結合爲一，創作海洋敘事詩，雖無暇雕琢巧飾，卻具波瀾開闊氣勢。

2. 文天祥的海洋詩，集中於德祐二年（西元 1276 年）三月海路脫逃的過程，與祥興元年（西元 1278 年）十二月二十日被執以後。這些海洋記事詩，具體呈現文天祥逃亡的驚險過程、海上奇壯風景、激烈海戰、憤懣意志、赤忱忠心。

3. 文天祥的海洋詩，擺脫傳統海洋的神秘想像，以自己的航海體驗，爲詩歌書寫基礎，令讀者彷彿跟隨文天祥航行於滄海。

4. 文天祥詩中所記之洋名、港灣、礁島、船舶，均爲航海實錄，可爲後世研究當代海洋地理環境的重要素材。

七、胡仲弓

胡仲弓（嘉定間人，生卒年不詳），字希聖，號葦杭（一作「航」），清源（福建泉州）人，長期流寓杭州一帶，生平資料極少，著有《葦航漫游藁》四卷。設籍福建清源的胡仲弓，習於故鄉風物，又因長期流寓杭州之故，對於杭州的風物特別有感情。胡仲弓對於海洋的鮮明印象，全體現在觀海望潮之上。

生長於福建的胡仲弓，常登山臨岸觀海，抒展眼界，開張襟懷。〈觀海〉與〈觀海口占〉乃胡仲弓覽望海面，感於海面的遼闊無邊而作。〈觀海〉（《葦航漫游藁》〔註117〕，頁 7）云：

> 海天雲氣入微茫，遙認潮頭數點檣。
>
> 眼界只消如許闊，不知何處是東洋。

本詩描寫海天雲氣，使遼闊的海面模糊隱約，視線遙遠處的數點帆檣，與潮頭相參差，忽現又隱。第二句用「點」字來強調滄海孤帆的渺遠。臨岸望海，使胡仲弓的眼界爲之開闊，不知東洋究竟在大海的何處？〈觀海口占〉（《葦航漫游藁》，頁 5）更具體地描寫大海的遼闊偉壯：

> 揚帆飽風腹，望眼無東西。天圍滄海闊，日射崑崙低。

〔註117〕胡仲弓：《葦航漫游藁》（臺北：藝文印書館印行之「四庫善本叢刊初編集部」）。

　　魚鱉夜深泣，鴻鵠空中迷。風濤且莫作，心撼神龍棲。

〈觀海〉描寫的是大海的整體印象，而〈觀海口占〉詩則以各種具象來描繪大海。檣帆因乘勁風而鼓帆如飽腹，海客滿眼盡是「天圍滄海闊」的大海，無法分辨東西。神龍棲止的大海，使海上風濤狂作，魚鱉爲之暗夜深泣，鴻鵠爲之空中迷向。海上風濤，令胡仲弓震撼不已。

　　海濤是大海無窮力量的展現，當襲向海岸時，揚起千堆雪，發出吼地聲，更是令觀者驚嘆不已。若非神助，大海又如何能展現此般氣勢。胡仲弓〈海月堂觀濤〉〔註118〕，在讚嘆海濤之餘，將海濤與海洋神話連結，以狀海濤之奇盛：

　　　　青天與海連，羲娥代吞吐。封姨助餘威，陽侯倏起舞。
　　　　或奔千丈龍，或轟萬疊鼓。蓬弱此路通，祇界一斤鹵。
　　　　浩浩無津涯，尾閭闢地戶。嬴女驅鮫人，獻怪扶桑府。
　　　　琛球來百蠻，玭珠還合浦。獨立象同外，身世等一羽。
　　　　宇宙納溟渤，萬山齊傴僂。清風與明月，造物不禁取。
　　　　臨流喜得句，玉欄失笑拊。眺望此一時，溷洞注千古。
　　　　安得捲上天，需作天上雨。

福建莆田北方的囊山，建有囊山寺海月堂。海月堂之「海月」即號海月法師的高僧惠辨。自海月堂展望大海，氣象萬千。胡仲弓登海月堂，見海天相連，風生濤起的海洋景觀，特以羲娥（日御羲和與月神嫦娥）、封姨（風神）、陽侯（水神），來形容奔千龍，轟萬鼓的海濤氣勢。在胡仲弓的想像中，浩無津涯的大海，應有通往地府的尾閭。海中有嬴女（弄玉）〔註119〕驅遣鮫人，向扶桑府獻上琛球（珠玉）、玭珠（蚌珠）等各種珍怪。眺望溟渤汪洋，胡仲弓心生「身世等一羽」的感慨。胡仲弓將海洋想像成神秘而熱鬧的神話世界，使自然的海洋增添不少人文的色彩。

　　長期流寓杭州一帶，海山風物，總令胡仲弓懷念不已。尤其是西興口的錢塘潮，更是令胡仲弓印象深刻，甚至變成勾起錢塘鄉愁的元素。〈錢塘江待潮〉（《葦航漫游藁》，頁 23）記其所見之潮景，景中寓情：

　　　　潮至千艘動，濤喧萬鼓鳴。江翻晴雪卷，海漲石塘平。
　　　　帆影林端見，波光屋上明。青山自吳越，相峙兩含情。

〔註118〕本詩收於宋・陳起《江湖後集》卷十二。
〔註119〕傳說秦穆公女弄玉，善吹玉簫，因秦爲嬴姓，故稱弄玉爲嬴女。

前四句描寫錢塘潮景。錢塘潮襲岸時，一波波的濤浪，挾著萬鼓鳴響的氣勢，在錢塘江口翻騰，有如捲動的白雪。急遽升高的水面，與海塘齊平，也使得千艘帆檣，得以靈活浮動。後四句則描寫岸邊的風景。胡仲弓的視線穿越林端，只見帆影點點，而潮水映射的波光，使近岸屋舍，分外光明。錢塘潮的印象，已逐漸變成胡仲弓的鄉愁印記。當胡仲弓於異地觀覽錢塘潮圖時，又勾起對錢塘的懷思，故作〈錢塘潮圖〉（《葦航漫游藁》，頁 16）：

> 輕綃淡墨天冥冥，眼中似覺對西興。
>
> 銀山大浪萬鼓過，海潮逆上江倒行。
>
> 前年南遊此餞別，親友握手難爲情。
>
> 酒酣拂袂不忍顧，欹枕仰看雲帆輕。
>
> 平生浪跡半天下，搖毫掉舌終何成。
>
> 并州故鄉眞可畫，新生白髮星星明。

畫中以淡墨在輕綃上渲染成潮來的冥暗天色，看在胡仲弓的眼中，好像自己正對著西興口觀潮。海潮逆上，使錢塘江水倒行，而產生的銀山大浪，萬鼓濤聲，正是自己所熟悉的錢塘潮。觀覽錢塘潮圖，讓胡仲弓的思緒彷彿回到寓居錢塘時期。前年南遊之際，西興的親老故舊，一一握手餞別，隆情盛意讓胡仲弓感動不已，趁著酒酣消愁，不忍回顧親老的送別身影，只能「欹枕仰看雲帆輕」，強裝悠閒。胡仲弓回想平生浪跡半天下，積極搖毫掉舌〔註 120〕，至今又有何成？賈島把久居十稔的并州當做是故鄉，而新生白髮的胡仲弓，也早已把錢塘當成故鄉。胡仲弓〈懷錢塘舊居〉云：「錢塘漂泊久，別後夢連宵。忽聽灘頭水，猶疑江上潮。……」（《葦航漫游藁》，頁 25）連聽到灘頭水聲，都懷疑是錢塘江的潮浪，更何況是觀看〈錢塘潮圖〉？

　　胡仲弓的海洋詩歌，除了觀海望潮之作外，其中有一首〈賦玳瑁魚〉（《葦航漫游藁》，頁 24），歌詠玳瑁，頗爲特殊：

> 海靈如許巧，龜貝點成紋。背負十三卦，旁分四六文。
>
> 殼中藏勺水，身後管梳雲。貴介諸公蛻，何因得似君。

玳瑁最明顯的外形特色，在於十三片背甲，而且黑白斑紋相錯。玳瑁殼可做裝飾品，甲片亦可入藥，其背甲的紋路更是令人附會爲卦象，自古以來被視

〔註 120〕《史記會注考證‧淮陰侯列傳》云：「且酈生一士，伏軾掉三寸之舌，下齊七十餘城。」（臺北：洪氏出版社，1986 年，頁 1069）「掉舌」猶鼓舌，指游說、談説。

爲靈貝，亦爲沿海地區常上貢之海中珍寶。胡仲弓賦玳瑁，先從它外形特徵之巧妙處下筆。胡仲弓將玳瑁視爲靈巧的「海靈」，因爲它的背甲十三片，好像對世人示現十三卦玄機，而背甲兩側的黑白斑紋，如四六文般分明不紊。玳瑁死後，殼中可藏勺水，亦可製成精美梳箆，管領梳雲之事。玳瑁在胡仲弓的筆下，由海洋生物變成海靈之物，憑添幾分浪漫的想像。

　　由上述作品的析論可知，胡仲弓對海洋的深刻印象，幾乎全集中在觀海、錢塘觀潮之上。胡仲弓觀海望潮，除了藉海洋的波瀾壯闊，抒張眼界，開展襟懷外，更將潮水的起伏，與鄉愁連結，聽聞潮水聲，常勾起流寓錢塘的美好記憶。